Tokyo Year Zero

东京零年

南方出版传媒
花城出版社
中国·广州

[英] 戴维·皮斯

著　张祝馨 译

图书在版编目（CIP）数据

东京零年 / (英) 戴维·皮斯著；张祝馨译. -- 广
州：花城出版社，2021.2
书名原文：TOKYO YEAR ZERO
ISBN 978-7-5360-9395-9

Ⅰ.①东… Ⅱ.①戴… ②张… Ⅲ.①长篇小说—英
国—现代 Ⅳ.①I561.45

中国版本图书馆CIP数据核字(2021)第002146号

Tokyo Year Zero by David Peace
Copyright © David Peace, 2007
This edition arranged with Faber & Faber Ltd. through Big Apple Agency, Inc., Labuan, Malaysia.
Simplified Chinese edition copyright © 2021 Ginkgo (Beijing) Book Co., Ltd.
All rights reserved.
本书中文简体版版权归属于银杏树下（北京）图书有限责任公司。

著作权合同登记号：图字19-2020-174号

出 版 人：肖延兵
编辑统筹：朱 岳　梅天明
责任编辑：许泽红　李嘉平
特约编辑：宁天虹
装帧制造：墨白空间·陈威伸

书 名	东京零年	
	DONGJING LINGNIAN	
出 版	花城出版社	
	（广州市环市东路水荫路11号）	
发 行	后浪出版咨询（北京）有限责任公司	
经 销	全国新华书店	
印 刷	北京盛通印刷股份有限公司	
	（北京市亦庄经济技术开发区科创五街经海三路18号）	
开 本	880毫米×1194毫米　32开	
印 张	17　4插页	
字 数	350,000字	
版 次	2021年2月第1版　2021年2月第1次印刷	
定 价	68.00元	

献给我的孩子

五十一 败北

　　他执笔的手颤抖起来了，甚至还流了口水。除非服用0.8毫克的佛罗那，他的头脑没有一次清醒过。而且也不过清醒半小时或一小时。他只有在幽暗中挨着时光，直好像是将一把崩了刃的细剑当拐杖拄着。

芥川龙之介，《某傻子的一生》，1927[1]

---

1 此段引文选用文洁若译本。（本书皆为译者注）

目　录

序　章　　　　　　　　　　　1

第一章　血肉之门　　　37

第二章　眼泪之桥　　　207

第三章　尸骨之山　　　389

作者后记　　　　　　　523

致　谢　　　　　　　　524

资料来源　　　　　　　526

译者词汇表　　　　　　531

译者说明　　　　　　　536

序 章

我躺在尸堆中。**一颗卡莫丁[1]，两颗。**几百人，几千人。亡者离去，在秋风中飘荡。我想抬起头，但我做不到。成群的蚊蝇在我面前飞来飞去。我想赶走它们，但我做不到。低矮的乌云在上空飘过。是时候展示这个国家的本质了。昨夜，某个时刻，在午夜和黎明之间，在撤退与败北之间，大雨浸透了这片土地，而如今，虽然风暴已经过去，但雨水汇聚成的洪流依然不断地冲刷着那些尸体，也冲刷我的脸。我头脑麻木，神志不清。妻儿的样子在我眼前浮现，和尸体混杂在一起。**十颗卡莫丁，十一颗。**在增上寺黑门的门槛下。噢，勇士们，迈向胜利吧。我儿子手里拿着一面小旗子，女儿手里也拿着一面小旗子。发誓离开故土。我的父母在这儿，还有我学校里的好友，高中棒球队的队友，和我一起结业的同事。功不立，死不回。每个人都高举着一面大条幅，站在黑门前，每一面条幅上都印着我的名字。每当听到进军的号角，我就闭上眼，看到一波又一波的旗帜欢呼着我们奋战。几辆观光巴士驶进，载满了要去远足的女学生。战场上我们日夜厮杀，战火中大地草木焦枯。我的卡车驶近黑门时，正午十二点的钟声恰好响起。戴上饰有日之丸的头盔。卡车在黑门前停下，我从尼桑汽车上跳下来。战马驱策在身边，谁知道明天会如何——是幸存？我望向人群，望着高举的条幅和旗帜，敬礼。出发的信号响了。还是战死？**二十颗卡莫丁，二十一颗。**山岳，河海，都渐渐隐去，至亲至爱的脸庞在无数旗帜中漂浮，挥舞我们的旗帜，直到双手麻木，漂浮，挥舞。我们要前往西伯利亚。下关河道下方的水域因运输船和货船阻塞。我们要前往大连。我躺在尸堆中，躺在潮湿的尸体和恶臭的空气中。我们要前往上海。下层甲板上的两层廉价铺位。我们要前往广州。山崎开始背诵《纪尾井山的血手帕》，有人欢呼，有人鼓掌。当清水开始讲《妓女绀谷》时，更多人欢呼，更多人鼓掌。绀谷对她的客人说：我爱你，我爱你，我爱你。晚餐铃响了。汽笛声中，战马被拴在舱口，它们的肋骨根根分明。蒸汽绞车吊起它们的尸体，扔进一旁等待的船只中。铺位上的男人把自己的千人针[2]腰带握得更紧了，他一千针缝制的腰带，一遍遍地抚摸缝在丝绸里的秘法和护身符。八百万神灵[3]和三千世界的一尊佛。我躺在尸堆中，手中出现了一尊三寸长的佛像。我父亲说，背负着子弹的人是不会被射中的。他经历过中日战争、义和团运动和日俄战争，却没有伤过一根毫毛。一袋袋的五钱或十钱银币，一包包的乌贼干，每个男人都有赠予他的护身符。我们离家多远了。运输船在黑色的海洋上破浪前行。我们已经来到满洲里，离家很远、很远了。我躺在尸堆中，就这么听着

---

1 卡莫丁（Calmotin），一种安眠药品牌。
2 千人针（sennin-bari），日本文化中的一种护身符，长约一米，上面由一千个女人每人缝制一针。千人针是日本女性在家中士兵临行时献上的礼品，用来保佑士兵武运长久，在战场上能够获得幸运的垂青。这种习俗在"二战"期间的日本国内达到顶峰。
3 八百万神灵，日本神道的一种说法，认为万物皆有灵，所到之处皆有神。"八百万"为无限之意。

昭和二〇年第八个月的第十五日

东京，32℃，晴

"南刑警！南刑警！南刑警！"

我睁开眼睛。从不属于我的梦中醒来。我坐到办公桌前的椅子上。我不想要的梦。我的衣领湿透了，整件西装都泛着潮。头发很痒，皮肤很痒——

"南刑警！南刑警！"

西刑警拉开遮光窗帘，太阳正缓缓升起，温暖明亮的曙光透过贴着胶带的窗户照进屋内，尘埃悬浮在空气中，充斥办公室的每一个角落——

"南刑警！"

"你刚刚是不是说了什么？"我问西——

西摇了摇头，说："没有。"

我抬头盯着天花板。在光亮中，一切都停滞了。电扇不转了，没有电。电话悄无声息，线路不通。厕所堵了，没有水。什么都没有——

"昨天夜里熊谷市被袭击了，"西说，"有报道说在皇宫附近听见枪炮声……"

"也就是说我不是在做梦？"

我拿出手帕，一块又旧又脏的手帕。我又擦了一遍脖子，接着擦了擦脸。然后我检查口袋——

他们正在给妇女、儿童和老人分发氰化钾，他们说最近一次的内阁改组预示着战争的终结，日本的终结，世界的终结……

西举起一个小盒子，问道："您是在找这个吗？"

我从他手里一把夺过装穆洛纳[1]的盒子。打开核对里面的数目。足够了。我把盒子塞回外套的口袋——

警报器响了彻夜；东京闷热、昏暗，隐秘、惊恐；关于新式武器的流言，对新型炸弹的恐惧，不分昼夜地扩散着；先是广岛，再是长崎，接着就轮到东京……

炸弹落下就是日本的终结，世界的终结……

无眠。只有梦。无眠。只有梦……

不分白天黑夜，所以我才要吃这些药……

我就是这样告诉自己的，白天和黑夜……

"是在地上捡到的。"西说——

我点了点头，问道："有烟吗？"

西摇头。我诅咒他。离下次发放特殊配给还有五天。还有五天……

办公室的门开了——

藤田刑警冲进房间。藤田手里拿着一份警务公告，他说："抱歉，又有坏消息了……"

---

1 穆洛纳（Muronal），镇定剂药品品牌。

他把那份公告甩在我桌上。西拿了起来——

西很年轻，充满热情，太年轻了……

"是品川警察局发来的，"他说，接着读起了上面的内容："海军第一衣粮厂的女职工宿舍楼内发现尸体，尸体情况可疑——"

"稍等一下，"我对他说，"和海军衣粮厂相关的任何事务都应该归宪兵队管辖吧？这属于军事案件，不是平民案件……"

"我知道，"藤田说，"但品川方面要求刑事部协助搜查。哎，我说了嘛，都是我不好，招来了这种事……"

没人想接案子，至少不是今天，不是现在……

我起身，抓起帽子——

"走吧，"我对藤田和西说，"我们去找别人，把案子甩给他们。看我的吧……"

我走出办公室，穿过东京警视厅搜查一课的大厅，沿着警视厅门廊，一个系一个系，一间房一间房，一扇门一扇门地挨个问过去——

每扇门都敲了，没人。每间房都进了，没人。每个系都去了，没人。所有人不是撤离了就是缺勤——

没人想接案子，至少不是今天……

现在只剩藤田、西和我了——

我诅咒。我诅咒。我诅咒……

我站在走廊上，问西："北课长上哪儿去了？"

"早上七点，所有课长都被召去开会了……"

我拿出怀表，这会儿已经八点多了——

"七点？"我重复道，"那可能就是今天了？"

"您昨晚没听九点新闻吗？"他问，"今天中午天皇会在广播里讲话……"

我吃下橡子，我吃下树叶，我吃下杂草……

"在广播里讲什么？"我问——

"我不知道，但全国上下都接到通知必须弄到收音机，好收听广播……"

"那就是今天了，"我说，"回家去吧！杀了你们的孩子！杀了你们的妻子！然后再自杀！"

"别别别。"西说。

太年轻了，太热情……

"如果我们要去的话，"藤田插话道，"至少先去新桥站买点儿烟吧……"

"好主意，"我说，"反正我们也没车……"

"我们乘山手线¹绕去品川吧，"他说，"不着急，慢慢走，希望等我们到的时候已经太迟了……"

"说不定山手线已经停运了。"我提醒他——

"我说了嘛，"藤田又说了一遍，"不着急，慢慢来。"

我和藤田刑警、西刑警走下楼，穿过一道道门，从后门离开本部。这幢大楼的后门背对着皇宫所在的区域——

面向已经变成一片废墟的司法部。

---

1 山手线，东京的一条通勤铁路路线，为环线，环绕东京都心运行。

从樱田门到新桥的最短路线要穿过日比谷公园，但这个公园现在也已经算不上是公园了——

　　焦黑的冬木在白色的夏热中……

　　"就算我们战败了，"西说，"山河还在，人民还在……"

　　失去雕塑的底座，没了大门的邮局……

　　"英雄楠木发誓要七生报国[1]，"他说，"我们还是可以这么做……"

　　没有枝叶，没有灌木，也没有草……

　　"我们必须奋战到底，"他坚持地说，"就算我们要嚼草根，吃土，睡在田里……"

　　只有冬季里光秃秃的黑色枯木……

　　"就算我们只有残破不堪的剑和所剩无几的箭，"我说"就算我们的心被火焰灼烧，被泪水蚕食……"

　　在夏季白色的热气中……

　　西笑着说："没错……"

　　白色的热气……

　　一边是西讲话的声音，另一边是一辆广播车刺耳的军乐。我们离开已经不是公园的公园，沿着已经不是街道的街道走着，路过已经不是大楼的大楼——

　　"噢，勇士们，迈向胜利吧/发誓离开故土……"

---

1 日本南北朝时期的著名武将楠木正成临战败自杀前，问其弟楠木正季有何感想，正季答道："愿再生七次，以报答君王。""二战"期间，日本神风敢死队有军歌也使用了这个典故："七生未尽祈战死，化作忠魂长护国。"

大楼几乎没留下什么，只剩它们的前墙还屹立不倒；窗户和天花板被天空取代——

"功不立，死不回 / 每当听到进军的号角……"

那些在碎石瓦砾堆积而成的黑色小山中到处发芽的杂草的高度可以见证这些大楼停止成为大楼的日期——

"我就闭上眼，看到一波又一波的旗帜欢呼着我们奋战……"

破碎的砖瓦、一根根烟囱、金属保险箱，都在这些大楼被火焰燃烧时从高处掉落到地面上，夜复一夜——

"战场上我们日夜厮杀，战火中大地草木焦枯……"

夜复一夜，从去年的第十一个月开始，一个警报接着一个警报，一颗炸弹接着一颗炸弹——

"戴上饰有日之丸的头盔 / 战马驱策在身边……"

一颗炸弹接着一颗炸弹，一场火接着一场火，一幢楼接着一幢楼，一个街区接着一个街区，直到再无楼房，再无街区，再无城市，再无东京——

"谁知道明天会如何——是幸存？"

如今只剩幸存者——

"还是战死？"

在碎石下避难，在废墟中生存，三四个家庭挤在一个锈铁和断木搭起的棚屋里，或是住在火车或地铁站内——

那些幸运者……

"我们必须奋战到底，"西刑警又说了一遍，"如果我们不继续战斗，天皇就会被处决，日本的妇女就会遭到敌人的战略性强奸，下一代日本人就不再是日本人了……"

我诅咒他……

我们沿着这些已经不是街道的街道，走在像墓碑一样的电线杆下方，西仍在喋喋不休地发表言论——

"我们应该在长野的山区做最后的抵抗，到舞鹤山上去，到皆神山上去，到象山上去！"

在这些已经不是街道的街道上，还有人在，已经不是人的人；他们是精疲力尽的游魂，清晨时分就排起长龙，在老剧院的饭厅外顽强地等待着分发午餐。剧院外张贴的电影海报早已被标语替代——

"我们都是大后方的战士……"

广播车已经离开了，过去七年里我们每天都能听到的那首军歌也随之消失，《露营之歌》——

现在只剩下西喋喋不休的声音了——

"所有六十五岁以下的男人和四十五岁以下的女人都要拿起竹枪，前进杀敌……

"保卫我们挚爱的日本……"

我在这条不是街道的街道中间停下脚步，一把揪住西那件民防队制服的衣领，用力把他推抵到一面焦黑的墙上，那面墙上写着——

"让我们微笑着彼此帮助……"

"回总部去吧，刑警。"我对他说——

他眨了眨眼，微张着嘴，接着点了点头——

我把他从那面黑墙上拉了起来——

"我希望我们中至少有一个人能听到玉音放送，"我告诉他，"如果我和藤田没法听，你听过之后可以告诉我们内容……"

我松开了他的衣领——

西又点了点头。

"解散。"我大声说。西立正，敬礼，接着鞠躬——

然后他就离开了。

"真是太谢谢你了。"藤田刑警大笑着说道。

"西还太年轻。"我对他说。

"又年轻，又热情啊……"

"是啊，"我说，"但我觉得他应该不会喜欢我们的老朋友松田义一……"

"绝对的。"藤田又笑了。我们继续走着，沿着这些已经不是街道的街道，经过那些已经不是楼房的楼房——

在这座已经不是城市的城市里——

朝着东京新桥走去。

松田义一和他下属的临时办公室就搭在新桥火车站背面的一个露天停车场里。办公室外面停着两辆军用卡车，几队士兵正从卡车上卸载木箱。松田义一本人则在一旁发号施令——

"卖家和买家都是军队的同盟……"

松田义一穿着一套崭新的丝绸西装，站在一个木箱上，一只手拿着一顶巴拿马草帽，另一只手夹着一支外国雪茄——

东京的新皇帝……

松田看见我和藤田，露出了笑容——

东京唯一还笑得出来的男人……

"我还以为你们这帮人都逃进山里去了呢，"他大笑道，"这可是大和民族的最后一次抵抗，所有……"

"箱子里是什么？"我问他——

"还是刑警，是不是？"松田说，"但你俩应该要开始考虑转行咯……"

"箱子里是什么？"我又问了一遍——

"军盔。"他说——

"你不会在考虑支援战争吧？"

"那怕是有点儿迟了吧，"他说，"反正我已经尽到自己的本分了——虽然我做了那么多也从来没人感谢过我。不过呢，过去的都已经过去了，现在我打算帮这个国家重新振作起来……"

"你真爱国啊，"我说，"但我们还没战败。"

松田看了一眼表，他崭新的外国手表，点了点头。"确实还没，你说得不错，刑警。但你看到从那些政府大楼里冒出来的浓烟了吗……？"

我和藤田刑警都摇了摇头——

"哈，那些烟意味着他们开始烧毁所有文件和记录了。那是投降的烟……

"战败的烟。"

又有两辆军用卡车停了过来，按着喇叭。松田说："我知道这样说很失礼，但是两位也看到了，今天我们这里非常忙。所以就

11

直说吧，你们来这儿是为了什么？想找份新工作？换个新名字？开始新人生？还是想抹掉什么个人记录……？"

"就想要点儿香烟。"我和藤田异口同声。

"去找千住。"松田义一说。

我和藤田向他道谢——

"千住在后面。"

我和藤田向他鞠躬——

然后诅咒他。

我和藤田刑警绕到松田临时办公室的后面，走到他的临时仓房门口，他的副手——

千住明裸着上身，把衣服系在腰间，右手拿着一柄带鞘的短刀，正在监督另一车货物的卸载工作——

是一箱箱印着皇室菊纹的香烟——

我问他："这些东西你们是从哪儿弄来的？"

"永远不要问警察问题，"千住笑道，"你看啊，消息灵通的人什么都知道，不灵通的就都不知道……"

"那你老板搞来那些头盔是要干什么？"我问他。

"货嘛，不就是进进出出，"千住又笑了，"我们以前卖军用的平底锅给他们造头盔，现在他们又把头盔卖回给我们造平底锅……"

"好吧，那你可以卖我们一点儿皇室香烟。"藤田说。

"我才不信你们有现金。"千住说。

我和藤田刑警都摇头——

"你们这些死条子，"千住明叹了口气，递给我们每人五包皇室香烟，"比贼还贼……"

我们向他道谢，又朝他鞠躬——

然后诅咒他，再诅咒他……

我们在树荫下用一根火柴点了烟——

在已经不是树荫的树荫下……

我们抽着烟，继续走着——

新桥火车站有穿着制服的巡警[1]在站岗，检查包裹、行李内是否含有禁运品和走私货——

检查随身背包和口袋里是否有黑市香烟——

在入站口，我和藤田刑警拿出我们的警察手册，以示身份——

车站内和站台上几乎空无一人，山手线的车厢里也空空荡荡——

日头渐渐爬高，气温也在上升。我用手帕擦了擦脖子和脸——

很痒——

我望向窗外，浑身都很痒；在已经成为一片残砖破瓦之海的东京，不论从哪个方向看，高架上的山手线车厢都几乎是最高点了，除了东部——

---

1 原文为"the uniformed"，即"穿制服的"。在日本的警察系统中，"穿制服的"警察一般指任职于地方警察局的巡查和巡查长，本书中统一译为"巡警"，区别于任职于警视厅搜查课的"刑警"。

那里有码头和其他建筑，有真正的海。

品川警察局那两个巡警正坐在办公桌前等我们，等着带我们去码头——

一个叫内田，一个叫室田——

去犯罪现场……

"他们觉得死者可能是一名叫宫崎光子的女性。"他们边走边向我们介绍情况，我们则在烈日下大汗淋漓，气喘吁吁，活像两条狗。"这个叫宫崎的女孩是长崎人，来东京就是为了给海军服装部工作，所以一直住在职工宿舍里……"

火辣辣的日光直射在我们的帽子上……

"五月的时候，上面批准了她回长崎探亲的假期。但她离开之后一直没有到家，也没有回厂里上班或者回宿舍……"

整个街区都散发着臭味……

"实际上，大多数工人都搬出宿舍了，因为海军服装厂已经停运了。但厂房大楼里发生了多起盗窃案件，所以宿舍管理员和他的助手一直在到处巡视，守卫厂房……"

汽油和粪便的臭味……

"有一天，他们下到一个防空洞里检查，那个防空洞已经很久没用过了，就是在那里，他们……"

撤退的臭味……

"发现了一具女性裸尸……"

投降……

这是个厂房和宿舍组成的街区，生产战时物资的厂房，志愿工居住的宿舍。如今厂房遭到轰炸，宿舍的住民纷纷撤离，残存的楼房都被战火熏得焦黑，里面空无一人——

这就是犯罪现场……

海军第一衣粮厂的女职工宿舍大楼仍屹立在原地，一旁的厂房只剩几根残破的立柱和门柱了——

没有任何设备或零件——

工人们都逃走了——

这就是现场……

两个男人一动不动地坐在废弃的宿舍楼前，在一间宿舍兼办公室的影子里避暑——

"我真的没法理解，"比较年长的男人说，"我真的没法理解，真的完全没法理解……"

这个比较年长的男人就是宿舍管理员，另一个年轻一点儿的男人是锅炉工。尸体的第一发现人就是这个锅炉工，他指着一个防空洞的两扇波状金属门对我们说："她就在下面……"

"在防空洞后面的一个柜子里……"

火辣辣的日光直射在我们的帽子上……

我拉开那两扇波状锡门，一瞬间，人类排泄物的气味扑面而来，逼得我立刻后退——

人尿，人尿，人尿，人尿……

往下走三级台阶，防空洞的地面上都是水——

不是雨水，也不是海水，而是从破损管道里流出的污水。这个防空洞已经完全变成了一个盛满屎尿的黑色凹池——

“这种时候西就能派上用场了。”藤田说。

我走回管理员那里——

“这是什么时候发生的？”我问他——

“五月空袭的时候。”他说。

“那你是怎么发现尸体的？”我问锅炉工——

“用这个。”他边答边举起一个手电筒。

“给我。”我对锅炉工说——

锅炉工站起身，嘟囔着说到电池什么的，把手电筒递给了我和藤田——

我一把夺过电筒。

我拿出手帕捂住口鼻，仔细看了看身后的台阶——

我打开电筒——

我拿电筒照向那一池黑色的污水，水约莫一米深，家具被横七竖八地扔在池外。靠着最远处的那面墙，放着一个敞开的衣橱——

她就在下面。她就在下面。在下面……

我关掉电筒，走出防空洞。我脱下靴子，脱掉袜子，开始解衬衫纽扣——

“我估计你永远不想再进去了，是不是？”管理员问。

“我也想问这个问题。”藤田笑道——

我解开纽扣，脱掉裤子——

“下面有很多老鼠，”管理员说，“那个水也有毒，你要是被咬了，或者被划伤，那你就……”

16

我说："但她下去的时候就没打算上来，是不是？"

藤田也开始脱衬衫，边脱边咒骂——

"下去简直就是送死。"他说——

"你们两个也一起来，"我对品川警察局那两个巡警说，"一个跟我们下去，一个扶住这几扇门，别让门关上……"

我拿我那块脏兮兮的手帕围住脸，紧紧绑牢——

我穿上靴子，捡起电筒——

向下走一级、两级、三级台阶——

藤田跟在我身后，还在不停地咒骂——

"西这会儿可是舒舒服服地待在办公室呢……"

防空洞内的水深及膝，我可以感觉到水下的地面，可以听见蚊子的声音，可以觉察到老鼠的存在——

水到了我的腰际，我跌跌撞撞地向前走——

我的膝盖撞上了一张桌子的桌角——

我在心里默默祈祷，希望只是淤青，没有撞破——

我终于走到了防空洞的最深处——

走到了衣橱门前——

她就在里面，在里面……

我拉橱门的时候就从门缝中瞥见了她，但橱门被水下的家具卡住了，她被困在了橱里。我关上了门——

藤田刑警举着电筒，我和那个巡警把衣橱周围的桌椅一件一件地清理开——

一件一件地清理，直到橱门慢慢地打开——

橱门慢慢地打开，她就在里面……

尸体有的部位肿胀得厉害，有的部位已经破损——

有的部位还有肉块，有的部位只剩下骨头——

她的头发垂挂在头颅上——

上下齿分开，仿佛在说话——

在低语，我在这儿……

现在那个巡警举着电筒，我和藤田一人一边抬起尸体，有的部位冰凉，我们把它抬到黑色的水面之上，有的部位温暖，抬上潮湿的台阶，有的部位坚硬，抬出去——

抬到户外，有的部位柔软，太阳下面——

大汗淋漓，气喘吁吁，活像两条狗……

巡警、我和藤田刑警躺倒在地上，在我们中间的是一具重度腐烂、浑身赤裸的年轻女性尸体。

肿胀、破损、肉与骨、齿与发……

我用外套把自己擦干——

我点了一支皇室香烟——

然后，我转向坐在阴凉处的那两个男人，管理员和锅炉工，我说：“你们对这两位警官说，你们觉得这具尸体可能是宫崎光子……”

肉与骨，齿与发……

管理员点头。

“你们为什么会这么说？”我问他，“为什么这么认为？”

“嗯，因为我们总觉得有点儿奇怪吧，”他说，“她就这么消失了，没回家也没回这里……"

"但失踪的人可多了去了，"藤田说，"谁知道空袭里死了多少人？"

"话是没错，"管理员说，"但她是在这里遭到第一次空袭之后走的，却一直都没在长崎出现……"

"谁告诉你的？"我问他，"是她父母吗？"

"他们也可能在说谎，"藤田说，"为了不让他们的女儿再回东京……"

管理员耸了耸肩，说："哼，要是她真的回长崎了，那她也跟死了差不多了……"

我的烟抽完了。我朝地上的尸体扬了扬下巴，问："有没有什么方法可以证明她的身份？"

管理员看了看地上的残躯，又移开了目光。他摇了摇头——

"这种样子不行，"他说，"我只记得她有一块表，表的背面刻着她的名字。那是她刚搬来东京时她父亲送她的礼物。她非常喜欢那块表……"

藤田拿手帕捂住嘴——

他又蹲下查看了一次，摇了摇头——

这具尸体的腕上没有手表——

我朝防空洞扬了扬下巴，对藤田刑警说："可能掉在下面了……"

"是的，"他说，"也可能没有。"

"你呢？"我问锅炉工，"你认识她吗？"

锅炉工摇着头说："我来这里上班之前她就失踪了。"

"他六月才来的，"管理员说，"宫崎最后一次出现在这附近是五月底。"

我问："你记得具体日期吗？"

他把脑袋歪向一边，紧紧闭起眼睛。接着他睁开眼睛，摇了摇头——

"不好意思，"他说，"我记不清具体时间了……"

我可以听见引擎的声音，是一辆吉普车……

那辆车渐渐靠近，我转过身去——

是一辆军用警车——

是宪兵队。

吉普车停了下来，两名宪兵队军官从前门下车，二人都配有枪支和长刀。他们身边跟着两个年长一些的男人，招摇地戴着町内会¹臂章——

我真想为他们鼓掌，宪兵队，为他们欢呼——

没人想要查案子，至少不是今天，不是现在……

这具尸体是在军方所有地被发现的，这是他们的管辖区域，这是他们的尸体，他们的案子。

我和藤田刑警走向前，深深地鞠了一躬——

这两名宪兵队军官看起来跟我和藤田很像；年长的那个不到五十，另一个不到四十……

---

1 即居委会。

我和藤田刑警向他们自我介绍了一番——

我好像在照镜子，在看着我自己……

我们为踏入军方所有地道歉——

但他们是士兵，我们只是警察……

我们简短地互相鞠躬——

这是他们的城市，他们的时代……

年轻的军官向我们介绍，较年长的男人是武藤上尉，他自己是片山下士——

我在照镜子……

我又鞠了一个躬，然后开始向这两名宪兵队军官汇报情况，那两个町内会的人仍然站在一边，可以听见我说的话——

时间和日期，地点和姓名——

汇报完毕后，我又鞠了一躬——

他们扫了一眼表。

两人中较年长的那位武藤上尉走到尸体旁，站定，盯着尸体看了一会儿，接着转向我和藤田——

"我们得让庆应大学医院派一辆救护车来，把这具尸体运去医院。我们需要庆大医院的中馆医生解剖尸体……"

我和藤田刑警点头——

这是他们的尸体，他们的案子……

但武藤上尉又朝那两个巡警说："你们俩回品川，叫庆应大学医院立刻派一辆救护车过来，让他们安排中馆医生准备解剖。"

内田和室田两个巡警点头、敬礼，又向这个宪兵队上尉深深鞠了一躬——

我和藤田都在心里诅咒——

现在逃不掉了……

武藤上尉指了指管理员和锅炉工，问我们："他们哪个是在这儿工作的？"

"两个都是。"我答道。

武藤上尉指着锅炉工，吼道："锅炉工，你去拿条毯子或者什么的过来，再找点儿旧报纸来，越多越好。动作要快！"

锅炉工跑进楼里。

年长的宪兵队军官又扫了一眼表，问管理员："你们这儿有收音机吗？"

"有，"他点头，"在办公室里。"

"天皇马上就要广播了，上面要求所有日本人都要收听。你去看看你们的收音机有没有调对频道，能不能收听广播。"

管理员点头。管理员鞠躬。管理员往办公室走去，锅炉工迎面走来，他拿着一条粗糙的灰色毛毯和一捆旧报纸回来了——

年轻的宪兵队军官对我和藤田说："把尸体搬到这些报纸上，再盖上毯子，等救护车来……"

我和藤田拿手帕围住口鼻，开始照他说的做。我们把报纸铺开，把尸体搬上去，再盖上毯子，只能盖住一部分——

这已经不是我们的案子了……

但锅炉工神色紧张地靠近那名年轻的军官，他的头低得很深，仿佛在表达歉意，先是嘟嘟囔囔地说着什么，接着点点头，开始东指西指，回答军官的问题——

对话结束了。

片山下士大步走向他的上级，说："这个人说我们的厂房里已经发生了很多起盗窃案，他怀疑犯人是在那幢楼里临时宿营的韩国劳工……"

年轻的军官指向宿舍楼对面的一幢焦黑的三层楼房——

"这些工人有人监督管理吗？"年长的军官问道，"还是说他们都可以自由出入？"

"我听说五月底之前他们是有人看守的，"锅炉工说，"之后，年轻力壮的工人被带去北方工作，但那些老弱病残就留在这儿了。"

"那留下来的人有什么活儿干吗？"

"他们本来应该帮我们修复这些楼房，但不是这些工人太虚弱，就是修理材料不够，所以基本上他们就是待在楼里，什么也不干……"

年长的军官武藤上尉还在不停地看表，忽然，他向周围所有的楼房一挥手，吼道："我要你们把这些楼房全都搜一遍！"

我和藤田已经把尸体搬到了报纸上。听了武藤上尉的话，我瞥了一眼藤田，我不确定他的意思是不是叫我们俩去搜。藤田没有动——

但那位宪兵队的上尉开始厉声发号施令了——

"你们两个负责宿舍楼！"

已经不是我们的案子了……

我和藤田向他敬礼。我和藤田向他鞠躬。接着我们向宿舍楼进发了——

我在诅咒，藤田也在诅咒……

"西舒舒服服地待在办公室里……"

藤田刑警负责顶楼，我负责二楼。走廊上斑斑驳驳的木质地板嘎吱作响。"笃、笃"。一扇门一扇门地敲，一间房一间房地查。每个房间看起来都毫无二致——

破旧不堪的榻榻米地垫，单扇窗和遮光帘，薄薄的绿色墙壁，湿软、剥落的菊纹墙纸——

每个房间都空无一人，已经废弃。

在走廊的尽头，最后一个房间，最后一扇门。敲门，"笃、笃"，我转动把手，打开门——

一模一样的旧草垫、单扇窗，一模一样的遮光帘、薄墙，一模一样的破墙纸——

又是一个空房间。

我穿过榻榻米，拉开窗帘。阳光照射进来，让人看见一张小茶几上烧到一半的蚊香盘——

尿的恶臭，屎的恶臭——

人尿和人屎……

我打开嵌入墙面的衣柜，在一堆被褥里面，蜷缩着一个老人，他把脸埋在一条铺盖里——

我蹲下身，说："别害怕……"

他把脸从铺盖里抬起来，仰头看着我。这个老人面部扁平，

24

双唇开裂，微微张开，露出一口残缺、满是菌斑的黄牙——

他散发着屎尿的臭气——

这个老人是韩国人——

我不停地诅咒……

是个朝鲜老头[1]——

"恭喜！"

我闻声转身，是片山下士，那个年轻的宪兵队军官，他站在门口，身后是摇着头的藤田——

"把他带到楼下来！"宪兵队军官下令——

我盯着这位片山下士——

好像在看着镜子里的自己……

"快点！"他厉声道。

那个老人又把头埋回铺盖里，他的肩膀在颤抖，嘴里嘟嘟嚷嚷着什么——

"我什么都没做！求你了……"

他的呼吸散发着腐臭——

我抓住他的肩膀，想把他从那堆被褥铺盖里拉出来，从衣柜里拉出来，老人扭动着身体拼命挣扎——

"我什么都没做！求你了，我不想死！"

"你去帮他！"下士命令藤田——

---

1 原文为"Yobo"（ヨボ），原意是朝鲜语中对亲近之人的称呼；但在"日韩合并"（1910年）前后，该词成为日语中的外来语，开始带有侮蔑的意味；"这个Yobo"意为"这个朝鲜人"，是日本人对韩国人的蔑称。

我和藤田抓着老人的肩膀、他的胳膊，把他拽出衣柜，拽出房间，拖到走廊上，沿着地板往外拖。我们一人抓着他的一条胳膊——

老人的身体和腿歪斜着——

他的脚拖在地上——

宪兵队军官走在我们后面，一手拿着刀，边走边踢老人的脚底，还不时地用刀猛击他，催促他移动——

下楼——

走进阳光里……

"就是他！"锅炉工大叫道，"就是他！"

"给我拿两把铁锹来！"年长的宪兵军官吼道。管理员跑回办公室——

"你们两个，把嫌疑犯带过来。"

我和藤田把韩国老人带到武藤上尉面前，他站在另一幢宿舍楼的阴影里——

走进阴影中……

管理员拿着两把铁锹回来了。武藤上尉接过其中一把，递给锅炉工。他向一块地点点头，那块地可能曾经是个花坛，后来种过菜，但现在上面什么都没有，只有坚硬、板结、发黑的土壤——

"挖个坑。"他说。

管理员和锅炉工开始挖土。管理员已经满头大汗了，他说："这个人以前挖了一个小洞来偷看女工人洗澡……"

锅炉工擦拭着头上和脖子上的汗水，附和道："我们抓到过他，揍了一顿，但……"

"但他屡教不改，又回来了……"

"他就是不肯走……"

武藤上尉指着他们俩挖的坑前的一个位置，命令我和藤田把韩国老人带到坑前站好——

老人只是眨着眼——

张着嘴。

我和藤田推搡着韩国人向武藤上尉指定的位置走去，他的身体像块米豆腐一样前后晃动着。我对他说："没事的，你就站在这儿，等我们把事情处理好……"

但韩国老人打量着我们每一个人——

两个宪兵军官，町内会的工作人员，管理员，锅炉工——

我和藤田刑警——

被放在报纸上的尸体，被毯子盖住一部分的尸体——

"我在这儿……"

接着，韩国人转头瞥了一眼刚翻开的地面，瞥了一眼管理员和锅炉工正在挖的坑，想要逃走，但我和藤田紧紧抓着他。他的身子在颤抖，脸孔扭曲，哭着大叫道："我不想被杀！"

"我什么都没做！求你了，我想活下去！"

"闭嘴，朝鲜老头！"什么人说——

"但我什么都没做……"

"那你刚刚为什么想逃，朝鲜老头？"武藤上尉问，"在日本，清白的人不会逃跑。"

"求求你别杀我！求求你！"

"你这个满嘴鬼话的朝鲜杂种！"

"闭嘴！"年轻的宪兵军官吼道。他指了指远处毯子下面的尸体，尸体放在防空洞的金属门边，躺在尘土和日光中。他问那个韩国老人："是不是你强奸了那个女人？"

韩国老人又瞥了一眼报纸上的尸体，毯子下的尸体——

肿胀和破损……

"是不是你杀了那个女人？"

他摇头——

肉与骨……

武藤上尉向前走了几步，他拍了几下韩国人的脸。"回答他，朝鲜老头！"

韩国人缄口不言。

"这个朝鲜老头很明显是个罪犯，"武藤上尉说，"这个朝鲜老头很明显犯了罪。没什么好多说的了……"

老人又仰头看了看我们所有人；两个宪兵军官，町内会的工作人员，管理员，锅炉工，我和藤田刑警。老人又一次摇头——

但我们的目光都聚集在武藤上尉的刀上，宪兵那亮得刺眼的长刀——

刀出鞘了——

刀被高高举起——

我们的目光都缓缓地落在了韩国老人背部上方的一个位置——

一个位置……

"时间到了！"年轻的宪兵军官突然喊道——

管理员冲回办公室，喊着："玉音放送！玉音放送！"

所有人都转身盯着办公室，接着又回转过来看着武藤上尉。
上尉放下了他的刀——

"把这个朝鲜老头带到录音机那边去。"他吼道，自己也朝着
办公室走去——

所有人都跟在他身后——

在办公室大开的窗前站成一个半圆形——

收听广播——

收听一个声音——

他的声音……

一个空洞、痛苦、颤抖的声音——

"告尔忠良臣民……"

收音机里在播放一个神的声音——

"噢，勇士们，迈向胜利吧。/发誓离开故土……"

我又听见广播车上传来了这首歌的曲调，《露营之歌》的曲
调和收音机里神的声音掺杂在了一起——

"朕深鉴世界之大势与帝国之现状，欲以非常之措置收拾
时局……"

"功不立，死不回/每当听到进军的号角……"

军歌的曲调，神的声音，火辣辣的日光照射在我们所有人的
帽子上，烘烤着我们所有人的脑袋——

"朕使帝国政府，对美、英、中、苏四国，通告受诺其共同宣言旨……"

"我就闭上眼，看到一波又一波的旗帜欢呼着我们奋战……"

军歌的曲调，神的声音，火辣辣的日光，还有那些町内会的人，他们跪在地上，头埋在手中，抽泣起来——

"抑图帝国臣民康宁，偕万邦共荣之乐者，皇祖皇宗之遗范，而朕之所拳拳不措。曩所以宣战美、英二国，亦实出于庶几帝国自存与东亚安定；如排他国主权、侵他国领土，固非朕志。然交战已阅四岁，朕陆海将兵之勇战，朕百僚有司之励精，朕一亿众庶之奉公，各不拘于尽最善；战局不必好转，世界大势亦不利我。加之敌新使用残虐爆弹，频杀伤无辜，惨害之所及，真至不可测。而尚继续交战，终招来我民族之灭亡，延可破却人类文明。如斯，朕何以保亿兆赤子、谢皇祖皇宗之神灵？是朕所以使帝国政府应共同宣言也……"

"战场上我们日夜厮杀，战火中大地草木焦枯……"

军歌，声音，日光，跪着的男人，埋在手中的头，抽泣、哭号——

"朕对与帝国共终始协力东亚之解放诸盟邦，得表遗憾之意。致想帝国臣民之死于战阵、殉于职域、毙于非命者，及其遗族，五内为裂。且至于负战伤、蒙灾祸、失家业者之厚生者，朕之所深轸念。惟今后帝国之所受苦难，固非寻常；尔臣民之衷情，朕善知之。然时运之所趋，朕堪所难堪、忍所难忍，欲以为万世开太平……"

"戴上饰有日之丸的头盔/战马驱策在身边……"

永不终结的军歌，永不消失的声音，永不熄灭的日光；跪着的男人，哭号，悲痛地俯倒在地上，满身尘土地流着泪——

"朕兹得护持国体，信倚尔忠良臣民之赤诚，常与尔臣民共在。若夫情之所激、滥滋事端，或如为同胞排挤、互乱时局，误大道、失信义于世界，朕最戒之……"

"谁知道明天会如何——是幸存？"

军歌要唱完了，讲话快结束了，天空暗沉下来；一亿遍体鳞伤的人民发出响彻整个民族的哭泣、哀号声，也在风中飘散、消失了——

"宜举国一家，子孙相传，确信神州之不灭，念任重而道远，倾总力于将来之建设，笃道义，巩志操，誓发扬国体精华，可期不后于世界之进运。尔臣民，其克体朕意哉！[1]"

"还是战死？"

广播结束了，众人沉默，唯有沉默。直到锅炉工发问："刚刚收音机里是谁在说话？"

"天皇本人。"藤田说。

"真的假的？他说了啥？"

"他读了一份诏书。"藤田说。

"具体说了些什么啊？"锅炉工问道，但这一次没人回答他。

最后我说——

---

1 "玉音放送"参考由铃木贯太郎内阁委托汉学家川田瑞穗起草的中文版原文。

31

"战争结束了⋯⋯"

"那是我们赢了⋯⋯？"

唯有沉默⋯⋯

"我们赢了⋯⋯"

"闭嘴！"年长的宪兵军官武藤上尉吼道——

我转身看着他，鞠躬致歉——

他的双唇还在颤动，但说不出话来。他举起长刀，贴近脸颊，泪珠顺着他的双颊滚落，厚重的刀身反射着今天的最后一缕阳光——

他的双眼通红⋯⋯

他死死盯着刀身——

像着了魔。

他转过身来，看着我们每一个人的脸，接着低头看着仍站在我们之中的那个韩国老人——

"过去！"他对韩国人吼道——

"到那边去，朝鲜老头！"

但韩国老人站定在那儿拼命摇头——

"过去！过去！"宪兵军官又喊了一遍，他开始把那个韩国老人往坑的方向推——

连踢带踹，还拿刀戳他——

"脸朝向坑，朝鲜老头！脸朝向坑！"

韩国人背对着我们——

刀再一次被高高举起——

32

双眼通红……

老人开始求饶——

最后一缕阳光……

求饶,接着倒下,他向前倒下,浑身剧烈地颤抖,此时此刻,一阵寒意也流过了我的四肢——

刀落下了——

刃上沾着血……

韩国老人的口中开始发出哀鸣,那是一种绝望又刺耳的叹息——

我的血液冰冷……

"你在干什么?"老人哭号着,"为什么?为什么?"

宪兵军官咒骂着那个韩国人。他踢了一脚韩国人的腿,后者一个踉跄,向前跌进了坑里——

宪兵的刀在老人的右肩上砍出了一道一尺长的伤口,伤口流出的血浸透了他身上那件褐色的工装——

"救救我!求求你们救救我!救救我!"

他疯狂地向外爬,不停地喊叫,一遍遍地求救。"我不想死!"

"救救我!救救我!"

但武藤上尉已经放下了他那把沾血的军刀,他低头凝视着坑里的韩国老人——

每一次,当韩国人将要从坑里爬出来的时候,上尉就会抬脚把他踢回污泥中——

鲜血不断从他体内流出——

踢回污泥中，踢回坑里……

"救救我！"老人上气不接下气地说——

宪兵上尉转身对管理员和锅炉工发令："埋了他！"

管理员和锅炉工捡起地上的铁锹，开始把一边的泥土铲回坑里，盖住老人，越铲越快，老人哭号不止——

在坑里……

直到坑被完全填平——

安静下来了……

我的右手颤抖，我的右臂，连同我的双腿，都开始颤抖——

"南刑警！南刑警！南刑警！"

我闭上双眼。这双眼睛不是我的。灼热的泪水从这双眼中涌出。我不想要这双眼睛……

我一遍又一遍地擦掉眼泪——

"南刑警！南刑警！"

最后，我睁开了这双眼睛——

"南刑警！"

旗帜掉落在地上，但这些旗帜已经不是旗帜，这些楼房已经不是楼房，这些街道已经不是街道——

因为这座城市已经不是城市，这个国家已经不是国家——

我吃下橡子，我吃下树叶，我吃下杂草……

收音机里是神的声音——

空洞而痛苦……

所有的东西都扭曲、失真——

天堂变成了深渊……

时间支离破碎——

地狱是我们的家园……

此地，此刻——

昭和二〇年第八个月的第十五日，中午十二点十分——

但此时无父，此年无子——

无母，无女，无妻，无爱侣。

因为一切都已归零。零时，零年——

东京零年。

第一章

血肉之门

为他们无声地流泪。**三十颗卡莫丁，三十一颗。**致我的父亲：望您近来无恙。我们明天着陆，我会尽力拼搏，不负您的期许。致我的妻子：最重要的时刻到了。于我，已没有明天可言。我深知你的忧虑，我亲爱的妻子，但请镇定、平静地面对，要照顾好我们的孩子。致我的儿子：正树，宝贝，爸爸马上就要去和中国士兵打仗了。你还记不记得爷爷给我的那把大刀？我会用这把刀把敌人都砍倒、刺穿、大卸八块，就像你的英雄，岩见重太郎[1]。爸爸会带一把刀和一个中国钢盔回家，送给你作纪念品。但是啊，正树宝贝，我想你一直做个好孩子。要对妈妈好，对奶奶和你所有的老师好。要爱护妹妹，好好学习，这样才能成为一个男子汉。我还记得你小小的身影，你小小的拳头里攥着小小的旗子，挥舞着的样子。爸爸会永远珍惜这个画面。正树，万岁！爸爸，万岁！**四十颗卡莫丁，四十一颗。**浓雾隐去了一切，只有火车站还能看见。中国房屋的轮廓，中国人声音的回响。一切都是黄色的。我们闻到了槐花香，我们看见一面面旭日旗。一切都是卡其色的。巡防任务分派完毕，哨兵的岗位也都确定。这支部队去面条厂，那支部队去火柴厂。中国佬打劫日本人。士兵们做饭、洗衣服。中国佬强奸日本人。士兵们守卫、巡查。中国佬谋杀日本人。士兵们修建防御区。中国佬打劫日本人。整个城市都布满了带刺的铁丝网和街垒。中国佬强奸日本人。在每个交叉路口，每个中国人都会遭到盘查。中国佬谋杀日本人。到处是沙袋和路障。更多部队到达。到处是沙子，永远没有水。更多部队到达。到处是灰尘和泥土。更多部队到达。我浑身发痒，挠了又挠。咯吱，咯吱。白天的执勤任务结束后，是晚上的执勤任务。我浑身发痒，挠了又挠。咯吱，咯吱。晚上的执勤任务结束后，是白天的执勤任务。我浑身发痒，挠了又挠。咯吱，咯吱。睡垫破烂不堪，臭虫饥肠辘辘。我浑身发痒，挠了又挠。咯吱，咯吱。躺在尸堆里，我无法入睡。刺刀预备。我可以听见他们尖叫。来复上膛。我可以听见他们求饶。中国佬打劫日本人。日本老板不付中国工人工钱了。中国佬强奸日本人。中国工人向日本老板抱怨。中国佬谋杀日本人。日本老板将缝衣针插进工人们的指甲缝里。我可以听见他们尖叫。老板将针插进他们的无名指，他们的中指，他们的大拇指。我可以听见他们求饶。日本老板为所欲为。那时的我鲁莽、懒散、恶劣。浸湿的皮鞭抽打在工人们身上。这是一个警告。工人们被吊在树上。那时的我太鲁莽。**五十颗卡莫丁，五十一颗。**一个孩子在高粱秸秆围栏后面拉屎。独轮手推车在街上飞驰。在这座劫掠之城。一个裹小脚的女人匆匆走过。推车的独轮在大袋货物的重压下嘎吱作响。在这座奸淫之城。满身尘土的廉价苦力穿梭在花生壳和西瓜皮之间。手推车上的菱形帆布时而在风中鼓胀，时而消失不见。在这座杀戮之城。长耳的毛驴领着一支长长的送葬

---

1 岩见重太郎，即薄田兼相，日本战国时期的剑客，小早川隆景的家臣，后投奔丰臣秀吉。以"岩见重太郎"的名字讨伐山贼，在大阪夏之阵的道明寺之战中，其勇猛地向敌军攻击，最后战死。

1

1946年8月15日

东京，33℃，阴

嗵嗵。嗵嗵。嗵嗵。嗵嗵。嗵嗵。嗵嗵……

锤子敲击的声音——

嗵嗵。嗵嗵。嗵嗵。嗵嗵……

我睁开眼，我记得——

嗵嗵。嗵嗵。嗵嗵……

我是一个幸存者——

一个幸运者……

我拿出手帕，擦了擦脸，擦了擦脖子。我把额前挡住眼睛的头发撩到后面。我看了一眼手表——

滴答。滴答。滴答……

上午十点；才十点……

只过了四个小时，还有八个小时，才能回品川，到小雪家。在那儿待三四个小时，之后回到三鹰，回到我的妻子和孩子身边。想给他们带点儿食物回去，带点儿吃的，什么都好。吃点儿东西，睡觉，努力地睡一会儿。明早六点回去……

滴答。滴答。滴答……

还要在这个火炉里再待十二个小时……

我擦去领口的汗水，擦去眼睑上的汗水，低头沿着桌子望去。我左边有三个男人，右边有两个男人和三把空椅子——

藤田不在，石田不在，木村不在……

五个男人不断擦拭着他们脖子上和脸上的汗水，挠着虱子咬过的地方，挥赶着蚊子，无视手中的工作，翻阅报纸。报纸上写满了日本投降一周年、改革的进度和民主的成效，写满了国际军事法庭、来自战胜者美军的审判和对战败者的惩罚——

日复一日，日复一日，日复一日……

我们就这样翻阅报纸，想着吃什么——

日复一日，日复一日……

等了又等——

日复一日……

电话不响，电扇不转。高温和汗水。苍蝇和蚊子。污泥、尘土和噪音；锤子敲击的声音永不停息，敲击，敲击——

嗵嗵。嗵嗵。嗵嗵。嗵嗵。嗵嗵……

我从椅子上起身，走到窗前，拉起百叶窗——

嗵嗵。嗵嗵。嗵嗵。嗵嗵。

从樱田门往上三层楼的位置，我俯瞰东京——

嗵嗵。嗵嗵。嗵嗵……

我的左侧是皇宫，右侧是盟军最高司令统帅部——

40

嘟嘟。嘟嘟……

在一片伤痕累累的低矮天空下——

嘟嘟……

已经死去的昭和都城，战败者伏在地上匍匐而行，战胜者则坐在卡车和吉普车上——

这里没有反抗。

我听见门开的声响。我转过身去，木村站在那儿——

二十出头，从南部被遣返。来了才三个月，就已经不是我们二系职位最低的警员了……

木村手里拿着一张纸，低头盯着桌前的我，眼中一半是轻蔑，一半是尊敬——

白痴。白痴。白痴。白痴。白痴。白痴。白痴……

我的肠胃拧作一团，我的头突突地痛着——

白痴。白痴。白痴。白痴。白痴。白痴……

木村拿着那份警务公告说："这应该是一起谋杀案，南系长，长官。"

* * *

整个部门只有一辆公车，而且现在有人在用。所以我们只能走路去，我们到哪儿都得走路。他们承诺给我们配车，就像他们承诺给我们配电话、配枪、配钢笔、配纸，承诺给我们发更多薪水，给我们买医疗保险，给我们放假，但每天我们只能切掉新鞋底，再扯开旧自行车轮胎，以将其锤到靴子的底部，好继续不停地走啊走啊走啊走啊走啊——

服部、武田、真田、下田、西、木村和我——

嘟嘟。嘟嘟。嘟嘟。嘟嘟。嘟嘟……

在高温下，在蚊蝇中——

嘟嘟。嘟嘟。嘟嘟。嘟嘟……

从东京警视厅到芝公园——

嘟嘟。嘟嘟。嘟嘟……

脱下外套，戴上帽子。拿出手帕，拿出扇子——

嘟嘟。嘟嘟……

沿着樱田大街向下，爬上去爱宕的山坡——

嘟嘟……

西刑警手里拿着警务公告。我们一边走，西一边大声地读着："1946年8月15日，即今天上午9点30分，在芝区芝公园2号，西向观音山发现不明身份的女性全裸尸体。上午9点45分，芝公园警察岗亭收到发现尸体的报告，上午10点15分爱宕警察局收到发现尸体的报告，上午11点整，东京警视厅收到发现尸体的报告……

"他们还真悠闲，"他说，"我们还有两小时才能看到尸体，爱宕的那些家伙是干什么吃的……？"

"她又不会跑掉。"服部刑警笑道。

"这话你去跟蛆虫和苍蝇说去吧。"西说。

"没汽车，没自行车，没电话，没电报，"服部回答，"你还指望爱宕的警察能怎么办？"

西摇摇头，没回答。

我擦了擦脖子，又瞥了一眼手表——

滴答，滴答，滴答……

快要十一点半了；才十一点半——

五个半小时过去了，还有六个半小时，才能回品川，到小雪家。在那儿待三四个小时，之后回到三鹰，回到妻子和孩子身边。吃点儿东西，睡觉，努力睡一会儿。早上六点再回到这儿，之后又是十二个小时的工作——

滴答，滴答，滴答……

要是这具尸体不是他杀案件……

"走这条路快一点儿。"西说。我们抄近道，爬上满是碎石的小山，经过尘土飞扬的弹坑，终于来到了御成门旁的日比谷大街——

嗵嗵。嗵嗵……

*　　*　　*

爱宕警察局两个非常年轻的小伙子正在等我们，二人都穿着不合身、脏兮兮的制服。他们朝我们鞠躬，敬礼，问候，致歉，但他们说的话我一个字都没听到——

嗵嗵。嗵嗵。嗵嗵。嗵嗵。嗵嗵……

这两个巡警给我们领路，带我们远离了锤击的声音，领我们走进寺庙的庭院——

焦枯的大树，树根朝天……

在去年五月的空袭中，增上寺被付之一炬，如今寺内已几乎空无一物——

枝干成炭，叶片尽落……

两个巡警带我们穿过灰烬，走上山坡，远离阳光，走进阴影。山坡上的墓地早已被人遗忘，杂草丛生，小道磨灭，竹枝生长得比人还高，蚊虫肆虐，堆积成云，遮蔽天空。到处都有狐与貛，鼠与鸦出没，被遗弃的狗三五成群，开始对人肉蠢蠢欲动——

在这个选定之地——

嫖妓之地，自尽之地——

这个寂静之地——

这个死亡之地——

她就在这里……

在这突然的空旷里，等身的杂草被压平，阳光发现了她，她就在这里；一丝不挂地仰面躺着，头微微朝左偏斜，右臂张开，左臂贴近身侧，她就在这里；双腿分开，屈膝，她就在这里……

可能二十一岁，差不多死了十天——

南无阿弥陀佛。南无阿弥陀佛。南无阿弥陀佛……

一块红色的布料绕着她的脖子——

南无阿弥陀佛。南无阿弥陀佛……

这不是自杀，这是谋杀——

南无阿弥陀佛……

这个案子是我们的——

我诅咒她……

我看了看表。滴答。快到正午了——

滴答。今天是一九四六年八月十五日——

战败和投降。陷落和占领。今天那些游魂都回来了——

我诅咒她。我诅咒自己……

已经一年了。

＊　　＊　　＊

在高高的杂草中，一个老人跪着，身前的地上放着一把斧子，他一边鞠躬，嘴里一边嘟嘟囔囔地念着经文——

"南无阿弥陀佛，"老人念道，"南无阿弥……"

"就是他发现了尸体。"其中一个巡警说。

我在老人旁边蹲下。我想用帽子打死一只蚊子，没打中。我擦了擦脖子，说："今天真热啊，是不是？"

老人停下诵经，点了点头。

"他是一个伐木工。"巡警说。

"是您发现尸体的？"我问老人。

老人又点了点头。

"您发现她的时候，她就是这样的？"

他再次点头。

"您确定您发现她的时候她身边没有任何衣服、背包、钱包

45

或者其他东西吗？"

他摇头。

"您没有把她的东西拿走，好在将来卖掉吧？没有把她的东西藏到别的地方吧？"

他又摇了摇头。

"她的定量供给卡也没拿吗？"

老人抬头看着我，说："没有。"

我点点头，拍拍他的背。对他道歉并致谢。我戴好帽子，站了起来——

我眼角的余光瞥到了她……

服部、武田、真田和下田刑警坐在树荫下，手上拿着他们的巴拿马草帽扇风，不断地擦拭着汗水，拍打面前的苍蝇和蚊子——

在昭和时代逝去之后的阴影里……

爱宕警察局那两个巡警不停地换着脚站立，西和木村刑警还站在尸体旁，盯着她，等着我——

在这座死亡之城……

我向尸体走去——

她就在这里……

"我就知道，"木村说，"我就知道是谋杀。"

"她肯定是个妓女。"西表示赞同。

"我看未必。"我对他说，对他们二人说。

"但这地方是个臭名昭著的嫖娼圣地啊，"西说，"我们都知道新桥的那些妓女会把她们的客人带到这儿来……"

我低头凝视尸体，皮肤呈浅灰色，已经开始腐烂，双腿分开，屈膝——

"这个女人被强奸了，"我对他们说，"你为什么要奸杀一个妓女？"

"如果你没钱，就有可能，"木村说，"有很多贫困潦倒、走投无路的男人……"

"那强奸她之后直接走人不就行了，要是她不从就揍她，反正她也不会告诉别人。"

"除非她认识他，"西说，"知道他的名字……"

"我们需要搞清楚她的名字，"我对他们说，对所有人说，包括我的部下和那两个爱宕的警察，"我们需要找到她的衣服，或者她可能随身携带着的任何其他东西。"

"等一下！"我身后传来一个声音，所有人都突然立正、鞠躬、敬礼——

我转过身去。我认识这个声音。我鞠躬、敬礼。我对这张脸再熟悉不过了。我向安达管理官[1]问候——

安达，安城，或者安藤，或者不知道这周他叫自己什么的名字。他改过名字，换过工作、制服、军衔，修改了他的人生和过去。他不是唯一一个这么做的人……

---

1 管理官，警视厅各课的管理职位，警衔比课长低，比系长高，可同时指挥多个系、多起案件的调查工作。搜查一课一般设有两名管理官。关于日本警察官职和警衔，可以参考正文后的"译者说明"。

事到如今，已经没有人是他们自己所说的那个人了……

没有人和他们看上去的一样……

他身后站着搜查一课的摄影师铃木和两个庆应大学医院的医生，他们穿着白大褂，抬着一副轻质木棺——

他们都汗流浃背。

安达指着铃木对所有人说："都让开，别挡着他工作，之后另外两个人会把尸体带走的。"

所有人都退后，站进更高的杂草和树木中，看着铃木装好胶卷，开始工作——

咔嚓——咔嚓——咔嚓。咔嚓——咔嚓——咔嚓……

我看了看表——

滴答……

下午十二点三十分——

一切都是徒劳的：接下来会有一场会议，搜查一课所有部门的领导都要参加；要上交口头和书面报告；会有命令的下达，职责的委派，会分工调查和评测的分配；要在更闷热的房间里消磨更多的时间……

"运气不好啊，这个案子派到了你们系头上，"安达笑道，"要连续调查二十一天，没有休息。你们都被困在爱宕了，明明知道自己永远没法解决这个案子，没法结案，明明知道根本没人关心这个案子，但也知道你们的档案上又要再添一个失败的记录了……"

"就像当年松田义一的案子一样。"我说。

48

安达管理官贴近我的脸——

没有人是他们自己所说的那个人……

"那个案子已经结了，下士。"他啐了一口。

没有人和他们看上去的一样……

我向后退了一步，微微低头，表示歉意。

"你缺了两个人。"安达说——

我再次低头，再次致歉。

"藤田刑警呢？"

再次低头，再次致歉。

"这可不算答案，"安达说，"只能算是招认。"

*　　*　　*

摄影师完成了他的任务。她身下的土地布满裂痕，颜色比其他地方更深。庆应医院来的那两个人抬起尸体。地上爬满了虫子。庆应医院的人把尸体抬进木棺。她全身僵直，无法弯曲。爱宕警察局的两个警察被叫去帮忙，他们折起她的双臂，合上棺盖，用绳子绑紧棺材，用绳结固定。她抗拒这个箱子。庆应医院的两个人把她带下了山。她不在这儿了……

我又看了一眼手表——

滴答，滴答……

快到下午三点了——

我站在已成废墟的德川墓群后面的一个墙头上，眺望远处的山坡，目光越过一片竹叶和榉木的海洋，越过由倒落的石灯笼和破碎的墓碑组成的岛；我搜寻她的衣服或背包，突然之间，我看到了——

我从墙头上跳下来，落进一片高高的草丛中，我蹚着枯叶和杂草向那里走去——

南无阿弥陀佛。南无阿弥陀佛。南无阿弥……

白色的衣服在高高的草丛中发笑——

南无阿弥陀佛。南无阿弥陀佛……

白色的衣服包裹着白色的骨头——

南无阿弥陀佛……

我又诅咒了自己一次！

另一具尸体……

第二具尸体，穿着一件白色的中袖衬裙和一件黄蓝条纹的无袖连衣裙，脚上是粉色的袜子和红胶底的白色帆布鞋；第二具尸体在第一具尸体十米开外的地方，第二具尸体只剩一堆白骨——

与杂草和枯叶混在一起……

我诅咒她，诅咒这个地方——

我一遍又一遍地诅咒……

这个阴影之地，被遗忘的墓地、磨灭的小道，狐与獾、鼠与鸦出没之地，弃犬与人肉之地，娼妓与自尽之地，在这个选定之地——

这个寂静之地，这个死亡之地——

在这个战败与投降之地。这个陷落与占领之地。这个鬼魂之地——

只剩下一堆白骨的尸体……

在这个毫无反抗之地。

*　　*　　*

要花三个小时东京警视厅才能收到我们发出的第二具尸体的发现报告。我盯着她那件白色的中袖衬裙。他们又要花三小时把铃木派到这里来给第二具尸体拍照。我盯着她那件黄蓝条纹的无袖连衣裙。庆应大学医院要花三小时派另一辆救护车来运走第二具尸体。我盯着她那双粉色的袜子。我的部下要花三小时封锁犯罪现场和第二具尸体附近的区域。我盯着她那双白色的帆布鞋。我们又要花三小时从爱宕、目黑和三田警察局调人手过来维护两具尸体的发现现场。鞋子鲜红、鲜红的胶底。我还得站在这里三个小时，盯着这第二具尸体，流汗、拍打蚊蝇，发痒、抓挠，咯吱，咯吱——

她的血肉早已不在此处，落入动物之口了……

我盯着她苍白的指骨——

我盯着她苍白的手骨——

她的手腕、前臂和眉骨——

她苍白的颅骨——

烫卷的头发，发黄的牙齿——

她最后一抹扭曲的微笑……

高草和榉木的影子拉长了，离这里越来越近了。

＊　　＊　　＊

好刑警会把犯罪现场调查一百遍。我已经从那个地方离开了。好刑警知道，这世上没有偶然。我走出阴影，走入阳光。好刑警知道，混乱之中必有秩序。我走下山坡，走进寺庙的庭院。混乱之中必有答案……

但增上寺内已然空无一物——

焦枯的大树，树根朝天……

什么都没了，只剩下老旧的黑门的废墟——

枝干成炭，叶片尽落……

在这个寂寥之地，我站在黑门黯淡的门槛下，看着救护车愈驶愈远——

我们见过地狱，我们知晓天堂，我们听过最后的审判，我们目睹诸神的堕落……

在黑门下，一条流浪狗喘着粗气——

但我是一个幸存者……

丧家之犬，无主之犬——

是一个幸运者……

在狗年。

＊　　＊　　＊

走回东京警视厅又是一段又长又热的路，这段路因为那些印着硕大白色五角星、有着硕大白色齿轮的卡车和吉普车驶过时扬起的尘土而更令人难以忍受——

没完没了的敲击声——

咂咂。咂咂。咂咂。咂咂……

我敲了敲北课长办公室的门，我打开门，道歉，鞠躬，进门。我在桌前坐下——

北课长坐在桌子的主位，背对着窗户，窗框因经历过轰炸而扭曲变形；北课长领导着整个搜查一课，年迈但消瘦，有着一张黝黑的脸，理着平头，一双坚定的眼睛眨也不眨；北课长是我父亲这辈子最好的朋友——

我不想记起。我不想记起……

在他的右边，站着金原和安达管理官——

但在半明半暗的光线里，我忘不了……

在他的左边，是甲斐系长——一系的系长，和我——南系长，现在是二系的系长——

没有人和他们看上去的一样……

公安部[1]的报告就放在桌上。报告被译成了英文，可能是金原翻译之后再找人打字录入的。我们依次传阅文件，需要全员签字后密封——

我拿出笔，盯着这份报告——

---

1 公安部，即公共安全部，系日本警视厅下一个部门，与搜查一课所在的刑事部同级。

这东西可能是……

打印出来的罗马字符——

也可能是《我的奋斗》……

我签了名。

报告传回了金原管理官手中。现在北课长对我点头示意，我开始我的报告。我重复了一遍发现和报告第一具尸体的时间过程，详细说明了我们到达后第一具尸体的状态和周围环境，重述了一遍我和那个伐木工之间的问答，接着请安达继续报告摄影师和救护车到达现场后的时间过程——

"在我看到尸体后，初步推断这是一起谋杀案件。因此，我派南系长和他的手下对尸体周围的区域进行彻底的搜查。正是在搜查的过程中，大约在第一具尸体发现现场的十米外，南系长本人又发现了第二具尸体。"

"南系长，请继续……"

"正如安达管理官所说，第二具尸体距离第一具尸体大约十米。第二具尸体高度腐烂，基本只剩下骸骨，可能是一名年轻女性。但与第一具尸体不同，它并非裸体，而是穿着一件白色的中袖衬裙、一件黄蓝条纹的无袖连衣裙、一双粉色的袜子和一双红胶底的白色帆布鞋。凭借初步的观察和经验，我认为死者的死亡时间是三到四周以前，当然一切还以之后的验尸报告为准。很明显，这两名女性的死亡时间并不相同。"

"你觉得两起死亡之间有关联吗？"北课长问。

"还要看具体的验尸结果。目前来看，除了死亡地点和死者性别以外，两起案件没有任何联系，"我回答，"尽管两具尸体离得很近，但从现场的植被情况来看，两个抛尸地点互相是不可见的。诸位都知道，第一具尸体的脖子上缠有一片类似布料的东西，这个线索将此案指向了谋杀。而对第二具尸体的初步检查结果显示，尸体上并没有发现类似的物件，也没有任何证据表明死者死于他杀。正如我们所知，在去年一年里，芝公园周围发现过数具尸体。但在今天以前，只有一名死者被证实死于他杀。其他几名死者均死于自杀或疾病。"

北课长点点头，说："管理官？"

安达不情愿地点了点头，说："我同意南系长的说法。"

"那么，在验尸结果出来以前，这两个案子我们就分开处理，"课长说，"验尸结果什么时候出来？"

"后天。"安达说。

"从庆应还是东京？"

"从庆应……"

"解剖医生是？"

"中馆医生。"

金原和甲斐假装继续低头看着他们的笔记。金原和甲斐假装没有看向我、安达和北课长。金原和甲斐假装没有看见我们交换眼色——

我不想记起。我不想记起……

"也是没办法的事啊，"课长说，"那我们继续吧……"

接下去是调查的系统安排，职责分配，任务分工……

"甲斐系长和他的一系负责第一具尸体的调查工作。甲斐系长和一系在爱宕警察局成立本案的调查总部,甲斐系长向金原管理官汇报工作。"

甲斐系长鞠躬,甲斐系长大声说:"遵命!谢谢!我不会让您失望的!"

金原管理官鞠躬,金原管理官大声说:"谢谢!我不会让您失望的!"

"南系长和他的二系负责在芝公园发现的第二具尸体的调查……"

我草草鞠躬;我的动作一定透露了一丝解脱和喘息的意味,因为北课长的语调突然变得严厉起来——

"南系长和他的二系将以谋杀案的标准来调查此案。在进一步的指示下达前,南系长和二系也要在爱宕警察局成立他们的调查总部。南系长和二系向安达管理官汇报工作。"

我诅咒他,我诅咒他,我诅咒他……

我再次向课长鞠躬,告诉他我已了解任务,谢谢他,保证不让他失望——

所以明天早上,二系要拖着大包小包去爱宕了。明天早上,我们的条幅会被展开挂起。从明天早上开始,我们要无眠无休地工作二十天,直到结案……

"还有人有话要说吗?"金原管理官问,"还有什么要解释的吗?"

没什么要说的。没什么要解释的——

一片沉默，几乎——

嗵嗵。嗵嗵。嗵嗵……

"那今晚你们就把东西都收拾好，"北课长吩咐我们，"把没解决的事都解决好，别留下什么烂摊子，谢谢了。"

说完，课长移开了目光——

我瞥了一眼手表——

滴答……

现在是晚上八点半。

* * *

我沿着警视厅门廊一路跑到后楼梯，从一扇后门离开了。我穿过芝公园。已经入夜了，气温却丝毫没有下降，蚊蝇也更饥渴了——

站街女在树荫下揽客——

"来玩吧……？来玩吧……？来玩吧……？来玩吧……？"

我快步穿过日比谷大街，来到高架轨道上——

站街女在拱廊的阴影下——

"来玩吧……？来玩吧……？来玩吧……？"

我沿着山手线的轨道走着——

走去新桥市集——

"来玩吧……？来玩吧……？"

去找千住明。

*　*　*

水壶和平底锅，陶器和炊具，衣服和鞋子，食用油和酱油，大米和茶叶，水果和蔬菜，刨冰摊和一遍又一遍播放的《苹果歌》[1]——

"红红的苹果触碰我双唇，蓝蓝的天空静静地看……"

所有都在地上摆开，一摊接一摊——

一半是日本货，一半是外国货，全都是非法的黑货。但这里没有警察，没有战胜者，没有占领者——

"苹果什么都不说，但苹果很清爽……"

在这里只有一条律法：买或被买，卖或被卖，吃或被吃。这是一个食人的社会——

"苹果很可爱，可爱是苹果……"

走去新桥新生市集——

"我们一起来唱苹果歌吧？"

旧的外部自由市集已经消失了，旧的黑市已经倒闭了，这是一座新开的市集，只能使用新发行的日元货币——

"如果两个人一起唱，这就是一首美好的歌……"

这座新桥新生市集有两层，现代化的拱廊下有五百多个摊位——

"如果大家都唱这首苹果歌……"

1《苹果歌》（リンゴの唄），1946年发行的歌曲，由并木路子演唱。

松田义一的梦想——

"它就会变成一首更美好的歌……"

但松田义一没能活着看到他的新生市集开张，因为两个月前，六月十日的夜里，松田义一在他的办公室中被野寺富治攻击、开枪射中。野寺富治是前松田组的成员之一，在松田重组自己的帮派期间——与松坂屋组合并成为关东松田集团，他将野寺逐出了帮派——

但没人知道松田到底是不是被野寺杀死的——

没人看到野寺扣动扳机——

没人知道，因为几个匿名人士在银座的一家酒吧里发现了酩酊大醉的野寺富治——

等他们走的时候，他已经死了——

"所以让我们一起唱苹果歌吧……"

千住明现在成了新老大——

"把这种感觉传递下去……"

我就是来见这个男人的。他的手下正等着我，他的手下正监视着我——

他们知道我在这儿，他们知道我回来了……

他们穿着浅色西装、印花衬衫、戴着美式墨镜，抽着好彩牌香烟，他们正窃窃私语关于我的事——

他们知道我为什么在这儿，我为什么回来……

他们从一堆水壶和平底锅中走到我身后，站在我的左右两边，一人抓着我的一条胳膊——

"你可比你看起来要勇敢多了。"其中一个低声说——

"也蠢多了。"另一个说。他们夹着我迅速经过那些地席和摊位，陶器和炊具，走进巷弄，穿过阴影和拱廊，来到一段木楼梯前，楼梯的尽头是一扇打开的门，门上挂着牌子——

东京售货摊供应商处理联合会。

他们放开我，让我擦去脸和脖子上的汗水，拉平衬衫，穿上外套——

"押大、押小、开"的叫声……

一个外国人从楼梯上走下来，是一个戴着墨镜的美国人。走到楼梯的底部，美国人转脸看了看我，又移开了目光。他对千住的手下点了点头，然后便消失在巷弄和阴影里——

没有人和他们看上去的一样……

我沿着楼梯向那扇开着的门走去，这里听不见《苹果歌》的曲调，只有骰子的声响和他的声音——

"你给我带好消息来了，是不是，警官？"我还没走到楼梯尽头，就听见千住高声喊——

我在楼梯上停下脚步。我回头看了一眼他的两个打手，他们正在大笑。我转回身，面朝着那扇门——

掷骰子的声音。"押大、押小、开"的叫声，"押大、押小、开"……

"别跟个胆小鬼一样嘛，"他喊道，"回答我呀，警官。"

我继续向前走，来到楼上。我是个警察。我走到门口，走进灯光中——

"嗯？"千住问——

我跪在榻榻米地垫上，鞠躬。我说："我很抱歉。"

千住把含在嘴里的牙签吐在面前锃锃发亮的长茶几上。他把他那个新电扇转向我，摇了摇头——

"瞧瞧你那样儿，警官，"他笑道，"穿得像个流浪汉一样，浑身都是尸体的臭味。明明可以赚大钱，只要抓抓韩国人和中国台湾人就能高高兴兴地挣两份工资了，却非要去调查谋杀案。明明可以好好照顾家人和情人，和活人上床，却非要去和死人混在一起……"

"我很抱歉，"我又说了一遍，"我很抱歉。"

"你多大年纪了，警官？"

"我四十一岁。"

"那你告诉我，"他问道，"他们现在给四十一岁的警官发多少工资？"

"一个月一百円[1]。"

"我真可怜你，"他大笑起来，"可怜你的老婆，你的孩子，你的情人，我真的可怜你们。"

我向前屈身，把脸贴在榻榻米上。我说："请帮帮我……"

然后我诅咒他；我诅咒他，因为他有我需要的东西。然后我诅咒藤田；我诅咒他，因为是他介绍我们认识的。但归根结底，我诅咒我自己；我诅咒自己，因为我只能依赖别人，我只能依

---

1 日本的货币单位，日元。

赖他……

"你天天追着尸体和鬼魂跑，"他说，"你能给我提供什么帮助？如果你帮不到我，那我也帮不到你。"

"求您了，"我又说了一遍，"请帮帮我。"

千住明把五百円扔在我面前的地垫上。他说："那就调到别的系去，去找出点儿东西来，能帮到我的东西……

"比如是谁买通野寺富治杀了我的老大松田，比如又是谁在事后杀了野寺，再比如为什么这个案子现在以结案处理……"

"我会去调查的，"我说，接着一遍又一遍地道谢，"谢谢您。"

"在你查出来之前，别回这儿来了。"

"谢谢您。谢谢您。谢谢您。"

"滚吧！"他吼道——

我踉踉跄跄地转身穿过地垫，走下楼梯，经过那几个打手，穿过巷子，回到市集上——

"我们一起来唱苹果歌吧？"

新桥新生市集——

这是一个全新的日本……

这就是我们活着的方式——

"让我们一起唱苹果歌吧，把这种感觉传递下去。"

* * *

我讨价还价，为了吃饭。我和人交易，为了工作。我威胁他人，为了吃饭。我欺凌他人，为了工作。我买了三个鸡蛋和一些蔬菜。没有鱼，没有肉。山手线又出问题了，往品川方向的列车停运了，我只好改乘有轨电车。电车非常拥挤，我在人群中被挤得透不过气来，手上的鸡蛋岌岌可危。我在田町站下车，或走或跑地完成了剩下的路。蔬菜装在口袋里，鸡蛋拿在手上——

为了吃饭，为了工作，为了吃饭，为了工作……

现在只剩这两件事了。

* * *

我盼着这一刻已经好几个小时了，盼着再一次躺在这里，躺在旧榻榻米地垫上，躺在她这个只有一盏台灯的昏暗房间里。我一直在想她。我盼了好几个小时，盼着能再一次注视她那几扇有着常春藤叶纹样的破旧屏风。我一直在想她。我盼了好几个小时，盼着能看她在这些屏风上画下那些狐面人物——

我一直在想她……

小雪是灰暗中的那一抹亮色，她的头发用一把梳子盘起。现在小雪放下铅笔，望着那面三叠梳妆镜，说："噢，我希望会下雨……

"下雨，但别打雷，"她说，"我讨厌打雷……

"打雷和轰炸……"

她占据了我的心头……

"就像过去那样下雨，"她低声道，"就像过去的雨一样。下一场瓢泼大雨，雨声要像落在黄包车顶的油布罩上那样，要比落在布罩子上更响、更快，布罩下的黑暗中充斥着油和我母亲头发的气味，充斥着我母亲脂粉和衣物的气味，那天我们在戏院里看过的演员的音容笑貌还历历在目，那些关于忠诚和责任、贞洁和忠实、谋杀和自杀的禁演剧目。他们的面容和声音穿过布罩下的黑暗，朝我涌现……"

从我遇见她的第一天起，她就占据了我的心头，在一场雷雨中，从那一日到这一日，穿越轰炸和战火，从那一日到这一日……

小雪一丝不挂地躺在铺席上。空袭！空袭！有空袭！她的头微微偏向右边。红色警告！红色警告！燃烧弹！她的右臂张开。跑！跑！拿上裤子和砂子！她的左臂贴近身侧。空袭！空袭！有空袭！她的双腿分开，屈膝。黑色警告！黑色警告！有炸弹！我射在了她的腹部和肋骨上。捂住耳朵！闭上眼睛！

"再下一次雨吧。"她说——

接着她把左手放到腹部。我一直在想她。她用手指蘸了蘸我的精液。我一直在想她。她把手指放在唇边。我一直在想她。她舔掉了指尖的精液，再一次说："请再下一次雨吧，就像我们初遇的那夜一样……"

她占据了我的心头，此地，此时……

我将一个鸡蛋和两百円放进她的梳妆盒里，说："我明天可能来不了。"

此地，此时，她占据了我的心头……

"我是个女人，"她低语道，"我是眼泪做的。"

＊　　＊　　＊

　　品川站一片混乱。每个车站。很多人在排队，但没有车票出售。每列火车。我挤到最前面，在入站口出示了我的警察手册。每个车站。我推挤着进入一列车。每列火车。我站着，被周围的人和他们手中的货物挤在中间……

　　每个车站。每列火车。每个车站。每列火车……

　　这列车没有动。人们站着，流着汗——

　　三十分钟过去了，列车终于开始缓慢向前，朝着新宿站的方向驶去——

　　每个车站。每列火车……

　　我拼命拨开人群，在新宿站下了车。沿着站台在拥挤的人流中跌跌撞撞向前走，下楼又上楼。我一手拿着两个鸡蛋，一手拿着我的警察手册——

　　"警察，警察，"我喊道，"警察，警察。"

　　人们避开目光，紧紧抓着他们的背包，纷纷站到一边，我向前挤进了开往三鹰的列车。我又一次站在拥挤的车厢里，周围是更多的人和更多的货物——

　　这就是我们活着的方式，失去了家园的我们……

　　我挤下列车，穿过三鹰站的检票口。我把鸡蛋放进外套的口袋，摘下帽子，擦了擦脸，擦了擦脖子。我口干舌燥——

　　又开始痒了，又开始挠——

　　咯吱，咯吱……

我沿着街上一根根东倒西歪的电线杆来到我经常光顾的那家餐馆，在车站和我家中间的位置——

过去这里总是点着许多灯笼，十盏、二十盏、三十盏或是更多，火光照亮整条街道，照亮他们能提供的娱乐和商品。但如今，黑暗中只有一盏灯。一盏灯照亮不了任何东西——

如今，这里没有娱乐，也没有商品。

我走进餐馆，坐在吧台前。

"昨天晚上有个人找你，"店主说，"问了一些关于你的问题，还有你的新住址……"

没有人是他们自己所说的那个人。在半明半暗的光线里……

我耸耸肩，点了清酒——

"没有清酒了，"店主说，"威士忌？"

我又耸了耸肩，"麻烦了。"

店主把一杯威士忌放在我面前的吧台上，酒很浑浊。我举起杯子，对着灯泡——

我摇了摇杯子——

"不想喝这个的话，"店主说，"那就走吧。"

我摇摇头，把杯子贴在唇上，一口气喝完——

我的喉咙在灼烧。我咳了几声，对他说："再来一杯。"

我喝了一杯又一杯。吧台前有几个老头在和店主说着玩笑话，可怕的玩笑，拙劣的玩笑，但每个人都在微笑，每个人都开怀大笑。哈哈哈哈！嘻嘻嘻嘻！

接着，其中一个老头开始唱歌，起初是轻声唱，接着越来越大声，一遍又一遍地唱——

"红红的苹果触碰我双唇，蓝蓝的天空静静地看……"

*　　*　　*

在半明半暗的光线里，我的妻子正坐在茶几前做针线活，孩子们在蚊帐中酣睡。突然之间，我觉得酒劲上来了，脚下怎么也站不稳，眼中的泪水就要涌出，我没法这样面对妻子——

那两个鸡蛋在我的口袋里碎了——

但她说："欢迎回家。"

这个家的地垫都在腐烂，这个家的房门支离破碎，这个家的墙壁摇摇欲坠——

家。家。家。家。家。家……

我在玄关坐下，背对着她。我费劲地脱下靴子，然后问道："孩子们怎么样？"

"正树的眼睛好多了。"

"园子呢？"

"眼睛还是红肿发炎。"

"你没有带她再去看看医生吗？"

"昨天他们在学校给她清洗过了，但护士叫她待在家里，等眼睛好了再回去。他们害怕她会传染班上的其他同学……"

我转过身，问她："你今天做了什么？"

"我们在邮局排队排了一上午……"

"拿到钱了吗？他们给你们钱了吗？"

"邮局的人叫我们明天再去。然后我们就去了井之头的公园，但他们俩的眼睛疼，肚子又饿，天又热，所以我们就在午饭时间之前回家了……"

"你们今天吃东西了吗？"

"吃了。"

"吃了什么？"

"几个豆沙包。"

"新鲜的吗？"

"是的。"

"几个？"

"一人一个。"

"孩子一人一个，你也吃了一个？"

"我不饿。"

"骗人！"我吼道，"你为什么骗我？"

妻子停下了缝补孩子衣服的手，她将针线放好，合上针线盒。她微微鞠躬，轻声地说："我很抱歉，我会更努力的。"

我站起身，踩着地垫穿过房间——

这些腐烂的地垫……

"今天发生了一起谋杀案，也可能是两起，"我对她说，"案子派给了我们系，也就是说接下去的二十几天，我都要去查案……"

妻子又一次鞠躬。她说："明白了，我理解。"

我从口袋中掏出三百円，放在桌上。"把钱收好。"

妻子第三次鞠躬，说："谢谢你。"

"钱不多，物价又涨得厉害，"我说，"但只要一有离开的机会，我就尽量回来，能带点什么就带。"

"请别挂念我们，"她说，"我们没事的。请专心查案就好。"

我想把桌子掀了。我想撕烂孩子们的衣服。我想扇她耳光。我想揍她——

我想让她恨我，非常非常恨我——

我想让她离开我——

这一次。这一次。这一次……

带着孩子一起走——

"别想让我觉得我对不起你，"说完，我关上门，走进另一间房，"这年头已经不流行自我牺牲了！"

* * *

在支离破碎的门后，我闭上眼，但无法入睡——

我一直在想小雪，一直……

我总是睡不着，因为我想她——

因为即便是此时，她也占据了我的心头……

从我遇见她的那一日起，即便在此地——

她一丝不挂地躺在铺席上，她的头微微偏向右边。她的右臂张开，她的左臂贴近身侧。她的双腿分开，屈膝……

我从榻榻米上起身。她把左手放到腹部。我走进另一间房。

69

她用手指蘸了蘸我的精液。我胡乱翻着厨房的橱柜和抽屉。她把手指放在唇边。翻遍了所有橱柜和抽屉。她舔掉了指尖的精液。但没有找到卡莫丁，也没有找到酒，一颗也没有，一滴也没有——

她占据了我的心头，即便在此地……

我轻轻推开门，走进卧房。两个孩子仍然在蚊帐下面躺着。我在妻子身旁躺下，她闭着双眼。我也闭起眼，但无法入睡。我无法入睡。我无法入睡——

在半明半暗的光线里，我忘不了……

我记得三鹰市刚开始被轰炸的时候。我记得他们逃去了妻子姐姐在甲府的家。我记得我们分别的那个站台。我记得他们搭乘的那列车。我记得他们的眼泪，他们可能活下去，而我可能会死掉。之后，甲府市也开始被轰炸，她的亲姐姐骂她是扫把星。我记得他们回到了三鹰。我记得那个站台，记得我的泪水——

他们可能会死掉，而我可能活下去——

在半明半暗的光线里，墙壁摇摇欲坠……

"但我们已经死了，"他们说，"我们已经死了。"

70

2

1946年8月16日

东京，32℃，晴

　　黑头虱咬得我好痒，我不停地抓挠。咯吱，咯吱。我从茶几前起身。痒啊，挠啊。咯吱，咯吱。我走到厨房的水斗边。痒啊，挠啊。咯吱，咯吱。我梳了梳头发。痒啊，挠啊。咯吱，咯吱。一团团的虱子从头发里掉出来。痒啊，挠啊。咯吱，咯吱。我在水斗里把虱子碾死。痒啊，挠啊。咯吱，咯吱。皮肤上的虱子更难缠。痒啊，挠啊。咯吱，咯吱。它们是白色的，所以更难抓住。痒啊，挠啊。咯吱，咯吱。我拧开水龙头。痒啊，挠啊。咯吱，咯吱。水出来了。水停了。水又出来了——

　　痒啊，挠啊。咯吱，咯吱。痒啊，挠啊。咯吱，咯吱……

　　水一阵污，一阵清，一阵清，又一阵污——

　　我冲了冲脸，想找块肥皂来刮胡子——

　　但没有肥皂——

　　我又漱了漱口，把水吐掉——

　　我是一个幸存者……

我穿上衬衫和裤子，过去四五年里，我每天都穿着的衬衫和裤子，我妻子缝了又缝，补了又补的衬衫和裤子，补丁上打补丁，我脚上的鞋袜也是如此，我此时拎着的冬装外套和戴着的夏帽也是如此——

　　痒啊，挠啊。咯吱，咯吱。痒啊，挠啊——

　　我是一个幸运者……

　　茶几上放着一小碟菜粥，一碗米粥和一些蔬菜。我把这些吃的留给妻子和孩子——

　　我取出手表。滴答。拧上发条——

　　现在是凌晨四点，我的妻儿还在熟睡——

　　还是痒，还在挠。咯吱，咯吱……

　　我在玄关穿上我那双老旧的军靴，系紧鞋带。我轻轻推开前门，接着在身后关上、锁好。我沿着前院的小路走出房子，关上身后的大门——

　　嗵嗵。嗵嗵。嗵嗵。嗵嗵。嗵嗵……

　　我走出房子，离开家人——

　　嗵嗵。嗵嗵。嗵嗵。嗵嗵……

　　我沿着街道走向车站——

　　嗵嗵。嗵嗵。嗵嗵……

　　穿过锤子敲击的声音——

　　嗵嗵。嗵嗵……

　　一个新日本的黎明——

　　嗵嗵……

重建工程每天很早就开工了。人们修整或拆除残存的建筑，在原来的位置再造新楼；清理道路上的碎石和灰烬，将它们倒进运河中，运河几乎要被填平。但东京的河道和马路仍然散发着屎和尿、霍乱和斑疹、疾病和死亡、死亡和失败的恶臭——

咄咄……

这是全新的日本。成千上万的人涌入三鹰站，等候着开往各个方向的列车。有的是为了去乡下，把家里的物什低价卖出去，好有钱买食物；有的是为了进东京兜售食物，好低价收购别人家里的物什。永无止尽的来来去去，去去来来，永无止尽的买进卖出，卖出买进。这就是全新的日本——

每个车站，每列火车，每个车站……

人们在两边的站台排起两列长龙，队伍在新来者向前推挤时左右摇摆，踩踏着那些在站台过夜的人躺在地上的身体。当第一班开往东京的列车进站时，队伍中爆发出一阵巨大的骚动——

每个车站，每列火车，每个车站……

两节空车厢只开放给战胜者；一节二等硬座车厢，开放给享有特权的战败者；而我们这些剩下的人，只能搭乘剩下那几节又长又破的三等车厢——

我们这些失去了一切的人——

三等车厢的车窗都坏了，清晨五点，车厢已经完全被挤满，再无一丝空间了。站台上的人还在从窗户塞进更多的包裹，让车厢里的人带去东京，车厢的台阶和车厢间的连接轴上也站着人，他们默默地挪动脚步，努力为自己找一个立足点——

每个车站，每列火车……

我拿出我的警察手册——

痒啊，痒啊……

我大喊："警察！"

我终于爬上了车。我很痒，但没法挠。我拼命挤进一个车厢。我很痒，但没法挠。人们在我背后不断地推挤。我很痒，但没法挠。列车沿着铁轨缓缓启动。我很痒，但没法挠。拥挤的人群中，我的双臂紧紧贴在身侧，动弹不得。我很痒，但没法挠。乘客和包裹挤满了车厢，几乎没有留下一丝空间。我很痒，但没法挠。他们蹲在椅背上，蹲在行李架上。我很痒，但没法挠。我全身上下只有眼球可以转动。我很痒，但没法挠。我前面那个小伙子的头上长满了癣。我很痒，但没法挠。我左边那个姑娘的头发里有虱子在爬。我很痒，但没法挠。我右边那个男人的头皮闻起来像馊掉的牛奶。我很痒，但没法挠。列车摇摇晃晃地驶过几个轨道交叉口。我很痒，但没法挠。我闭上眼睛——

我一直在想她……

一个多小时，列车终于到达了有乐町站，我花了好大的力气挤下车，走上站台——

挠啊。咯吱，咯吱。挠啊。咯吱，咯吱……

我从有乐町站走到警视厅。还没到六点，我浑身瘙痒，汗流不止。东京的空气里尽是屎的恶臭。屎、污泥和尘土，这些屎、污泥和尘土覆盖了我的衣服和皮肤。每当有吉普车或卡车路过，扬起的这些秽物都让我无法呼吸，喉咙仿佛在灼烧——

我停下脚步，取出手帕，摘下帽子。我擦了擦脸，擦了擦脖子。我仰头凝望惨白的天空，想找到隐藏在污浊云层之后的太阳，灰与尘组成的云层——

屎，人屎组成的云层……

路边全是跪在地席上的人，男男女女，老老少少，军人平民，他们或是目光空洞，或是双眼紧闭，每个人都疲惫不堪——

我握紧拳头，收紧胸腔，我的肺部在嚎叫。你在等什么？

人们像这样跪在护城河边流泪，已经一年了。整整一年过去了，但人们还跪着，跪着，跪着，跪着——

站起来啊！站起来啊！

* * *

石田回来了。石田在打扫二系办公室，揩净桌椅，清扫地板和门廊，摆正那些不会响的电话，擦拭那些不会转的风扇——

就这个系，这份工作，这个单位而言，石田太年轻了，但他的家族有一些人脉关系，让他可以活下来，让他可以在这里拥有这份工作。他也心怀感激，努力想要证明自己，他永远低着头，微微屈着身。他在这里打扫房间，泡茶送水，他在这里泡茶送水，还要忍受我们的恶骂——

"真恶心！这是我喝过的最难喝的茶了！"藤田正对着石田大吼；藤田把他的茶吐到桌上——

藤田也回来了。藤田总会回来——

年近五十。错失了晋升机会，怨气冲天⋯⋯

藤田刑警知道他应该是这个系的系长，他知道就这个职位、这份工作、这个单位而言，我太年轻了。但藤田刑警知道我的家族有一些人脉关系，让我可以活下来，获得这个单位的这份工作——

他的单位。但藤田刑警知道——

没有人是他们自己所说的那个人⋯⋯

石田连连道歉。石田擦去藤田吐在桌上的茶水。石田再次道歉——

"别再那样道歉了，"藤田吼道，"你的道歉一点儿诚意也没有，你不如把嘴闭上，还能让我不那么恶心。道歉的时候真诚一点！"

石田深深地低头，屈身。藤田在石田的头顶打了一巴掌。藤田推着他出门，走到走廊上——

"你就待在这儿，什么时候知道怎么把茶泡好了，什么时候再进来！"

石田跪在走廊上，不断地道歉——

藤田背过身："学学怎么真心诚意地道歉！"

我跟着藤田回到办公室中，说："早上好。"

"早上好，"他喃喃道，"有烟吗？"

我摇头，问他："昨天怎么样？"

"我恨乡下，"他说，"还有乡下人。"

我点头，问："他们敲你竹杠了？"

"他们是想来着，"他笑道，"结果发现我是警察，我就赶紧

76

趁机砍了价。"

我指着门口，问："石田有长进了吗？"

"很不幸，"藤田说，"毫无用处，和平时一样。"

"但你们搞到大米了？搞到物资了？"

"是的，"他说，接着又补了一句："谢谢你。"

我耸耸肩，说："谢我什么？"

"谢谢你帮我们瞒过去。"

"没什么。"

"不，我听说芝公园的案子了，那两具尸体。真是倒霉。我听说他们问起我在哪儿。"

我耸耸肩，说："真的没什么，换作是你，也会这么帮我的。"

藤田浅浅地鞠了一躬，说："当然。"

我看了看表。滴答。我又迟到了。

* * *

我敲了敲课长办公室的门。我打开门，道歉，鞠躬。我在桌前坐下。北课长坐在桌子的主位，安达和金原坐在他右侧，甲斐和我坐在左侧。每天都是同一群人，同一地点，同一时间，同样的两个话题——

关于肃清运动的传言和盟军最高司令提出的所谓的改革——

去年十月，盟军最高司令训令第九十三号颁布之后，五十一位县级警察局长中有四十七位被免职，另外还有五十四位警视、

77

一百六十八位警部及警部补、一千位巡查部长，一千五百八十七位巡查长和两千一百二十七位巡查被免职。每一位刑警、巡查长和巡查都是已经解散的特攻队成员——

今年一月，盟军最高司令训令第五百五十号颁布，下达了新的肃清指示，又有两位警察局长、六十位警视和二十八位警部及警部补被免职——

这道肃清指示不仅让警察丢了饭碗，而且还让他们在其他的领域也找不到工作——

而美军的动作还没结束——

"我昨天晚上和练马区的一个老朋友聊了聊，"金原管理官说，"他告诉我，盟军最高司令派公安部入驻练马警察局，去检查他们署里每一个警察的职业记录，查他们所有调动和委任的记录……"

"为什么是练马？"安达问——

或者叫安城，或者叫安藤，或者……

"因为去年八月，就在投降之后，有些巡警向盟军最高司令直接投诉说，一些前特攻队和宪兵队的高阶军官改名冒充那些已经死亡或退休的警官，利用新名字调动到其他更好的职位或者获得更高的警衔……"

没有人是他们自己所说的那个人……

"但那些在特攻队和宪兵队只待过几个月的人，也要被免职了……"

没有人和他们看上去的一样……

"告密的！"安达啐了一口——

大家纷纷点头——

除了我……

接着，圆桌会议的话题转向了世田谷区一整夜突发的抢劫案——是三人团体持枪犯案，该案很有可能和上个月在东京同一地区发生的持枪入室盗窃案之间有关联；暴力犯罪率的不断上升；在我们没有配枪的情况下罪犯对枪支的使用；最后，话题又回到了盟军最高司令提出的所谓的改革——

"我们向他们提出了配枪申请，"金原说，"更多的枪，更好的枪，能用的枪，能配到子弹的枪……"

"他们承诺过要给我们配枪的。"安达说——

"但他们光说不做。"金原说——

每天都是同一群人，同一地点，同一时间，同样的两个话题，一个接一个的会议，直到有人敲门，有人打断——

"打扰一下。"一个巡警支支吾吾地说——

"什么事？"北课长厉声问——

"那些母亲来了，长官。"

* * *

现在是上午八点三十分，发现尸体后的第二天。已经有二十位母亲来了。二十位母亲，她们或是读了早报，或是从邻居那里听闻了消息。二十位母亲，她们拿出自己最后一件体面的和服。

二十位母亲，她们叫来了自己其他的女儿或姐妹。二十位母亲，她们四处乞讨，才凑到来樱田门的电车或火车票钱——

二十位母亲，她们来寻找自己失踪的女儿——

"她们读报的速度可真够快的。"甲斐对我说。

"来警局的速度是够快了，但她们女儿刚失踪的时候，她们在哪儿呢？现在干什么都太迟了……"

甲斐系长和我走下东京警视厅的楼梯，进入一间接待室——

"战前每月的失踪人数只有二十人左右，现在我们一个月就要接到两三百件失踪报案——

去接待室面对那二十位母亲——

"其中百分之四十都是十五到二十五岁的年轻女性，这个数字还只是公开出来的部分……"

二十位寻找女儿的母亲——

"你信不信，"甲斐说，"这些母亲，之前肯定一个都没有上报过女儿失踪——"

一个巡警为甲斐系长和我打开了接待室的门，我们走进房间。甲斐和我向面前的二十位母亲做了自我介绍。二十位母亲，她们穿着自己最后一件体面的和服，带着其他的女儿或姐妹——

二十位母亲，想要找到自己失踪的女儿——

祈祷着自己不会在这里，在这个地方找到她。

但由于尸体都在庆应大学医院，由于验尸工作尚未进行，由于现场搜查还未结束，由于我们还没有正式展开调查，甲斐系长和我没法给这二十位母亲提供任何信息，没法告诉她们任何事。

因此，甲斐系长和我让我们的手下对着二十位母亲进行问询，记录下她们女儿的特征，她们的身高、体重和年龄，她们要去的地方、要见的人，她们穿的衣服、背的包、携带的东西——

在她们最后一次被见到的那天……

她们最后吃的东西——

"为什么问这个？"她们会问——

她们身上的疤痕，或是她们掉过的牙齿，或是她们的其他特征，可以用来排除或确认我们在芝公园发现的那一堆腐肉和白骨的身份。但不是今天——

"为什么不是今天？"这些母亲问，"那要等到什么时候？"

今天这些母亲是得不到慰藉了——

"什么时候？"她们一遍又一遍地问道。

验尸完成后的第二天，这二十位母亲一定又会回来，二十位母亲和一位父亲——

一位父亲，穿着他最后一套体面的西装，手上拿着帽子，从那些母亲身边走向前，问道——

"可以和您谈谈吗？"

* * *

"我叫中村吉藏，在蒲田开杂货店。我女儿叫中村光子，是我唯一的女儿。她毕业于青山家政学院，战时她为安田精机和台东横三这些公司工作过，也做过一些志愿服务。但她是我唯一的女儿，所以去年，东京的局势开始恶化之后，我太太和我决定把光子送去茨城县，和她哥哥嫂嫂一块儿住。所以去年七月二十号，她从我们蒲田的家出发，前往茨城。但光子一直没有到她哥哥家。她那时候二十二岁，现在应该二十三岁了。她是我唯一的女儿，警官。"

"光子失踪后，您报案了吗？"我问他——

光子的父亲点头，他说："当然。"

"当地警方是怎么跟你说的？"

"他们说他们找不到任何线索……"

我打开我的笔记本。我舔了舔笔尖，问他："您还记得令嫒去年失踪那天穿着什么衣服吗？"

"一条棕色的农活裤，一件浅黄色的女式衬衫。"

"您还记得那天她脚上穿着什么吗？"我问他。

"一双木屐……"

"您可以向我描述一下光子的外貌特征吗？"

光子的父亲深吸了一口气，说："她身高一米五五，体重大约五十公斤，长发，一般会梳成双马尾。光子还戴着一副圆框银丝边眼镜。"

在半明半暗的光线里，没人忘记……

"还有吗？"我问他。

"她失踪的那天，"他点头道，"还背着一个米色的棉布背包……"

"里面装着什么？"

"一盒午餐便当。"

"还有别的吗？"

中村光子的父亲又一次点头，他擦去脸上的汗水，说："还有一个椭圆形的菊石胸针，是我送她的二十岁生日礼物……"

没人忘记……

我停下了记录笔记的手，合上笔记本，放下铅笔。我对他说："您应该知道，那两具尸体的验尸工作还没完成。但是其中一个受害者的遇害时间就是几天前，而另一个受害者的着装并不符合您的描述，至少和她失踪那天穿的衣服不同。所以这两个死者中可能没有令嫒……"

这位父亲把手帕贴在脸上。他的双肩开始颤抖——

"是报纸上写的，"他低语道，"说在芝公园发现了两具身份不明的尸体，所以我太太和我觉得我们应该……"

"我理解，"我对他说，"如果有其他线索，我会和您联络……"

他低头示意——

"谢谢您。"

* * *

第一个行李箱收拾好了，西和下田一人提一个把手。第二个行李箱收拾好了，木村和石田一人提一个把手。其他人都把东西放在了一起。他们已经把没处理好的事解决完了，理清办公桌，准备出发前往爱宕。他们知道接下去没有假期，他们知道接下去没有休息。他们正在等候出发，传阅着报纸，聊到最近的自杀案件——

前新几内亚地区的日本海军部队指挥官、海军少将佐藤史郎（54岁）于昨日清晨五点左右在其位于横须贺市的家中自杀，他在自杀前杀害了他熟睡中的妻子（42岁）、儿子（11岁）和女儿（9岁）。这位海军少将今年一月从新几内亚地区回到家中，此后一直受神经疾病困扰。自七月下旬起，他就开始谋划杀死全家人并自杀……

"好人太多了，"我的部下们在说，"还有多少好人打算用这种徒劳的牺牲来抵罪……？"

"坏人却数钱数到手软……"

"给死人举行的仪式太多了……"

翻着报纸，聊到逃犯——

又有一个宪兵逃跑了——

"他们会抓到他的，你看着好了……"

"不可能逃一辈子……"

"告密的人太多了……"

把报纸再往后翻两页，聊到最近的判决结果——

五名男子因虐待盟军战俘被判有罪。证据显示，这五名男子是函馆一号战俘集中营的看守，他们虐待战犯，私吞战犯的食物和衣物。委员会判定所有五名男子犯有针对战俘的罪行，并处以五年至三十年的有期徒刑。审判临近尾声时，其中一名被告人竹下俊雄告诉法庭，前首相东条英机应为这一切负责，他本人与其他被告只不过是被征召入伍的士兵，面对上面下达的命令，他们只能遵从，哪怕冒着生命危险……

"没完没了。真的没完没了了……"

"他们不是罪犯，他们只是士兵……"

"太多审判了……"

最后一份报纸的最后一页的最后几行，是我们的故事。在芝区发现的两具女尸……

我又看了看表。滴答……

我站起来。他们都站起来——

我鞠躬。他们都鞠躬——

我说："我们走吧。"

*   *   *

西和下田提着第一个行李箱，木村和石田提着第二个行李箱，走进爱宕警察局的门；西和下田提着第一个行李箱，木村和石田提着第二个行李箱，走上爱宕警察局的楼梯；真田、服部、武田、我和藤田在后面跟着，进门、上楼——

西和下田放下第一个行李箱。木村和石田在角落放下第二个行李箱，今晚之前，这个箱子会一直锁着。接着西和下田打开了第一个行李箱。西和下田拿出白色的条幅和几根竹竿，将挂上条幅的竹竿插在门口——

两米高，半米宽——

绣着鲜红、加粗的漂亮字体：

特别调查总部。

二系的成员们在条幅前集合，他们立正站好，我开始讲话——

"这个条幅会一直挂在这儿，直到我们顺利结案，带着荣誉而归，或者直到我们被迫撤回东京警视厅，颜面尽失地回去——

"你们想要哪个？带着荣誉回去，还是羞耻？"

"荣誉！"他们喊道，"荣誉！"

"那我们每一个人就都要倾尽自己所有能力，做到最好，"我命令他们，"只有这样，这个案子才能顺利解决，我们系才能带着荣誉回去——

"所以，尽你的全力！"

"我们会尽全力！"他们答道，"做到最好！"

走廊的另一边，甲斐和他的一系已经支好了条幅，完成了宣誓和训诫的环节，正等着我们——

"会议时间！"

一系、二系和爱宕、目黑、三田警察局的所有巡警都聚集在二楼一个闷热、昏暗的房间里，那是一系在爱宕警察局的办公室——

我站在房间的前面，站在安达、金原管理官和甲斐系长旁边，我们四个面对着一系、二系和那些巡警——

"立正！"其中一个巡查长大喊。房间里的所有人都突然立正——

"鞠躬!"巡查长喊道——

所有人鞠躬——

"稍息!"

所有人都稍息,或坐下,除了安达管理官。安达手里拿着一张纸,他读了一遍人员名单和小组名单,将人员分派到各个小组,再给小组分派好指挥官。安达指着身后板子上的一张地图,读了一遍各个坐标区域,将各区域分派给各小组,又划分了搜查组和分析组——

最后,安达训诫了我们在场的所有人,要尽全力做到最好——

所有人都许诺会尽全力做到最好——

"立正!"穿制服的巡查长喊。所有人都立正站好。

"鞠躬!"他喊——

我们鞠躬——

"解散!"

* * *

楼下又有记者在等着我们了,这些天一直有记者在蹲守我们。日本现在又有几百种新的报刊杂志在发行,几千个活跃的新记者——

新闻自由。新闻自由。新闻自由——

自从上个月《读卖新闻》报社的罢工运动失败后,情况好转了许多，但还是有太多报纸和杂志，太多记者，太多新闻自由了——

太多的问题，太多的问题……

新闻界有太多卑鄙小人了——

像林丈这样的卑鄙小人——

我心中的卑鄙小人……

林用一个笔名给《民报》供稿，又用另一个笔名给《民众新闻》供稿。只要能拿到钱，林可以给任何人写任何东西，所以他常常为了钱写各种东西——

林在楼下等我——

我抓着他的手臂，把他带到警察局外——

避开耳目，穿过马路，走进树林。一个瘸脚的士兵正在一个老旧的黑色铁桶里烧杂草——

火焰上的火焰，热浪里的热浪，熔炉中的熔炉……

林吸了一口气，说："我讨厌烧焦的味道……"

我警告他："这一次你最好告诉我点有用的情报。"

"不是因为焦味会让我想起空袭……"

"有没有什么消息？新消息？"

"空袭闻起来像肥猪肉，"他说，"这个烟味让我想起了投降的那天……"

"快点，"我催促他，"你到底有什么消息？"

"他们烧文件的烟把天空都熏成了黑色……"

"回忆够了吧！"我吼了起来，"不说就滚。"

"随着那些烟，"他说，"所有的证据都消散了……"

我诅咒他。我诅咒他……

"所有的名字……"

"行。"说完我转身就走——

他抓住我的胳膊，拿出一张叠起来的纸。他说："在这张纸化为烟雾之前读一下。"

我接过纸，打开，阅读——

"藤田恒夫，"他读了出来，好像我看不懂这个名字似的，"松田义一被杀的那天晚上，有人看到他在银座的新绿洲酒吧和野寺富治一起喝酒……"

"我手下的藤田刑警？"

林点头："正是。"

我诅咒，我诅咒……

我摇头，对他说："一定是搞错了。"

林摇摇头："没搞错。"

我问他："谁告诉你的？谁？"

林又一次摇头。

"那么还有谁知道这件事？"我问他，"你的线人知道，你知道，还有多少人知道？"

"没别人了，"林说，"没有其他活人知道了。"

"除了你。"我对他说——

"现在还有你。"他露出微笑。

我看着林的眼睛，说："谁知道你有没有说谎？谁知道这是不是你编的……？"

"你个混蛋，"林厉声说，"当初是你来找我的。是你想知道谁是杀害松田的主谋。是你想知道是谁付钱给野寺，又是谁杀了野寺……"

我转身，迈步离开——

走出阴影……

他第二次抓住我的胳膊。他说："所以现在是怎样？"

我从他手里抽出胳膊，说："没怎样。"

"没怎样，是什么意思？"他问，"我已经按你的要求做了，我给你搞到了情报，现在我要我的钱！"

"但这个情报我用不了。"我告诉他。

"这就不是我的问题了呀。"他大笑。

"但我不能付你钱。"

林的笑声戛然而止。他说："可以啊，那我就把这个情报交给能付我钱的人。"

"比如谁呢？"我问他。

"比如千住老大。"

现在轮到我笑了："千住老大？"

"他会付我钱的。"

我朝他走去，贴近他的脸，我说："你觉得千住老大会付你钱？一个卑劣的人渣记者，别人问他事情的时候他从来都不会说真话，因为他根本不知道答案，因为他说了太多的慌，已经圆不回来了。你觉得千住会给像你这样的人渣败类钱？就因为你听说

90

我手下的一个刑警被人看到和那个在当天夜里杀了自己老板、导师、义父的人渣在银座的酒吧一起喝酒？你觉得千住老大会愿意花钱买这种情报？是不是？你真这么觉得？首先，千住在杀了我和藤田之前，一定会先折磨你，直到你告诉他你是如何得到、何时得到这条情报的，以及在此之前你为什么不告诉任何人这件事。相信我，林，不管你给千住的答案是什么，都是错误答案，也会是你的最后一个答案，他会毫不犹豫地杀了你！所以说，如果我是你，我会彻底忘了曾经听说藤田和松田义一案件有关联的这件事。"

林耸肩。他说："你比我好不到哪儿去，警官大人，你以为你比我好，但其实不是……"

我笑了。我转身离开，走远——

火焰上的火焰，热浪里的热浪，熔炉中的熔炉……

"我了解你，"他在我身后喊着，"我知道你的那些秘密……"

我转过身，说："我们刚输掉一场战争。我们都有秘密。"

林笑了，他摇摇头——

"你的秘密和别人的可不一样，警官大人。"

* * *

芝公园的山坡上站着三十个警察。三十个警察，拿着毛巾和棍子。为了在深深的草丛中搜寻。三十个警察分成三组，一组十人。三组人，有的穿着便服，有的穿着制服，一个个都汗流浃背，挥赶着蚊子和苍蝇。为了发现死者的秘密。他们仰头望着太阳，又低头看向地面。在深深的草丛中。他们拿出手帕，摘下帽子。他们的头颅对着太阳。他们用手帕擦拭额头，擦拭脖子。在深深的草丛中。他们重新戴上帽子，收起手帕。令人窒息的草丛。他们拿起棍子，开始搜寻。在深深的草丛中。为了再搜寻一遍，想要找到些什么。深深的草丛……

滴答。滴答。滴答。滴答……

从上午十一点到晚上六点——

但在死者的土地上，没有时钟……

在这些被遗忘的墓地中，在这些倾倒的大树旁——

只有乌鸦的叫声，许许多多的乌鸦……

只有服从，没有热情——

在这选定之地……

我也在搜寻——

搜寻藤田……

"在找谁吗？"安达管理官问道——

"我们不都在找人吗？"说完，我又一次转身离开。

* * *

我发现石田一个人待我们在爱宕借用的楼上办公室。石田身上因为搜寻的工作又脏又湿。他正在擦拭桌椅，清扫地板和门廊，扶正我们的条幅。石田看到了我的影子，他抬起头——

石田立正、鞠躬、道歉——

我对他笑了笑，命令道："稍息吧。"

石田再次鞠躬、道歉——

"你的道歉一点儿诚意也没有。"

"你今天很辛苦，"我对他说，"谢谢你。"

又一次，他鞠躬、道歉——

"昨天怎么样？"我问他，"和藤田刑警？"

石田低头看向地板，背微微屈着。他不愿意抬头看着我的眼睛——

"昨天怎么样？"我又问了一遍，"你和藤田刑警买到大米和物资没有？"

石田把头稍稍转向左侧，背仍屈着——

"你们去乡下了，不是吗？"我问他——

石田点了一下头，仍然屈着背——

"你们去了哪儿？"

石田又转了转头，说："我按照藤田刑警的要求和他一起去的，长官。"

"这我知道，"我对他说，"我现在是在问你，你和藤田刑警一起去了哪里？"

石田咬牙深吸了一口气，但没有回答——

我在他头顶扇了一巴掌，吼道："回答我！"

石田又开始鞠躬、道歉——

我又扇了他一巴掌，吼着："快点！回答我！"

但石田还是没有回答，只是不停地道歉——

"你的道歉一点儿诚意也没有。"

"白痴！"我骂道，转身离开——

西和木村站在一边——

"北课长来了，长官，"西说，"正在接待室，和安达管理官在一起。"

＊　　＊　　＊

警视厅搜查一课的一把手来到了爱宕警察局。北课长来这儿是为了了解初步搜寻的结果。我站在接待室外等着，直到北课长和安达的会议结束，直到安达走出房间，一语不发地走过我身边，朝我的方向连看都没看一眼。我敲了敲接待室的门，走进去——

我向北课长鞠躬、道歉。我在课长指给我的位置上坐下。我告诉他我们今天的行动、发现，以及我们明天的行动计划——

北课长听完，说："但我听说你想调离二系……？"

我没有对任何人说起过这件事。但我什么都没问，什么都没说。我向课长深深地鞠躬，为调职的请求道歉——

"你倒是没否认，有趣，"北课长笑了，"很显然，你是想调去六系吧？"

我什么都没问，什么都没说。

我鞠躬，再一次道歉。

课长问："为什么？"

"我在二系已经待了快一年了，"我对他说，"也许他们需要一个新的系长。"

"但为什么想去六系呢？"课长又问了一遍，"那个系负责的都是黑帮和市场的案件。这个领域你什么也不懂啊……"

"您把我调到二系的时候，我也什么都不懂。"

北课长笑问："那现在呢？"

"没有人敢说自己懂的足够多了……"

北课长深吸了一口气，闭上眼睛，说："你去确认那个女孩的身份，查出她是怎么死的，如果她是被谋杀的，就去找到凶手，查出杀人动机——

"做到这些，我就同意你调职。"

我鞠躬，道歉，一遍遍地说着——

"谢谢您，谢谢您。"

＊　　＊　　＊

回到楼上，回到那个闷热、昏暗的二楼房间，召开两个案件调查首日的最后一个会议——

"立正！"还是昨天那个巡查长喊道——

"鞠躬！"巡查长喊——

"稍息！"他喊。

安达管理官和我站在房间前排，桌子上摆着今天在芝公园山坡上找到的东西，许许多多的东西——

95

装着一组木匠工具的藤编篮子，在第一具尸体十五米外发现；儿童内衣和布料，在篮子附近发现；沾有污渍的女性内衣；士兵的挎包，在北道的灌木丛里发现；中式长烟斗和空午餐盒；今年八月十一号的《朝日新闻》报纸；老花镜，两个镜片都碎了；生锈的西式剃须刀和打了五个补丁的红色围腰带，在东道上发现，这五个补丁也许可以证明死者身份——

"这条围腰带的材质，"安达说，"与第一具尸体脖子上缠绕的材质匹配。但我们还是得等到明天验尸结果出来后才能下定论。南系长……"

"那个军用挎包，"我接着他的话继续，"里面装着一份名叫高桥的人的在职证明，这个高桥来自丰岛区的杂司谷。我已经派人到丰岛区的办事处跟进这个线索了……"

安达说："我们会对搜查中发现的所有衣物逐一进行科学鉴定。那件内衣或许有助于确认死者身份。"

安达管理官和我坐下。金原管理官站起来——

"明天早上，"他说，"我们继续搜查工作。"

* * *

课长在大门附近一家最近重新开张的饭店订了包房，饭店就在美军食堂的附近。课长请搜查一课的全体成员聚餐。搜查一课的全体成员在新的榻榻米地垫上袖子挨着袖子，膝碰着膝地坐着。没有菜单，没有选择。但有啤酒，有食物。我们吃着剩菜剩饭，从战胜者的垃圾桶里捡来的残羹冷炙，庆幸不用再吃菜粥了——

狗在它们主人的脚边，在他们的桌下挨饿……

大家还在谈论那个杀害了妻子、十一岁儿子、九岁女儿，然后开枪自杀的前海军部指挥官，还有他的遗言：

"像处理一条狗的尸体一样处理我们……"

大家开始谈论那一百万份未被认领的骨灰，都是死于战争的人，四百万被遣返回国的士兵和平民，许多人都把他们战友和亲属的尸骨和骨灰装在小小的白色盒子里，挂在脖子上，还有一百多万人没有回来——

"像破碎的珠宝一样活着，而不是普通的黏土……"

大家又谈论起河道里的屎和尿，霍乱和斑疹，火车事故和工会的游行，贴在火车车身上的罢工口号——

"我觉得一点儿也不自由，我觉得我没有任何权利……"

谈论起强奸了一个十三岁女孩的美国兵；谈论起在一个女孩插花课下课后回家路上绑架并强奸她的另外两个美国兵；谈论起在蒲田攻击、殴打了两个美国兵的日本男人——

"战争的精神，在激发……"

大家说度分如时，度时如日，度日如周，度周如月，度月如年——

这一年过得好像十年一般——

"如今只是千篇一律……"

谈论肃清运动，谈论审判，谈论我们所有的审判；为了工作，为了吃饭。谈论食物。谈论食物。谈论食物、食物、食物、食物、

食物、食物、食物、食物——

　　低声地谈论，尖声地谈论，低声地谈论，尖声地谈论——

　　如果你没有战败过，没有输过——

　　如果以前没有被打垮过——

　　那么你就不知道什么是痛苦——

　　投降的痛苦——

　　被侵占的痛苦……

　　低声地谈论，尖声地谈论，这就是战败者说话的方式——

　　他们缩紧胸腔，握紧拳头——

　　他们双膝流血，背脊断裂——

　　秋天到来……

　　这就是战败者说话的方式——

　　低语，尖叫——

　　"*我们是幸存者，我们是幸运儿。*"

*　　*　　*

　　回到爱宕警察局的二楼，第二个行李箱打开了，毯子被分发出去，但这个房间就是一个火炉，又一个熔炉，汗酸味和蚊虫的嗡鸣声令人难以忍受。走廊对面的另一个房间里，一系的人喝醉了，正低声唱着催眠曲——

　　"*红红的苹果触碰我双唇，蓝蓝的天空静静地看……*"

　　但我的部下们很快就睡着了，在椅子上或桌子下，鼾声如雷，

98

响屁震天，所有人都睡着了，除了藤田刑警——

一把空椅子，一张空桌子……

我从椅子上起身，蹑手蹑脚地跨过那些熟睡的部下。我打开房门，沿着走廊走下楼梯，从后门出去——

她占据了我的心头……

我跑了起来，穿过夜晚，穿过漆黑一片、没有星光的夜晚，穿过这片闷热潮湿、暗沉氤氲的夜幕——

向小雪跑去。

*   *   *

在她那盏昏暗台灯的光线下，在她那面三叠化妆镜前，她用手捋着头发，说："你刚在街角的商店里买了一包烟，一个男人一边跑一边喊：'要下雨啦！要下雨啦！'一阵风把一枝芦苇高高吹起，报纸像幽灵一样在街上乱飞，穿着围裙的老太太们和拿着玩具的小孩子们都跑进室内。接着是电闪雷鸣，雨点砸落。但你没有跑。你抽完烟，撑开伞。那就是我第一次看见你，站在伞下，我第一次叫你，那时我刚要离开理发店，你还记得吗？"

我不想记起，我不想记起……

"我可以和你一起走吗？"她那时候说，"就走到那儿？"

她白色的颈部在我黑色的雨伞下，高高的发髻刚刚梳好，用长长的银色丝线绑着，我记得——

出院，从中国被运送回家……

"别担心我，"我说，"把伞拿走吧……"

"你不介意吗？"她微笑着说，"就走到那儿……"

她用右手拿着我的伞，左手拎起和服的裙摆，转身问道——

"那这把伞就是我的了？"

在半明半暗的光线里，我忘不了……

我浑身发痒，挠了又挠。咯吱，咯吱……

在半明半暗的光线里，想着我的妻子，在半明半暗的光线里——

我很抱歉。我很抱歉。我很抱歉。我很抱歉。我很抱歉……

想着我的孩子。在半明半暗的光线里，她背对着我——

我很抱歉。我很抱歉。我很抱歉。我很抱歉……

在半明半暗的光线里，她面朝墙壁。在半明半暗的光线里——

我很抱歉。我很抱歉。我很抱歉……

面朝墙纸，在半明半暗的光线里，面朝墙上的污渍——

我很抱歉。我很抱歉……

在半明半暗的光线里，若有若无的东西——

我很抱歉……

半辈子，都消失了。

3

1946年8月17日

东京，32℃，晴

我浑身发痒，挠了又挠。咯吱，咯吱。我又失眠了。我一直没合眼，眼睛疲劳酸痛。清晨的阳光从窗户照射进来，照亮了她房内的灰尘和污渍，锤子敲击的声音随着光线一同飘进屋内——

嗵嗵。嗵嗵。嗵嗵。嗵嗵。嗵嗵……

我在被褥上坐起来，看了看表——

滴答。滴答。我迟到了——

白痴！白痴！白痴！白痴！白痴！

我从被褥上弹起来，身上很痒，挠了又挠。咯吱，咯吱。我穿上衣裤。咯吱，咯吱。我走向玄关。咯吱，咯吱。我绑紧鞋带。咯吱，咯吱……

我诅咒。我诅咒。我诅咒……

我转身道别——

但她没有动，她背对门口，面朝墙壁，面朝墙纸，面朝污渍——

我诅咒自己……

我关上她的门，沿着走廊跑起来，跑下楼，跑出大厦。跑出阴影，进入阳光。今天早上的阳光太过明亮，阴影太过黑暗，整个城市似乎只拥有黑白两种颜色了。白色的水泥废墟，黑色的空窗户。白色的人行道和马路，黑色的电线杆和树木。白色的金属板，黑色的碎石堆。白色的树叶，黑色的杂草。战败者的白色眼睛和黑色皮肤，战胜者的白色星星和黑色制服——

嘟嘟。嘟嘟。嘟嘟。嘟嘟。嘟嘟……

今天没有色彩。月亮上没有色彩。

*　　*　　*

藤田刑警坐在我们临时办公室的临时办公桌前。藤田没有抬头。石田在倒茶。藤田把手伸进他的外套口袋里。西和木村在修理他们的笔记本，把比较薄的废纸搓成一条"绳"，用这条"绳"把他们用来记笔记的糙纸装订在一起。藤田从外套的内侧口袋掏出一个信封。其他人陆续醒来，打呵欠，伸懒腰，咳嗽，抓挠。藤田一晚上没睡。窗户开着，但房间依然闷热，依然充斥着口臭和汗酸味。藤田瞥了一眼他的表。他们开始喝茶、发牢骚。藤田在信封上写下了一个名字。他们想抽烟，但下一个配给日是周一，今天才周六。藤田把信封塞回外套的内侧口袋。他们想吃早饭，但早饭又只能吃冷菜粥。现在他抬起头来。藤田刑警抬头看着我——

102

我等他开口，但他什么都没说。我在办公桌前站起来，向大家鞠躬，说："早上好，二系。"

他们纷纷起立，鞠躬，说："早上好。"

我对他们说："今天上午我会陪一系的甲斐系长到庆应大学医院监督验尸。我不在的时候，由藤田刑警继续担任犯罪现场搜查工作的负责人。第二具尸体的身份不容易确认，所以不管多么细微的证据都可能是决定性的。因此我希望你们在搜查工作中尽到全力。"

"我们会尽全力的。"他们回答。

我再一次向他们鞠躬。他们向我鞠躬——

每个人，除了藤田刑警。

* * *

回到阳光下，回到阴影中。回到白与黑的世界，回到灰与尘的世界。在炎热的空气中走回东京警视厅，去参加晨会——

我敲了敲课长办公室的门。我打开门，道歉，鞠躬。我在桌前坐下，北课长坐在主位，安达和金原坐在右边，甲斐和我坐在左边。同一群人，同一地点，同一时间，同样的两个话题——

肃清运动和改革。改革和肃清运动……

去年，七千八百九十一名警察自愿离职，三千七百六十九名因伤病离职，一千六百四十九名死亡，两千八百五十六名警察被肃清和免职——

"现在他们想再颁布一道新的肃清指示，"金原说，"我们人手已经不够了，如果他们继续肃清，我们就无人可用了……"

"这就是为什么他们承诺提供更好的工作条件，"安达说，"来招募新人。"

改革和肃清运动。肃清运动和改革……

从今天临近的周一开始，新的规章制度将付诸实施。巡警目前每天的平均工作时间为十三小时，三班轮岗。美军规定今后他们每天的平均工作时间为八小时，三班轮岗；第一班岗从早上八点到下午六点，第二班岗从下午五点到次日九点，第三天的第三班岗休息——

"但按这样排班，人手根本不够，"金原说，"根本没有人值岗……"

"他们的回应我都知道了，"安达说，"从东京警视厅调派七百名在职警官到地方巡查岗位，填补人手空缺……"

"是我们自己不好，"金原说，"是我们要求更好的工作条件：更短的工作时间，更长的假期，更好的福利，更多的退休金，更高的薪水。我们提出这样的要求，以便招到更好的新人，留住有能力的旧人。是我们提出要求的，现在他们回应了，这就是他们的回应……"

"他们不断肃清高层，"安达说，"把我们的人调走……"

"我们提了一次又一次，"金原说，"他们答应这个，答应那个……"

"结果就做出这种事……"

每天都是同一群人，同一地点，同一时间，同样的两个话题，一个接一个的会议，直到有人敲门，有人打断——

"打扰一下。"一个巡警喃喃道——

"什么事？"北课长厉声问——

"庆应医院那边已经准备就绪了，长官。"

*　　*　　*

有轨电车又发生了一起事故，一对母子丧命。电车停运，甲斐系长和我只好下车步行。我们穿过元赤坂的旧庭院和花园——

乌鸦的叫声，乌鸦的叫声……

这里的阳光也相当明亮刺眼，绿色的树叶闪着白光，与黑色的树干形成对比。不过这片地区几乎未被轰炸过，就和皇宫及其庭院一样。这些大房子和元赤坂的旧宫殿[1]如今都成了战胜者及其家属的家和办公室——

"他们还在这附近打猎。"甲斐对我说。

"打猎？"我问，"谁在这儿打猎？"

"贵族和美国人。"

"他们一起打猎？"

"没错，"甲斐说，"我听说我们的皇室成员和美国高层一起

---

1 应指赤坂离宫，又称赤坂迎宾馆。曾经的"东宫御所"，日本天皇于1873年至1889年期间居住于此。1908年，一名日本建筑师在此为日本皇太子修建了一座宫殿，使其成为日本最大的西洋式宫殿，如今则用作国家迎宾馆，专为接待各国首脑所用。

猎鹰，取悦他们，连麦克阿瑟[1]也在……"

"美国人会信任拿着枪的皇室成员？"

"他们还带美国人去用鸬鹚捕鱼呢。"

"我现在就想吃香鱼，"我对他说，"哪怕是美国人捕的香鱼。我都可以想象它的味道，配上清酒一起吃。"

甲斐大笑道："我连鸬鹚都会吃。"

在我们北面的两座小山上，是位于市谷站的前军部大厦，一座三层高的碉堡，曾经是帝国的陆军总部，但从五月起就被远东国际军事法庭征用了——

另一种狩猎，另一种运动。

* * *

庆应大学医院位于东京四谷区的信浓町。医院的主楼已经伤痕累累，但依然屹立不倒，小路和庭院不是焦黑一片，就是杂草蔓生。病人或迷路的人在医院中徘徊，进进出出，来来去去。大门外有许多人在排队，警察把守着各个房门。走进楼内，墙上的石膏在剥落，地上的油布都卷起脱落。走廊上的人不是已经死了，就是奄奄一息。不是在等待，就是在哀悼——

我不想记起。我不想记起……

---

1 道格拉斯·麦克阿瑟（Douglas MacArthur，1880—1964），美国军事家、政治家，是美国将军中唯一参加过第一次世界大战、第二次世界大战和朝鲜战争的人。他对战后日本的管理与改造有很大的影响。

我跨过或绕过他们，想要屏住呼吸——

我恨医院。我恨医院。我恨医院……

空气中是尖叫和抽泣，是死亡与疾病，是滴滴涕[1]和杀虫剂。药物只有阿司匹林和红药水，绷带不是发灰就是沾血。轮床靠墙摆成一排，病人的手脚在床边垂荡。剩饭剩菜没有倒掉，在纸板盒里散发着馊味。压扁的罐头扔在床下，床上是粗糙的毯子和肮脏的床单——

但在半明半暗的光线里，我忘不了……

我努力不去看两边，径直往前走——

我已经在这里花了太多时间……

穿过候诊室，沿着长长的走廊，经过会诊间和手术室，治疗室和病房，到达首席医疗官的办公室——

首席医疗官没有九十岁也有八十岁了，他的脸灰暗阴沉，黑色的眼睛空洞无物。他穿着一件没有纽扣的晨礼服，一条条纹裤子，两件衣物对他来说都太大了，散发着樟脑丸的味道——

"你们迟到了。"他说。

甲斐系长和我对他深深鞠了一躬，不断道歉——

首席医疗官摇摇头，说："我要向公共卫生和福利部做一个重要的报告，我不想迟到……"

"我们真的非常抱歉，"我又一次向他道歉，"但我们遇上了

---

1 滴滴涕，即DDT，化学名为双对氯苯基三氯乙烷，有机氯类杀虫剂。在20世纪上半叶防止农业病虫害，减轻疟疾伤寒等蚊蝇传播的疾病危害上起到了不小的作用。但由于会造成过于严重的环境污染，目前很多国家和地区已经禁止使用。

电车事故……"

"又要来更多病人了。"他叹道——

"他们死了。"我说——

"谁死了？"

"一对母子，"我对他说，"一对母子从电车踏板上掉下去了……"

他从他桌上的一沓文件中取出两份，递给我们。他说："不送了。"

我们一人拿着一份报告，边走边读，沿着走廊来到电梯前。有五位母亲坐在那儿，来寻找她们失踪的女儿——

这五位母亲对女儿的描述与在芝公园发现的两具尸体最相似。五位母亲都在祈祷不会在这儿找到她们的女儿……

"她们想干嘛？"甲斐啐道，"我们告诉过她们等到明天的，她们不应该跑到这里来……"

我浏览了一下报告中罗列的证据和结论。我看见她们眼中闪着希望和恐惧。我说："让她们看看吧。"

"她们应该等到明天，"甲斐说，"等到验尸结束……"

"为什么不能让这五个先看看呢？可能会对我们有帮助……"

"为什么？"他说，"就算碰巧是她们的女儿，那她们也太迟了。"

"让她们在验尸前看看吧。"我又说了一次。

"不行。"

"如果是你女儿失踪了呢？"我问他。"你想不想在她被解剖前看看她？"

甲斐系长在走廊里停下了脚步。他说："我女儿已经死了。我女儿在防空洞里被活活烧死了。我女儿没法被解剖……"

我闭嘴了，我想起来了，但太迟了。我说："我很抱歉，我真的很抱歉……"

但甲斐已经走远了，离我和那五位母亲都很远了，他已经走到走廊的中部。沿着这条狭长的走廊，一直走到电梯前，按下电梯按钮，等待，看着电梯门打开，走进去，等我跟上他，又按下另一个按钮，看着电梯门关上——

电梯里没有电灯泡，一个护理员告诉我们，是为了省电。于是我们乘进一个黑洞洞的电梯，伸手不见五指——

我一直在想她……

我看不见身边轮床上放着的尸体。轮床就停靠在我的腿边，但我看不见上面的尸体。散发着气味的尸体——

水果的气味，腐烂的杏子的气味……

电梯停了。电梯门打开——

又有灯光了。昏暗的光线。地下室没有比电梯里亮到哪儿去。若有若无的东西在半明半暗的光线里移动。人和飞虫都对那些裸露的电灯泡趋之若鹜，如同被磁铁吸引一般。若有若无的东西。人们穿着衬衣或汗衫工作，蚊虫尽情享用着他们的汗水和皮肤、血肉和骨头。在半明半暗的光线里，这里的走廊和房间像迷宫一样错综复杂。这里是死者的目的地。水槽、排水渠都贴着瓷砖。死者生活的地方。四处贴着小心割伤和刺伤的警告。这里在半明半暗的光线里。护理员一遍又一遍地冲洗他们的双手和小臂。这里，在这地下……

解剖室在走廊尽头的右侧，停尸房的对面。门口放着为我们准备的拖鞋，解剖室就在几扇玻璃门的后面，玻璃上还贴着胶带——

她要来了。她要来了……

中馆医生在解剖室外等我们，站在玻璃门前，胶带前。中馆的烟就要抽完了，一直抽到火星烧到滤嘴——

一张熟悉的脸，一个熟悉的地方……

中馆医生抬头望向我们，微笑着问候："早上好，两位警官。"

"早上好，"我们回答，"很抱歉我们迟到了。"

"这下面没有钟。"中馆医生说——

他把剩下的烟收好，推开解剖室的玻璃门，里面有五个穿着脏兮兮的灰色实验服的法医助理，已经围着三个尸检台和两个小一点的解剖台准备就绪。三个尸检台放置在房间中央的水泥地上，是三个加长的八边形手术台，白色大理石材质，德国设计，台面微微倾斜，方便排出液体，边缘稍稍加高，防止溢出——

我浑身发痒，挠了又挠。咯吱，咯吱……

她要来了……

玻璃门又开了。第一具尸体从停尸间被推了进来，尸体放在一张旧轮床上，盖着灰色的床单。有人掀开了灰色床单，将尸体从轮床上抬起——

在半明半暗的光线里，她就在这里……

110

第一个女人的裸尸被放在尸检台上——

在这里，若有若无的东西在半明半暗的光线里移动……

她的尸体看起来更长、更苍白了。眼睛睁着，嘴巴半张——

"我在这里是因为你。"她说……

她的性别已经很明确，她的年龄据估计为十八岁——

"在这里，充满痛苦的地方……"

她的身高、体重被测量——

在这里，半明半暗的光线里……

中馆医生穿上一件污迹斑斑的手术服，戴上一副橡胶手套。护理员抬起尸体，将一块橡胶的阻挡块垫在下面。她的乳房和胸腔被垫高了，她的手臂和脖子朝后仰着——

我转过身去。

"还是不知道名字吗？"医生问，"没有确认身份？"

我瞥了一眼甲斐系长，说："还不知道名字。"

"那就叫她一号，下一个是二号。"

我点头。我拿出铅笔，舔了舔笔尖。

中馆开始对第一具尸体的外观进行大体观察，他的一个助手把他说的所有话一一记录在墙面的黑板上，另一个助手则把这些内容誊抄在一本很大的医院笔记本上，用德语和拉丁语两种语言进行——

嘟嘟囔囔的咒语，喃喃自语的符文……

"虹膜为黑色，角膜浑浊，"医生缓慢而庄重地说，"体表有出血痕迹……"

111

我抬头看——

她在看着那个医生，看着他工作……

"移除缠绕颈部的一块材料，下颌骨处可见勒痕——记录为勒痕A……"

她抬头盯着他手里的那块织物……

"勒痕A附近可见轻微擦伤，但几乎未见出血，证明勒痕A是被害人死后造成的……"

她睁开眼睛，又闭上眼睛……

"颈部的深色瘀伤说明凶手曾尝试勒杀被害人……"

她咽了一口口水……

"在颈部瘀伤的同一区域，可见第二个勒痕——记录为勒痕B——环绕了整个颈部，穿过位于喉结下方的颈前部正中线……"

她记得……

"勒痕B上下方的颈前部皮肤呈现点状出血痕迹……"

自己的死……

"该区域内未见擦伤，可推断凶手使用了更柔软的凶器进行勒杀……"

"比如围腰带？"甲斐问。

中馆医生的目光从她的脖子上移。他点头："没错，比如围腰带，甲斐系长。"

甲斐的目光越向我。我张嘴，想再问他一次。甲斐系长摇摇头。我欲言又止——

中馆医生的目光向下移动，开始观察她的生殖区域。"有强制性交的迹象……"

这里充满痛苦，痛苦就在这里……

"被害人死前还是死后？"我问他——

"我在这里是因为你……"

中馆医生的目光越过她的尸体，落在我身上。他举起一根手指。"请等一下，警官。"

她两颊通红，双眼紧闭……

"可能两者兼有。"他说——

这里充满痛苦，痛苦就在这里……

接着，中馆医生和他的助手们开始细致地检查她身上的每一寸皮肤，每一片指甲，每一根头发，每一颗牙齿，每一个孔穴，每一个斑点，每一块疤痕——

"有没有什么可以用来辨别身份的特征，医生？"我问他，"什么都可以……"

"有，"他说，"她的左手大拇指有一个因为瘭疽留下的小疤痕……"

我再一次望向甲斐系长。甲斐在做记录。我咳嗽了一下，清了清喉咙。我再一次提出："甲斐系长，现在我们应该可以让那些母亲来认尸了吧？"

中馆医生停下观察，他抬起头——

"不行。"甲斐系长再一次拒绝。

"但这个疤痕，"我说，"和那条围腰带，有五个补丁的围腰带……"

"不行。"甲斐说。

"我觉得现在有可能确认死者身份了……"

"不行。"

"但我们这是在浪费时间啊……"

"负责这具尸体的是一系……"

"没错，"我说，"但是……"

"二系负责的是下面那具尸体。"

"但很显然，在这具尸体的身份确认以前，我不能……"

"我觉得我是这起案件的负责人，刑警。"

"是的，但是……"

"但是什么？刑警？"甲斐系长说。

"没什么。"

"中馆医生，"甲斐说，"很抱歉我们打断了您的工作。请继续验尸吧。"

中馆医生从托盘中拿起手术刀。金属上的金属。中馆医生将手术刀插入她的胸腔。金属穿过皮肤。中馆医生在她身体的中央划了一个Y字形开口，从两个肩膀的前部一直划到乳房下侧，经过肚脐，直到耻骨。金属深入血骨……

她双手抱胸，她紧紧抓着自己的肩膀……

她胸腔壁的皮肤、肌肉和软组织被剥离，胸瓣向上掀起，盖在她的脸上，胸廓和下颈部暴露出来——

她转头注视着我……

她的身体被打开，她的血液在流动——

"我在这里是因为你……"

黑色白色的光线。进进出出的手术刀——

"在这里是因为你……"

割下，切开，一件又一件的器官——

称重，为了测量——

这里充满痛苦……

中馆医生取出她的胃部，一个助手在旁边一个较小的解剖台上划开胃部，检查胃中的残余物，另一个助手划开她的肝脏，胃酸的气味——

胃酸的气味瞬间充满了房间——

接着，她的胸廓被打开——

这里充满痛苦……

她的心脏被取出——

这里。

最后，他们把那块橡胶阻挡块放到她的头下面。中馆医生划开她的头皮——

我又闭上了眼睛——

黑色白色的光线。我妻子的头皮。进进出出的手术刀。我女儿的头皮。割下，切开。我儿子……

我睁开眼睛——

这里……

她的头朝后仰着，她的眼睛盯着上方，冷冷地凝视着验尸房破裂的天花板，她的脊髓被切断，她的大脑被取出——

为了测量……

一件又一件的器官……

为了记录……

甲斐系长合上了他的笔记本。他收起铅笔，拿出一支烟。刑警的工作已经完成——

她的痛苦被载录，她的悲剧被记下……

中馆医生在一个金属盆里清洗他的手套。红色的水，黑色的褂子。医生的工作已经完成——

医生的助手们开始缝合尸体——

她的痛苦，她的悲剧……

我看着他们工作。我看着她——

她的破碎……

"有初步结论了吗，医生？"甲斐系长说——

"推测死亡时间为十到十一天以前，"医生说，"死因是勒杀导致的窒息。"

"非常感谢您，医生，"甲斐系长说，"期待完整的验尸报告。"

"不客气。"

甲斐系长转向我："我现在要回爱宕了。"

"那第二具尸体呢？"我问他，"你不留下来查看解剖了吗？可能会有……"

"那是你的案子，"甲斐说，"反正基本上也只剩骨头了，没什么好看的。"

我回到尸检台边。回到她身边。缝合已经完成了。她的身体被抬到轮床上，又盖上那条灰色的床单。玻璃门打开，她被推出验尸房，回到停尸房——

他们用一桶水清洗了大理石手术台——

我把翻涌起的胆汁咽了下去。咽了下去。咽了下去……

她的血像河水一样流走了。

*　　*　　*

我坐在验尸房和停尸房中间的走道上。我浑身发痒，挠了又挠。咯吱，咯吱。我等着中馆医生喝完茶，抽完烟。我浑身发痒，挠了又挠。咯吱，咯吱。我等着护理员清理验尸房。我浑身发痒，挠了又挠。咯吱，咯吱。我等着他们把第二具尸体带来。我浑身发痒，挠了又挠。咯吱，咯吱。我等着第二场验尸开始——

痒啊，挠啊。痒啊，挠啊——

我的验尸，我的尸体。我的尸体，我的验尸……

玻璃上还贴着胶带。

*　　*　　*

第二具尸体放在轮床上一副铺着毯子的担架上。第二具尸体基本上只剩下骨头和衣服了。两个护理员一人拎着毯子的两个角，将这些骨头和衣服从轮床的担架上抬起，放在尸检台上，然后从尸体下方抽去毯子。

117

中馆医生又穿上他那件污迹斑斑的手术服，戴上那双橡胶手套，再一次开始对尸体外部进行大体观察，做出测量和判断。一个助手在墙上的黑板记录，另一个在医院的笔记本上记录。事实、数据和有根据的推测，先用德语和拉丁语，接着用日语——

嘟嘟囔囔的咒语，喃喃自语的符文……

"尸体是一名年轻女性，年龄大致也在十八岁左右……"

同样的年龄，同样的性别……

他小心翼翼地将衣服从尸骨上剥离——

手术刀和剪刀穿过纽扣和纤维——

先是黄蓝条纹的无袖连衣裙，接着是白色的中袖衬裙，其后是红胶底的白帆布鞋，最后是粉色的袜子——

她没有穿任何内衣——

同样的性别，同样的地点……

我说："现场附近发现了内衣。"

"派人送过来，"一个助手说，"可能可以比较内衣和这些衣服的年代，也可以在鉴定后寻找与之匹配的纤维或材质。"

我舔了舔铅笔笔尖——

我把他说的话记录下来，然后问道："死亡时间呢？"

中馆医生摇摇头："受到夏天的气温和湿度、昆虫和寄生虫这些因素的影响，很难推测精确的死亡时间，但我估计是在三到四周前……"

我又舔了舔笔尖，记录下他的话——

三到四周，七月二十号到二十七号……

中馆医生将他戴着手套的手指放在尸体的颈椎骨和颌骨上。中馆医生抬眼看着我，他动了动嘴唇，自顾自点了点头，说："舌底的舌骨断裂，甲状软骨和环状软骨也断裂，均与一号尸体情况相同……"

同样的地点，同样的罪行……

"这个女孩是被掐死的？"

"更可能是被勒死的。"

"同一个凶手？"

中馆医生点头："同样的手法我们以前见过，刑警，还记得吗？"

*　　*　　*

回到阳光下。我诅咒。我诅咒。我诅咒。我不想记起，我不想记起。街道上的温度。我流汗。我流汗。我流汗。尽量简化，尽量简化。两具尸体，一个凶手。一个案子，甲斐的案子。有轨电车永远也等不来，或者永远人满为患。我痒。我痒。我痒。我不想记起。我不想记起。列车永远晚点，列车永远客满。我挠。我挠。我挠。该死的中馆，隐藏线索和关联。再一次穿过元赤坂，沿着河边往回走。我跑。我跑。我跑。我不想记起。我不想记起。穿过警视厅的门。我喘气。我喘气。我喘气。什么也没听见，什么也没看见，什么也不说。上楼，去搜查一课，去课长办公室。我敲门。我敲门。我敲门。什么也不记得。什么也不记得。

119

什么也……

　　我走进课长办公室，道歉，鞠躬——

　　安达不在，金原不在，甲斐不在。只有我……

　　"请坐，"他说，"你看上去热坏了啊……"

　　我再一次鞠躬、道歉。我坐下——

　　他递给我一杯茶。"喝吧……"

　　我接过茶，向他道谢——

　　"这座城市总是这么热，"北课长说，"我真讨厌这座城市的气温。我买了一小块地，你知道吗？在热海附近。我已经开始开垦了。你看……"

　　北课长把手伸到桌子前面，那双手上有不少茧——

　　"这可是真的茧，"他说，"种地种出来的啊。因为土地是最重要的东西，是土地让我们活着，让我们与人贴近……"

　　北课长的两个儿子都不在了。一个死在中国，一个在西伯利亚失踪了……

　　我点头表示同意。我放下茶杯——

　　"中馆那边怎么说？"课长问——

　　"中馆医生认为芝公园发现的两具尸体可能是同一个凶手杀害的。"

　　"他真的这么觉得？"北课长说，"那现在你觉得事情是变简单了，还是变复杂了？"

　　"我希望中馆的结论能让事情变简单点儿，"我说，"很显然，现在只需要一个搜查组来负责了……"

我没有说下去。太迟了——

我诅咒！我诅咒！我诅咒！

课长的目光越过桌子，落在我身上。他咂咂嘴，露出微笑——

我诅咒我自己！我诅咒我自己！我诅咒我自己！

"我只是觉得没必要用两个搜查组……"

课长举起了一根手指——

我诅咒我自己！我诅咒我自己！

"我很抱歉，"我说，"我的意思不是说……"

课长叹了口气，他摇头问："你为什么不想查这个案子呢，警官？"

"不是我不想查，"我对他说，"只是因为我——"

"你想调职？调到六系去？"

"是的，"我说，"但不只是因为这个……"

"你知道吗，金原和安达觉得我对你太温柔了。他们觉得我对你太放任自由了，很多时候都应该训斥或者处分你的。"

我低下头，道歉——

"我知道他们是对的，"他说，"但我认识你父亲，你父亲是我的挚友，所以我对他的过去负有责任，因此对他的儿子也有责任……"

我再一次道歉——

"尤其是在这样的时期，"他继续说，"我相信履行自己的责任比什么都重要，因为只有履行责任，我们才能在这种时期生存下来，才能重建我们的祖国……"

121

我抬头看了一眼他桌后墙上挂着的卷轴，那个沾着血渍的卷轴上写着："是时候展示这个国家的本质了。"

"现在不是忘记我们责任的时候，"他说，"他们就是我们。"

"我非常抱歉，"我对他说，"我向您提出了无理的要求……"

"你眼睛红了，"课长说，"注意你脚下要走的路。"

* * *

天还是炎热难当，我需要喝杯酒。我需要吃顿饭，我需要抽根烟。我换了一条路回芝公园。我穿过许多临时市集，在那些地方，街头小贩只能用草席和苇帘摆出地摊。他们蹲在阴凉处，叫卖着他们的货物，满脸通红，脾气暴躁，手中摇着扇子，头上扎着毛巾，男人看起来像女人，女人看起来像男人——

但这里有酒，有食物和香烟——

在商贩的尖叫声和他们盘子碰撞的声音中，客人张着嘴跟跟跄跄地从一个摊位走到另一个摊位，双眼充血地盯着那些货物和食物，吃吃地盯着，攥紧了他们手里那几张皱巴巴的旧钞票，捂着他们干瘪变形的肚子——

有酒，有食物，有烟——

我看到一个商贩把一些腐烂变质的沙丁鱼倒在波纹烤架上。我闻到了金属上的油烟味，我听到饥饿的人带着他们的肚子和钞票奔跑过来的声音——

我不能吃这种东西。

我转身离开，一直走。我走到一个正在兜售饭团的女人面前，每一个饭团外面都包着一片薄薄的海苔——

"三円，"女人说，"精白米……"

但每个饭团上都叮着十几二十几只苍蝇，海苔片开裂了，米饭看起来已经放了很多天。我离开这个摊位。上下左右环视这个市集，看着各个摊位上的酒水和香烟，听着摊主的叫卖声——

我看着第三个摊位上的一个男人，我看到他正在兜售装在煤油桶里的糖果。我看到他将手伸进铁桶中，还拿出了几包美国香烟——

我走上前："一包多少钱？"

"不知道你在说什么。"男人说。

这个男人穿着汗衫、短裤、军靴——

"拜托了，"我问他，"就要一包，多少钱……？"

他盯着我，然后说："一百円。"

"一百円两包怎么样？"

男人大笑起来。"滚开，臭要饭的……"

我环视了一下四周，拿出我的警察手册。我把警察手册举到面前，只让他一个人看到。我说："四包。"

"你说什么？"男人说，"你在逗我……"

我摇摇头，又说了一次："四包。"

男人叹了口气。他将手伸进煤油桶，拿出四包好彩烟——

"给您，警官。"他说。

我接过香烟。我转身——

"站住！把东西还回来，你这个偷东西的小混蛋……"

我转过身。饭团摊的女人正抓着一个小男孩的手腕，男孩手里拿着一个饭团——

我以前在哪儿见过这个男孩……

天气炎热，出汗太多，小男孩身上的破衣烂衫和污垢都板结在一起，像一层层厚厚的黑痂一样，灰尘粘着布料，布料粘着皮肤。他的脸上和手上长满了水疱和疖子，在照进市集的阳光下留着脓水——

我见过这个男孩……

"放手。"女人大喊——

但男孩死活不放手，他前倾身子，对准她的手咬下去。女人痛得连连后退，她把男孩推开——

倒在我身边——

万岁！

他摔倒在地上，狼吞虎咽地吃下整个饭团，被他带了一把，我也顺势坐倒在一个摊位上。但在我抓住他之前，在我爬起来之前，他已经跳起来跑远，钻进了人群中。周围的人现在都低头看着我——

其中有那个穿着汗衫、短裤和军靴的男人，他摇着头说："偷东西的混蛋。"

*　　*　　*

124

我的裤子上沾了一层灰，我的背因为刚刚摔的那一跤隐隐作痛。现在是下午四点。我看见我的手下们坐在芝公园的山坡上；服部、武田、真田和下田瘫倒在阴凉处，手里拿着帽子，挥赶着蚊蝇。他们见我走近，挣扎着起身，鞠躬并道歉，做出解释，报告情况。我给他们发了烟。我不在乎，我没有听。我在找其他人，找藤田刑警——

　　服部、武田、真田和下田挠挠脑袋，吸了一口气，摇头说道："藤田刑警刚刚还在这儿。他刚刚绝对在这儿。但现在不在……"

　　"那西呢？木村呢？石田呢？"我问他们——

　　服部、武田、真田和下田瞥了一眼太阳，用手遮住眼睛，他们指着上方那座小山说："西和木村刑警带着伐木工上那儿去了……"

　　"那石田哪儿去了？"我问他们——

　　服部、武田、真田和下田想了一下，说："和藤田刑警在一起。"

　　我转身离开，却撞见了安达——

　　"还和往常一样在努力工作啊。"安达管理官说——

　　我鞠躬、道歉，做出解释，报告情况——

　　但安达不在乎，他没有听。安达没在找别人，他在找藤田刑警——

　　没有人是他们自己所说的那个人……

　　我挠挠脑袋，吸了一口气，摇头说道："藤田刑警已经回爱宕警察局了，长官。"

＊　　＊　　＊

　　回到爱宕警察局，一个小时后。安达正注视着我。藤田不在。一系、二系和所有来自其他警察局的巡警被召集到一系的临时办公室。安达正注视着我。藤田不在。我起身，走到房间的前面，站在安达、金原和甲斐旁边，我们四人面对着一系、二系和那些巡警。但安达朝这边看过来，死死地盯住我——

　　藤田不在。藤田不在。藤田不在。藤田不在……

　　"立正！"巡查长喊道——

　　"鞠躬！"他喊，"稍息！"

　　所有人稍息站好或坐下，除了甲斐系长和我。甲斐手中拿着一张纸，甲斐将中馆医生对第一具尸体的初步验尸报告朗读出来：被害人的外貌特征和她的推测年龄，她的死亡时间和死因。但我没有听。我在这个房间的各个角落寻找藤田刑警的脸——

　　"南系长！"安达说，"请您给我们做报告……"

　　我鞠躬、道歉。我开始朗读第二具尸体的验尸报告：被害人的外貌特征和她的推测年龄，她的死亡时间和死因。但我没有听自己在说什么，我还在这个房间的各个角落寻找藤田刑警的脸，还在寻找藤田，直到我看见了石田——

　　"立正！"巡查长又喊了一次——

　　石田在这儿，低头看着地板……

　　"鞠躬！"巡查长喊——

　　他的背微微屈着……

126

"解散！"

他跑了……

我跑起来。

*　　*　　*

沿着爱宕警察局的楼梯向下，穿过那些巡警，跑到门口。但我还是太迟了。太迟了。太迟了。太迟了。有人拍了一下我的胳膊。我吓了一跳。吓了一跳。吓了一跳。我转过身，但身后的人不是石田。不是藤田——

坐在前台的巡查长问："您找藤田刑警谈过了吗？"

"没有，"我对他说，"藤田刑警在哪儿？"

"《民报》报社的林……"

"他怎么了？"我问——

"他来过这儿……"

"什么时候？"

"今天下午，"巡查长说，"林是来找您的，但您当时去庆应医院了，所以他要求见藤田刑警……"

"藤田刑警当时在吗？"

"在，"巡查长说，"他也在等您，一直问我您什么时候从庆应医院回来……"

"那你最后看见藤田刑警是什么时候？"

"他和林碰面之后我就再也没见过他了……"

127

"什么时候？"我问他，"具体几点？"

"应该是下午三点……"

"在哪儿？他们俩在哪儿碰面的？"

"一开始就是在这儿，"巡查长说，"在前台，但之后他们就出去了，然后……"

"然后什么？"我问——

"然后我就再也没见过藤田刑警了。"

＊　　＊　　＊

经过那些锅碗瓢盆，沿着巷弄，穿过拱廊和阴影。上楼，进门。我跪在他的榻榻米地垫上。我鞠躬，说道："我很抱歉。"

千住明挑了一根新牙签，叼在嘴里嚼着。他把他那个新电扇转向我，说："你闻起来永远像尸体一样，永远是那股死亡的臭味，刑警。"

我又说了一次："我很抱歉，非常、非常抱歉……"

"他们告诉我你又给自己搞了具死尸，"千住说，"他们告诉我你现在在爱宕警察局扎营了。"

我说："是的，在芝公园发现了两具年轻女性的尸体。"

"这两个年轻女人是妓女吗？"他问。

我说："可能不是。我们还没确认她们的身份。"

"怪不得你闻起来跟屎一样臭，是不是？"他大笑，"他们工作都挺卖力的吧？一天工作几小时？"

我告诉他："谋杀案件搜查期间，一天工作二十四小时。"

"二十四小时？"他又笑了，"快赶上我了啊，刑警！但至少我是为自己工作，至少我能赚到不少钱，至少我的孩子能吃上好东西，我的情妇能穿上丝袜，至少我闻起来不像他妈的死尸一样臭……"

千住明的笑声停了下来，他吐掉了嘴里的牙签。他说："那你告诉我，警官，他们派了多少刑警来查这两个女孩的案子？"

我对他说："大概二十个。"

"二十个？就为了两个死掉的婊子？"

我说："我不知道……"

"那你告诉我，刑警，你们派了多少人去找杀死我老大的凶手？真正的凶手？那个花钱让野寺扣动扳机的人？你们派了多少人，刑警？"

我鞠躬，道歉。我告诉他："这不是我能决定的……"

"那你对我有什么用？你有什么用，刑警？"

我再一次鞠躬，再一次说："我很抱歉……"

"闭嘴！"千住吼道。他站起身，说："我们一起走走吧，就我们俩，刑警。"

我站起来，跟着他，走下他的楼梯，走近他的那两个打手——

他们穿着浅色的西装，条纹衬衫，身下投映出影子……

那两个打手和我们一起走进市集——

他的市集，新桥新生市集……

千住信步经过那些摊位的时候，每个摊主都对他鞠躬致谢。

他经过了新鲜的沙丁鱼和二手西装，经过了咖啡和丝绸，每个摊位都向他免费呈上这样那样的东西，人们向他鞠躬致谢，他则像皇室成员或者军部司令一样点头致意或敬礼。这些人跪在地上，向他鞠躬致谢，他们衰弱的膝盖跪在他穿着皮鞋的脚边——

千住皇帝，万岁！千住皇帝，万岁！万岁！

他转向我，问道："查到是谁了吗？给我一个名字。"

"我很抱歉，非常抱歉，"我说。我深深低下了头——

"那你为什么来这儿，刑警？"

"我很抱歉，"我又说了一遍，"非常抱歉……"

"不要再道歉了，"千住说，"看看你四周，看看这里。这里是市集，警官，人们来这里做买卖。这就是未来——

"这就是新日本！"

"对，"我附和道，"对。"

"对？"千住大笑，"但你既没有货，也没有钱，刑警。"

"我很抱歉，"我又说了一遍，"非常抱歉。"

"你已经成为过去了，南系长，"他又笑了，"你身上那股死亡的臭味，你每个月一百円的工资，你哭闹着的孩子，你那个挨饿的情妇，都成为过去了……"

我低下头。

千住在一个刨冰摊前停下脚步，他要了两杯草莓味的刨冰。摊主鞠躬，将刨冰递给千住。他一遍又一遍地感谢千住——

千住递给我一杯——

我鞠躬，道歉，感谢他——

我诅咒他。我诅咒他……

"你到底想要什么？"他问我，"更多的钱，是不是，刑警？"

我摇头，再一次道歉。然后我终于说出了口："我非常需要卡莫丁，拜托了。"

"卡莫丁？"千住笑道，"你为什么想睡觉？我又不想知道你会做些什么梦……"

"求您了，"我再一次乞求他，"我真的需要一些卡莫丁。"

千住停下了笑声："我真的需要一些名字。"

藤田。林。藤田。林。藤田。林……

"你给我一个名字，我给你你要的卡莫丁。"

"您可以给我多少？"我问他，"您有多少我就想要多少。拜托了……"

"别担心，"千住又笑了，"你给我一个名字，我就可以让你永远醒不过来。"

"谢谢您，"我不断地重复，"谢谢您。谢谢您。"

"红红的苹果触碰我双唇，蓝蓝的天空静静地看……"

"查不到名字就别回来。"

藤田。林。藤田。林。藤田。林……

"谢谢您，"我又说了一遍，"谢谢您。"

"否则我保证，我真的让你永远也醒不来。"

*　　*　　*

从新桥到爱宕，上楼进办公室——

藤田不在。藤田不在。藤田不在……

但石田在，石田正趴在办公桌上打盹——

我摇醒他，揪住他的头发，低声问："藤田刑警在哪儿？快说！说啊！他在哪儿？告诉我！快点！"

石田摇头，他开始道歉——

我又摇了他一次，扇了他一巴掌，咬牙切齿地说："告诉我！"

石田一遍又一遍地道歉——

有人翻身。有人醒来……

我推开他——

我又跑了起来。

* * *

从爱宕回到新桥，从新桥到银座，从银座到八丁堀。这座城市越来越暗，灯光越来越少。经过八丁堀，越过龟岛河，到新川。经过新川，穿过永代桥。这座城市越来越平坦，建筑越来越少。穿过永代桥，到门前仲町。从门前仲町往上，到深川，曾经的深川市，如今已成焦土一片——

空袭！空袭！有空袭！

无边无际的焦土上如今只剩一座孤零零的烟囱，那里只有一座孤零零的烟囱，浴场和工厂都被付之一炬，只剩下碎石与尘土。红色警告！红色警告！燃烧弹！医院的残垣，学校的断壁，剩下的都是灰烬与杂草。跑！跑！拿上垫子和砂子！无边无际的灰烬与杂草——

空袭！空袭！有空袭！

这里曾经是藤田家的所在——

黑色警告！黑色警告！有炸弹！

他的房子消失了。他的家没有了——

捂住耳朵！闭上眼睛！

藤田已经一无所有——

我站在他家的废墟前，站在焦黑的石阶和炭化的树桩前，气喘吁吁，大汗淋漓，浑身发痒。我开始落泪。藤田家曾经所在的那片土地上，如今覆盖着厚重的褐色尘土，一阵风吹过，吹起尘土漫天飞扬，吹得隔壁棚屋那几块松动的铁板砰砰作响，淹没了我的哭声，我的尖叫——

站起来！

4

1946年8月18日

东京，32℃，多云

我在这片废墟上走了一整夜，想找到他。清晨时分，藤田刑警坐在爱宕警察局前台阶上的阴影里，他的脸面向阳光，他的双眼紧闭，一手拿着一顶新的巴拿马草帽，另一只手夹着一支刚点燃的烟——

我站在他面前，挡住了阳光。我说："早上好。"

"早上好。"他答道，但没有睁开眼睛——

我对他说："我们一起去走走吧，我们得谈谈。"

"谈什么？"他问我，依然闭着双眼——

"林丈，"我说，"松田义一。千住明。"

藤田刑警终于睁开了眼睛。他站起来，掸了掸裤子上的灰，他说："你先走。"

我的眼睛疼，头疼，胃疼……

在路对面的小树林里，杉树和竹子中间，我们站在阴影中，阳光像黑白色的斑纹一样投映在我们的衣服和脸上——

134

"他们昨天在找你，"我说，"安达和金原，他们都问你在哪儿……"

藤田前所未有地浅浅鞠了一躬，说："抱歉，我也没办法，我必须要和一个人见面……"

"我听说你见了《民报》的林……"

藤田大笑起来："《民报》《民众新闻》《赤旗报》……"

"林找你干嘛？"我问他。

"勒索。恐吓。要钱。"

"他勒索你？"

"不只是我，还有你。"

"我？"我问，"为什么？"

"他知道一些事。"

"关于你和野寺富治的事？"我问他，"关于你谋杀松田义一的事？"

"都是假的，"藤田咬牙切齿地说，"都是假的。"

"你就是这样告诉林的？"

"我什么都没告诉林，"藤田说，"我只想要他消失。现在他消失了，而且再也不会回来了。"

我胃疼，我头疼。"真的？"

"我给了他钱，让他滚，再也不要回来。"

"你给了他多少钱？"

"别问了。"藤田微笑。

"不行，"我说，"多少钱？"

"别问了！"他厉声说——

我点头，向他鞠躬、致谢。接着我问他："但你知道林现在在什么地方吗？"

"他跑了，"藤田说，"逃出东京，逃出这种生活了。现在轮到他改名换姓，改行换业了。他不会回来的，我跟你保证。"

我对他说："千住明问我要一个名字。"

"他想要谁的名字？"

"野寺富治背后的人。"

"不给会怎样？"

"不给的话，他就会让我吃苦头。"

"那就给他林的名字，"藤田刑警大笑道，"反正林已经不需要这个名字了。"

"但你怎么知道他不会回来了？"

"我就是知道，"他又笑了，"相信我。"

"但你怎么知道……？"

藤田刑警走近我，低声道："我告诉他，如果再让我看到他，我就杀了他。"

* * *

我在爱宕警察局的厕所里吐了。黑色的胆汁。我站起身，走到水槽边，啐了一口。我擦了擦嘴，打开水龙头，洗了把脸。我抬头望向镜子，我凝视着镜子——

136

没有人是他们自己所说的那个人……

我站在一系、二系和爱宕、目黑、三田警察局的所有巡警前面。金原管理官在回顾到目前为止的搜查进度：对芝公园两个犯罪现场的搜寻工作已结束，目击者证词收集完毕，验尸工作已完成，除了尸体的身份确认以外，搜查的第一阶段工作已经顺利完成。身份确认工作今天上午晚些时候开始进行，搜查的第二阶段正式开始——

我咽下……

"所有报告今天上午都必须完成并交到警视厅，"安达对一系、二系和爱宕、目黑、三田警察局的所有巡警说，"在身份确认工作完成后，今天下午四点我们开第二次会议。"

"立正！"一个巡查长喊道——

"鞠躬！"巡查长喊——

"解散！"

我跑回厕所，又吐了一次。褐色的胆汁。我走到水槽前，啐了一口。我擦了擦嘴，打开水龙头，洗了把脸。我抬头望向镜子，我凝视着镜子——

没有人是他们自己所说的的那个人……

我在二楼的走廊上等西和木村。我把他们拉到一边，问："你们的报告写完了吗？"

二人点头，都说："写完了。"

"那我要你们现在去丰岛区，"我对他们说，"我要你们去丰岛区办事处，再询问一次有关那个来自丰岛区杂司谷的高桥的

137

信息……"

木村点点头，但西说："一系已经去过了。"

"我知道，"我对他说，"我知道他们找不到任何有关他的记录，但在公园里发现的那个包里的那份在职证明上的这个名字，是我们迄今为止唯一找到的名字。记住，我们的尸体只剩骨头了，这些骨头需要名字，否则它们就永远只是骨头……"

西点头，木村点头。他们向我鞠躬，转身离开。我等在原地，直到他们走远，然后又跑回厕所，第三次呕吐。黄色的胆汁。我打开水龙头，洗脸。我抬头望向镜子，我凝视着镜子——

没有人是他们自己所说的那个人……

石田正在擦拭桌椅，清扫地板和门廊，扶正我们的条幅。他抬头，看到了我。他吓得退后几步，接着立正站好——

"稍息。"在他鞠躬和道歉的时候我说——

我问："你写完报告了吗？"

他点头，说道："是的，写完了，长官。"

"那我想让你帮我做点儿事，"我对他说，"我想让你去《民报》报社……"

石田点头，再一次鞠躬。

"我想让你去找一个叫林丈的人……"

石田拿出他的笔记本——

"叫林来找我……"

石田舔了舔笔尖——

"如果他不在那儿，你就去找到他最近见过的人，打听一下他去哪儿了，什么时候回来。"

石田点头，说："明白，长官。"

"这事就靠你了，石田。"

石田点头，鞠躬，转身离开。我又跑回爱宕警察局的厕所，又吐了一次。灰色的胆汁。我在爱宕警察局的厕所吐了四次。黑色的胆汁，褐色的胆汁，黄色的胆汁，灰色的胆汁。四次我望向镜子，四次我凝视镜子——

我不想记起。但在那半明半暗的光线里……

四次我对着这块玻璃尖叫——

在半明半暗的光线里，我忘不了。我忘不了……

对着我自己的脸尖叫——

没有人是他们自己所说的那个人！

* * *

金原、安达和甲斐已经出发去东京警视厅了，他们乘车去，没带我。嗵嗵。但我很高兴。嗵嗵。我无所谓。嗵嗵。我愿意走路。嗵嗵。走在屎里。嗵嗵。走在灰里。嗵嗵。走在尘里。嗵嗵。一场台风正在接近日本岛。嗵嗵。但不会经过东京。嗵嗵。这一次不会。嗵嗵。这一场不会。嗵嗵。但气压还是因为台风的接近降低了。嗵嗵。街上的人们衰弱不堪。嗵嗵。马路两边的摊位安静无声。嗵嗵。男人坐在地上慢慢地剥着出售的坚果，或是拆分着老旧无线电的零件。嗵嗵。一个坚果接着一个坚果，一个零件接着一个零件，用最慢的速度。嗵嗵。他们害怕停下，害怕再也没有坚果可剥，再也没有无线电可拆，再也无事可做了——

嗵嗵。嗵嗵。嗵嗵。嗵嗵。嗵嗵。嗵嗵……

无事可做，只能想，想食物——

嗵嗵。嗵嗵。嗵嗵。嗵嗵。嗵嗵……

我的胃疼，我的头疼——

嗵嗵。嗵嗵。嗵嗵。嗵嗵……

我的脚疼。我的眼睛疼——

嗵嗵。嗵嗵。嗵嗵……

我诅咒！我诅咒！我诅咒！

嗵嗵。嗵嗵……

我诅咒我自己——

嗵嗵。

*   *   *

我敲了敲北课长办公室的门，我打开门，深深地鞠躬，一再地道歉。我在桌前坐下。每天都是同一群人，同一地点，同一时间，同样的两个话题，但今天我迟到了，所以我已经错过了他们关于东京审判和肃清运动的全部谈话。现在，话题已经又转到盟军最高司令和他们所谓的改革上，这些改革都基于前纽约警察局长刘易斯·乔瑟夫·瓦伦丁和盟军最高司令的傀儡、内政部警务处的谷川的提议——

"他在帮他们肃清那些认真努力的警官，"金原说，"用女警取代他们，让女性文职人员成为警官，授予她们权限逮捕或拘押嫌疑犯……"

"谷川是个蠢货，"安达附和，"蠢货，走狗。"

"他可能是个蠢货，是个走狗，"金原说，"但他还没下台。你看到他们想要在新的警察法案里提出的那些改革了吗？不仅女警将拥有逮捕和拘押的权力，而且他们还强调，对应届大学毕业生的招募要优先于其他任何形式的招新……"

"都是些共产主义者。"甲斐说——

"没错，"金原继续说，"还有，别忘了警察法案的核心内容：要避免无理由或不公正的拘留监禁。你们知道这是什么意思吗？意味着，你如果想抓嫌疑犯，必须要有证据证明他有罪，或者要对他提出明确的控诉。所以在你找到证据或者拿到供认之前，你别想抓任何人了。要么有证据，要么提出控诉，否则你别想碰他们一根手指头。不然的话，被控诉的就是你了——罪名是侵犯嫌疑犯的人权！"

"人权！"所有人都大笑起来。

"就像他们老是在说换新制服，"甲斐说，"老是在说要看上去不那么军国主义，说用蓝色代替卡其色，用袖管上的条纹代替肩章。老是在说换制服，但我们手下的人都没几个了……"

"我们请求了一遍、一遍又一遍，说我们需要新制服，"金原说，"新制服和新靴子。就算没有新制服和新靴子，至少也给我们发一点儿新布料、新鞋底，好让我们补一补旧的那些，好让我们的人看起来不要那么像流浪汉了，让公众不要再看不起我们……"

"他们答应了一次又一次。"安达说——

"是啊，"金原说，"但他们只会嘴上说说……"

每天都是同一群人，同一地点，同一时间，同样的两个话题，一个接一个的会议，直到有人敲门，有人打断——

"打扰一下。"一个巡警说。

"什么事？"课长厉声问——

"那些母亲来了，长官。"

＊　　＊　　＊

验尸结束了，对现场区域的搜查完成了，五位母亲接到通知再来一次警视厅。五位母亲，两天前从早报上或邻居口中听说了发现尸体的事。五位母亲，再一次穿上她们最后一件体面的和服。五位母亲，第三次找来她们的姐妹或其他的女儿。五位母亲，再一次东拼西借，凑到来樱田门的路费。五位母亲，仍然在寻找她们的女儿——

五位母亲，祈祷着我们没有找到她们的女儿。

一个巡警为甲斐系长和我打开了接待室的门。甲斐和我向这五位母亲道歉，说让她们久等了。这五位母亲，穿着她们最后一件体面的和服，她们的其他女儿或姐妹陪伴在侧——

祈祷着，祈祷着，祈祷着……

这五位母亲，她们女儿的年龄和外貌，身高和体重，身上的疤痕或掉过的牙齿，她们穿的衣服和鞋子，她们背的包——

在她们失踪的那一天……

这些特征和描述帮助我们排除或确认死者的身份，这些特征和描述让这些母亲又回到此处——

她们的双手放在腿面……

这五位母亲抬头盯着我们。甲斐问："哪一位是来自目黑区的绿川太太？"

绿川太太眨眨眼睛，点了点头，在她另外两个女儿的搀扶下起身。甲斐系长和我眨眨眼睛，点了点头，接着把她们领到接待室隔壁一间小房间。绿川太太眨眨眼睛，点了点头，在她两个大女儿之间坐下。绿川太太眨眨眼睛，点了点头，手里不停地搓揉着一块布。绿川太太眨眨眼睛，点了点头，盯着桌上放着的另一块布。绿川太太眨眨眼睛，点了点头，泪如泉涌。眨眨眼睛，点了点头——

打过五个补丁的红色围腰带……

"这是她父亲的。柳子亲手补的，"她告诉我们，"补了五次，纽扣也换过。"

甲斐系长眨眨眼睛，点了点头，拿起那条围腰带，将其对折，用棕色的纸重新包好，皱巴巴的棕色的纸——

"柳子亲手补的，"她重复道，眨眨眼睛，点点头，"柳子亲手补的。"

我打了个招呼后走出房间，回到隔壁的接待室。剩下的四位母亲抬头望着我。剩下的四位母亲抬头凝视着我——

张嘴……

我告诉这四位母亲，我们会派一辆车送她们去庆应大学医院。

*　　*　　*

绿川太太和她的两个大女儿在去庆应大学医院的车里一语不发。她们在穿过挤满了濒死者和死者、等待者和哀悼者的走廊时一语不发——

她就在这里。她就在这里。她就在这里。她就在这里……

在等电梯的时候，在电梯门打开的时候，在我们踏入电梯，看着门关上的时候，她们一语不发——

她就在这里。她就在这里。她就在这里……

在我们乘着漆黑的电梯向下的时候，在我们看着电梯门再次打开的时候，在光线又出现在眼前的时候，她们一语不发——

她就在这里。她就在这里……

在她们沿着走廊往停尸房走的时候，在她们穿上拖鞋的时候，在她们穿过门进到光线昏暗的停尸房的时候，她们一语不发——

她就在这里，这里……

在我们向中馆医生介绍她们的时候，在护理员从冰箱里拉出一副担架的时候，她们只是鞠躬，但一语不发——

柳子在这里……

在她们看着担架上微微隆起的灰色床单的时候，在中馆医生把手伸进灰色床单下面的时候，在他从床单下面拉出一只手的时候，在他握着这只左手向她们指出左手大拇指上伤疤的时候，她们一语不发，但泪流不止——

她们一语不发，但泪流不止——

"我在这里是因为你。"

在中馆医生把灰色床单慢慢往下拉的时候，在这个十七岁少女惨白的面孔从床单下露出的时候，她们泪流不止、泪流不止，但仍一语不发——

"我是来自目黑的绿川柳子……"

她们泪流不止、泪流不止，但仍一语不发，直到绿川太太的目光终于离开了她女儿那张惨白的脸，离开了她孩子的残躯。她大声哭号："小平！"

*　　*　　*

我和甲斐系长站在停尸房和验尸房中间的走廊上，等绿川太太和她的两个大女儿，她们在和庆应医院的员工讨论有关她小女儿的葬礼事宜。甲斐系长在抽烟。甲斐系长在微笑。甲斐系长看着他的笔记本，有一个名字被反复写了三遍——

小平。小平。小平。

"明天这个时候，"甲斐系长笑道，"就已经结案了，我就可以喝个痛快了……"

中馆医生的助手走到这条狭窄的走廊上。他鞠躬，为打断我们的交谈道歉。他递给我一张剪报，说："我们在您那具尸体的无袖连衣裙口袋里发现了这个。"

我打开剪报，是一则广告——

位于神田的松氏美发厅招募新员工……

终于有线索了，终于可以开始查案了……

"还真不好说啊，"甲斐大笑，"说不定明天这个时候，我们俩都能喝个痛快了……"

我鞠躬谢过中馆医生的助手，这时，绿川太太和她的两个女儿从停尸房走了出来——

葬礼已经安排好了。

甲斐系长掐灭香烟，收起微笑，带着绿川太太和她的女儿们回东京警视厅。

接下来轮到我了——

我打开玻璃门，走进验尸房。我走到一个水槽前，脱下外套，卷起衬衣的袖管，洗手，擦干，放下袖管，穿上外套。我走到其中一个尸检台前，那个八边形的德国设计的大理石尸检台。我拿出我的小刀，一把又锈又钝的日本小刀。我用刀划开尸检台上等待着我的三个棕色纸包。我剥开第一个包裹外面的纸，取出黄蓝条纹的无袖连衣裙、白色的中袖衬裙和粉色的袜子。我将这些衣物在另一个尸检台上铺开。我剥开第二个包裹外面的纸，取出两只红胶底的白帆布鞋。我把这双鞋也放在那个尸检台上。我剥开第三个包裹外面的纸，取出在芝公园现场尸体附近发现的女性内衣，这些内衣不是绿川柳子的。我将内衣摆在旁边的小解剖台上——

我回到走廊上——

四位带着她们其他女儿或姐妹或邻居前来的母亲正在等待。四位母亲，她们十五到二十岁的女儿失踪了。四位母亲，她们的女儿失踪了三周以上。四位母亲，绞着双手，祈祷自己不会在走廊的尽头，在这些玻璃门后找到女儿——

祈祷着，祈祷着……

我请来自大森町的丹波太太进入验尸房。丹波太太和她的两个姐妹走在我身侧——

丹波太太和她的两个姐妹盯着尸检台上放着的黄蓝条纹无袖连衣裙、白色中袖衬裙、粉色袜子和那两只红胶底的白帆布鞋。她们摇头。我请她们看看旁边台子上的内衣。她们又盯着它看了一会儿，再次摇头。我道谢，她们离开了——

我舔了舔铅笔的笔尖，记下笔记——

来自淀桥町的中原太太和她的另一个女儿盯着黄蓝条纹无袖连衣裙、白色中袖衬裙、粉色袜子和那两只红胶底的白帆布鞋。她们擦了擦眼睛，但还是摇头。我请她们看看旁边台子上的内衣，她们再次摇头。我道谢，她们离开了——

我把笔记本往后翻了一页，记下笔记——

来自江原町的左太太和她的姐姐盯着黄蓝条纹无袖连衣裙、白色中袖衬裙、粉色袜子和那两只红胶底的白帆布鞋。过了五分钟，她们摇头。我请她们看那件内衣。她们对视了一下，摇了摇头。我道谢，她们离开了——

我舔了舔笔尖——

来自城东区的三谷太太今天没有女儿或姐妹或邻居陪伴，她一个人站在尸检台前，看着黄蓝条纹无袖连衣裙、白色中袖衬裙、粉色袜子和那两只红胶底的白帆布鞋。三谷太太摇头。我请她看旁边解剖台上的那件内衣，三谷太太再次摇头。我再次道谢。她没有挪动脚步，而是问我："现在怎么办？"

"我们会继续努力，确认这些衣物的主人……"

"我不是问你这个，"她说，"我是说我的女儿怎么办……"

"我相信城东区的警察还在努力找她……"

"他们怎么可能？"她问我，"你去过城东区吗？那里什么都没了。警察什么都没有。没有办公楼，没有电话，没有自行车。他们怎么可能找到她？"

"我很抱歉，"我说，"我真的非常抱歉……"

"她就是我的全部，"她说，"我现在一无所有，没有家人，没有房子，没有工作，没有钱。什么都没有……"

"我很抱歉，"我又说了一遍，"但我保证，我会把你女儿的特征信息发给东京的每一个警察局，我希望我们能找到她……"

来自城东区的三谷太太的目光离开了解剖台上的女性内衣，她擦干泪，向我鞠躬并道谢——

接着三谷太太离开了——

我写下最后一页笔记——

我需要一根烟……

我沿着地下室的走廊往回走，经过水槽和排水渠，经过关于小心割伤和刺伤的手写告示，经过正在搓洗双手和小臂的护理员。我按下电梯按钮，看着电梯门打开，就在我要踏入电梯的时候，中馆医生抓住了我的手臂。他问："你找到那份档案了吗，警官？宫崎的档案……"

* * *

我不想记起。在半明半暗的光线里，我忘不掉……

车已经回警视厅了，电车又是客满——

甲斐有嫌疑人的名字了，甲斐马上就能查到地址……

我走回樱田门，穿过元赤坂——

甲斐会去逮捕嫌疑人，甲斐会得到他的供认……

沿着河边，走在议会大厦的后面——

甲斐会结案的，把我们两个的案子都结了……

经过皇宫的护城河，回到警视厅——

把我们两个的案子都结了……

宫崎光子再一次被遗忘了。

* * *

我敲了敲审讯室的门。我打开门，鞠躬，坐在角落里的速记员旁边。甲斐系长没有抬头。绿川太太也没有抬头。绿川太太坐在她的一个大女儿旁边，仍然绞着揉着她大腿上的那块布。甲斐系长再一次，一次又一次地向她确认她在最初的两次问话时她告诉他的事情——

"所以，您最后一次见到令媛是在六号？"

"是的，"绿川太太轻声说，"柳子是八月六号早上九点左右离开家的。"

"您说的家是指目黑区的房子？"

"是的，"她说，"但那不是我们家的房子，是山本家的。自从我们自己的房子在去年三月底因为防御工事被拆除之后，我们就一直和他们住在一起。"

"柳子也住在那里？"

"对，"她说，"一直住在那儿。"

接着甲斐系长问："那您能不能再告诉我一次，她在六号离开目黑区的房子时身上穿着什么？"

"一件白色的夏装连衣裙和白色的帆布鞋。"

"她身上带钱了吗？"

"她应该有十円左右，"绿川太太说，"是坐电车或者火车的路费。"

甲斐系长把笔记本翻到下一页："她告诉您她要去参加一个工作面试？"

"对，"绿川太太说，"柳子原来在银座当服务员，但她不太喜欢那份工作。"

"这个工作是指在四丁目的一家咖啡店当服务员？"

"对，"绿川太太说，"但小费不多。"

"新工作的面试是在芝浦？"

"对，"她又说，"帮占领军做事。"

"工作面试是这个叫小平的男人介绍的？"甲斐系长问，"小平义雄？"

绿川太太愣了一下，她咽了一口口水，然后说："对，就是那个男人介绍的。"

"请再告诉我一次，越详细越好。令媛柳子是怎么认识这个叫小平的男人的？"

绿川太太叹了口气。绿川太太摇了摇头，说："在品川车站偶然认识的。"

"柳子是怎么偶然认识这个小平的？"甲斐系长问，"他们是在哪一天认识的？"

绿川太太看了看她的另一个女儿，问她："你说是七月十号？"

"对，"她的另一个女儿说，"那天品川出了一起事故，所有的列车都延误了。"

甲斐系长低头看了看他的笔记本，然后问："就是在这段时间里，小平接近柳子，和她搭话？"

"对，"另一个女儿说，"柳子告诉我，他在站台上走过来，然后开始和她聊天。"

甲斐系长问："你知道他们聊了什么吗？"

"知道，"她说，"他们聊了工作和食物。"

"柳子告诉他，她想找份新工作，"绿川太太补充道，"小平说他在军营里有关系，可以帮她找份差事。"

151

"他可以帮柳子这件事，他具体是怎么说的？"

绿川太太摇头："我不知道。"

"通过他的关系，"另一个女儿说，"柳子说他就是这么说的：通过他的关系……"

"她有没有说是哪种关系？"

"他那天戴着进驻军臂章。"

甲斐点头："他们第二次见面是什么时候？"

"到这个月月初才见面，"绿川太太说，"柳子的肠胃出了问题，病倒了，所以一直没有再去见小平。直到有一天，小平突然出现在我们家，来探望她……"

"所以小平知道柳子那时候住在哪儿？"

"对，"绿川太太说，"七月份在品川站的时候，她肯定就把地址告诉他了……"

"小平探望柳子的时间，具体是哪一天？"甲斐问，"他拜访目黑区的房子的日子？"

绿川太太说："就是她失踪的前一天。"

"八月五号。"她的另一个女儿确认道。

"你们二位都见到小平了吗？"甲斐问——

"是的。"她们异口同声。

"那麻烦告诉我，"甲斐系长说，"他长什么样？"

她们俩都陷入了沉默。绿川太太叹了口气，首先打破了沉默："他看起来是位绅士。他给我们带了小礼物，说自己很担心柳子的身体。他告诉我们，他在占领军的军队里当厨师，他认为自己

152

可以帮柳子在他干活的营房里找到工作。"

"您还记得是哪个营房吗？"甲斐问。

"589号营房，"另一个女儿说，"在品川。"

甲斐抬起头来："你们当时相信他吗？"

"我当然信了，"绿川太太突然啐了一口，"要是我不相信他，我不信任他，您真觉得我会让自己的女儿跑去和他见面吗？"

甲斐系长的目光又落回到他的笔记本上，他摇摇头说："我很抱歉。我……"

"我们家一共有六口，"她说，"一个男人也没有。"

甲斐系长垂下头，又说："我很抱歉。"

"他拍着胸脯说会给她找一份好工作，"她说，"还包饭。"

甲斐系长只是点头，盯着他的笔记本。

"他戴着进驻军臂章。"

我咳嗽了一声，从我的座位上起身。我鞠躬，问道："那么柳子是在八月六号去见他的？"

"没错，"绿川太太说，"他们约好十点在品川车站的东门见面。"

"上午十点？"我问——

"当然了，"她说，"当然。"

"那发现柳子一直没回家的时候，您是怎么做的？"

"我一直等到第二天早上，"绿川太太说，"然后我做的第一件事就是直接去找小平。"

"你去他家找他的？"我问，"在哪儿？"

"在涩谷区的羽泽町。"她答。

"您去找他的时候他说了什么？"

"他骗我，"绿川太太啐道，"他说柳子根本就没有出现在品川车站。"

"我再确认一下，"我说，"您是在八月七号去涩谷区找小平的？"

"对。"绿川太太说。

"您去找他，是因为柳子前一天晚上没有回家？"

"对。"

"但小平告诉你，他没有在约定的时间见到柳子，也就是柳子没有在前一天上午十点出现在品川车站？"

"对，"绿川太太说，"他骗我。"

"他们都是骗子。"她的另一个女儿说。

接着，我从外套口袋里拿出一个信封。我打开信封，取出里面那张在我的尸体的无袖连衣裙口袋里发现的剪报。我将那张报纸广告放在绿川太太面前的桌上——

我问道："对这个广告，你们有什么印象吗？"

绿川太太低头看着那张报纸广告。绿川太太推开剪报，抬头看着我。绿川太太说："我女儿不是妓女。"

* * *

甲斐系长和一系忙开了。一系有了小平义雄的地址。甲斐系长和一系派两个人前往涩谷区羽泽町的那个地址。一系在那个地址附近布下了两组刑警监视，两人一组——

无处可逃。无处可逃。无处可逃。无处可逃……

"那是小平妹妹的房子，"甲斐系长告诉我们，"他跟他的妻子和儿子一起住在那儿……"

北课长知道甲斐现在就想把小平抓起来——

无处可逃。无处可逃。无处可逃……

课长问："他工作的地方呢？"

"洗衣营房589号，"甲斐系长说，"和他告诉绿川太太的一样，只不过他不是厨师。他从今年三月开始在洗衣房里干活，在品川的海边……"

安达抬起头，看着我——

"同样的手法我们以前见过，刑警，还记得吗？"

课长问："他在洗衣房轮什么班？"

"他这个月轮的是晚班。"甲斐回答。

安达仍然看着我。安达仍然望着我的脸——

"你找到那份档案了吗，警官？宫崎的档案……"

课长问："我们有他家的地址了吗？"

"在枥木县的日光市。"甲斐系长说——

无处可逃。无处可逃。无处可逃。无处可逃……

课长说："明天中午逮捕他。"

无处可逃。在半明半暗的光线里，无处可逃。

*　　*　　*

155

我换了一条路回爱宕：穿过日比谷公园，走日比谷大道。枝条在炎热、阴霾的天光下压得低低的，枝上的树叶覆着一层灰尘。在战争让我们一败涂地之前，在我们还有英雄可歌颂，还有金属可挥霍的时候，这个公园里曾经有许多雕塑。在我们还有时间可玩乐，还有清水可浪费的时候，这里也曾有过喷泉。还有餐厅、茶馆、花卉展览、交响音乐会、网球场和棒球场，如今都成了菜园和防空炮台——

嗵嗵。嗵嗵。嗵嗵……

我在内幸町的电车站排队等车，就在帝国饭店门前的那条路上。在帝国饭店里，他们仍然有英雄可歌颂，有金属可挥霍，有时间可玩乐，有清水可浪费。排在我后面的一个老太太背上绑着一个箱子，原本就驼背的她，腰被箱子的分量压得更弯了。老太太正在给排队的人讲一个本乡小男孩的故事：那个小男孩日盼夜盼，等着他的巧克力配给，等他终于拿到巧克力的时候，他实在太兴奋了，目光完全没法离开巧克力，他就这样一直低头看着那块巧克力，结果没看见驶来的电车。等车的队伍一语不发。这条队伍只是站着，等着，盼着一辆永远也不会来的电车，听着永远也不会停下的敲击声——

嗵嗵。嗵嗵……

* * *

我回到了爱宕警察局的厕所。我刚刚又吐了一次。又是黑色的胆汁。我站起身，走到水槽边，啐了一口。我擦了擦嘴，打开水龙头，洗了把脸。我再一次抬头望向镜子——

我不想记起。我不想记起……

石田在我们的条幅旁边等我——

"你找到林丈了吗？"我问他——

"没有，"石田说，"他辞职了。"

"什么时候？"

"昨天晚上。"

"他现在在哪儿？"

"没人知道。"

"做得不错，"我对他说，"解散。"

我站在原地，一直等到石田走进办公室，立刻跑回厕所。我又吐了一次。褐色的胆汁。我走到水槽边，又啐了一口。我擦了擦嘴，打开水龙头，再一次洗脸。我凝视着镜子——

我不想记起……

林不在。藤田不在——

你只要看看他们脸上的表情，就知道哪些人是一系的，哪些人是二系的了。藤田不在。一系的人脸上充满期待，二系的人则是无可奈何的表情。藤田不在。一系已经有了嫌疑犯的名字。藤田不在。二系连他们被害人的名字都还不知道。藤田不在。服部、武田、真田和下田刑警坐在房间的最后面。藤田不在。西、木村和石田刑警坐在前面。藤田不在。甲斐系长讲话的时候，二系没有一个人为即将展开的逮捕行动露出期待的笑容——

"但被害人的母亲和姐姐已经通过五个补丁辨认出了她的围腰带，也向我们详细描述了她左手大拇指的瘰疬疤痕，所以她母亲正式确认她为绿川柳子，十七岁，来自目黑区……"

甲斐系长给一系和二系跟进了案件信息，包括尸体身份、被害人生平、疑犯姓名，以及明天中午的逮捕计划。爱宕、目黑和三田的巡警今晚没有出席参加会议。这个会议是面向刑警召开的，只有刑警——

"我们在涩谷执行监视任务的两组刑警报告说，今晚嫌疑犯和平时一样，在下午五点三十分离家去工作，在六点前到达洗衣房……"

我站在房间的前面，紧挨着甲斐系长，旁边是金原和安达——

我诅咒甲斐系长……

"当然，二系的刑警们也可以就芝公园的第二具尸体审问嫌疑犯小平，我们希望他也能提供死者身份并供认罪行，让二系不用那么尴尬……"

房间里一半的人哄笑起来——

另一半人愤懑——

"我开玩笑的，"甲斐笑道，"我们都是同一阵线上的。"

哄笑和嘲弄声更响了，他们捶桌顿足，前仰后伏，连头发都乱了——

充满期待，兴奋不已——

"立正！"甲斐吼道——

他们把手放回身侧，双脚并拢……

"鞠躬！"他喊——

挺直了背，捋平了头发……

"解散！"

他们鱼贯而出……

我跑出会议室，跑下楼，在厕所里呕吐。我第三次在爱宕警察局的厕所里呕吐。黄色的胆汁。我啐了一口。我又一次打开水龙头，洗脸。我又一次抬头望向镜子，凝视着镜子——

我忘不了。在半明半暗的光线里，我忘不了……

安达在厕所外面等我——

"同样的手法我们以前见过，刑警……"

安达抓住我的胳膊："藤田在哪？"

"你找到那份档案了吗，警官？"

"我派他去神田的松氏美发厅了。"我说了谎，但我没有问他原因，他要找藤田的原因。我没有问他原因，因为我又转身回到厕所，回去呕吐。灰色的胆汁。回到水槽边，回到水龙头前，回到镜子前——

在半明半暗的光线里……

安达走了，但西和木村在走廊上等我。他们又热又脏，他们知道我已经忘了他们。他们又累又气——

"没有来自杂司谷的高桥的任何记录，"西说，"因为在区办事处遭到轰炸之后，他们的记录就全丢失了，所以谁的记录都不会有……"

"你们去杂司谷的那个地址了吗？"

木村点头，西说："去了。"

我问他们俩："然后呢……？"

"只剩一片灰烬。"西说。

我问："今天你们有人见过藤田刑警吗？"

木村摇头，西说："没有。"

"好吧，"我说，接着从口袋里拿出信封，把那张剪报递给他们，"去找到这则广告是哪家报纸在哪一天登的。然后，今天晚上的最后一件事，在他们明天把那个男人抓来之前，你们俩跟我一起到神田去，帮我把松氏美发厅的那些女士叫起来。"

木村点头，西点头。他们鞠躬，转身离开。我等他们走远后又跑回爱宕警察局的厕所呕吐——

但这一次我没吐——

因为没有东西可吐了。

＊　　＊　　＊

一切都有条不紊地进行着。回新桥告诉千住那个人的名字。一切看起来都挺顺利的。回新桥拿卡莫丁。有条不紊。回去，穿过锅碗瓢盆，刀勺餐具。挺顺利的。回去，穿过西装和沙丁鱼，水果罐头和旧军靴——

"红红的苹果触碰我双唇，蓝蓝的天空静静地看……"

但今晚这里有更多穿浅色西装的打手，更多穿着印花衬衫，戴着美式墨镜的打手在巷弄里，在拱廊和阴影里——

列车在头顶呼啸而过……

今晚，他办公室的楼梯下有八个打手，他们双腿分开，手插在上衣口袋里，面部抽搐，眼中闪光——

在半明半暗的光线里……

今晚，他办公室的门关着，他办公室的灯灭了——

我拉正上衣，问他们："你们老大在吗？"

"你他妈是谁？"其中一个问——

我告诉他："我是东京警视厅的南系长。"

这个打手叫另一个打手上楼，另一个打手上楼，敲门，然后回到楼下，和这个打手耳语一番。接着这个打手说："你等着吧，东京警视厅的南。"

今晚没有骰子的声音，没有"押大、押小、开"的喊声……

办公室的门开了。一个外国人，美国人，战胜者，走下楼来。走到楼梯脚下，这个人对我说："晚上好，警官……"

"晚上好，长官。"我回答。

这个外国人，美国人，这个战胜者，他对我挤了挤眼睛，千住的打手们都哄笑起来——

"你可以上去了，东京警示厅的南。"在那个战胜者离开后，一个打手说道。

我上去了——

千住明盘腿坐在黑暗中，只有街灯的光线照进来，他头上的汗珠和皮肤的光泽在光线下清晰可见。千住明全身赤裸，只穿着一条缠腰带——

"你最好是给我送名字来的,"千住明低声说,"否则你今晚就别想离开这里了……"

我诅咒他,我诅咒自己……

我在他面前跪下,说:"《民报》报社的林丈。"

千住一语不发。他盯着我。千住一语不发——

我低头面朝地板,说:"有人看见他和野寺在一起。"

他盯着我。一语不发。他盯着我。一语不发——

"他们在新绿洲酒吧一起喝酒。"

他盯着我。一语不发。他盯着我……

"松田被枪杀的前一晚。"我对他说——

在黑暗中。千住移动身体。在黑暗中。千住咬牙切齿:"滚出去,刑警!现在就滚!在我改变注意之前快滚……"

我跪着朝门口,朝楼梯爬去——

"红红的苹果触碰我双唇,蓝蓝的天空静静地看……"

在黑暗中,千住起身。在黑暗中,千住站起来,说:"想要你的药的话,明天晚上过来。"

*　　*　　*

我打开爱宕警察局临时办公室的门。藤田还是不在这里。他们都睡了。藤田又不见了。我趴在桌上。但藤田会回来的。我还是睡不着。藤田现在安全了。明天我就能睡着了。明天藤田会回

162

来的。明天……

一切都会有条不紊地进行。一切都会顺利——

明天甲斐和一系要执行逮捕——

明天凶手就会供认两起罪行——

明天一切都会有条不紊——

一切都会很顺利——

一切都会结束——

"老大……老大……"

我张开眼睛——

"那则广告是《朝日新闻》刊登的,"西说,"日期是七月十九日。"

"谢谢你。"我对他说——

西露出了微笑,他问:"那是不是该去叫醒松氏美发厅的女士们了?"

*　　*　　*

街上黑漆漆的,一片寂静,高温依旧。我们沿着日比谷大道前行,在我们走过第一生命保险公司大楼,走过旧天皇那座漆黑的皇宫对面、麦克阿瑟天皇的总部时,走过帝国剧场和明治生命馆,然后走过东京邮船公司大楼和海常大楼,到丸之内和大手町的过程中,我们一遍又一遍地出示通行证——

曾经的三菱镇……

在这里，大多数用钢筋水泥建造的楼房都还屹立不倒，只有个别几幢是残破的；在这里，美军在他们的办公室和营房中统治着一切；在这里，在被占领的东京的新心脏——

和旧心脏一样……

我、木村和西沿着东京车站的铁轨往神田走——

在这里，距离新老天皇不到一英里的地方，几乎没有木质房屋残存了。这里曾经有机车厂、个体户、自行车店、住户，现在只剩下燃烧后留下的废墟，简易的临时棚屋，零零落落的几栋老式木结构房屋，突然从杂草和灰烬里拔地而起的一幢幢单层办公楼，火盆和灯笼，吉他和女孩，歌声和叫声——

"来玩吧……？来玩吧……？来玩吧……？来玩吧……？"

她们烫着夸张的卷发，化着浓妆，站在小巷里、门洞前，用软语和呼唤吸引往来的男子，将他们带回破败的小楼里，她们的洋名字和日圆价格都展示在楼里的牌子或海报上——

禁止入内。禁止入内。禁止入内。禁止入内……

松氏美发厅就是这样一栋又破又脏的小楼，和其他又破又脏的小楼一样，什么都没有，只有一个不亮的粉色霓虹灯招牌。我拉开那扇已经裂开的玻璃门。玄关里坐着一个年轻的韩国男子，他身后是一片暖帘。这个韩国人理着童花头，戴着眼镜，穿着一条颜色鲜艳的裤子和一件灰色的汗衫——

他看到我们，站起来，准备讲话——

"闭嘴！"我对他说，"警方突袭检查！"

我叫木村和这个韩国人一起等在玄关，然后我带着西穿过暖帘走进里面的厨房兼等候室，有三个日本女人坐在里面，她们的衣领敞开着，裙子高高卷起，露出大腿，正摇着扇子——

她们抬头看着我们。她们叹气，转了转眼珠——

"这次你们又想要什么？"年纪最大的女人问——

我对她说："我们是东京警视厅的。"

"那又怎样？"她说，"我们可是交过钱的。"

我递给她一支烟，她接过去，我给她点上。我问她："你是这里的妈妈桑吗？"

"是又怎样？"她问道。接着她抛了个媚眼，说："你想来一发免费的？"

我拿出信封，取出里面的《朝日新闻》剪报。我给她看那则广告，问她："你们还在招人吗？"

"你问这个做什么？"她大笑，"就算是在我们店，你也太丑了。"

其他女孩也笑起来。我又递出几支烟——

我问她："来应聘的人是你亲自面试的吗？"

"嗯？"她再一次问道，"是又怎样？"

"拜托了，配合一下嘛，"我对她说，"回答我的问题，然后我们就都可以回家了。"

她哼了一声，说："家？我的家在哪儿？这就是我的家，警官。你喜不喜欢？"

"听好了，"我对她说，"我们在芝公园，增上寺后面，发现了一具年轻女孩的尸体。她已经死了一段时间了，没办法辨认她的身份……"

现在她们都在认真听我讲话了。她们抽着我的烟，汗流浃背，不停地摇着扇子。她们脑海中出现的那幅画面，她们眼前出现的那幅画面——

死者……

"这张广告是在她口袋里发现的，所以我们才到这里来，看你们有没有可能知道她的身份，帮我们确认死者的名字……"

"她是怎么死的？"其中一个女孩问——

她脑海中出现的那幅画面，她眼前出现的那幅画面……

"先奸后杀，被勒死的。"我说——

死者的画面……

屋内陷入了沉默，在暖帘后面的这间厨房兼等候室里，所有人都沉默了，只能听见楼上房间传来的嬉笑声，呻吟声，喘息声和撞击声——

嗵—嗵—嗵—嗵—嗵—嗵—嗵—嗵—嗵—嗵……

"谁说她是先到这儿来的？"妈妈桑说，"这个可怜的姑娘可能是在来的路上被……"

"我就是来这里求证这件事的，想问你有关……"

"但你都没有告诉我们她长什么样，"她说，"我怎么知道她有没有来过？"

我又问了她一次："来应聘的人是你亲自面试的吗？"

"不是我一个人，"她说，"我和金先生一起面试她们。"

"是外面那个人吗？"我问她，"金先生？"

166

"他是姓金，"她笑道，"但不是他。"

"那正牌金先生在哪儿？"

"他明天会过来。"

"他现在在哪？"

"在招人。"

"在哪？"

"在哪？在哪？在哪？"她笑着翻了个白眼。她掏出她的烟，拿起一面镜子，仔细地整理她的卷发——

我一直在想她。我一直在想她……

"我们这里百分之九十的女孩都是从国际宫招来的，"她说，"这也不是说你们那个死去女孩就一定也是那里的，但也不好说她就一定不是那里的……"

我转向西刑警，对他说："麻烦向这位女士描述一下尸体的特征和受害者的衣着。"

但西刑警不在我身后，他已经陷入了这些女孩的温柔乡，迷失在她们的胸部和大腿中。西红了脸，拿出笔记本，结结巴巴地说："受害者大约十七八岁，齐肩卷发，穿着一件黄蓝条纹的无袖连衣裙，一件白色中袖衬裙，脚上穿着粉色的短袜和红胶底的白帆布鞋……"

"那我们都是尸体了，"妈妈桑笑着说，"全是鬼魂……"

"可能是任何人。"其中一个女孩说——

眼泪做的。眼泪做的。眼泪做的……

"她就是我们所有人，"妈妈桑说，"每一个日本女人。"

5

1946年8月19日

东京，30.5℃，无月、多云

我们三个离开了松氏美发厅，离开了神田，往警视厅的方向走着。我浑身发痒，挠了又挠。咯吱，咯吱。这一次我们沿着轨道的另一侧走，日本桥这一侧，新旧皇宫的对面。我浑身发痒，挠了又挠。咯吱，咯吱。在这一侧走，我们不用出示警察手册——

这里没有战胜者。没有白色的五角星。完全没有灯光——

从外濠[1]到东京车站的八重洲入口——

五辆卡车停成一排，上面全是中国台湾人——

但也不全是中国台湾人，也有日本人……

木村看着西，西看着我——

没有收音机，没有电话，没有车……

"老大？"西大喊，"你要干吗，老大？老大？"

我走向那五辆卡车。我掏出警察手册，出示我的身份证件。

---

1 外濠，即东京皇宫外的护城河。

我走近第一辆卡车的车门，伸手打开车门，吼道："都给我从卡车上下来！"

但我一抬头就看见了一把冲锋枪——

皮肤抵着金属，金属抵着皮肤……

手指在扳机上——

子弹穿过我的皮肤……

我等着死亡的到来——

希望就这样死掉——

祈祷着……

但没有子弹射出；不是昨天，不是今天，也不是明天；不在那里，也不在这里——

我不能死。我不能死……

让我仰面倒地的不是子弹，而是肚子上挨的一脚。几辆卡车加速沿着外濠大道朝新桥的方向绝尘而去——

朝千住明的方向——

我已经死了。

*　　*　　*

等我从地上爬起来，等我和木村、西一起跑回警视厅，等我们向上级重复报告了四五遍刚刚所见的场景，等我们终于找到一个能用的电话，等我们提出支援请求，等支援队伍出发，等支援队伍就位，等我们赶到新桥市集——

一切都已经太晚了……

载着中国台湾人的卡车早就到了又走了——

枪声已经响过了——

流血事件已经发生了——

冲突已经结束了——

眼下——

"去他妈的中国台湾人渣，"千住的手下们，也是松田曾经的手下们都在咒骂，"去他妈的美国人渣。去他妈的警察人渣。去他妈的中国台湾人渣。去他妈的美国人渣。去他妈的警察人渣。去他妈的……"

"去他妈的……去他妈的……去他妈的……去他妈的……"

两人死亡，八人受伤——

但千住明没事——

千住从来不会有事——

千住一手拿着短刀，一手拿着手枪，他穿着无袖的白色汗衫，围腰带上有新溅上的血渍——

"幸好我刚刚在别的地方办事，"千住说，"左一枪，右一枪的，都不知道往哪儿躲。"

千住摘下他的美式墨镜——

千住站在他的手下，他的军队前面，像是新桥的幕府将军，夜空下站在他的临时战地指挥部外，像是掌管天下的皇帝，他环视四周——

"你会往哪躲，刑警？"

我耸耸肩，没有回答他。我什么都没说——

今天晚上，西、木村和爱宕警察局一半的巡警都和我一起在这里——

我今天是作为警察来这里的。我今天不是来这里求人的……

"关键问题是，"千住继续说，"刚刚警察都躲到哪儿去了？连个人影都没有。这些韩国人和中国人，他们想在我们头上撒野，这种时候你们去哪儿了？连个人影都没有……

"这种时候你们做了什么？什么都不做……"他叹道——

我诅咒他。我诅咒他。我诅咒他……

"除了会求别人，什么都不做……"

新生市集的摊主们都从睡梦中惊醒，摆开阵势，支援千住。他们一边鞠躬，一边给千住献上他们最好的酒、肉和大米——

我是作为警察来这里的。

"因为如果我有钱，如果我有烟，如果我有酒或者什么特别的食物，我总能找到那么一个警察，我总能遇到那么一个警察，让他在我面前连滚带爬地求我给他一点儿卡莫丁……"

我诅咒自己……

"那些台湾人没打算在你们头上撒野吧，"我对他说，"他们只想在你的新生市集里摆摊，就像以前在你的老黑市里那样。但你不给他们任何……"

但千住没有听我讲话，他只是自顾自地说——

"他们摆出战胜者的架势，但他们什么都没赢走！他们没有打败任何人！他们根本没有战斗，根本没有赢。他们就是走运而已！可以待在这里，留在这里，就是走运而已……"

"那些卡车上不只有中国台湾人，"我对他说，"也有日本人。我亲眼看见的。"

"在你收下他们的贿赂，答应不碍他们事的时候看见的吗？"

"没人想再打一场战争，"我对他说，"至少不是现在。"

"再打一场？"千住啐道，"这就是同一场战争……"

我摇头："盟军最高司令部会让你歇业的。"

"看到没有？"他大笑，"一直都是同一场战争！"

"那台湾人就赢了。"

"台湾人会赢？"千住又一次大笑，"他们永远赢不了，我来告诉你为什么，刑警。因为成千上万人都指望着这座市集。如果中国台湾人或者美国人让我歇业，或者把我赶走，那这座市集就完了，如果这座市集完了，那么指望着市集、指望着我的那些人也都完了……"

"如果他们让你歇业，"我说，"那你就输了。"

"输不了！输不了！输不了！"千住吼道，"我从来都没输过。我从来没有被打败过，将来也不会。中国人渣赢不了我！韩国人渣赢不了我！美国人渣赢不了我！像你这样的警察人渣也赢不了我！

"我从来没输过！从来没被打败过！永远不会！"

"那你想怎样？"我问他——

"你要是敢动我一个人，"千住说——

"我就杀你十个，我发誓！"

我仰头望向我们头顶的夜空。今晚没有星星。我又摇了摇头，向他鞠躬，转身离开——

"再见，刑警，"他喊道，"别忘了……"

西和木村跟在我身后——

"因为我就从来不会忘，"他说——

"我欠别人的债，我从来不会忘，不管是欠活人的还是欠死人的。"

*　　*　　*

人们做梦都在说着死去的人，人们做梦都会记起死去的人。他们的父亲，他们的母亲，他们的妻子，他们的情人。他们的家人和朋友，他们的同事和战友。到现在还有一百多万坛骨灰无人认领。这些骨灰属于战死的陆军和海军，各个军衔的将士都有。负责下发死亡通知书和安置遗体的第一、第二复员办事处说，他们收到了很多来历不明的骨灰，所以越来越难以认证他们处理的骨灰和遗体是否都属于军方人士。办事处在将骨灰归还死者亲属的过程中也遭遇了许多困难，因为死者亲属往往都已搬离原住址，或原住址已损毁。另外，认领者迟迟未出现，通常是因为本人已经死亡——

他们饥肠辘辘，他们梦想破碎……

到今年六月为止，复员办事处也收到了补贴经费，每安置一份骨灰，可获得十五円的补贴。然而，自六月以来，这项补贴被取消了。缺乏经费使得办事处无法购置新的骨灰盒来存放骨灰。

目前，他们还在使用库存的木材制作新的骨灰盒，但很快，就只能将战争死难者的骨灰装在普通的棕色包装纸里归还给他们的亲属了。

他们饥肠辘辘，他们挨饿受苦……

人们做梦都在说着死去的人，人们做梦都会记起死去的人。他们的父亲，他们的母亲，他们的妻子，他们的情人。他们的家人和朋友，他们的同事和战友。人们在梦中说着游魂和鬼怪——

它们的主人已经不在了……

我坐在这把借来的椅子上，趴在这张借来的桌子上，就这样熬过后半夜。我闭上眼睛，但没有睡着。我睁开眼睛，但没有醒来。我读他们的报告，读旧报纸。破晓时分的曙光照射进来了，但我还是能感觉到衰老，感觉到死亡。仿佛那是漫漫长夜开始前的最后一线天光，迷离失所，行将熄灭。而不是一个新的清晨，这里没有新的清晨。我在这把借来的椅子上坐直身子。我环视四周，藤田不在。我又闭上眼睛——

今晚我就能睡觉了。今晚我就能睡觉了。今晚我就能……

我睁开眼睛，抬头看着站在我面前的巡警——

巡警手里拿着一份电报。

* * *

高轮警察局的四个巡警解开制服纽扣。蚊子在盘旋。四个巡警脱下他们的汗衫。蚊子在叮咬。四个巡警跳进芝运河。河水散发臭气。四个巡警游向漂浮在河面上的一扇木门。河水是黑色的。四个巡警将门推到岸边，我们站的地方。在阳光下。课长点点头。在高温下。四个巡警将门翻过来。我诅咒。门上绑着一个溺死的男人，一丝不挂——

林丈赤身裸体地被绑在门背后……

他被绑住，手脚都被钉在了门上——

他的手脚被钉在门上……

然后门被扔进运河里——

林的脸朝下，没入水中……

他的嘴和肺里充满了水——

他漂浮在水面上，就这样溺死了……

被绑住，被钉住——

我跪在他面前。我说："《民报》报社的林丈。"

* * *

是千住还是藤田？没人知道他的名字。每个人都知道他的名字。是藤田还是千住？没人在乎。所有人都在乎。是千住还是藤田？白天就是黑夜，黑夜就是白天。是藤田还是千住？黑就是白，白就是黑。是千住还是藤田？男人就是女人，女人就是男人。是藤田还是千住？勇者就是懦夫，懦夫就是勇者。是千住还是藤田？强者就是弱者，弱者就是强者。是藤田还是千住？好人就是坏人，坏人就是好人。是千住还是藤田？该把共产主义者放了，该把共产主义者关起来。是藤田还是千住？罢工是合法的，罢工是非法的。是千住还是藤田？民主是好的，民主是坏的。是藤田还是千住？侵略者就是受害者，受害者就是侵略者。是千住还是藤田？胜者就是败者，败者就是胜者。是藤田还是千住？日本输掉了战争，日本赢得了战争。是千住还是藤田？活着的就是死去的，死去的就是活着的。是藤田还是千住？我还活着，我已死了——

是千住还是藤田？是藤田还是千住？

我是一个幸运者。

* * *

新桥市集的两死八伤，芝运河里的尸体，糟糕的夜晚过后又是糟糕的早晨。美军要我们做出解释，他们把课长召去了公安部。现在课长要我们做出解释，他把我们都召回了东京警视厅——

所有部门的的领导，所有系的领导……

"不会再有帮派冲突发生了，"课长说，"我会下令关闭所有的市集。我会向盟军最高统帅部请求第八集团军的支援。东京不会再发生帮派冲突了……

"他们以为自己能为所欲为，"课长继续说，"那是因为我们给他们提供了帮助。我们给他们提供了保护，我们让他们少了很多麻烦，但他们根本没有意识到这一点，还以为自己多有能耐。我现在只想让他们消停消停。"

"但先动手的不是我们的本地帮派，"金原说，"是中国人去闹事的……"

"还有韩国人。"安达管理官补充道——

"美国人还保护他们，"金原说，"他们让这些移民为所欲为，却惩罚那些只想把店好好开下去的小摊贩……"

"我们不能插手，"安达说，"因为如果有人发现警方帮日本人对抗中国台湾人或韩国人，他们就可能以虐待移民，沿袭旧日本陋习，忽视人权和践踏民主自由为由肃清我们。但如果我们不出手，警方不出手，那么除了黑帮自己，还有谁能维护人权和民主原则，保护那些小摊贩的生命和生活？

"分而克之，"金原说，"分而治之。"

"这些我都知道，我也会告诉他们的，"课长说，"但你们去告诉你们的黑道兄弟，他们必须做出选择……"

他在争取他的权利，他在争取他的自由……

"要么干仗，"课长说，"要么做生意。"

*　　*　　*

他们会知道林的名字。他们会找到林的住处。他们会和林的家人谈话。他们会去林的办公室。他们会和林的同事谈话。他们会发现林写的故事。他们会读林写的故事。他们会和林的联系人谈话。他们会找到林的笔记。他们会读林的笔记。他们会和林的线人谈话，那些线人会告诉他们——

会告诉他们我的名字，他们会来抓我——

就像我们今天去抓小平义雄一样——

涩谷的街道上如静止了一般。现在可能是一年里最热的一天的正午时分，羽泽町那栋房子外的一切都静止了。阴影里的气温是三十三摄氏度。二系作为一系的支援，也来了。每条巷弄，每个出入口，每个角落都部署了两个刑警。甲斐系长是总指挥官。甲斐系长手中拿着一个哨子。甲斐系长又看了一次表。滴答。甲斐系长将哨子送到唇边——

穿过前门，走上楼梯，进入二楼的房间，小平义雄没穿衣服，正在一顶蚊帐下面睡觉，他的妻子遮住自己的胸部，伸手去抱孩子——

小平义雄从蚊帐下面被拽了出来，拖下了楼——

小平穿好裤子，小平穿好衬衫，小平扣上裤子纽扣，扣上衬衣纽扣，穿上军靴——

在汽车的后座。又一个中年男子。小平揉了揉头顶。小平挠了挠蛋。在汽车的后座。瘦削憔悴的脸。小平眨了眨眼。小平揉了揉眼睛。在汽车的后座。发量稀疏。小平咧开嘴。小平大笑起来。在汽车的后座。小平看上去就像甲斐，小平看上去就像金原，就像我……

像我……

爱宕警察局外面的马路和台阶上挤满了报社记者。小平接过一支烟。汽车回到樱田门大街，右转进入目黑大街。小平聊起天气。汽车再次右转进入山手大街，然后沿着目黑河驶向目黑警

178

察局——

小平讲起话来世故老成，小平讲起话来颇有权威感——

这里就是审问小平义雄的地方——

小平咧开嘴。小平大笑——

这里就是小平招供的地方。

但目黑警察局的警察很生气。自从在芝公园发现两具尸体后，目黑的警察一直在做跑腿的工作。现在，目黑的警察被赶出了他们自己的办公室。他们被踢出局外，插不上手，流着汗，生着闷气——

一系的两个刑警将小平带上楼——

他们给了他一杯茶。他们给了他一支烟——

接着他们把他留在审讯室，让他喝茶抽烟——

他们让他等在那里，好好思考。

金原管理官、甲斐系长和一系的其他刑警占用了走廊尽头的另一间办公室，清理桌面，清空抽屉，移开文件，偷走铅笔——

目黑的警察只能在一旁看着，他们暗暗咒骂，流着汗，生着闷气，他们只能站在局外，插不上手——

我在办公室后面的窗边找了张空椅子坐下。金原和甲斐正在说明审问的框架，他们会提的问题以及他们不会提的问题——

然后安达回来了，手中拿着一份电报，唇边挂着一抹微笑："这是日光市那边刚刚发来的。他以前也杀过人。"

"同样的手法我们以前见过，刑警，还记得吗？"

甲斐站了起来，他说："好了，我们走吧！走吧！"

"你找到那份档案了吗，警官？宫崎的档案……"

"慢慢来，慢慢来，"金原微笑着说，"一步一步来。"

*　*　*

我跟在安达、金原和甲斐后面。沿着走廊，进入审讯室。没人邀请我来，没人禁止我来。我坐在门口，一语不发。房间里很亮，除了一张桌子和六把椅子以外什么都没有。安达、金原和甲斐坐在小平的对面，速记员拿着纸笔坐在一边——

小平义雄把手放在桌上，微笑着——

甲斐系长问他："出生日期？"

"明治三十八年，"小平说，"一月二十八号。"

也就是一九〇五年一月二十八日。

甲斐问："出生地？"

"枥木县。"小平说。

"枥木县哪里？"

"上都贺郡，日光市，大字细多。"

"你是家里的长子吗？"

"不是，"他说，"我是第六个儿子。"

"你父亲还健在吗？"

"不在了。"

"你父亲是怎么死的？"

"脑溢血。"

"什么时候死的？"

"十年前。"

甲斐点头。甲斐问："你父亲是做什么工作的？"

"嗯，他以前有一块地、一个农场和一家小旅馆，"小平说，"但他酗酒、买女人、赌博，就把这些都输光了。"

"所以他破产了？"甲斐问，"无业？"

"不是，"小平说，"他一直在工作。他最后一份工作是在一家生产铁栅栏的工厂做给油工……"

甲斐问："那你大哥呢？"

"他也死了。"小平说。

"他是什么时候死的？"

"今年。"

"他以前是从事什么工作的？"

"没有什么稳定的工作，"小平笑道，"他以前在日光的炼铜厂干活，后来他不干了，跑来东京，但我不知道他在这里干什么。我从来没有在东京见过他。"

甲斐问："那现在谁是你们家的家长？"

"应该是我另一个哥哥吧，我猜，"小平耸耸肩，"但我没去见过他们，我现在基本上都不回去。"

"但你在日光市还有家人？"

小平点头。小平说："是的。"

"我们来聊聊你自己吧，"甲斐系长接着说，"你出生在日光？所以你也是在那里上的学？"

"我是在日光的学校毕业的，"小平说，"没错。"

"那之后你干什么了？"甲斐问，"毕业之后？"

"我离开家，搬来东京了。"

"那是什么时候的事？你几岁的时候？"

"差不多十四岁的时候吧，应该是。"

"那是几几年？"甲斐系长计算着，"大概是大正七年，差不多吧？"

"差不多，"小平说，"但我记不清了。我只知道当时我差不多十四岁。"

"那时候你在哪儿工作？"

"在池袋的一家钢铁厂，"他说，"东洋金属公司。但我在那里工作的时间不长……"

"为什么？"甲斐问，"被炒了吗？"

"不是，"他笑了，"我找到了一份更好的工作。"

"什么工作？在哪？"

"龟屋杂货店。"

"银座的那一家？"

"对。"

"是一家很有名的商店啊，"甲斐系长说，"那你在那里工作了多长时间？"

"就两年。"

"为什么？"

"因为我觉得杂货店的工作很无聊，"小平说，"工作时间太长了，薪水又低，工作内容就是拿东西，搬东西，抬箱子之类的活儿……"

甲斐问："那你之后去做什么了？"

"我回日光了。"

"回老家了？"

"对。"

"那是几几年的事？"甲斐又算了起来，"你是什么时候离开东京的？三年后？大正十年？"

"差不多是那时候吧，"小平说，"对。"

"你在老家找到工作了吗？"

"是的，"他说，"我开始在古川公司上班。"

"是一家很大的炼铜厂，是吧？"

"对，我哥哥也在那里工作。"

"你在那儿工作了多久？"

"我在那里工作了两次，"小平说，"第一次工作到我入伍之前。"

"是什么时候？"

"大正二十年六月。"

"那就是一九二三年，"甲斐说，"关东大地震之前。"

"对，"小平笑道，"我很幸运地躲过一劫。"

"你进的是陆军还是海军？"

"我的志愿是海军，"他说，"招募我的是横须贺的海军陆战队。"

"什么职位？"

"一开始我在'八云号'培训船上接受工程师培训，之后我被调派到军舰上，'山城号''金刚级''满洲号'，我还在'伊号'潜水舰上待过。"

"你一直都是工程师？"

"不不不，"他说，"后来我成了作战海军。我加入了旅顺国防军，后来作为海军陆战队士兵，驻扎在山东。"

"所以你亲眼看到战争现场了？"

"当然。"他笑道。

"那在济南事件[1]期间你也参与作战了？"

"当然，"他重复道，"济南事件期间，我参与了对北方铁路车库的首次突击，之后又参与了日生纺织公司的保卫战……"

"那你肯定杀了很多人咯？"

"自然的，"他微笑，"在济南，我拿刺刀刺死了六个中国兵，后来还杀了其他的人……"

"你服了多久兵役？"

"六年，之后我作为一等海军军官退伍，还获得了旭日章，是勋八等的白色桐叶章。"

---

1 济南事件，中国称"济南惨案"或"五三惨案"。1928年5月，日本以保护侨民为名，派兵进驻济南、青岛及胶济铁路沿线，准备用武力阻止国民革命军的北伐。当国民革命军于5月1日克复济南后，日军遂于5月3日派兵侵入中国政府所设的山东交涉署，将交涉员蔡公时割去耳鼻，然后枪杀，将交涉署职员全部杀害，并进攻国民革命军驻地，在济南城内肆意焚掠屠杀。同时，日军在济南大量扣留车辆，截断交通线路，并强占胶济沿线的行政机关。

甲斐系长说：“恭喜你。”

小平低头。

甲斐系长递给小平一支烟，我们都起身出去，留他在房内抽烟——

安安静静地……

在审讯室外的走廊上，安达盯着墙壁，金原在读日光市发来的电报，甲斐在抽烟——

安达管理官转向我，笑着问：“你也在中国当过兵，是不是，系长？”

“是的，”我对他说，“我在陆军服役。”

“你现在多大了？”

“四十一岁。”

“一样大啊。”

* * *

太阳开始下落了。光影从墙壁移动到了地上。小平抽完了烟，正盯着自己的手指甲看。我坐回门口的位置。我仍然一语不发。安达、金原和甲斐坐回小平对面——

金原管理官把身体向前探，问他：“那么在你退伍之后，你又回日光了？”

“对，”他说，“我又回古川公司工作了。”

“离开海军，又过上平常老百姓的日子，感觉如何？”

"一开始很不错……"

"怎么个不错法？"

"我娶了个老婆。"

金原问："也就是你的第一个老婆？"

"对，我第一个。"

"不是现在这个老婆？"

"不是。"小平说。

"你是怎么认识你第一任妻子的？"

"通过工厂经理的介绍，"他说，"她是他姐姐的女儿，是他外甥女。"

"当时你们俩多大？"

"她二十一岁，我应该是二十八岁吧。"

"后来怎么了？"

"我们在一起生活了六个月左右，"他说，"但之后她就回娘家了。"

"为什么？"

"她去帮他们种稻子，但她再也没回来。"

"为什么不回来？"

"因为她家里人想要我们离婚。"

"原因呢？"

"因为我和另外一个女人搞婚外恋，那个女的怀孕了。"

"那你肯定很乐意和你妻子离婚吧？"

有什么，他的眼神里闪着什么……

"不，"他说，"我觉得很丢脸。"

有什么在他眼中一闪而过，在他的眼神里……

"所以你做了什么？"

像是黑暗中的火光……

"你们都知道了。"

死亡……

金原管理官低头看面前桌上的那张纸。金原点了点头，然后说："但麻烦你再告诉我们一次，用你自己的话，告诉我们发生了什么……"

"我回到他们家。"

"房子是谁的？"

"她娘家人的。"

"什么时候？"

"昭和七年七月一号的半夜……"

一九三二年七月一日……

"然后呢……"

"我早上九点离开我自己的房子，到我老婆娘家的房子。白天我仔仔细细地把房子外围检查了一遍，然后一直在那里等到晚上。"

"然后……"

"半夜十二点，我闯进了他们家。"

"然后……"

"我去了每一个房间。"

187

"然后……"

"趁他们睡觉的时候打了他们。"

"用什么？"

"一根铁棍。"

"你还记得那根铁棍吗？"金原管理官问，"可以描述一下这根铁棍吗？"

"当然，我记得，"小平说，"那根铁棍的长度大约八十公分，直径大约五公分，重量大约四公斤。"

"你打了她几个家人？"

"我记得不是六个就是七个。"

"杀了几个人？"

"只有她父亲。"

金原管理官点头："所以在一九三三年二月，东京最高法院判处你十五年的有期徒刑……"

"十五年，"小平点头，"不过之后减刑了。"

"所以你一共在监狱里待了多久？"

"差不多六年半。"

"在东京的小菅？"

"对。"

"所以你是在一九四〇年天皇大赦的时候出狱的？"

"对，"小平说，"多亏了天皇的仁慈。"

"那你出狱之后做了什么？"

"我去了草津温泉。"

"你在那儿待了多久？"

"差不多半年吧。"

"你工作吗？"

"基本上没有，"他说，"我在调养。"

"之后你就回东京工作了？"

"是的，我找到了一份锅炉工的工作。"

"在什么公司？"

"在四五家公司干过，"他说，"但名字我记不全了。之后我就去塞班岛工作了。"

"你是怎么找到这份工作的。"

"是他们来征募我的。"

"你有犯罪记录他们也无所谓？"

小平义雄耸耸肩。小平笑着说："他们从来没问过我犯罪记录的事，我也从来没提起过。"

"那你在塞班岛上做什么工作？"

"我在工地上干活，修飞机跑道。"

"你在塞班岛上工作了多久？"

"我的运气还是不错，"他说，"我是一九四二年四月离开的。"

"你又回东京工作了？"

"对，我开始在蒲田的日本钢铁公司工作。"

"在那儿又工作了多久？"

"半年左右吧。"

"之后呢？"

"我记得之后我就去了大森的铃木制冰公司，"小平说，"负责维护冰箱。"

"这份工作持续了多久？"

"也是半年左右。"

"之后呢？"

小平停顿了一会儿，接着耸耸肩说："我被调到品川附近的海军衣粮厂去了。"

"同样的手法我们以前见过，刑警，还记得吗？"

"谁把你调去海军衣粮厂的？"

"你找到那份档案了吗，警官……？"

"是五反田的人力流通办事处把我调去海军衣粮厂的。"

"他们让你去担任什么职务……？"

"锅炉技师。"

"这是什么时候的事？"

"一九四四年八月。"

"之后呢？"

小平又一次耸肩，接着他说："我结婚了，生了个孩子。"

"是和现任妻子？"金原问。

"对。"

"你是怎么认识你这个新妻子的？"

"朋友介绍的。"

"你是什么时候结婚的？"

"去年二月。"

"那时候你还在海军衣粮厂工作？"

"那时候还在，"他说，"我一直干到去年六月。"

"去年六月发生了什么事？"

"没什么事，"他说，"我只是辞职了。"

"为什么？"

"我让我的老婆和孩子搬回她在富山的娘家避难，我在涩谷的若木町租了一栋房子……"

"就是你现在住的这栋吗？"

"不是，"他说，"我们以前租的房子在五月的空袭里被炸毁了，我就是那时候决定从海军衣粮厂辞职，去富山找我的老婆孩子。"

"那你在富山找到工作了吗？"

"我们和我老婆的哥哥住在一起，他帮我找了一份保安的工作。"

"在什么单位？"

"东富山的富士制钢厂。"

"那你是什么时候回来这里的？"

"投降之后一周左右。"

"你回来之后做什么工作？"

"嗯，我从一个中间商那里借了点儿钱，"他说，"买了一些富山县的草药，打算挨家挨户推销。"

"这份工作干了多久？"

"不是很久，"他笑道，"就干到我把借的钱还清为止。去年十一月吧……"

"那么你是从什么时候开始在占领军，也就是进驻军的洗衣房工作的？"

"嗯，我的老婆孩子是去年十二月回东京的，"他说，"所以我应该是今年三月开始在进驻军洗衣房工作的。"

"非常感谢，"金原管理官说，"你的配合对我们很有帮助。现在请你休息一下，喝点儿茶。我们过一会儿会回来，再问你一些问题。"

小平义雄微笑着点点头。

"但接下来的问题就和你的生活无关了。"金原说。这些问题和你的家庭无关，和你的工作无关，这些问题会是完全不同的问题——

"你知道这些问题是关于什么的吗？"

小平收起微笑，小平摇头——

金原露出微笑："但我觉得你应该知道……"

小平又摇了摇头。一遍又一遍地摇头——

"这些问题是关于绿川……"

他一遍又一遍地摇着头——

"绿川柳子……？"

一遍又一遍——

接着金原说："脱掉你的衬衫和裤子。我们很快就回来。"

在审讯室门外的走廊上，安达又一次盯着墙，金原反复读着他的笔记，甲斐抽着烟——

然后安达管理官又一次转向我，问道："品川的海军衣粮厂有没有让你想起什么？"

"我没有，"我说，"怎么了，你想起什么了？"

"没有，"他说，"不过这几天我对所有事都很麻木。"

＊　　＊　　＊

天色暗了。桌子被搬走了，椅子被搬走了。速记员也走了。烟抽完了，茶饮尽了。房间被阴影笼罩着。十个警察进入房间。十个警察拿着竹剑。十个警察站在小平义雄对面。小平义雄穿着内衣裤站着。小平义雄垂着头。小平义雄的眼泪落在地上——

安达管理官走向他——

安达说："用你自己的话说……"

"大概两个月前，我在品川车站遇到了绿川柳子。那天有一列火车出了事故，所以站台上人山人海，都是等车的乘客。我看见绿川柳子沿着站台在走。当时我身上正好带着一块进驻军发的面包。她经过的时候，我给了她半个面包，她接过面包就在那儿吃掉了。我觉得她很可怜，所以就把剩下半个也给她了。她贴着我，贴得很近……"

安达管理官说："所以是绿川跟着你，不是你跟着她……"

"我们一起上了往目黑方向开的火车。我们在车上的时候，我把手伸进了她的裙子下面，抚摸她的下体。柳子没有拒绝。我们下车之后她记下了我的地址。之后她到我家来了三次……"

安达说："所以显然她很喜欢你把手伸进她的裙子里，也应该很喜欢你抚摸她的下体……"

"八月六号十点，我在品川车站的东入口又遇到了柳子。我对她说，我可以帮她在进驻军找一份工作，但她得先到兵营去做一个笔试。要想进入兵营，我们得取得同意信，要取得同意信，我们得去一趟丸之内的美国俱乐部。这都是骗她的。我让她跟我走，然后我就把她带到了芝区的山上……"

"但这一次还是绿川跟着你，对吧？不是你强行拽她去的，是吗？"

"我们找了一个安静的地方，肩并肩坐下，开始吃便当，肩并肩。但我们吃饭的过程中，我忍不住盯着她的乳头看，忍不住去闻她身上的女人香。我们吃饭的时候，我真的很想要她，但她说她不想在那个时间做，不想在那个地方做。我很生气，很挫败，所以我扇了她一巴掌，然后扒掉她的内衣，在那个时间，那个地方，我要了她，虽然我知道这么做是不对的。但我就是失控了……"

"但你已经这样做过了吧，你已经用手指掀开过她的裙子，摸过她的下体了……"

"等我完事之后，她就一直哭个不停，所以我就把她勒死了。"

"她以前从来没生气过，是不是？她还是一直来找你，是不是？"

"我用她自己的围腰带勒死了她。"

"你本来没有打算这样做……"

"然后我把尸体身上的衣服脱光了……"

"你害怕了……"

"然后我就逃走了。"

* * *

在审讯室门外的走廊上，金原管理官和甲斐系长在恭喜安达管理官。结案了。金原管理官和甲斐系长告诉安达管理官他的工作完成得很出色。结案了。在审讯室门外的走廊上，安达管理官在恭喜金原管理官和甲斐系长。结案了。安达管理官告诉金原管理官和甲斐系长他们的工作完成得很出色。结案了。结案了。结案了……

他们今晚会美餐一顿，举杯庆贺——

他们会唱几首老歌，他们的胜利之歌——

"你看到事情是怎么搞定的了，"甲斐对我说，"祝你好运。"

* * *

他们打开了灯。他们把桌子搬回来了。他们让小平义雄坐回椅子上，把衣服还给他。他们给小平义雄茶喝，他们给小平义雄烟抽——

小平在微笑。小平咧开嘴。小平大笑起来……

我问他："你还有没有其他事想告诉我？"

"比如呢？"他问，"比如关于绿川的事？"

"这不是你第一次杀人，是不是？"

"你知道的，"他说，"我告诉你们了。"

"那麻烦你再告诉我一遍……"

"为什么？"他笑起来。

"告诉我！"

他耸耸肩，说："我杀了我的岳父。"

"还有呢？"

他说："我已经告诉你了，我杀了绿川。"

"还有呢？"

他露出微笑："我还杀了六个中国士兵。"

"还有呢？"

他摇摇头。他问我："还有什么？"

"你还杀了多少人？"

他问："在哪杀的人？在中国？"

"你就告诉我你还杀过什么人……"

小平问："你当过兵吗，刑警？你打过仗吗？"

"我说的不是在中国，"我说，"在这里杀过吗？"

但他又问了我一遍："你打过仗吗，刑警？"

"打过，"我对他说，"在军队里，在中国。"

他说："那我见过的东西你也见过。我做过的事你也做过。"

半虚半实的记忆渐渐浮现。在半明半暗的光线里。若有若无的东西在移动……

"我不是说在中国，"我说，"我们在芝公园还发现了另一具尸体。还有一个女孩被谋杀了。"

嗵嗵。嗵嗵。嗵嗵。嗵嗵。嗵嗵⋯⋯

小平再次耸耸肩。他摇了摇头——

"这个女孩十七八岁⋯⋯"

嗵嗵。嗵嗵。嗵嗵。嗵嗵⋯⋯

小平摇头。他低下脑袋——

"她穿着一件黄蓝条纹的无袖连衣裙,"我对他说,"一件白色的中袖衬裙,粉色的袜子和红胶底的白帆布鞋⋯⋯"

嗵嗵。嗵嗵。嗵嗵⋯⋯

小平耸肩。小平摇头。小平低头。小平说:"不是我干的,刑警⋯⋯"

嗵嗵。嗵嗵⋯⋯

我起身准备走——

嗵嗵⋯⋯

"我很抱歉,"小平说,"但那不是我干的,士兵。"

* * *

我不想靠近警视厅。他们会查到他的名字。他们会开庆功宴。他们会找他的家人问话。他们会美餐一顿。他们会找到他的办公室。他们举杯庆贺。他们会找他的同事问话。他们会解开领带。他们会发现他写的故事。他们会把领带绑在额头上。他们会找他的联系人问话。他们会唱他们的歌。他们会发现他的笔记。他们的努力之歌。他们会找他的线人问话。他们的勇气之歌。他们会查到我的名字。他们的战斗之歌。他们会来抓我……

结案了。结案了。结案了……

唱着他们的胜利之歌——

滴答，滴答……

深夜沉重，高温深邃。新桥新生市集已经废弃了，只剩下零零落落几个摊主聚在一起，四处站着，看着苇帘被扯下，喝着假酒，读着告示上的文字：暂时关闭。正在争取重新开业……没有锅碗瓢盆，没有沙丁鱼，也没有二手西装——

没有水果罐头，没有军靴——

今晚没有胜利者站在楼梯上——

没有红红的苹果触碰我双唇……

"老大一直在等你。"穿着新西装的打手说。另外两个穿新西装的打手从两边抓住我的胳膊，夹着我走过无人的地席和破败的摊位，沿着巷弄，穿过拱廊和阴影，来到老旧的木楼梯前，楼梯尽头的门敞开着——

我擦了擦脸，然后擦了擦脖子——

我走上楼梯——

走进灯光中——

千住明盘腿坐在亮锃锃的长茶几前，袒露着胸脯，腰间的裤子没有扣纽扣，腹部围着一条干净的白色围腰带——

千住比之前冷静——

暴风雨前的……

"我今天参加了一个非常有趣的会议。"他对我说——

在长茶几上放着十把警用左轮手枪……

"所有的帮派老大和所有的警察局长都到场了……"

还有手枪的子弹。还有短刀……

"我让他们见识了一下老大和手下之间的那种传统的情义是不可动摇的，但我也同意，这种体系应该彻底改换，否则在这个民主的时代，帮派是无法继续存活下去的……"

他拿起一把枪。他拿起一块布。他开始擦枪……

"我主张所有的帮派都应该摒弃以前那种靠收保护费维持的习惯，还有其他那些过时的，像寄生虫一样的做法……"

一点一点，一件一件，他擦拭，抛光，上油……

"我主张应该对市集进行彻底的民主化和整顿，把它们改组成现代商业公司，甚至可以让它们拥有自己的工会……"

他把子弹分类摆好，进行筛选……

"我对那些帮派老大和警察局长说，旧的新桥黑市已经被改造成新桥新生市集了，旧的松田组现在也重组成了关东松田集团，一个现代商业组织，由我管理……"

他选了一些弹药，给枪装料……

"我说，我们的集团成员脱去了他们传统的帮派服装，穿上了西装，就和其他白领一样。我还给他们上了失业保险……"

一颗子弹，两颗子弹，三颗子弹，四颗……

"伤病的员工会得到救助金……"

四颗子弹，五颗子弹，六颗……

"死者的家人会得到帮助……"

他关上枪膛……

"我告诉他们我们来这里是配合警方工作的，我们会和警察并肩作战，形同兄弟，毕竟都是大和民族的同胞。我告诉他们，我们来这里是协助警方的……"

他给枪上膛……

"但我也告诉他们，我们不会屈服，我们绝不会在中国台湾人和韩国人的威胁和恐吓面前退却……"

砰。砰。砰……

"永远不会……"

砰。砰……

千住用枪瞄准我的脸。千住问我："那么你对这件事有什么看法呢，刑警？"

砰……

"林丈死了，"我对他说，"今天一大早，他们把他从芝运河里拖了上来。"

被绑住，被钉住……

千住放下左轮手枪。他露出微笑："那你真是走运了。"

"我为什么走运？"我问，"他们会调查的。"

"但你给了我一个死人的名字，这还不走运吗？"

"我给你他的名字的时候，他还不是死人。"

"现在随你怎么说都行了，"千住大笑，"随你怎么说。"

"但我要是知道他死了，我为什么还要告诉你他的名字？"

千住又举起了那把左轮手枪。千住说："因为死人不会说话啊，是不是，南系长？"

我诅咒他。我诅咒我自己。我诅咒我对他的依赖……

我在他面前鞠躬，向他道歉。我对他说："林被钉在一扇门上。我以为是你杀了他。"

"所以你是来逮捕我的，是吗，刑警？"

我再次向他鞠躬，再次向他道歉。我摇头，对他说："不是，我是来拿卡莫丁的。"

千住把手伸到桌下。千住拿出了一个小盒子——

"给你，"他说，"做个好梦，刑警。"

我再次道歉。我谢过他，接过盒子。

千住明把几张钞票丢在桌上给我。千住说："但我还需要一个名字，刑警。明白吗？"

我点头。我再次鞠躬。我再次道歉。我再次致谢——

"我要活人的名字，不要死人的……"

我已经开始慢慢向后移动，但又开口问道："市集要怎么办？台湾人怎么说？"

"他们告诉我，他们跟我没完。"千住大笑。

"那你怎么回答他们的？"我问，"你怎么说？"

千住又一次举起枪："我就实话实说——

"我告诉他们，我还没有动真格……"

* * *

201

我们还没查出她的名字。我不想靠近爱宕警察局。我不想靠近二系。我们还没有找她的家人问过话。我的部下没法美餐一顿，我的部下没法举杯庆贺。我们还没有找到她和小平之间的联系。他们没法解开领带，没法唱出他们的胜利之歌。我们还没有让嫌疑人招供。他们只能趴在借来的临时办公桌上睡觉。他们依然饥肠辘辘，他们的梦依然破碎——

我们还没结案。我们还没结案……

我努力挤下列车。我浑身发痒，我挠了又挠。咯吱，咯吱。我走出三鹰的检票口。我擦了擦脸，擦了擦脖子。我沿着路边的电线杆走到我经常光顾的那家餐馆，在车站和家中间的位置——

但在半明半暗的光线里，我忘不掉……

"又有更多人来找过你了，"店主说，"他们几乎每天晚上都来这儿……"

没有人是他们自己所说的那个人……

我耸耸肩。我脱掉帽子，点了烤鸡肉串和一杯威士忌。我把杯子贴到唇上，一口喝完——

没有人和他们看上去的一样……

"每天晚上都来这儿问东问西……"

酒精滑过喉咙，强烈的灼烧感。我咳嗽了起来。我又点了一杯——

"打听你的老婆和孩子……"

我起身离开，离开酒吧——

我走了一段，接着跑起来——

我沿着街道奔跑——

家里黑洞洞的。家里一片寂静。我擦了擦脸，擦了擦脖子。我拿出钥匙，打开门。腐烂的地垫。房间里弥漫着煮萝卜的味道。支离破碎的房门。房间里弥漫着滴滴涕的味道。摇摇欲坠的墙壁。房间里弥漫着痛苦的味道——

那是我带给他们的痛苦。我留给他们的痛苦……

我将钱和食物放在玄关——

钱和食物。沾血的钱……

我退到屋外。我再次关上门——

沾血的钱和沾血的食物……

我转身离开，越走越远——

眼泪在我眼中打转……

我听见门打开的声音——

沾血的眼泪……

我开始奔跑，奔跑着离开，再一次离开。

*　　*　　*

我一直在想她。她的头微微偏向右边。穿着白色的中袖衬裙。我一直在想她。她的右臂张开。穿着黄蓝条纹的无袖连衣裙。我一直在想她。她的左臂贴近身侧。穿着粉色的短裤。我一直在想她。她的双腿分开，屈膝。她红胶底的白帆布鞋。我一直在想她。我的精液在她的腹部和肋骨处渐渐干了——

"我看起来像一堆骨头。"在半明半暗的光线里，小雪说——

在半明半暗的光线里，我打开了卡莫丁的盒子——

我吞下几颗药。在半明半暗的光线里——

死去的就是活着的，活着的就是……

在半明半暗的光线里，我闭上眼睛——

"那这把伞就是我的了……？"

"我记不得那把伞了，"我对她说，"但我记得你的头发，刚刚用发绳绾起的发髻。"

"然后你就跟着我，"她微笑，"你跟着我。"

又是一道闪电，又是一声响雷……

"你当时很害怕，"我说，"你抓住我的手。"

"担心你把自己弄丢了。担心你把我弄丢了。"

她转身沿着弄堂走去，穿过水沟上的小桥，在她的排房的芦苇遮雨棚前等我……

"你把伞还给我，然后帮我拍掉外套上的雨水。"

"你的西服都湿透了。"她笑道——

雷声小了，但雨越下越大，雨点落在房屋上又弹了起来，混杂着砂石打在我们身上……

"你担心我的衣服，所以邀请我进屋。"

"我只是客气一下，"她说，"不然我还能怎么办？"

她带我走进里屋，隔开房间的是一扇没打磨过的木头格栅和一面用长丝带和小铃铛挂成的帘子……

"你擦了擦自己光着的脚，我解开我那双外国鞋子的鞋带。"

"但你不肯脱下外套。"她又笑了起来——

她让我坐在长炭盆前，她则开始煮茶。她的左膝顶着她的左边乳房……

"这是井水？"我问她，"还是自来水？"

"比起梅毒，你更担心染上伤寒，"她说，"这是不是你从来不在我家喝茶的原因……？"

她用一张面纸擦去额头上的油，然后穿过帘子走向洗脸池……

"你应该是二十三四岁的样子，"我说，"你脸上的皮肤因为厚重的脂粉而暗沉粗糙。"

"但我的嘴唇是鲜红的，"她说，"我的眼睛是明亮的。"

我仍然可以透过丝带和铃铛看到她，弯下腰洗脸，她把和服拉到肩部以下，她的肩膀和胸口比她的脸还要白皙……

"你总是一个人，"我说，"你不怕吗？"

在半明半暗的光线里，她没有回答我。在半明半暗的光线里——

她面对着墙，面对着墙纸，面对着墙上的污渍——

在半明半暗的光线里，小雪睡了。在半明半暗的光线里——

"黑色警告！黑色警告！有炸弹！"

我捂住耳朵。我闭上眼睛——

"捂住耳朵！闭上眼睛！"

在半明半暗的光线里，她被吓醒了，紧紧抓住自己的头发。她看见自己的一缕头发绕在我的脖子上——

"只有我们睡在一起的时候，我的头发才会生长。"她微笑着——

我又吞下几颗药。我再一次闭上眼睛——

"但我不想睡，"她冲着我的嘴小声说，"为什么我们非得睡觉呢？为什么爱人在一起要睡觉呢？"

"不眠不休的爱会把我们逼疯的。"

"我们以前从来不睡觉，"她说，"自私的人才睡觉。邪恶的人才睡觉。死人才睡觉……"

第二章

眼泪之桥

队伍，棺材上有蛇的图案，丧主戴着一顶粗糙的亚麻帽子，女眷们的号哭声伴随着风沙，回荡在一根根电线之间。我躺在尸堆中，大风卷起黄土，阳光愈发苍白。**六十颗卡莫丁，六十一颗。**斑斑驳驳的红漆大门顶上插着巨大的青天白日旗，飘扬的旗帜下，中国军官正往嘴里狂塞甜瓜。我们在沙袋后面看着他们。他们的士兵穿着灰色的制服，他们涌入街道，在货摊上翻箱倒柜，夺取货品。我们在带刺的铁丝网后面看着他们。他们一边大口大口地吃着东西，一边大摇大摆地在城里闲逛。我们穿着卡其色制服看着他们。他们辱骂在当地生活的中国人。我们举着机枪看着他们。他们喜欢掠夺，喜欢暴力。一声枪响。他们打翻祭坛，扯开抽屉。又一声枪响。乞丐和苦力向枪声响起的地方奔去。中国佬在打劫日本人。裹小脚的女人和留辫子的孩子四处逃窜。小日本在强奸中国人。两辆灰色的装甲车在街上加速前行。中国佬在谋杀日本人。民族主义骑兵穿过城市向南方疾驰。小日本在谋杀中国人。子弹从洋房的二楼窗户后射出。炮声响起。赤足的日本男人沿着街道奔跑，衣衫不整。火炮发射。妓女从永贤里涌出。窗户碎裂。一个穿红缎的女人跌倒在地。我的儿子说他要自刎！房屋烧毁。我的也是！难民在巷弄里缩作一团。一个真正的日本男人！男人失去了妻子。跑啊！母亲失去了孩子。躲起来！一个金属鸟笼横在街上，被踩得稀烂。不！这里就是一切开始的地方，在尸堆中。**七十颗卡莫丁，七十一颗。**穿灰色制服的士兵被缴械，他们如野兽般哭喊咆哮，他们的双手被带刺的铁丝捆在背后。几百人，坐在我们连队五个人举着的刺刀前，听着火炮轰鸣直至天明。接着就只剩硝烟，然后只剩谣言。日本报纸说，有两百八十名日本平民被屠杀。日本妇女被扒光衣服，遭到不可言说的残忍虐待后被杀害。传言说她们的阴道被插进火刑柱，手臂被木棍打断，眼睛被挖出。平民家中被洗劫一空，学区校舍被付之一炬。三具残缺不全的日本人尸体在铁路桥东北方向的一块空地上被挖出，之后在水槽边又发现了六具。他们的耳朵被切下，腹部填满了石块。**八十颗卡莫丁，八十一颗。**接着，飞机出现了，飞机向中国区空投炸弹，街头的战斗结束了。空中全是苍蝇。两天来，我们喝着酒，在城市里漫步。腐烂的杏子散发出臭味。我们想数一数有多少中国人的尸体，但很快就放弃了。狗在死人堆里摇尾巴。我们不停地拍照，但很快就没有胶卷了。乞丐在尸骨中间睡觉。我们找到了还躲在家里的中国人。日本报纸说，有两百八十名日本平民被屠杀。我们把男人和女人分开。日本妇女被扒光衣服，遭到不可言说的残忍虐待，然后被杀害。把年轻人和老人分开。传言说她们的阴道被插进火刑柱，手臂被木棍打断，眼睛被挖出。正树，万岁！爸爸，

6

1946年8月20日

东京，30.5℃，多云

黑夜就是白天。我睁开眼睛。没有药了。白天就是黑夜。我可以听见雨落的声音。从视线中消失。黑夜就是白天。我可以看见闪耀的阳光。没有药了。白天就是黑夜。我闭上眼睛。死者的尸体。黑夜就是白天。好刑警会把犯罪现场调查一百遍。没有药了。白天就是黑夜。芝区黑色的树林后面透出白色的晨光。在高高的草丛里。黑夜就是白天。黑色的树林见证了太多。没有药了。白天就是黑夜。黑色的树枝承受了太多。枯死的草叶。黑夜就是白天。黑色的树叶又出现了。没有药了。白天就是黑夜。生长，枯萎，再生长。另一个国家还年轻。黑夜就是白天。我转身离开。没有药了。白天就是黑夜。我离开了犯罪现场。另一个国家还年轻。黑夜就是白天。在黑门下。没有药了。白天就是黑夜。狗还在等着。另一个国家。如今黑夜就是白天。

＊　　＊　　＊

现在他们都醒了。藤田不在。他们都还饿着肚子。藤田不在。他们都在等我。藤田不在。服部、武田、真田、下田打着呵欠，挠着头。藤田不在。西、木村、石田拿出笔记本和铅笔——

藤田不在。藤田不在。藤田不在。藤田不在……

"现在你们应该都知道，那个名叫小平义雄的嫌疑犯已经供认他谋杀了绿川柳子，"我对他们说，"但是，对我们来说不幸的是，小平义雄声称自己对第二具尸体，也就是我们的尸体，不知情。我不相信他……"

藤田不在。藤田不在。藤田不在……

"但首先，我们需要查出她的名字……"

藤田不在。藤田不在……

"我们现在知道，七月十九号她肯定还活着，不然没法剪下报纸上的那则广告，"我对他们说，"我们也知道，中馆医生估计她是在七月二十号到二十七号之间遇害的……"

藤田不在。藤田不在。藤田不在。藤田不在……

"请大家记住，调查工作就是跑腿。所以，现在我们要回到芝区，去挨家挨户地询问，问他们在那段时间里……"

藤田不在。藤田不在。藤田不在……

"有没有见过嫌疑犯小平义雄模样的男人……"

藤田不在。藤田不在……

"身边跟着一个我们的受害人那样穿着打扮的女孩。"

藤田不在。

*　　*　　*

我换了一条路回东京警视厅。嗵嗵。空气比以往任何时候都潮湿。嗵嗵。捶打的声音比以往任何时候都响。嗵嗵。我想洗脸。嗵嗵。我想洗手。嗵嗵。我走进日比谷公共礼堂。嗵嗵。我真希望自己没来。嗵嗵。正在举行产业别劳动组合会议的就职大会。嗵嗵。这座曾经雄伟富丽的厅堂如今破败不堪，里面挤满了反间谍特工和宪兵，外国记者和日本线人。他们的翻领领口上别着回形针，他们享受额外的香烟配给。嗵嗵。卖《赤旗报》报纸的年轻人。嗵嗵。用口哨吹着歌曲《红旗》的年轻人。嗵嗵。我想洗脸。嗵嗵。我想洗手。嗵嗵。我在戴着进驻军臂章和记者团徽章的人之间穿梭。嗵嗵。礼堂阴暗、沉闷，站满了汗流浃背的男人，他们不是在注视大舞台，就是在朝那个方向喊叫。嗵嗵。这里没有香烟。嗵嗵。没有额外的配给。嗵嗵。舞台上挂着横幅，内容是为工人们争取每周四十小时的工作时间，反对大批解雇员工，抵制军国主义和民族主义死灰复燃。嗵嗵。在这些横幅前面有一张长桌，桌前坐着十二个男人，他们都很高，他们都很消瘦，他们都戴着眼镜。嗵嗵。他们在礼堂前深深地鞠躬。嗵嗵。他们做自我介绍。嗵嗵。他们再次鞠躬。嗵嗵。他们坐回座位上。嗵嗵。接着，演讲开始了。嗵嗵。这些瘦瘦高高，戴着眼镜的男人解开他们的上衣纽扣，松开领带，握紧拳头，挥舞他们的报纸——

嗵嗵。嗵嗵。嗵嗵。嗵嗵。嗵嗵。嗵嗵⋯⋯

"很多人都说过，甚至是今天在这座礼堂里的许多人，他们之中既有日本人，也有占领军，他们说，劳动者不应该是好战之人，劳动者不应该战斗。但我今天想问问你们，组织和保护我们的工作，难道不是我们的民主权利吗？教会我们的工人们如何分辨敌友，难道不是我们的民主权利吗？"

嗵嗵。嗵嗵。嗵嗵。嗵嗵。嗵嗵⋯⋯

"吉田政府[1]和美国占领军声言，由于日本还在战败的余波中挣扎，所有的内在差异都必须被忽略，所有的劳动争议都必须推迟解决。但资本主义者什么时候积极解决过劳动争议呢？"

嗵嗵。嗵嗵。嗵嗵。嗵嗵⋯⋯

"吉田政府是一个财阀政府，是一个对劳工充满敌意的政府，受到一支对劳工充满敌意的占领军的支持。事情从头到尾就没变过——

"制服换新了，政治却还是旧的那套！"

嗵嗵。嗵嗵。嗵嗵⋯⋯

吉田政府和美国占领军目前对抗共产党员的策略和战时法西斯主义者和军阀使用的策略别无二致。这完全暴露了他们做出的承诺都是毫无意义的空话，什么自由，什么权利，什么民主⋯⋯

"红旗，包裹着我们这些死去之人的身体⋯⋯"

---

1 吉田政府，即吉田茂（1878—1967），日本第45、48、49、50、51任首相，"二战"后的第一任首相。也是最后一位由天皇用所谓大命降下形式任命的首相。

"劳动者给资产阶级提供了一切。资产阶级却什么都不给劳动者！"

"在尸体冷掉以前，血液染红了旗帜……"

"所有工人必须团结起来！所有工人必须去战斗！"

嗵嗵。嗵嗵……

我找到了洗手间。厕所。水池——

用温热的、锈色的水——

我洗脸，洗手——

我离开了这幢大楼——

嗵嗵……

在日比谷礼堂外面，一个前共产主义者站在一个临时演讲台上。嗵嗵。一开始，那个男人流着泪回忆他年轻时的政治蠢事。嗵嗵。接着，他怒斥美军实施的计划生育政策，斥责这是他们抹杀、灭绝大和民族的手段。嗵嗵。然后，他呼吁大家一起为天皇高呼三声万岁——

"万岁！万岁！万岁！"他尖声喊。他的临时演讲台靠着一面墙，墙上还画着一架日本轰炸机的壁画——

"让我们提高飞机产量，来一次全面突击！"

日比谷公园的树林里挂着很多红旗——

嗵嗵。嗵嗵。嗵嗵。嗵嗵……

我又想洗脸了——

嗵嗵。嗵嗵。嗵嗵……

我想洗手了——

在狗年。

*　　*　　*

我又迟到了。安达管理官站在东京警视厅外面的台阶上。安达管理官在找我。安达管理官在等我。他在问我："那么藤田刑警今天在哪儿啊，南系长？"

"我刚让藤田刑警回爱宕警察局了，"我对他说，"我不在的时候，藤田刑警负责指挥芝区的调查工作。"

安达管理官问："你的意思是你刚从爱宕过来，是吗？你的意思是你刚见过藤田刑警？"

"对，"我说，"我们刚开完晨会。"

安达笑了。安达问我："你见到藤田了？"

"对，"我再一次这样回答，"您问这个有事吗？"

安达又笑了。安达不紧不慢地说："你还记得我们从芝运河拖上来的那具尸体吗……？"

"就是昨天的事，"我说，"我在现场。"

"嗯，尸体是一个记者的，"安达说，"这个记者用不同的笔名给不同的报纸供稿，有时候是《民报》，有时候是《民众新闻》，甚至还有《赤旗报》。"

"真的吗？"我问他，"他叫什么名字？"

"你不知道？"安达问，"真的吗？"

我诅咒你。我诅咒你。我诅咒你……

"我为什么会知道他的名字？"

我诅咒你，我诅咒自己……

"嗯，你知道的用三个笔名给三家报纸供稿的记者有几个啊，系长？"

我笑了。我说："我尽量不和任何记者打交道。"

"《赤旗报》的加藤光太郎你也不认识？"

我大笑。我说："从来没说听过这个人。"

"《民众新闻》的铃木信呢？"

我耸耸肩。我说："不认识。"

"《民报》的林丈呢？"

我咽了一口口水。我说："不认识。"

我诅咒自己……

"唉，这就很奇怪了，"安达说，"因为昨天夜里我去《民报》报社问他们关于林丈的事，关于他被抛尸芝运河，关于他被钉在一扇门上，关于他面朝下被溺死，我问他们觉得这事儿为什么会发生。你知道他们脱口而出的第一句话是什么吗？他们对我说的第一句话是，又来了……"

"又来了，"我重复道，"这是什么意思，又来了？"

"我也是这么问他们的，"安达笑道，"你知道他们怎么回答我的吗？他们告诉我，我是这三天里第三个来《民报》报社的警察了……"

我又咽了一口口水。安达管理官说——

"第三个来调查林丈的人……"

我问："你想要我怎么样？"

安达管理官走近我。安达管理官低声说："我不想要你怎么样，系长，只是你该庆幸，负责这个案子的人是我而不是别人。但是，下次你见到藤田刑警的时候，请你把他带到我这儿来……"

我点点头，然后问他："但你为什么要见藤田呢？"

"因为藤田刑警是这三天里第一个去《民报》报社的警察，这就是原因……"

我诅咒他。我咽了一口口水。我诅咒自己。我问——

"那第二个警察是谁？"

石田。石田。石田。石田。石田……

"你说呢，下士，"安达说，"你说呢？"

*　　*　　*

我需要答案。我需要找到藤田，我需要见到石田。我想知道安达是怎么接手这个案子的，我想知道是谁确认了林的尸体的身份。但今天不适合去问课长这些问题。今天不适合谈话。今天没有关于肃清的讨论；今天没有关于东京审判的讨论；今天没有关于盟军最高司令部改革的讨论；没有关于更好的枪支的讨论；没有关于新制服的讨论。因为课长听说了昨夜的狂欢：大餐，美酒，歌谣，他们的胜利之歌——

"嫌疑犯小平义雄招供了，承认自己杀害了绿川柳子，我知道你们中的许多人认为这就意味着案子结了，"课长说，"但并非如此。嫌疑犯小平义雄的供词还有待证实，他提供的家庭和工作住址还有待核查。而且我们还有一具身份不明的尸体——

"南系长，麻烦你……"

"嫌疑犯小平义雄否认见过我们在芝区发现的第二具尸体。然而，中馆医生认为这起谋杀绿川柳子案应该是同一人所为。也就是说，中馆医生认为两起凶杀案的罪犯都是小平……"

"那你是怎么想的，南系长？"安达管理官问，"你同意中馆医生的看法吗？"

"是的，"我对他说，"我认为，如果我们能找到证据，或者，更理想的是，如果我们能确认尸体身份，并且找到证人或某些案发条件，让我们能把小平和这名受害者联系起来，甚至把他和受害者遇害的时间段联系起来，那么我觉得，在证据面前，他一定会再次招供。"

"那如果不行呢？"

"对两名年轻女性的奸杀罪行会让小平面临死刑，"我说，"他很清楚这一点。但如果只是一桩罪行，而且在他已经主动招供的情况下，可能不会被判处死刑……"

"小平谋杀了他的岳父，"甲斐说，"绿川案是他第二次被定罪故意杀人了，小平这次肯定会被吊死的。"

"小平是老手了，"我说，"如果他觉得自己这次还能逃过绞刑，那么他肯定不会供认其他任何罪行的。"

课长问："关于第二具尸体的身份，你有什么新线索吗，南系长？"

"我们在她的连衣裙口袋里发现了神田一家松氏美发厅在报纸上登的招聘广告，"我对他们说，"是七月十九号《朝日新闻》的剪报。我们顺着这个线索去调查了神田的松氏美发厅。不幸的是，由于我们只能描述受害者的衣着特征，那家美发厅的员工没法辨认她是谁，也没法确认她是否去过美发厅。不过，他们建议我们去国际宫寻找线索……"

死了更好。死了更好。死了更好……

"国际宫？"课长重复着这个地名，"船桥市附近的那个？他们为什么建议你们去那里调查她的身份？"

"因为到他们店应聘的人，百分之九十都在那里工作过。"

"但并不能证明受害者也在那儿工作过。"甲斐说。

我耸肩："也不能证明她没在那儿工作过。"

"进驻军不是把那里列为禁区了吗？"安达管理官问，"我们出入是不是需要通行证……？"

课长点头。课长看了一眼手表。课长说："三小时后回这儿来报告，系长。"

*　*　*

我需要答案。我需要找到藤田，我需要见到石田。滴答。我必须回爱宕。滴答。我必须找到藤田。滴答。我必须见到石田。滴答。在我去国际宫之前我有三小时的时间。滴答。但我需要找到藤田。滴答。我需要和石田谈谈。滴答。但首先，我必须去喝一杯。滴答。首先，我需要一杯酒——

滴答。滴答。滴答。滴答……

酒吧在一栋三层加固水泥毛坯房的地下室。滴答。地下室上面的所有房间都遭遇过轰炸，所以曾经墙壁和地板的位置现在只剩下几根钢梁垂荡着。滴答。这个酒吧曾经是政府经营的一家人民酒吧。战争期间，为了提高我们的士气，他们开设了这种人民酒吧。一周只营业一两天，贩售便宜的国产威士忌、瓶装啤酒和一种叫作"炸弹"的低度清酒。人们日以继夜地在这些酒吧门口排队——

滴答。滴答。滴答……

这家酒吧现在又回归民营，一天营业二十四小时，但卖的仍旧是便宜的国产威士忌、瓶装啤酒和"炸弹"清酒，人们仍然日以继夜地在酒吧门口排队，来提高自己的士气。滴答。但今天早晨，吧台前除了我以外只有两个客人：一个是穿着红色衣服的中年妇女，身上散发着浓郁的香水味，抽着好彩烟；另一个是穿着破破烂烂的深色西装的老人，他不停地掏出怀表，给它上发条，再放回口袋，然后又掏出来，上发条，放回去，再掏出来——

滴答。滴答……

老人的手上长了很多丑陋的疮。滴答。他缺乏维生素，患有脚气病。滴答。我将杯子里浑浊的"炸弹"一饮而尽。滴答。我感觉到酒精在我的喉头和腹腔内爆炸。滴答。我咳了两声，然后我问那个老人："您的表坏了吗，先生？"

"那天我在火车上，"他说，"投降的那天。一个站在过道上

219

的女人突然一个踉跄，她背着的大箱子正好砸在我胸口这儿，砸中了我的怀表，之后它就再也不走了……"

他给我看那块表……

十二点整。

*　*　*

我需要找到藤田，我需要见到石田。我需要和石田谈谈。西刑警和木村刑警已经回到他们的临时办公桌前了。西刑警和木村刑警在写报告——

我问他们："你们查到什么了吗？"

他们摇头。他们鞠躬——

"你们看到石田刑警了吗？"

他们又摇头——

"好吧，"我对他们说，"西，我要你跟我去一趟国际宫。木村，我要你去找石田。如果你找到他了，把他带回这里，让他待在这儿，但在我跟他说上话之前，不要让他和安达管理官讲话。如果藤田刑警回来了，也一样处理……"

*　*　*

去年八月十五日，在天皇宣布投降之后的几分钟，东京警视厅召集了东京七大娱乐产业工会的主席，包括餐馆、夜总会、艺伎场所、妓院联合会的首脑们。东京警视厅的局长担心美军很快就会占领日本，强奸我们的妻子和女儿，母亲和姐妹。局长想要一个"减震器"，所以他给出了一个提案。局长建议餐馆、夜总会、艺伎场所、妓院联合会的首脑们创建一个中心协会，来满足美军的所有需求和娱乐活动。局长承诺，会下拨足够的经费给协会——

就这样，特殊慰安设施协会诞生了。

他们从破败的城市和农村招纳或购买人员。一夜之间，舞厅和娱乐城纷纷重新开张或新开业，其中最大、最臭名昭著的就是国际宫，位于东京东部边界外，曾经是一座军需品工厂。五栋原工人宿舍楼被改造成妓院。原工厂的一些管理部门仍旧保留了下来，管理新的业务，一些比较漂亮的女孩也留了下来，服务新的顾客，战胜者——

因为国际宫只欢迎战胜者——

只有战胜者才有资格建造威楼峦工厂[1]——

但伤亡惨重，服务人员补充率极高——

第一批入驻的女孩，大部分都入院治疗了——

剩下的人里，还有很多自杀了——

死了更好……

第二批入驻的女孩是艺伎和妓女、酒吧女招待和女侍者、通

---

1 威楼峦工厂（Willow Run），1941年由福特汽车公司建造于美国密西根伊普西兰蒂市附近的一座轰炸机工厂，用于大批量生产B-24轰炸机。

奸惯犯和性异常者，都是一些很"强硬"的女孩。但对某些人来说，她们可能有些强硬过头了，因为国际宫今年春天被封了——

据说。

我们的课长为我和西刑警申请到了进入国际宫的通行证。我们的课长还给我和西安排了交通工具，让我们坐在一辆美军卡车的后车厢里。我们和拉里、莫、科里一起坐在后车厢，他们是三个健硕、整洁的美国大兵——

他们给我们口香糖，西嚼了他们的口香糖。他们给我们烟，西抽了他们的烟。他们聊起一些开心的事情，西点头附和，跟着他们一起笑。他们聊起中头奖，聊起糖果店里的孩子，聊起提早过圣诞节和一次过好几个圣诞节的事，西拼命点头，跟着大笑，大叫道："圣诞快乐！"

他是个不错的小日本，很会演猴戏。他是个温顺的小日本……

我没有嚼他们的口香糖。我没有抽他们的烟。我没有点头，没有跟着他们大笑。我没有大叫，"圣诞快乐！"

因为我是个糟糕的小日本。不会演猴戏。

战胜者的卡车向东南行驶，朝着船桥市的方向，一直驶出城外，直到城市的废墟被田野取代，焦黑的大地变成贫瘠的棕色土壤，直到我们看见绵延的双层营房在前方出现，直到我们读到告示牌上的英文标语：

禁区——性病。禁区——性病……

随着我们的前进，可以看见更多的小标语，成百上千条，成千上万条，用红色的漆涂在栅栏上、大门上：

性病 性病……

战胜者的卡车穿过打开的铁丝网门，在停进一个尘土飞扬的小院子时按了按喇叭。一群男男女女从前面的楼房里涌出，迎接我们——

在此之前我到过这里，在此之前我见过这些地方……

矮小的日本男人穿着侍者的白色短袍，手里没有托盘；高大的日本女人身着洋服连衣裙，没有穿长筒袜。所有人面带笑容地向我们鞠躬，一边拍手，一边向我们喊着——

这些地方，这些楼房，这些女人……

"环境整洁，环境整洁，环境整洁……"

"非常干净，非常干净……"

"价格优惠……"

那些高大的女人带司机和拉里、莫、科里走进其中一幢宿舍楼。那些战胜者的手已经伸进了她们裙下。只留下那些穿着白色侍者短袍的矮小男人和我跟西一起站在院子的污泥中——

我为自己是警察感到羞耻，为自己是日本人感到羞耻……

我要求见见经理，侍者们不见了——

我为自己是日本人感到羞耻，我为我是我感到羞耻……

223

日本经理从另一幢楼里走出来。经理拉正他的领带。经理抚平他油腻的头发。他鞠躬。他递给我他那张有些分量的压花名片——

经理也是一个油腻的矮小男子——

又一个温驯的通敌者……

我告诉他我们来这儿的原因。我告诉他芝公园发生的事。我告诉他一个十七八岁的女孩被谋杀了。她死了更好。我告诉他她穿着黄蓝条纹的无袖连衣裙和白色的中袖衬裙。她死了更好。我告诉他她穿着粉色的袜子和红胶底的白帆布鞋。她死了更好。我告诉他松氏美发厅的事。她死了更好……

经理摇摇头，但他很想帮助我们，因为我们是坐战胜者的卡车来的。因为他觉得我们和进驻军有关系。因为他觉得我们有影响力。因为他觉得我们可以帮他让这里重新开张营业——

在此之前，我见过这个地方，到过这里……

他带我们参观了这里。他带我们去了医务室——

如果她真的在这里待过，那她死了更好……

在医务室里。一个空旷的大房间，里面摆着一排榻榻米地垫。十二个女孩躺在地上，盖着厚厚的棉被，在发汗——

看见我们，她们纷纷别过脸，只有一个没有——

我蹲下来，微笑着道："你多大了？"

"十九岁。"

"你到这里多久了？"

"六个月了。"

"来这里之前是做什么的？"

"营业员。"

"你为什么在这儿呢？"

"我欠他们钱。"

"你欠他们多少钱？"

"一万円。"

"一万円？怎么会这样？"

"我买了衣服。"

"从哪里买的？"

"这里的商店。"

"那你家人呢？他们知道你在哪儿吗？"

"我没有家人了，"她说，"他们在空袭里死了。"

"你知道这地方现在是禁区了吧？"

她点点头。她说："知道。"

"知道是因为麦克阿瑟将军下令禁止嫖娼？"

她摇摇头。她说："这个我不知道。"

我点头，我握了握她的手。我看着她的眼睛，我告诉她，她
应该离开这里，回家去。但我被打断了——

"现在我们这里就是她唯一的家了。"经理说。

他继续带我们参观。他带我们来到诊所——

如果她曾经被困在这里……

在诊所里。女孩每个礼拜都要接受一次检查，坐在椅子上，
每个礼拜。每把椅子上都装着一幅小帘子，这样医生就看不见接

受检查的女孩的脸。有两个浅池，每个女孩每隔一天就必须在里面洗澡。每隔一天，每个礼拜——

"非常干净。"经理说。

那她死了更好……

他带我们参观。他带我们来到餐厅——

在餐厅里。女孩们在这里吃饭。轮流吃——

"一天两顿好饭。"经理吹嘘道。

他继续带我们参观。他带我们来到舞厅。

在舞厅里。有一百个日本女孩在这儿，穿着西式长袍。袍子下面什么都不穿。她们站在挂着红纸带的天花板下面，站在闷热的空气中。一组扩音器播放着音质低劣、震耳欲聋的唱片，伴随着这样的音乐，她们两两跳着舞。穿着挤脚的高跟鞋，或是脏兮兮的学校室内鞋，她们在舞厅里来来回回地兜圈。她们相互推挤，伴随着走调的美国爵士曲。在舞厅里。来来回回——

"她们长得都很漂亮，是不是？"经理说，"但她们心里都很悲伤，都很孤独，因为麦克阿瑟将军不允许她们再和美国大兵交朋友了。美国大兵们也很想家，很孤独……"

她死了更好……

他带我们参观。他带我们来到女孩们的卧室——

女孩们的卧室。在两层高的营房里。一幢楼五十个隔间。狭小的房间之间用一块矮隔板隔开，薄薄的帘子或床单作门。每个房间的入口都有一张用儿童蜡笔写的标语：*欢迎，希美。欢迎，春子……*

欢迎，光子。小侬。和子。佳慧。立江。

欢迎，宽子。美子。柳子。小雪。

在每个小隔间里，有一床铺盖和被子，地上摆着一面小小的梳妆镜，还有泛黄的奇怪照片。空气潮湿、沉闷，充满了防腐剂的味道——

死了更好。死了更好……

在每一层楼梯的尽头，是一间狭长的房间，房门边上用油漆刷了一个标牌，英文和片假名双语的：避孕站。那些美国士兵会在这个房间拿到避孕用品——

防腐剂的味道。防腐剂的味道……

在这个房间隔壁有两个稍小的没有窗户的房间，女孩们接待完一个美国士兵后，会在这个房里休息——

防腐剂。防腐剂。防腐剂……

参观结束了——

所有地方都去过了——

死了更好。

回到营房外面，经理带我们沿着楼与楼之间的一条室内通道走到公司商店，女孩们就是在这里用借来的钱，以高昂的价格购买粗制滥造的化妆品和衣服——

商店空空如也。商店死气沉沉。

我的心空空如也。我的心死气沉沉。

"您必须会会我们这儿的工会官员，"经理说，"我们有一个真正的工会，非常民主，非常民主。请向您的美国老总转达。"

经理消失在公司商店深处，但很快就回来了，身边跟着三个年轻女子——

两个穿着洋服，一个穿着和服——

"这几位女士是女性保护联盟的官员，"他对我们说，"这位是工会主席，加藤明子，过去是艺伎。这位是副主席长谷川澄子，过去是打字员。这位是饭岛希美，过去是舞娘。"

三个女子微笑。三个女子鞠躬。

我让经理离开。

"我们是东京警视厅的，"我对她们说，"我们想要确认最近在芝公园发现的一个死去的年轻女孩的身份。我们认为她可能在这里工作过。如果各位愿意配合，我们感激不尽……"

三个女子再次微笑。三个女子再次鞠躬。

"你们知道松氏美发厅吗？"我问她们，"在神田的那家？"

三个女子摇头。

"你们认识什么在那里工作过的人吗？"

三个女子再次摇头。

"那你们认识什么离开这里去那边工作的人吗？"

"我很抱歉，"穿着艳色和服的主席加藤说，"但在这里，没人会告诉别人她们来这里之前是干什么的，或者离开这里之后打算干什么。对我们来说，不要去考虑或者谈论外面的世界会更好……"

"但你以前是艺伎，她以前是打字员，她是舞娘。"

"也许是，"她微笑道，"但没人记得。"

228

我不想记起。在半明半暗的光线里……

"那新来的人呢？"我问，"你们不面试她们吗？你们不问她们以前的工作吗？"

"这里没有面试，"她大笑，"只有体检。"

那些椅子和小帘子。她们遮掩的面孔和张开的双腿。两个浅池。每隔一天……

我问她们三个："那么你们在这里多久了？"

"我们都是去年十二月来的。"加藤说。

"你们欠这家公司多少钱？"

"差不多一人五千円。"她说。

"那你们现在攒下钱来了吗？"

"当然没有，"她笑道，"我们要花钱吃饭，支付自己的医疗费，还要买工作用的衣服和化妆品。"

"但你们能挣多少呢？"

"在这里被封之前，我们一人每天有十五个客人，"她说，"每个客人付五十円，经理抽一半，我们留一半。"

"那一天能挣将近四百円了。"西突然说。

"将近四百，"加藤说，"但那是以前。"

"那时候这里一天有多少客人来？"

"以前一天能有将近四千个客人。"

"有多少姑娘？"

"三百个。"

"那公司一天就能赚十万円，"西惊呼，"一天十万円啊！"

229

"但那是以前，"加藤重复道，"那是在我们被封禁之前。"

"那现在呢？"我问她，"现在一天有多少客人来？"

"可能十个，"她说，"最多二十个。"

我问她："你们为什么会有工会？"

"为了向麦克阿瑟将军请愿，"加藤微笑，"经理觉得如果我们作为工会代表给麦克阿瑟将军写信，请求他让他那些孤独又思乡的美国大兵来这儿，那么将军可能会允许国际宫重新开张。"

我摇摇头。我谢过她们——

她们鞠躬。我们离开——

离开，离开……

我想离开这个地方。这个国家。我想逃离这个地方。这颗心。我想找到那个司机。现在……

我走回其中一幢营房——

西跟在我身后。走上楼——

走廊里有个女孩。走廊里有个一丝不挂的女孩。走廊里有个一丝不挂的女孩趴在地上。走廊里有个一丝不挂的女孩趴在地上，年纪不会超过十四岁。走廊里有个一丝不挂的女孩趴在地上，年纪不会超过十四岁，一个战胜者正从她背后插入她，她凝视着在长长、长长的走廊尽头站着的我和西，眼泪顺着脸颊流下，顺着脸颊流下，流进嘴里，嘴里却说着，"噢，太棒了，大兵。谢谢你，大兵。噢，太棒了，大兵。谢谢你，大兵。噢，噢，大兵……"

她死了更好。我死了更好……

这就是美国。这就是日本。这就是民主。这就是战败。我再也没有祖国了。她或跪着，或趴着，血沿着她的大腿流下来。我再也没有心了……

她的双腿分开，她的阴道被捅得肿胀流脓……

我不想要心了。我不想要心了……

谢谢你，麦克阿瑟天皇——

我不想要祖国了……

谢谢你[1]，宽子。

*   *   *

在我们回东京的路上，西依然扮演着听话的猴子。一路上，眼前的田野逐渐变成废墟，废墟变成棚屋，棚屋变成楼房。我坐在车上看着他，真希望自己能预见到这场景，真希望自己有种直接走路回去，赤着脚穿过田野，穿过废墟，走回东京，不用坐在战胜者的吉普车后面，听西用"r""l"不分的口音逗得他们大笑，不用看到在他们丢香烟和口香糖给西时，他脸上浮现的稚气、感激的微笑；到达警视厅下车后，我们俩都深深鞠躬，不断道谢，他们驶远了，一边放声大笑，一边扔给我们香烟和口香糖，尽管我知道，今天晚上他们会皮肤发烫，浑身瘙痒，他们会流着泪搔挠，但这并没有使我感到安慰，我转过身，狠狠地扇了西一巴掌，我用的力气太大，他被打得跌倒在路边，爬不起来——

---

1 这个"谢谢你"，原文为日语罗马音（Dōmo），区别于上文的"谢谢你"（Thank you）。

231

因为西是个没种的。没种的——

因为西是个懦夫——

懦夫。懦夫……

就像我一样。

*   *   *

回到警视厅，我去了我们保存亡灵的地方。"同样的手法我们以前见过，刑警，还记得吗？"我去了我们保存未侦破案件档案的地方。我不想记起。我们一次次失败的档案和记录。但在半明半暗的光线里，我忘不了。我向失败档案室的值班员询问。"你找到那份档案了吗，警官？"

"应该是八月十五号，"我对他说，"去年。"

值班员离开又回来，两手空空——

"这里没有，"他说，"肯定已经被谁调走了。"

"真的假的？"我问他，"你知道是谁调的这份档案吗？"

值班员打开那本老旧的、破破烂烂的登记簿——

"就是你们二系的西。"值班员笑道。

"你没跟我开玩笑吧？"我问他，"什么时候？"

"就昨天。"他一边说，一边还在对我笑着。

*   *   *

穿过污泥和尘土。穿过阴影和汗水。滴答。我沿着樱田门大街向爱宕奔跑。我穿过一扇扇门，跑上楼梯。滴答。木村刑警和石田刑警穿着衬衫，坐在临时办公桌前的临时办公椅上。木村因为找到了石田得意洋洋，石田则紧张地等待着——

我径直走过去。我问他们："其他人呢？"

"他们还在巡逻，没有回来。"木村说——

我注视着石田。我问道："西呢？"

"我以为他跟您在一起呢。"木村说——

我仍然注视着石田，问："藤田呢？"

他们俩都摇头。木村说："今天没看到。"

我向石田伸出手，我抓住石田，把他拉了起来。我踢开他的椅子。我说："藤田刑警在哪儿？"

"我不知道，"石田语无伦次，"我真的不知道。"

我揪住他的领子，把他的脸拉近。他的脸上流着汗，我的脸上也流着汗。他眼中有泪，我的眼中也有泪。"你之前骗了我，我还没……"

"没有，"石田尖声说，"我没骗你，我没有……"

"你骗了我，你骗了我，你骗了我……"

"没有，没有，没有，"石田哭号着，"我没有……"

"你为了保护他，对我撒谎……"

"没有，没有，没有，我没有……"

"为了救他，骗我……"

"没有，没有，没有……"

"有，你有。"我咬牙切齿地推开他。他跌坐回他那把临时的办公椅上，跌坐回他那张临时的办公桌前。他的脸上流着汗，眼里噙着泪——

"对不起。对不起……"

"藤田已经完了，"我对他说，"你也要完了……"

"对不起。对不起。对不起。对不起……"

"如果你不告诉我他在什么地方……"

"对不起。对不起……"

"告诉我！快点说！"

"藤田刑警今晚会去银座，"石田抽泣道，"他会去新绿洲酒吧，九点以后。"

"松田义一被杀的那天晚上，有人看到他在银座的新绿洲酒吧和野寺富治一起喝酒……"

"新绿洲？为什么去那里？"

但石田看着地板——

石田摇头——

"我不知道……"

我掏出手帕。我擦了擦脸，擦了擦脖子——

我凑近石田，我抬起他的脸，帮他擦掉眼泪——

我对他说："你在这里和木村待着，好吗？"

他又把头低了回去，点点头。

*　　*　　*

234

这里曾经有很多茶室和咖啡店，你可以在这些店里听着留声机里播放的音乐，看着路上的人穿着当季最时髦的衣服来来往往。现在，我站在银座，我盯着美军的随军商店的橱窗。我站在这儿，同一群饥饿的孩子和少女一起，盯着美军的新衣服，盯着他们亮白的毛巾和他们真皮的鞋子。我站在这儿，看着战胜者们提着满满的购物袋走出商店，那些孩子和少女一拥而上，围住他们，向战胜者乞求口香糖和巧克力——

我走开了。我走开了。我走开了。我走……

走过百货商场，大多数店面仍然空着，但低楼层的一些店铺已经开张了，虽然这些楼面的地板上还都是碎石灰尘，店铺的货柜上也不过是一些便宜货。走过死寂一片的大楼，楼房还是只有混凝土框架，还是一片被烧过的焦黑，沿着崩裂的人行道和成堆的垃圾排开——

我转身离开。我转身离开。我转身离开。我转身……

沿着老旧破裂的路缘，人们坐在粗制滥造的小块地席上，兜售着粗糙的丝绸手帕，劣质的照片明信片，开裂的自来水笔和加了香精的刨冰——

我别过脸去。我别过脸去。我别过……

但是在这里，每一块破布、每一口食物、我们每天饭碗里的每一粒米饭都有它的市场价值，因为我们的配给只有一杯米、三支烟和四支火柴，买一条死了很久的鱼要花掉我们一整个礼拜的工资——

我跑不掉，我跑不……

现在，是时候了。滴答……

现在，白天就是黑夜。

*　　*　　*

白天就是黑夜，黑夜就是白天。白天就是黑夜，黑夜就是白天。白天就是……

我站在门前。我阅读了一下门框上方的告示——

新绿洲酒吧这鬼地方是韩国人开的，和老的绿洲酒吧离得很近。老绿洲开在银座的另一条偏僻小巷里，开在轰炸的废墟和成堆的垃圾中。老绿洲曾经也是特殊慰安设施协会送给战胜者的一份礼物，和国际宫一样。但新绿洲不是为了那些白人士兵开的，新绿洲是为黄皮肤的人开的，韩国人和中国人。新绿洲不是特殊慰安设施协会经营的。新绿洲不是安藤明开的，新绿洲的老板是町井先生——

町井久幸，一个韩裔日本人，银座的大哥……

我浑身瘙痒，我汗流浃背，我害怕极了——

松田的老对头。千住的新敌人……

如果藤田在这儿，那藤田就越界了——

林丈面朝下溺死在水里……

店门关着，我推开门。我看见向下的楼梯延伸到另一扇紧闭的门。我走下楼。门上有个猫眼。我敲了敲门。我知道有人正透过猫眼盯着我。门把手转动了。门打开了——

"你要什么？"一个穿着西装的大块头韩国人说——

"给我来杯酒，"我对他说，"我到这儿来见一个朋友。"

"这里是会员专属的俱乐部。"他说——

"那我入会。"我说。

"入会费一百円。"

我诅咒。我诅咒……

我掏出钱包，但没有拿出警察手册。我打开钱包，我有一百円纸币，但这就是我所有的钱了。那个大块头韩国人从我手中接过纸币，放进自己的口袋里——

他笑道："欢迎来到新绿洲俱乐部……"

低矮的天花板，昏暗的灯光。如果藤田在这里，那他就越界了。长长的吧台，韩国服务员——

我看见藤田了。藤田在这里。藤田看见我了。藤田越界了。我以为他会逃跑，但他笑了。藤田在微笑。他一边微笑着，一边起身，沿着长长的吧台向我走来——

万一他有枪呢？万一他在这儿开枪呢？

沿着长长的吧台走过来，仍然在微笑——

林丈面朝下溺死在水里……

藤田鞠躬，说："晚上好。"

"林丈死了，"我说，"安达在找你。"

"安达什么都不知道，"他说，"但他什么也不说，引你上钩，让你帮他查。恭喜啊，系长——

"他可能一路跟踪你到这里来了……"

"我什么都没跟安达说，"我说，"但他知道点儿什么。"

"安达知道什么？他能知道什么？"

"安达知道你去过《民报》报社，"我对他说，"他知道你是去那里见林丈的……"

"那又怎么样？"藤田问。

"他们告诉安达，他是过去三天里第三个来他们报社的警察，你是第一个……"

"但这也不能说明我杀了他呀，"藤田说，"是不是？"

"但他只提到了你的名字，"我对他说，"你是唯一一个安达在找的人……"

"我才不怕安达，"藤田大笑，"上尉自己也有秘密，就和所有人一样。就和你一样。"

我诅咒他，我诅咒自己……

我问："是不是你杀了林丈？"

"这个问题就问得很奇怪了，"藤田刑警说，"因为我根本不认识林丈，而且又不是我把这个可怜人的名字告诉千住明的……"

白天就是黑夜，黑夜就是白天。白天就是黑夜，黑夜就是白天……

藤田微笑："我觉得是你说的，下士，是不是？"

白天就是黑夜，黑夜就是白天。白天就是黑夜……

藤田大笑："是你说的，是不是？"

白天就是黑夜，黑夜就是白天。白天……

我想要说话，但灯灭了——

黑夜。黑夜。黑夜。黑夜……

又停电了——

黑夜。黑夜。黑夜……

"是你说的，是不是？"藤田在黑暗中又一次低语。

*　　*　　*

供电还没恢复，现在比刚刚更暗了。灯还没有亮起，我比刚刚更醉了。韩国烈酒把我灌醉了。烈酒的酒臭味混进汗液里，从我的皮肤上散发出来。我皮肤瘙痒，所以我挠了又挠。咯吱，咯吱。我挠啊，挠啊，直到衬衫下面的手臂被我挠出了血。咯吱，咯吱。我的衬衫原本沾满汗渍，现在又添了血渍。我从银座走回爱宕，我的双手沾上了血。我穿过有乐町的废墟，向爱宕走去。有乐町的废墟堆积如山，像一座座纪念碑，纪念着我们在每一座拱廊下所失去的东西。在每一座拱廊下，在每一条小巷内。在每一条小巷内，在每一片阴影中。在每一片阴影中，在每一声呼喊里。每一声呼喊——

"来玩吧……？来玩吧……？来玩吧……？来玩吧……？"

我端详每一座拱廊，走过每一条小巷，走进每一片阴影，直到我找到我要找的那个人。那个穿着黄蓝条纹无袖连衣裙的人——

"来玩吧……？来玩吧……？来玩吧……？来玩吧……？"

那个穿着白色中袖衬裙和粉色短袜的人——

穿着红胶底白帆布鞋的人——

"来玩吧……？来玩吧……？来玩吧……？"

她的头发乌黑，她的肌肤苍白——

在一座拱廊下，在一片阴影里——

"来玩吧……？来玩吧……？"

"来玩吧？"她用刺耳的东北口音问我。我点点头，跟她进入了拱廊的更深处，阴影的更深处。她让我先付钱——

"我没有钱。"我对她说——

我又一次诅咒自己……

我拿出我的警察手册。我给她看我的警察手册，她开始咒骂我，还说："我是白鸟社的。"

"那又怎样？"我一边反问她，一边把她按倒在地——

我让她四肢着地跪在地上，接着我掀起她的裙子——

她那件黄蓝条纹的无袖连衣裙……

她没穿内裤。她裸着下身——

在她的咒骂声里，我从后面操她——

她跪着。她跪着。她跪着……

我把她翻过来，让她平躺在地上——

我从前面操她，然后我射了——

没有祖国。没有心……

"完事了？"她用刺耳的东北口音问。我点点头，她把我推开，站起来，拍掉身上的灰，搓了搓膝盖，又搓了搓手——

黑夜就是白天，白天就是黑夜。男人就是女人……

我站在她面前，鞠躬。我说："我很抱歉，我没有钱。我真的很抱歉。你叫什么名字？"

女人就是男人……

她向后仰头，在拱廊深深的阴影中，她笑道："你自己选呗：光子？小侬？和子？芳江？达辰？宽子？美子？柳子？来吧，你选一个……"

活着的就是死去的，死去的就是活着的。

"你叫小雪，"我对她说，"小雪。"

*　　*　　*

我闭上眼睛，但我无法入睡。白天就是黑夜。我可以听见雨落的声音。我睁开眼睛，但我无法思考。黑夜就是白天。我可以看见闪耀的阳光。我闭上眼睛，但无法入睡。白天就是黑夜。好刑警会把犯罪现场调查一百遍。我睁开眼睛，但无法思考。黑夜就是白天。芝区白色的树林后面是黑色的夜光。闭上眼睛，但无法入睡。白天就是黑夜。白色的树林见证了太多。睁开眼睛，但无法思考。黑夜就是白天。白色的枝干承载了太多。闭上眼睛，无法入睡。白天就是黑夜。白色的树叶又出现了。睁开眼睛，无法思考。黑夜就是白天。生长，枯萎，再生长。闭上眼睛，无法入睡。白天就是黑夜。我转身离开。睁开眼睛，无法思考。黑夜就是白天。我从犯罪现场离开。闭上，无法入睡。白天就是黑夜。在黑门下。睁开，无法思考。黑夜就是白天。狗还在等。无法入睡。

白天就是黑夜。狗还在等。无法思考。黑夜就是白天。狗还在等。无法。白天就是黑夜。狗还在等。无法。黑夜就是白天。狗还在等。无法。白天。狗还在等。无法。黑夜……

7

1946年8月21日

东京，32℃，薄云

　　傍晚时分，惨白的天空中有几朵深灰色的乌云。我在爱宕警察局的厕所里呕吐。又是黑色的胆汁。我走回楼上的时候，注意到剥落的墙面上又贴了几张新写的告示。我站在水槽边。有当地政府关于近来霍乱病毒爆发的警告。我啐了一口。有一些科普海报，内容是避免饮用生水，尤其是井水，避免食用生食，尤其是生鱼。我洗了把脸。我抬头望向镜子，我凝视着镜子——

　　没有人是他们自己所说的那个人……

　　在楼上那间借来的临时办公室里，有七个灰头土脸的人正在等我：服部、武田、真田、下田和木村，还有战战兢兢的石田和瞪着黑溜溜的眼睛的西。藤田不在……

　　昨天一整天他们都在芝区奔波。调查工作就是跑腿。昨天一整天他们都在芝区询问。调查工作就是跑腿。昨天一整天他们都在描述嫌疑犯的样子。调查工作就是跑腿。昨天一整天他们都在描述受害者的样子——

黄蓝条纹的无袖连衣裙……

我问服部和武田他们有什么收获——

"什么都没有。"武田和服部说。

白色中袖衬裙和粉色短袜……

我问真田和下田他们有什么收获——

"什么也没有。"他们告诉我。

白色的帆布鞋……

我问木村和石田——

"没有。"他们说。

但他们看着我,眼神中有困惑。他们看着我,眼神中有怀疑——

但我是这个系的领导……

他们看着我,眼神中有异议。他们看着我,眼神中有恨意——

我是领导。我是老大……

我把他们两两重新组队:武田和石田,服部和真田,下田和木村。我让西先等一等——

我是老大!我是老大!

我把两份失踪人口报告递给武田和石田:石原美智子和大关宏美,分别是十六岁和十七岁。我是这个系的领导。我把两份失踪人口报告递给服部和真田:小沼安代和菅井圣子,分别是十七岁和十八岁。我是这个系的老大。我把两份失踪人口报告递给下田和木村:田边呈子和本间文子,两人都是十八岁。我是领导!我让西到地下的拘留室等我——

我是老大！我是老大！我是老大！

"这些是所有十五到二十岁失踪女孩的报告，"我对系里剩下的人说，"这些是所有今年七月十五到三十一日失踪的女孩的报告。其中很可能就有我们的受害者……"

我是老大！我是老大！

"我要你们把她们都找出来！"

我是老大！

我跑回厕所。我又吐了一次。褐色的胆汁。我走到水槽边。我啐了一口。我擦了擦嘴。我拧开水龙头。我又洗了把脸。我抬头望向镜子，我凝视着镜子——

没有人是他们自己所说的那个人……

西刑警在地下拘留室等我。西瞪着他黑溜溜的眼睛，浑身散发着深深的恐惧。西在颤抖，西很惊慌。西抵着拘留室的墙壁。我贴近他的脸。但西知道我想要什么，西肯定知道我想要什么——

但他开始为昨天的事道歉。他说："我为自己昨天的行为感到抱歉。在卡车上……"

我不想听他道歉，也不想听他撒谎——

西知道我为什么在这里。他知道我想要什么。他肯定知道我为什么在这里。他肯定知道我想要什么——

但西还在不停地道歉，不停地撒谎——

"我很抱歉，"他一遍遍地说着，"我昨天在卡车上的行为是不可原谅的。我很抱歉……"

但西在说谎。他肯定在说谎。西肯定知道我想要什么。在我说出口之前，他肯定已经知道我为什么在这里了。我说："我要那份档案。"

"什么档案？"西问，接着又问了一遍，"什么档案……？"

在我问出口之前，他肯定已经知道了。我问："档案在哪儿？"

"什么档案？"西问，接着又问了一遍，"什么档案……？"

"你调走的那份档案！"我吼道，"那份档案！"

他摇着头说："我不知道。"

"宫崎光子的档案。"我对他说——

他又一次摇头："我不知道。"

"你的意思是，你不知道档案在哪儿？"

"不是，我根本不知道您说的档案是什么。"

"那你还记得宫崎光子的案子吗？"我问他，"日本投降那天报告的谋杀案，在品川附近的防空洞里发现的尸体。你记得吗？"

西点点头。西说："您这么一说，想起来了。"

"那么，你从警视厅拿走的档案在哪儿？"

西摇头道："我没有拿任何档案。"

"我在登记簿上看见你的名字了。"我对他说。

西说："不是我，真的。"

他的眼神中有困惑……

"那就是说有人用了你的名字，用了你的印章，调走了宫崎光子的档案？"

西再一次摇头。西刑警问："但为什么会有人做这种事？为什么？"

他的眼神中有天真……

"那个甚至都不是我们的案子，"他说，"那是宪兵队的案子……"

嘣嘣。嘣嘣。嘣嘣。嘣嘣。嘣嘣。嘣嘣……

"所以那份档案里应该没什么内容啊……"

嘣嘣。嘣嘣。嘣嘣。嘣嘣。嘣嘣……

"应该只有很少的一些案件细节……"

嘣嘣。嘣嘣。嘣嘣。嘣嘣……

"案发日期和时间……"

嘣嘣。嘣嘣。嘣嘣……

"证人名字……"

嘣嘣。嘣嘣……

"负责警官的名字……"

嘣嘣……

我往后退，退离他面前，远离拘留室的墙壁。我转身走向拘留室的门，我走出拘留室……

"老大？"西刑警问，"您要我怎么做？"

我没有转身看他，我只是说："到楼上待命……"

"万一藤田刑警回来了呢？"西问——

"藤田不会回来了，"我对他说。我越走越快，奔跑起来，我跑向楼上的厕所。

我吐了。黄色的胆汁。我又吐了一次。灰色的胆汁。我吐了四次。黑色的胆汁，褐色的胆汁，黄色的胆汁和灰色的胆汁。我凝视那面镜子四次。我在心底尖叫了四次——

没有人是他们自己所说的那个人！

* * *

我在废墟的碎砖破瓦中点燃了一支烟。两个小男孩蹲在一边看我抽烟，等着捡我的烟头。两个小男孩，穿着灰色的汗衫和松松垮垮的裤子，脸和手臂跟沥青一样黑。这片废墟过去是一家打印店，专门打印公示每日米价的通讯稿。每当芝区有什么节日的时候，店主就会把彩纸分发给当地的儿童，教他们折纸象和千纸鹤。眼下，在那两个小男孩的召唤下，又有三个小女孩出现在这片碎砖破瓦里。三个小女孩头发剪得很短，脸上脏兮兮的。那两个小男孩问我要烟头和报纸。我把烟头给他们，把报纸给他们。那两个小男孩立刻跑到那三个女孩身边。我看见那两个小男孩平分了我的报纸，我看着他们把纸折成两顶美国大兵的帽子。三个小女孩站在破碎的瓦砾中，招呼那两个小男孩。在废墟中，那两个小男孩叼着烟头，戴着纸帽，雄赳赳气昂昂地走来走去——

"来玩吧？"三个小女孩说——

"来玩吧……？来玩吧……？"

* * *

我敲了敲目黑警察局接待室的门。我打开门，鞠躬。我在速记员旁边坐下。金原管理官和甲斐系长没有抬头，但小平义雄的妻子抬头看了我一眼，然后又移开了目光——

小平太太比她丈夫年轻，她是个高大的女人，长着一对丰满的乳房和一张浑圆的脸。小平太太穿着她最好的夏装连衣裙，紧紧地攥着她的手袋——

"我知道他认识这个叫绿川的，"她说，"但他肯定没有杀她，肯定是哪里搞错了……"

"你丈夫已经供认谋杀了，"甲斐系长说，"你也读过他的供词了。没有哪里搞错。"

"但我想见他，"她说，"我要亲自问他。"

"稍后会让你见的，"甲斐说，"只要你回答我们的问题……"

"但供词里写着，谋杀发生在八月六号的正午左右。"她说，"我丈夫那天在洗衣房一直工作到下午两点半，然后就直接回家了，我们一直在一起，直到第二天早上……"

"你怎么能确定？"甲斐系长问。

"因为就是那天，他让我开始记日记，"她说，"记下他去上班、回家、出门的具体时间……"

"他为什么让你记这个？"甲斐问。

"因为他担心洗衣房不付他加班费和夜班工资，"她说，"这就是原因。"

"所以八月六号是你第一次记录的日子？"

"对，"她说，"八月六号，我在本子上写的差不多是：下午两

249

点半，下班后直接回家。"

"那这本日记你现在还保存着咯？"甲斐问。

"对，"她说，"放在家里。"

金原管理官把一张纸放在桌上。金原管理官问她："你知道这是什么吗？"

小平太太摇头说："我不知道。"

"这是你丈夫在洗衣房的签到表，"金原管理官说，"这张纸上记录的是你丈夫八月在洗衣房的实际工作日期和轮班……"

小平太太低头盯着那张纸。

"你可以看到，"金原管理官继续说，"八月六号其实是你丈夫那一周的休息日。"

"可是你看，这就是他让我记日记的原因啊，"她说，"因为他们总是这样，在记录上写错日子……"

"这张记录没有错，"金原说，"我们已经查证过了。"

小平太太将她的手袋攥得更紧了——

疑问。疑问。疑问。疑问……

"他为什么要杀人？"她问，"他有什么理由这么做？"

"你已经读过他的供词了，"甲斐说，"在供词里，他说了是他对绿川的欲望驱使他这么做的……"

"她想让我丈夫帮她找份工作，"小平太太说，"所以她勾引他，想说服他帮她。"

"是他先接近她的，"甲斐说，"在品川车站……"

"他给了她吃的，"她说，"她那时候饿得不行了。"

"他告诉我们，他把手伸进了她的裙子里，"甲斐说，"他告诉我们，他们在火车上的时候，他把手指伸进了她的下体……"

"没错！"小平的妻子大叫，"她想要他……"

"他强奸了她，"甲斐说，"他谋杀了她。"

"他强奸了她？"小平太太大笑起来，"你开玩笑吧！这个姓绿川的女孩勾引他，就和其他人一样……"

我探过身去，问道："什么其他人？"

"那些在营房周围晃荡的女人，"她说，"他跟我讲过那些女人的事，她们打扮得有多羞耻，她们讲话有多不害臊。她们为了食物和香烟什么都肯做……"

我问她："你丈夫经常跟你说女人的事吗？"

"当然不是，"小平太太说，"我知道你想把他说成那种色情狂，专门奸杀年轻女人，但他只是一个普通的日本男人……"

"我们可没说他奸杀过除了绿川小姐以外的其他人哦，"我对她说，"我们有这样说吗？"

她摇头，紧紧攥着她的手袋——

疑问。疑问。疑问。疑问……

"但我现在要你回想一下上个月，"我对她说，"你还记得七月份哪几天你丈夫没去上班吗？"

她耸耸肩："他每天都去上班……"

金原管理官把另一张纸拍在桌上。金原管理官说："除了八号和二十二号。"

"你记得你丈夫这两天在干嘛吗？"我问她，"他和你一起待在家里吗？你那两天出门买物资了吗？"

"他经常回日光去买物资。"她说。

金原、甲斐和我对视了一眼——

"我没去见过他们，我现在基本上都不回去……"

"多久回去一次？"我问她，"你还记得具体日期吗？"

但她说："我们得吃饭啊，警官，我们需要食物……"

"我们知道，"我对她说，"我们不关心你丈夫是从正经渠道还是黑市买东西。我们只关心他去购买物资的日期……"

"我记不清了，"她说，"抱歉……"

"那上个月呢？"我又问她，"你丈夫的工作签到表上显示，八号和二十二号他是休息的。"

"那他肯定去了，"她说，"如果你这么说的话。"

"你记得在这两天他都干了什么吗？"我再次问她，"他是待在家里，还是出门了？他做了什么？"

"我怎么知道？"她说，"每一天都差不多！"

"你丈夫休息的时候也和平时一样吗？"

"我记不得八号和二十二号有什么区别了，"她大叫起来，"我怎么分得清哪天是哪天……？"

金原管理官开口了："那我来帮你回忆。你平时在家读报吗？"

她紧紧地攥着手袋。她点点头。

"那么，"金原说，"七月八号，报纸上登了名古屋出生的一个双面婴儿的事……"

她点点头，说："我记得……"

"七月二十二号，这天所有学校都必须把校园里挂的天皇照片销毁……"

她又点点头，说："我知道……"

"那么你还记得这两天里发生的其他事吗？"金原管理官问，"任何关于你丈夫的事？"

"我很确定他去上班了，"她说，"我很确定。"

金原管理官点头。金原说："我了解了。"

接着，甲斐系长又坐到了前面。甲斐系长说："你丈夫不是第一次结婚了，是不是？你也不是？"

"我的第一任丈夫在中国战死了。"她告诉我们。

"节哀，"甲斐说，"他是什么时候去世的？"

"死了快五年了。"她说

"你和小平先生结婚了多长时间？"

"一年半，"她说，"不是很久。"

"你是什么时候怀孕的？"甲斐问——

"几乎是一结婚就怀上了，"她说，"去年三月。"

甲斐系长说："不是婚前怀上的？"

"不是！"她叫道，"这个问题太恶心了！"

"请原谅，"甲斐系长说，"那你是什么时候回富山娘家避难的？"

"去年五月。"小平太太说。

"但你丈夫留在了东京？"

"我回富山避难的时候我丈夫难过极了，"她说，"他在检票口哭，在月台上哭。哇哇大哭，比小孩子哭得还响，真是哇哇大哭啊……"

她轻轻擦了擦眼角。她紧紧攥着她的手袋——

疑问。疑问。疑问。疑问……

"我知道他过去做过一些坏事，"她接着说，"我也知道他换过很多次工作。但他是一个好兵，他是一个好父亲，孩子出生之后，他比以前工作得更卖力了，而且他也很喜欢现在这份工作。"

她攥着她的手袋，越来越紧——

疑问。疑问。疑问。疑问……

"我丈夫是个非常友好的人，"小平太太说，"我丈夫也是个非常善良的人。他愿意和任何人聊天，愿意帮助任何人。在我看来，这其实是他最大的弱点，因为正是他的这种性格，让他陷入了今天的麻烦里。但我丈夫不是一个粗暴的人。当然，如果我做了他不喜欢的饭菜，或者如果食物不够我们两个吃了，他也会生气。但我丈夫从来不喝酒，从来没有暴力倾向，也从来不说谎……"

"我相信你，小平太太，"金原管理官说，"所以我也相信，你丈夫的供词里说的事都是真的……"

她的肩膀在抖动。她的肩膀在颤抖——

没有答案。没有答案。没有答案。没有答案……

在地下拘留室里，她的丈夫正在等待。

* * *

我没有和金原管理官还有甲斐系长一起回警视厅。我在目黑搭乘山手线去新桥。我身上很痒，我挠了又挠。咯吱，咯吱。我在新桥下车。我身上很痒，我挠了又挠。咯吱，咯吱。新生市集还被封锁着。我站着的时候浑身发痒，我一边挠一边凝视着前面。咯吱，咯吱。有四个穿着白色工作服的警卫正在站岗。我身上很痒，我挠了又挠。咯吱，咯吱。他们蓝色的眼睛空洞无物，他们黑色的靴子纹丝不动。我身上很痒，我挠了又挠。咯吱，咯吱。在这几个警卫身后的市集大楼里，我可以看见一排排空荡荡的铺位。我转身的时候浑身发痒，我一边挠一边离开。咯吱，咯吱。我沿着后巷和夹道，穿过阴影和拱廊，走到那段老旧的木楼梯下，走到楼梯尽头的那扇门前——

我身上很痒，我挠了又挠。咯吱，咯吱。我身上很痒，我挠了又挠——

但楼梯尽头的那扇门关着——

千住门上挂着的牌子写着：开战。

* * *

我走进东京警视厅。我走上楼，穿过警视厅门廊。我敲了敲北课长办公室的门。我推开门。我道歉，鞠躬，再次道歉。我在桌前坐下，北课长坐在主位，安达和金原坐在他右侧，甲斐坐在他左侧。同一群人，同一地点，但今天却是不同的时间和不同的话题——

今天的会议只讨论小平——

昨天，金原管理官、甲斐系长和一系一半的刑警花了一天时间审问小平，而我和西却在国际宫和那些牛鬼蛇神周旋，我的其他手下则顶着酷暑，在芝区尘土飞扬的大街上奔走——

调查工作就是跑腿……

"这件案子和其他案子有一些共同点，"课长说，"所以，其他那些案子都得重新查起。我知道你们人手不足，所以，首先，我们需要搞清楚有多少案件发生在嫌疑犯小平生活和工作过的地方……"

"首先是阿部美子的案子……"

品川。品川。品川……

"你们可能还记得今年六月十三号，也就是两个多月前，一个信号操作员在芝区浜町七号芝浦运输公司废车弃置厂里的一辆烧焦的卡车下面，发现了一具少女的尸体，这家公司就在品川车站靠海的那一侧……"

安达在看我……

"验尸报告显示，这个女孩在遭到强奸后被勒死，凶器是她自己的围巾，死亡时间是六月九日前后。专案调查总部设立在高轮警察局，总负责人是前管理官，森。大家都知道，很遗憾，森不再和我们一起工作了……"

被捕入狱……

"经证实，死者名叫阿部美子，十五岁，就读于位于平井的第三国民学校。然而，调查显示，她实际上和另外三个女孩一起组成了一个卖淫团体，接待美国士兵。验尸报告显示，她生前的最后一顿饭吃了通心粉和香肠，就此可以推测出她吃了美国士兵提供的食物。还一直有传闻说，阿部与三田警察局的一名巡警有染。各位可能知道了，该名警官的身份已经确认，经过审问后他已经由于不当行为被革职……"

遭到革职，颜面尽失……

"但是，由于这起案件与进驻军有关，涉案人员可能有美国士兵，前管理官森觉得无法继续追查此案，因此案件就被记录为悬案，专案调查组也解散了——

"正式结案。

"然而，金原管理官仔细阅读了小平的供述，将其与其他和绿川案相似的悬案比对，又进一步比对了这些悬案与小平的生活和工作地点、时间之间的关联，金原管理官认为我们应该就六月的阿部美子案再次审问嫌疑犯。"

金原管理官向课长道谢，然后说："小平称自己对阿部美子被杀一案毫不知情。但是，今天早上，小平的妻子在不经意间透露了，小平向她提起过在营房和他工作的洗衣房附近闲荡的那些年轻女子。我希望我们能找到在今年六月九号前后，看到过小平和阿部在一起的证人，这样小平就要不出什么别的花样，只能招了——

"所以我们要做的第一步就是去追查阿部所在的卖淫团体的其他成员的下落。幸运的是，前管理官森在最初的调查中盘问过她们，案件卷宗里也记录了她们的真名和地址。如果阿部认识小平，那么很可能剩下三个女孩里也有人认识他……"

"还有，"课长补充道，"还有很小的几率，这三个女孩里有人可以协助我们辨认芝公园第二具尸体的身份……"

"那具尸体甚至有可能就是她们中的哪个。"安达管理官大笑——

他在看我，他们所有人都在看我……

我清了清喉咙。我鞠躬，然后说："各位都知道，我们还没能确认那具尸体的身份，所以对于任何协助，我都感激不尽……"

课长点头。课长说："那你可以自己去我们存档里那些女孩的地址查查……"

他们在惩罚我，但为什么要惩罚我？

"你可以自己去这几个地址，"课长重复道，"关键是不要派别人去查——"

是不是有人投诉我……？

"如果在这几个地址发现了任何一个女孩，我要你陪同她们前往涩谷警察局——"

为什么不去爱宕？为什么不让我们系负责？

"你到了那里之后，把你找到的女孩交给金原管理官。金原管理官会盘问她们关于阿部美子和小平义雄的事，之后你和二系的其他刑警就可以问她们关于芝公园第二具尸体的事了——"

他们在惩罚我。

课长讲完了。课长抬头，说："我们感谢你的努力，系长——"

但为什么？

接着，课长转向甲斐系长。课长说："甲斐系长和一系会向小平义雄的家人、朋友、邻居和同事描述受害者阿部美子的外貌特征——"

疑问。疑问。疑问……

最后，课长说："安达管理官和他的队伍会继续调查记者林的案子——

答案。答案和……

"解散！"

警告！

＊　　＊　　＊

我换了一条路回爱宕。他们在惩罚我。饭馆就是几块瓦楞铁板拼在一起的破棚屋。他们在警告我。他们没有白米饭，但他们有白面包。他们在惩罚我。他们有蛋奶糕，但他们没有白米饭。他们在警告我。我向吧台后面的女人点了一杯咖啡，然后挤着身子坐上一个简易的凳子。他们在惩罚我。我旁边的年轻人还穿着制服，他的背包靠在吧台下面。他们在警告我。他留着短发，身上散发着杀虫剂的味道。他们在惩罚我。他的制服上没有勋章，他的眼睛里没有神采。他们在警告我。柜台后面的女人把一个甜甜圈放在他面前。"你刚回来吗，亲爱的？"

年轻人盯着甜甜圈，点了点头。

"妻子在等你吗？"她问，"母亲呢？"

年轻人抬起头，说："她们以为我三年前就光荣战死了。她们收到东京市长颁发的嘉奖证书，上面写着，人们将永远铭记二等兵野间，愿他安息。她们还收到了一个白色的小骨灰盒，里面放着我的骨灰，号称是从中国带回来的。她们把骨灰盒放在我们当地的寺庙里供奉，还把一张我穿着制服的照片裱起来放进家里的佛龛。她们为我烧香，摆出白米饭和清酒供奉我……"

我不想记起。我不想记起……

"她们不肯看我的脸，她们说野间已经死了……"

但在半明半暗的光线里，我忘不掉……

"她们不肯看我的脚……"

他们在惩罚我们所有人……

"她们说我是鬼魂……"

警告我们所有人……

没有人和他们看上去的一样。

* * *

我又站在水槽边。又是黑色的胆汁。我又吐了。又是褐色的胆汁。我又擦了嘴。又是黄色的胆汁。我又拧开水龙头。又是灰色的胆汁。我又洗了脸。黑色的胆汁，褐色的胆汁，黄色的胆汁，灰色的胆汁。我没有看向镜子——

把镜子遮起来！把镜子遮起来！

我走上楼，回到那间借来的临时办公室。武田刑警和石田刑警还在外面找石原美智子和大关宏美。服部刑警和真田刑警还在外面找小沼安代和菅井圣子。下田刑警和木村刑警还在外面找田边呈子和本间文子。唯独西刑警坐在这间临时办公室里他的临时办公桌前，是我让他坐在那儿等我的。他们把我留在近处。看得很紧。但我要把他留在更近处——

"醒醒，"我说，"该走了……"

沿着涩谷的小巷，沿着涩谷的弄堂，敲开阿部的案件存档里记录的地址的门，得到另一个新的地址，然后又是另一个地址，因为要在这座城市里寻找流离失所的人无异于大海捞针，他们从一处搬往另一处，之后可能又会搬回来，找亲戚，找房子，找工作，讨生活，在没有遭到轰炸的街区里找熟人，为了买一些七七八八的东西而变卖一些东西，从一间房到另一间房，从一栋楼到另一栋楼，从一个社区到另一个社区，从一个地方到另一个地方，此时还在这里，彼时已经离开，不久又会回来，然后再次离开，就像无际汪洋中的一条小小、小小的鱼——

傍晚时分，我们终于在涩谷的一条小巷里找到了阿部的一个朋友，她所属的卖淫团体的成员之一。在涩谷的巷弄里，我们的衬衫黏在背上，我们的裤子贴在腿上——

下午五点，那个女孩还在睡觉，房东太太这么说着。她从来不在太阳落山之前起床，但她总是交得出房租，有时候甚至还会带回一些额外的配给品。二位东京警视厅来的帅气警官应该从她嘴里问不出什么。但她现在就在房里，好的，房东太太同意上楼叫醒她——

261

跪坐着的房东太太用毛巾擦了擦脖子，起身走上陡峭的木楼梯，沿着狭窄的木板走廊，一直走到十七岁的正冈久惠的房间——

正冈久惠跟着她的房东沿着狭窄的木板走廊，走下陡峭的木楼梯，回到楼下。她点了一支烟，系紧她身上那件浴衣的腰带，眯缝着眼，面露愠色地看着我们，接着叹了一声气，问道："这次你们想干什么？"

* * *

涩谷警察局草木皆兵。涩谷警察局全副武装。我和西应该把正冈带去目黑或是爱宕警察局的。但课长告诉我们，不管找到什么人，都要带去涩谷警察局。涩谷警察局草木皆兵。涩谷警察局全副武装。涩谷警察局刚刚突袭了华侨总会，中国移民企业的联合会。涩谷警察局拘留了华侨总会的副会长高玉树。涩谷警察局草木皆兵。涩谷警察局全副武装。涩谷警察局把高玉树关在地下的一间拘留室里。涩谷警察局不想让任何人知道这件事。涩谷警察局草木皆兵。涩谷警察局全副武装。但所有人都知道了，而且所有人都知道接下去会发生什么——

因为他们来了。他们来了……

我和西征用了楼上的一个房间，在里面盘问正冈久惠。然后我和西递了一个消息给警视厅的金原管理官。然后我和西把正冈留在地下的一间拘留室里，一直等金原管理官从警视厅过来。一

262

直等到盘问开始——

他们来了。他们来了……

正冈的拘留室在高玉树对面，在他染血的面孔和淤黑的眼眶对面——

他们来了。

*　　*　　*

夜幕降临。金原管理官来了。汗水如瀑布般从正冈久惠的脸和脖子上流淌下来，她手里的扇子一刻都没有停过，她脸上的愠色一刻都没有消失过——

一刻都没有消失过，直到金原拿出一张照片给她看——

正冈盯着照片。正冈点点头，说："我和美子去过他在军营里的房间……"

"他在美军营房里有自己的房间，是吗？"

"对，"她说，"不过只有一个铺盖和……"

"你们是去那里和他上床的？"

"他答应给我们剩饭吃，"她说，"从进驻军后厨拿回来的面包和香肠。残羹剩饭什么的……"

"你和他上床了吗？"

"是的。"她说。

"阿部呢？"

"没有，"她说，"至少我们一起去的时候她没有。她拒绝

263

了他……"

"这是什么时候的事？"

"五六月份吧……"

"在哪儿？"

"在进驻军营房，以前是品川海军商业会计学校。他就在那里工作，在那边有一个房间……"

"你在那里留宿了吗？"

"是的。"

"你们两个都留宿了？"

"我们三个。"

"第三个女孩是谁？"

"富永……"

"她和他上床了吗？"

"可能吧，"正冈大笑起来，"他可以做一整晚都不停，他说那是为了弥补他没有女人可睡的那些时间……"

"但他不是进驻军，不是吗？"

"他有面包，他有肉。"

我们没有米，没有食物……

"你们为了面包出卖身体？"

我们都为了食物出卖尊严……

"他对我们很好。"

我们都在乞讨……

"对你们很好？"

乞讨……

"对。"

"所以，在阿部遇害之后，你从来没想过就是这个男人在七月九号杀了你的朋友吗？"

"没有，但现在你跟我说了这些，又给我看他的照片，可能……"

"但命案发生的时候，你并没有向森管理官提到他，是吗？"

"没人问起他，我也不觉得他会去杀她……"

"他有没有告诉你，他因为谋杀自己的岳父，已经被判过刑了？"

"他没说过，"她微笑道，"不然我会提到的。"

"他现在还承认自己奸杀了一个女孩。"

"好吧，那可能是他杀了美子……"

"他肯定认识阿部美子，是吧？"

"他肯定认识她，没错。"

"他想和她上床？"

"他想和她上床。"

"但她拒绝了？"

"对，那天晚上拒绝了。"

"谢谢你，"金原管理官说，"你的证词对我们很有帮助，正冈小姐。"

正冈久惠眯起眼睛，怒视着他，问道:"那我可以回家了吗？"

"还要一会儿，"我对她说，"我还有几个问题要问你……"

正冈久惠把双臂交叉抱于胸前，说："那请继续吧。"

"我想要你再跟我说说你们团体的事。"

正冈久惠大笑："我的团体？我的卖淫团体？"

楼梯上传来了脚步声，穿着靴子的人来了……

"对，"我说，"成员的名字和年龄……"

穿靴子的人沿着走廊走来……

门没敲就突然被打开了，一个巡警跌跌撞撞地冲进审讯室，气喘吁吁地说："大事不好了，长官！中国台湾人、大陆人和韩国人联手了，他们攻击了新桥和王子的市集，还向爱宕警察局和王子警察局扔石头，王子警察局的局长桥冈受伤了……"

中国佬在谋杀日本人……

"他们有几千人，有从大阪和神户赶过来的，他们还召集了在横滨停靠的一艘中国战舰上的中国船员，他们有机关枪，现在正在向警方和日本平民开火……"

中国佬在谋杀日本人……

"现在他们正在朝这边过来，朝涩谷警察局来，要劫走高玉树……"

* * *

我和金原、西跑下楼，跑到室外。他们来了。夜色已深。他们来了。现在是晚上九点，战线已经成形。他们来了。两百名警察守卫在涩谷警察局外。他们来了。安达管理官也来了，一手拿着短刀，一手拿着手枪。他们来了。五辆载满了台湾人的卡车在靠近——

神经绷紧。神经绷紧。神经绷紧。神经绷紧。神经绷紧。神经绷紧……

"他们来了！他们来了！他们来了！"

神经绷紧。神经绷紧。神经绷紧。神经绷紧。神经绷紧……

警察拦下了第一辆卡车。神经绷紧。司机告诉警察，他们是要去华侨总会的总部。神经绷紧。警察向涩谷警察局的局长报告。神经绷紧。涩谷警察局的局长下令让卡车通行。神经绷紧。第一辆卡车被放行通过警察站。神经绷紧。接着是第二辆。神经绷紧。接着是第三辆。神经绷紧。接着是第四辆。神经绷紧。最后是第五辆——

神经绷紧。神经绷紧。神经绷紧。神经绷紧……

第五辆卡车的后挡板没有关。神经绷紧。第五辆卡车的后车厢里有一架机关枪。神经绷紧。后车厢里的机关枪开火了，枪火穿透了夜晚，警察们四处逃窜，两名警察中弹，枪火击倒了他们，其他的警察争抢着左轮手枪，开火回击——

砰！砰！砰！砰！砰！砰！砰！砰！砰……

我看见千住的手下和东京警方并肩作战——

砰！砰！砰！砰！砰！砰！砰！砰！砰……

台湾人在卡车上回击。台湾人从卡车的后车厢掉下来，血流满地。台湾人躺在街道中间——

砰！砰！砰！砰！砰！砰！砰！砰！砰……

一个、两个、三个、四个、五个、六个台湾人躺在街道中间——

砰！砰！砰！砰！砰！砰！砰！砰……

子弹穿过一辆台湾卡车的挡风玻璃，射中了司机——

砰！砰！砰！砰！砰！砰！砰！砰……

卡车偏到了人行道上。卡车迅速撞上了一堵墙——

砰！砰！砰！砰！砰！砰！砰……

台湾人从卡车后车厢蜂拥而出——

砰！砰！砰！砰！砰！砰……

他们有铁棍，他们有尖镐——

砰！砰！砰！砰！砰……

我们有枪，我们有子弹——

砰！砰！砰！砰……

我看见千住明拿着枪——

砰！砰！砰！砰……

一、二、三、四个——

砰！砰！砰……

死掉的台湾人——

砰！砰……

五个、六个

砰！

*　*　*

涩谷警察局的入口处有血。前台的地板上有血。走廊上有血。楼梯上有血。墙上有血。地下拘留室里有血。拘留室里都是人。拘留室里鸦雀无声——

　　人们拿着桶，人们拿着拖把——

　　美军随时都可能到这里来——

　　人们拿着抹布，拿着漂白剂——

　　人们拿着手枪，人们拿着封口布——

　　美军会要我们做出交代——

　　"他们来了！他们来了！"

　　我们可以听见美军吉普车的引擎声。我们可以听见他们的卡车声。我们可以听见他们在涩谷警察局外面停车。我们可以听见关车门的声音。我们可以听见美军的脚步声。我们可以看见美军的面孔——

　　他们又来了……

　　美军和他们的二代日裔美国人翻译穿过警察局的门，挥舞着手臂，大声地发号施令——

　　"这里发生什么了？"他们问涩谷警察局局长——

　　"有一群台湾人袭击了我们。"他说——

　　"那这些台湾人现在在哪儿？"他们问他——

　　"他们坐卡车逃走了。"他告诉他们——

　　"你们逮捕什么人了吗？"他们问他——

　　"还没有。"涩谷警察局局长告诉他们——

　　"你们没有拘留任何嫌疑犯？"

269

"很遗憾，没有。"他说——

美军环顾涩谷警察局的入口，干净铮亮的涩谷警察局入口。美军环顾前台，干净铮亮的前台。美军看了看走廊，干净铮亮的走廊。但美军没有看楼梯，血迹斑斑的楼梯。美军没有看墙，血迹斑斑的墙。美军没有要求视察地下的拘留室。拘留室里满是被塞口布堵住嘴巴的人，满是手里拿着枪的人，沾血的塞口布和沾血的手枪——

美军没有看见这些拿着沾血的手枪的人——

这些被沾血的塞口布堵住嘴巴的人——

不看。不听。不说……

美军穿过警察局的门，走回他们的卡车，走回他们的吉普——

美军发动引擎。美军离开了——

"他们走了！"

我们也一样，沿着血迹斑斑的楼梯，顺着血迹斑斑的墙，走回关满了人却鸦雀无声的拘留室——

现在没人能救他们了……

他们缴了台湾人的枪。现在没人能救他们了。他们缴了台湾人的刀。现在没人能救他们了。他们缴了台湾人的棍。现在没人能救他们了。他们缴了台湾人的棒。现在没人能救他们了。他们缴了台湾人的尖镐。现在没人能救他们了。他们没收了台湾人的钱。现在没人能救他们了。他们没收了台湾人的钱。现在没人能救他们了。他们扒掉了台湾人的衣服。现在没人能救他们了。现在他们要夺走这些台湾人最后拥有的东西——

涩谷警察局的所有人员都挤在地下的拘留室里——

关于死去的日本警察的传闻……

拿着枪的警察。拿着日本刀的警察——

我不知道我为什么在这儿……

拘留室的门开着——

我不想看……

殴打开始了——

我不想看……

安达管理官拔出他的短刀，他的嘴唇蠕动着，但说不出话来，泪珠顺着他的两颊滚落——

安达将刀身贴近脸颊，他望着刀刃，望着刃上的反光，仿佛着了魔——

他的双眼通红……

"复仇！复仇！"

刀上的血……

"上尉！"

墙上有新的血迹，地上有新的血迹，他们的指节和靴子上有新的血迹，他们的袖口和裤腿上有新的血迹。今夜，所有新的血迹都是台湾人的血——

我们手上沾的鲜血，我们唇上沾的鲜血——

地上有被打落的牙齿和骨头碎片——

我们是失败者。我们是战败者……

先是尖叫声，接着是寂静。

他们会把他们的尸体运出城外，运到国分寺市外，运到立川市外。他们会在武藏野台地的森林里把他们的尸体烧成灰烬，然后他们会在晨光中驶回东京城。他们会用水管冲洗他们卡车的后车厢。他们会把拘捕单烧掉。他们会抹除拘留记录。然后我们会重写历史——

他们的历史。你的历史。我的历史。我们的历史……

他们会说着谎言，一个接一个的谎言，直到他们自己相信这一个又一个谎言是真的，直到他们自己也相信他们没有任何拘留记录，没有拘捕单，他们在牢房里没有殴打过任何人，没有杀害过任何人，他们的卡车车厢里没有过满身鲜血的尸体，武藏野森林里没有骨灰和尸骨。他们会说着谎言，一个接一个，一个又一个——

管理员和锅炉工捡起他们的铁锹……

直到所有人都相信了这一个又一个的谎言——

捡起他们的铁锹，开始铲土……

所有人也开始说这些谎言——

开始把泥土铲回坑里……

直到所有人都相信这段历史——

铲回坑里，盖住老人……

我们教授他们的这段历史——

盖住老人，越铲越快……

直到我也相信了这些谎言——

272

越铲越快，在他们……

直到我也相信了这段历史——

在他们铲土的时候，老人哭号不止……

我的谎言。我的历史。

*　　*　　*

正冈听见了尖叫。正冈听见了寂静。正冈打算开口了。不管我们问什么，正冈都愿意说了。不管我们想让她说什么，她都会说了——

但我在尖叫。心里在尖叫。我在颤抖。身体在颤抖——

"我们一共有四个人，"她说，"美子、富永典子、宍仓美智子和我。但美子出事之后，我们就分道扬镳了……"

我在颤抖。我重复着受害人的特征："大约十八岁，穿着黄蓝条纹的无袖连衣裙、白色中袖衬裙、粉色短袜和红胶底的白帆布鞋……"

红胶底……

我问道："这个描述听起来像不像富永或者宍仓？"

"可能是富永典子，"正冈说，"有可能是富永，有这个可能性是她，但也可能是任何人。可是……"

我注视着正冈久惠，我问她："可是什么？"

"可是我听说富永失踪了。"她说。

我向前挪了挪。我重复道："富永失踪了？"

"从六月什么时候开始，就没消息了，"她说，"但是……"

我仍然注视着正冈："但是什么……？"

"但是，我不希望你要找的人是她，虽然你一定希望那是她。"

"你错了。"我对她说。但正冈久惠的目光越过了我的肩膀，她望向门口——

安达管理官站在门前。安达管理官问我："她都知道些什么？"

"不多。"我对他说，说话间，我仍然看着正冈久惠——

阴影和汗水沿着她的脸颊流淌下来……

"那就把这个女人送回家去吧。"安达管理官对西刑警说。接着，他对我说："我们去走走……"

*　　*　　*

沿着另一条小巷，穿过另一条弄堂，在另一盏灯笼下，在另一个吧台前，安达向老板点酒："随便来两杯，只要喝完了我们不会神志不清，或者瞎掉，或者在第二天早上死掉就行！"

神志不清，瞎掉，在第二天早上死掉……

老板把两杯澄清的液体放在吧台上——

"干杯。"安达一边举杯一边说——

接着他又说："但你看起来很糟啊，系长……"

"我感觉糟透了，"我对他说，"非常糟糕。"

"是因为今天晚上？因为那些台湾人？"

"不是，不过今天晚上也够呛啊……"

274

"这个世界就是这样运转的，"安达说，"就是这样运转的。"

"好吧，那我觉得我不太喜欢这个世界运转的方法。"

"你以为我喜欢？"他问，"你以为我喜欢？"

"不，"我说，"但你能在这个世界生存下来，我却不行。"

"因为你止步不前，"他说，"你没有向前跑。"

"我跑去哪？去干什么？"

"活法多的是……"

另一种人生，另一个名字……

"还是不了，谢谢，"我对他说，"活两次对我来说太多了。真的太多了……"

安达喝干了杯中酒。安达给了我一支好彩烟。接着安达问："你见到藤田刑警了没？"

我接过他的烟。我接过他的打火机。我对他说："见到了。"

他又点了两杯酒。他问："然后呢？"

我喝完了第一杯酒。我说："他走了。"

他举起第二杯酒。"走了？"

我说："他不会回来了。"

"你怎么知道的？"

"他告诉我的。"

"你一直都是这样的吗，南系长？别人告诉你什么你就信什么？"

"也不是一直这样，安达管理官。但没错，这一次我相信他说的。"

"人总是信口雌黄，尤其是最近。"

"藤田不会，"我对他说，"他不会回来了。"

安达掐灭他的烟。安达举起酒。安达问："你觉得是不是藤田杀了林丈？"

我掐灭我的烟。我说："我不知道。我已经不这样认为了。"

"意思是你曾经觉得是他杀的？你认为他有动机？"

我耸耸肩。我说："他有，大家都有。"

安达喝干了第二杯酒："就是说，连你也有？"

我转头看着安达。我问他："我？为什么？"

安达露出微笑，安达大笑起来："你的袖口上有血渍。你的裤腿上有血渍……"

我也露出微笑，接着大笑起来。我说："那你也有……"

"但我衣服上的血是新鲜的，下士。"

*   *   *

我又来到了这个地方。又是黑色的胆汁。我走出阳光，走进阴影中。又是褐色的胆汁。走进寺庙的庭院。又是黄色的胆汁。但这里已空无一物。又是灰色的胆汁。除了老旧的黑门的废墟，空无一物。黑色的胆汁。在黑门的黯淡门槛下，我闭上了双眼。褐色的胆汁。在黑门下，我能听见一条流浪狗的喘息声。黄色的胆汁。丧家之犬，无主之犬。灰色的胆汁。在黑门的废墟中，在这狗年的岁月，我注视着那条狗的脚。黑色的胆汁，褐色的胆汁，黄色的胆汁，灰色的胆汁。我吐了又吐，吐了又吐，吐了又吐——

把镜子遮起来！把镜子遮起来！

这条狗没有脚。

* * *

在半明半暗的光线里，小雪站了起来。在半明半暗的光线里，她拿起一件挂在镜子旁边的架子上的无衬里夏季和服。在半明半暗的光线里，小雪换上了这件夏季和服，和服的裙摆下方印着花纹。在半明半暗的光线里，她系上红紫条纹的和服腰带。在半明半暗的光线里，小雪坐回我身边。在半明半暗的光线里，她从抽屉上的一个袋子里拿出一根烟。在半明半暗的光线里，小雪点着了烟。在半明半暗的光线里，她把烟递给我——

"真像个童话故事啊，"她微笑道，"我们的相遇……"

"是啊，"我笑道，"在一场突如其来的雨中的偶然相遇。"

"很老派的爱情故事，"她说着，但小雪收起了微笑，她不再笑了，她哭了起来——

"烟迷了我的眼睛。"她在说谎——

"空袭！空袭！有空袭！"

她在我身边后仰着身子，直直地看着我的眼睛。她用指尖轻抚我的鼻子，说："别睡。"

但我再也不可能睡得着了，因为已经没有卡莫丁了——

但我想睡觉，虽然我睡不着。我想忘记今天，虽然我不会忘记。我想忘记昨天。前天。这周。上周。这个月。上个月。今年。去年。我出生后度过的每一年。但我不会忘记，因为我忘不掉。但这里，至少在这里，在这里我有时能忘记。短短的一个小时——

在她的臂弯之中。我能忘记。在她的两股之间。我能忘记……

我抛在身后的许多东西。我丢失的东西——

我辜负了你。我辜负了你。我辜负了你……

我见过的许多事情。我做过的事情——

时复一时，日复一日，周复一周……

墙上的血，地上的血——

月复一月，年复一年……

我衬衫袖口上的血——

但在半明半暗的光线里，我忘不了……

我裤腿上的血——

对不起。对不起……

在这里，在半明半暗的光线里——

我辜负了你们所有人。

在半明半暗的光线里。

8

1946年8月22日

东京，32℃，非常晴朗

嗵嗵。嗵嗵。嗵嗵。嗵嗵。嗵嗵。嗵嗵……

已经是破晓了，第一班火车已经来过又走了。我浑身发痒，挠了又挠。咯吱，咯吱。我擦了擦脸，擦了擦脖子。这里没有阴凉的地方，没有哪里能暂时躲避高温。我站在我的街道的尽头，看着我的房子的大门——

嗵嗵。嗵嗵。嗵嗵。嗵嗵。嗵嗵……

我沿着街道走到我家门口。我浑身发痒，挠了又挠。咯吱，咯吱。我推开我家的大门。我擦了擦脸，擦了擦脖子。我走上通往我家的小径。我浑身发痒，挠了又挠。咯吱，咯吱。我打开我家的房门。我擦了擦脸，擦了擦脖子。我走进我家的玄关——

嗵嗵。嗵嗵。嗵嗵。嗵嗵……

家里鸦雀无声。地垫在腐烂。这个家还在沉睡。房门支离破碎。我将装钱的信封和一包食物放在客厅的地板上。墙壁摇摇欲坠。这个家充满了我的孩子的味道——

279

嗵嗵。嗵嗵。嗵嗵……

我把他们的鞋摆好，让鞋头朝向门口——

嗵嗵。嗵嗵……

我转身离开，身上发痒，不停地挠，咯吱，咯吱，擦了擦脸，又擦了擦脖子，随即开始奔跑，跑着逃开。

＊　＊　＊

富永典子的最后一个住址在大井町，离阿部美子尸体被发现的地方很近。离小平义雄工作的地方很近。小平国度。离宫崎光子遇害的地方很近。离小雪住的地方很近。我的国度……

富永典子的房东邀请我进她家，然后带我上楼查看富永典子租下的那个小房间，在二楼过道的尽头，浴室的隔壁——

"我会擦擦灰，"她说，"除此之外，我没有动过任何东西，房间就和她离开的时候一样。"

"为什么？"我问她，"为什么不把这个房间重新租出去？"

"应该和她失踪后我去报案的理由一样吧。"

"为什么？"我又问了一次，"不过是一个房客……？"

房东走到房间小窗前推开它。她摇摇头："但典子不只是一个房客，你明白吗……

"她在三月的空袭里失去了双亲和妹妹，她的大哥也在中国下落不明……

"你看，我也一个亲人都没了。我丈夫早就死了，我的两个儿子也都死了，一个死在南方，一个死在北方。大儿子结过婚，但没有孩子，他的妻子已经改嫁了。我不怨她，也不怪她，谁叫我们身处这样的乱世呢。但如今我一个亲人都没有了，只剩下这栋房子和住在这里的房客……

"典子来了才半年多，是个非常漂亮的姑娘，非常有礼貌也非常友好的姑娘。她朋友遇害之后你们询问的这些事，才让我知道她是靠什么维持生计的，但我从来没想过……

"典子如果有多余的食物或者衣服，每次都毫不犹豫地分享给别人，不论她做了什么牺牲，付出了什么代价，才换来那些东西……"

"来玩吧……？来玩吧……？"

我点点头。我问道："那么富永小姐是什么时候失踪的？"

"差不多在她朋友被杀之后的一个月，我觉得。"

"那就是七月上旬到中旬的样子？"

"对，"房东说，"但肯定是在七月十五号之前，因为那是交房租的日子。也就是从那个时候，我开始担心……"

"那你是什么时候去报案的？"

"这个月月初才去。"

我问她："为什么等了那么长时间？"

"我以为她可能只是想离开一段时间，你明白吗。毕竟经历了她朋友的事，经历了你们对她朋友的调查，被你们一遍遍地盘问和嘲讽……"

"那如果富永小姐只是想离开一段时间，你觉得她可能会去哪里？"

富永典子的房东转过身。富永典子的房东望向窗外，没有作答——

"你说她可能只是想离开一段时间，那她会去哪儿？"

房东摇摇头："太迟了。她已经死了。"

"你怎么知道她死了，"我说，"她可能只是吓坏了。"

房东又一次摇头道："太迟了。"

"她可能只是被吓到了，逃走了。"

富永典子的房东走到一个老旧的木质五斗柜前。富永典子的房东拉开抽屉。富永典子的房东说："但典子从来不会把她所有的衣服都留在这里，不会把她所有的化妆品都留下……"

"但你也不能确定啊，"我又一次对她说，"计划赶不上变化。"

"但典子从来不会不告而别，"她告诉我，"她从来不会就这样离开，你明白吗。"

我走到五斗柜前，摸了摸抽屉里的衣服。我走到梳妆台前，摸了摸那些化妆品。我掀开遮盖镜子的布，摸了摸玻璃——

"我变成这样了吗……？"

我说："有个男人，是不是？"

富永典子的房东突然发出一声呜咽，用手捂住了嘴。接着富永典子的房东合上抽屉，盖上镜子，说："你应该知道的，刑警。"

"什么意思？"我问，"我为什么应该知道？"

"他也是个警察，是不是？"她低声道——

"她在和一个警察约会？"

"为了获得一些好处。"

我掏出我的笔记本，但没有打开。我问她："你有没有见过富永小姐穿过一件黄蓝条纹的无袖连衣裙，搭配一条中袖的白色衬裙……"

这个女人哭了起来，这个女人点头——

"粉色的短袜和白色的帆布鞋……"

拼命地点头，泣不成声——

"红色胶底的……"

"对！对！对！对！"她一边哭一边拉开抽屉，翻出所有的衣服，一件件地抛到空中，疯狂地寻找黄蓝条纹的无袖连衣裙、中袖的白色衬裙和粉色的短袜——

但这些衣服不在这里，我也不在——

我们的尸体身份确认了。我们的案子结了……

我跑下楼——

结案了！结案了！结案……

在屋外我撞上了一个巡警，他问："您是南系长吗？"

"怎么了？"我问他，"什么事？"

"抱歉，长官，"他说，"东京警视厅要召开一个会议，所有部门、课、系的领导都要参加……"

"你怎么知道到这里找我？"

"安达管理官让我到这里来找您，长官。"

＊　　＊　　＊

283

所有部门的长官都在这里。所有课的领导，所有系的领导，每一个警察局的局长。

美军也派来了他们的观察员和他们的间谍，他们的日裔翻译，投靠他们的变节者，民族叛徒。都是些香蕉男孩，外表是黄的，里子却是白的——

"来玩吧……？来玩吧……？来玩吧……？来玩吧……？"

在会议室的最前面，警视厅警备部部长藤本良雄起身，开始关于昨夜事件的演讲——

"诸位都知道，虽然大阪和神户曾发生过此类案件，但是在东京，这是第一起中国台湾人公开袭击警察局的事件……

"目前我们还未掌握事件的所有细节，然而，报告显示，昨夜发动袭击的约有五百名中国台湾人，可能还有另外五百名中国大陆人和韩国人协助他们。由于他们在新桥新生市集遭到排挤，所有人都愤怒不已，因此，昨天晚上七点左右，他们在东京站的八重洲口，集结了至少五辆卡车。他们将卡车开到新桥新生市集，和之前几次一样，在市集附近徘徊，希望能和前松田组进行当面交锋。但是，市集临时关闭了，松田组的成员一个也不在，交锋自然也没有发生。然而根据报告，有人听见了一阵机枪开火的声音……

"中国台湾人在新桥新生市集没有找到任何松田组成员，因此他们开着卡车驶向涩谷警察局，大约在晚上九点时到达，遇上了守卫在警察局周围的约两百名警察……

"警察起初拦下了卡车，但中国台湾人坚持说他们只是应中国驻东京使团的要求，去华侨总会的总部，无意发生冲突，于是警察允许他们通过。然而，在几辆卡车通过警戒线的时候，至少有一辆卡车上的人向警方开火，他们的目标是涩谷警察局的局长，致使两名警官身受重伤……"

砰！砰！……

"警察们别无选择，只能拔出左轮手枪回击以自卫。枪战持续了十五分钟，又有四名警官受伤，其中两名重伤，台湾人一方有六人死亡，数名受伤。最先出现的武器是两架机关枪，台湾人架在卡车里的，另外他们还使用了手枪、小刀、棍、棒、尖镐和其他武器。一辆台湾人的卡车还冲到了人行道上，伤及许多行人，但也让我们得以逮捕了车上的二十七名台湾人。我们还在卡车里发现了左轮手枪、铁棍、木棍和汽油瓶……"

每个人都对自己说着这些谎言……

"很不幸，参与本次事件的绝大多数台湾人都在混乱的枪战中逃走了，这些台湾嫌疑犯目前仍然在逃……"

直到所有人都相信这段历史真的发生过……

"另外，昨天傍晚，王子警察局也被一个由二十到三十名韩国人组成的团体包围袭击了，王子警察局局长桥冈受伤入院，一名韩国人死亡……"

"事件发生在昨天晚上五点左右，导火索是王子火车站前日本摊贩和韩国摊贩之间发生的冲突，有大约四五十人卷入了这场打斗……"

"警方接到报案，到现场维护秩序，逮捕了肇事者，将他们拘留在王子警察局。正是此时，那二三十名韩国人包围了警察局，开始向警察局大楼投掷石头。王子警察局的桥冈局长走到外面，想劝说闹事群体，结果被肇事者包围攻击。桥冈局长别无选择，只能拔枪进行自卫。很不幸，他的子弹射穿了一名韩国人的下腹部，造成了致命伤……"

砰！砰！

"然而，这一枪无疑压制了冲突，现场秩序也因此恢复。之后，桥冈局长被送往帝都大学医院，医生告诉我们，他大约需要十日才能从伤势中恢复。

"最后，昨天夜里，还有另外五起关于韩国帮派之间冲突打斗的报告，这几起事件造成众多人员受伤和财产损失。位于大森区田园调布的促进韩国独立青年团总部凌晨五点遭到约三百名韩国人袭击，袭击者坐在数辆卡车和轿车上，他们砸碎窗户，破坏桌椅……

"接到消息后，我们向小松川、砂町和龟户这几个地区下达了全面围捕嫌疑犯的命令……"

砰！砰！……

"但已经够了！"藤本部长吼道——

"作为警察，作为日本人，我们的首要任务是恢复和维持城市秩序！

"东京警视厅会给所有地方警察局增加额外的警卫人手，万一再次发生昨夜的袭击事件，可以进行回击……"

砰！砰！……

"所谓的回击不是为了伤人或杀人，而是为了逮捕袭击者，为了恢复秩序，因为我们的首要任务就是恢复和维持城市秩序……

"新桥市集和其他可能成为袭击目标的市集也会增加额外的警卫……

"今天我们也要敦促所有市集的经营者加强他们自己的安全措施，积极配合警方，以恢复和维持东京的秩序……"

砰！砰！……

"但我们还要继续敦促他们为他们市集中的中国和韩国经营者的合法买卖提供空间。我们自己也要继续承担仲裁方和调停方的职责，以防冲突的发生……

"但已经够了！"藤本部长再次吼道——

"恢复秩序！维持秩序！解散！"

*　　*　　*

事情从未改变。有战争，就有重建。事情从未改变。有战争，就有胜利。事情从未改变。有战争，就有战败。事情从未改变。有占领，就有选举。事情从未改变。因为永远会有第二次会议。事情从未改变。用于讨论第一次会议内容的第二次会议——

从未改变。从未改变。从未改变……

每个人都要讨论把第一次会议得出的结论忽略掉的最好方法；每个人都要假装第一次会议根本没开过；都约定了让一切维

持第一次会议召开之前的样子——

从未改变。从未改变……

"一团糟，一团糟，一团糟，"我们的部长一遍又一遍，一次又一次地重复着，"美军又会重提警方腐败和司法不公的问题，又要警告我们诈骗分子和地下势力的滋长，控诉少数族群遭受的虐待和民族主义的复兴。美军会要求我们进行更多的反思和改革，像鹰一样死死盯住我们……"

从未改变……

"但美军必须同意让市集重新开张，"安达说，"现在的整个局面都是盟军最高司令部开展反集市运动的直接后果。我知道他们想制约囤积、偷窃配给品物资的现象，不让这些货品在市集中流通，这样他们就可以以官方售价分销配给品……

"但市集和小商贩只不过是满足市场需求罢了。美军关闭市集，需求就得不到满足，这样只会制造更大的市场饥饿和更负面的民意……

"另外，强制性让市集转型，限制摊位数量，要求营业执照，美军做这些只会催生边缘群体的负面情绪……"

"安达管理官说得很对，"金原表示赞同，"一位来自千叶的同事跟我说起了捕到大量沙丁鱼运回岸上的事。一般的配给组织规模太小，处理不了这么大量的捕获。用于保存鱼肉的冰块不够，能把鱼运回东京的可用卡车也不够。另外，官方对这批鱼的收购价太低了，根本抵不了船只、渔民、储存和运输的成本……"

"那后来怎么办的？"甲斐系长问。

“嗯，我要说的重点就是这个，”金原管理官说，“如果市集还开着的话，上个月发生的事就会是这样的：捕获大量沙丁鱼的消息会促使千叶的小摊主进行囤货。他们会用现金将这批鱼全部收购。之后，这些摊贩会在几小时内就把这些鱼运进东京，当天就在摊铺上售卖。没错，他们的售价会比官方价格高一些，但毕竟摊贩那么多，竞争那么激烈，价格就算再高也不会太离谱……”

“那么这次的实际情况呢？”甲斐又问了一次。

“只有一小部分鱼以极高的价格被卖给了一个帮派。”金原说。

“剩下的呢？”

“就白白烂掉了，”金原管理官说，“‘抢救’下来的一点儿之后都被沤成肥料了。”

事情从未改变。事情从未改变……

现在在场的人都沉默了——

从未改变。从未改变……

在场的人都沉默了，直到北课长说：“藤本部长想让我们的警员撤出涩谷和新桥地区。不幸的是，由于阿部和绿川的案子，由于嫌疑犯小平，我们无法撤出涩谷地区，但我们可以尽量不使用涩谷警察局办公。另外，由于芝公园的地理位置，我们不可能不借用爱宕警察局办公。然而，在你们或者你们的任何手下进入涩谷或新桥市集地区之前，我要你们先向警视厅申请许可——

从未改变……

“我不想让我手下的任何人被卷进枪战里！”

我沿着走廊走进厕所。我没有吐。我走进一个隔间。我没有吐。我锁上门。我没有吐。我盯着马桶里面。我没有吐。我注视着马桶内的污渍。我没有吐。我闻到了氨气的味道。我没有吐。蚊虫和高温。我没有吐。我在隔间里等了十五分钟。我没有吐。我打开隔间的门。我没有吐。我在水槽里洗了脸。我没有吐。我没有看向镜子。我没有吐……

我沿着走廊往回走。我敲了敲课长办公室的门。我推开门。我走进去。我道歉，鞠躬——

"很抱歉又来打扰您，"我对课长说，"但若您能拨冗听我说两句，我将不胜感激……"

但今天课长没有请我坐下，也没有给我倒茶。今天课长甚至没有抬眼看我，他只是问道："又怎么了……？"

"我还没有向您汇报我们调查工作的最新进展……"

课长抬起头："你们有进展了？"

"我觉得我们找到了一个重要线索，我希望能继续追查。"

"继续，刑警，这个重要线索是什么……"

"是这样的，您知道，我们已经找到了阿部美子的一个朋友，正冈久惠。正冈告诉我，听描述，我们在芝公园找到的第二具尸体很像她的一个朋友，叫富永典子……"

"和描述相像的女孩太多了……"

"但这个姓富永的女孩失踪了……"

"谁报的案？"

"她的房东，"我对课长说，"失踪日期也很吻合，因为虽然房东这个月一号才报案富永失踪，但她说实际上富永是在上个月九号到十五号之间失踪的……"

"就这样？"课长问。

"远远不止，"我对他说，"那位房东还确认了富永典子有一套和芝公园那具尸体的衣着一模一样的衣服。对失踪女孩房间和个人物品的搜查结果显示，这几件衣物也失踪了……"

这下课长开始感兴趣了："继续说，刑警。"

"正冈证实了小平认识阿部美子。正冈还确认小平认识富永典子……"

"但这不能证明她就是芝公园里的那具尸体。"

"在这些证据面前，小平会招供的……"

"在什么证据面前，刑警？"课长问。"一个和受害者有相同裙子的失踪女孩？一个认识另一个受害者的失踪女孩？"

"但日期上都很吻合……"

"那就让那个房东来认尸吧。"课长说。

"但尸体只剩骨头了。"我对他说。

"你有她的衣物，对吧，刑警？"

我点点头，说："还保存在庆应大学医院。"

"好，如果她能明确地辨认这些衣物，不管是通过衣服上的修补痕迹也好，泪痕也好，那么就可以作为证据，行吗？"

"谢谢您，"我说，"对了，还有一件事……"

"有话快说，"课长说，"什么事？"

"我想知道，阿部案首次调查期间被解雇的那名巡警叫什么。"

"为什么要知道这个？"

"他可能知道阿部的其他朋友在哪儿，甚至可能可以协助我们进行一些鉴定……"

"不行，"课长说，"现在还不是时候。"

"我理解了，"我对课长说，"那我有没有可能和前管理官森谈谈……"

"你知道森现在在哪里吗？"课长大笑起来——

松泽精神病院……

"知道，但我觉得他可能还……"

我不想记起……

"我觉得那地方你应该已经看够了吧……"

他桌后墙上挂着的那幅沾血的卷轴……

"森管理官可能知道发生了什么……"

但在半明半暗的光线里，我忘不掉……

"发生了什么档案里都写着。他知道的事情档案里也都记录了。没有捷径的，刑警。不会再有了。"课长说——

我父亲这辈子最好的朋友……

"回你手下那里去——

"回你手下那里去，"他吼道，"带好你的人！"

* * *

292

今天我没有换别的路回爱宕，我走了两天前走过的那条路，会经过开在三层高的加固水泥毛坯房里的地下室酒吧——

我不想记起。我不想……

我走下楼梯，但今天门关着。我转动门把，门开了。我走了进去，但酒吧里漆黑一片。我环视四周，但屋内只剩下残垣碎瓦。我转身上楼，返回一层。我站在楼梯尽头处一片刺眼的白色日光中，晕头转向——

但一切看起来都和过去一样……

水泥毛坯房，被炸毁的房间，暴露在外的钢梁。还穿着制服的年轻人问："你丢了什么东西吗？"

"这里原来有家酒吧，"我对他说，"发生什么了？"

"你猜不到吗？"年轻人笑道，"被炸弹炸了。"

"不不不，"我说，"两天前我还来过……"

"那你走错地方了，"他说，"这里是一家人民酒吧，这栋楼遭到轰炸的时候，有一百多个人困在这里，被活活烧死……"

"但我两天前刚来过。"我又说了一遍。

"呃，那你就是在跟鬼魂喝酒了。"

我站在刺眼的白色日光中——

在刺眼的白色日光中——

"您的表坏了吗，先生？"

日光像雨点一般洒落。雨点洒落在我脸上，我的脸朝向天空。天空蓝而不灰，高而不低，覆盖了整座城市。城市在充斥着夜晚的霓虹灯下屹立着，闪耀着。夜晚的霓虹灯映照在我脸上。我的脸被雨点打湿了。那不是雨点，是我的眼泪。日光中，我的眼泪。城市陷落，了无生机，天空灰暗，低矮压抑——

"那你就是在跟鬼魂喝酒了。"

陷落的城市了无生机，灰暗的天空低矮压抑——

他给我看那块表……

在刺眼的白色日光中——

仍然是十二点整。

* * *

我迟到了，又一次。我在照镜子。西刑警站在爱宕警察局外面的台阶上。我在照镜子。西刑警在找我。我在照镜子。西刑警在等我。我在照镜子。西刑警要和我说话。我在照镜子。西刑警看上去糟糕透顶。我在照镜子。西刑警看起来一夜未眠。我在照镜子。西刑警告诉我："小平有个情妇，就在目黑附近……"

"你怎么知道的？"

"正冈告诉我的。"

"什么时候告诉你的？"

"昨天晚上，"他说，"我送她回家的时候。"

"之前她为什么没说？在车站的时候？"

"她以为这件事不重要。"

我看着他，我问："你和她上床了吗？"

他移开了视线。他摇头——

"你说谎的技术太差了，西君。"

他欲言又止。

"你付她钱了吗？"

"我请她吃了顿饭，"西说，"还请她喝了几杯酒。我给了她一包烟。"

"那到月底之前，你都没有钱可用了，"我说，"也没有食物和烟了……"

西又一次移开了视线。西点头。

我从裤子口袋里拿出一百円。我把钱塞进他的口袋，说："查这个案子，你不但睡了姑娘，还好好休息了一下。干得不错啊，刑警……"

"谢谢您。"他说，"您打算告诉金原管理官和甲斐系长他情妇的事吗？"

"不，"我告诉他，"我们自己去拿下她。"

"谢谢您，长官。"西说道。接着他又说："还有一件事，关于宫崎光子案的资料——"

"怎么了？"我厉声说，"什么？"

"我觉得我知道是谁拿的——"

"谁？"我问，"是谁……？"

"我一直在想那一天，"他说，"去年，案件发生的那一天，宣布投降的那一天。只有藤田刑警和——"

"你觉得是藤田刑警拿走了档案？"

"呃，我根本没去犯罪现场，"他说，"所以我也不知道这个案子在警视厅有档案资料。但藤田刑警去了。藤田刑警应该知道……"

"所以你觉得藤田冒用你的名字调走了档案？"

西点头："还能是谁呢？"

"很多人都认识藤田刑警，"我对他说，"如果是他，那个值班员不会写你的名字……"

"除非他收了什么好处，"西说，"或者除非藤田找了个他的走狗去冒用我的名字调档案。"

"走狗？"我问，"谁啊？"

"比如石田刑警。"

"你和石田说起过宫崎的档案没有？"

西摇头道："我想先跟你说。"

"聪明，"我对他说，"剩下的你就别管了，交给我吧。"

但西还没打算放手。西说："但我还是不明白，为什么藤田刑警会要那份档案——"

"我会查清楚的，"我说，"所以你就别管这件事了。"

"但你真的相信不是我拿的了？"

我点头。我说："因为你说谎的技术太差了，刑警。"

*　　*　　*

回到楼上。带好你的人。带好你的人。回到二楼的那间借来的办公室里。我必须见到石田。回到他们眼神中的困惑和怀疑里。

带好你的人。带好你的人。回到异议和恨意里。我必须找到那份档案。但这里的气温一点儿也没有降低。带好你的人。带好你的人。环境毫无改变。石田不在。档案不在。这个房间仍然像个烤炉，他们的早餐仍然是菜粥，菜粥是他们唯一的餐食。带好你的人。带好你的人。已经超过一周了，他们没有洗过澡，没有刮过脸，见不到他们的妻子或孩子，情人或私生子——

带好你的人！带好你的人！带好你的人……

下田、服部、武田、真田、西和木村；我又数了一遍我的手下，然后问他们："石田刑警呢？"

他们耸肩。他们摇头——

我对武田说："我以为他和你在一起。"

"他昨天是和我在一起。"武田说。

"他昨天一整天都和你在一起？"

"昨天，是的……"

"今天呢？"

武田刑警摇摇头。武田刑警看着其他人。武田说："今天没有。"

其他刑警又一次摇头，纷纷说："今天没有见过他。"

服部说："他可能在找藤田刑警。"

"你这句话什么意思，刑警？"我问他——

服部耸耸肩。服部说："没什么。"

"别管石田了，"我对他们说，"但如果你们见到他，就叫他回这儿来，我有话跟他说。你们告诉他，如果他再离开，就永远别回来了……"

刑警们点头。

"好了，我有一些好消息告诉你们，"我说，"我们尸体的身份可能可以确认了，她叫富永典子——

"富永是阿部美子的朋友，你们都知道，我们认为阿部美子也是被嫌疑犯小平杀害的。富永在七月的第二周失踪了，她失踪时穿的衣服和我们尸体的衣着相同……"

但没有掌声。他们心中还是满满的怀疑——

带好你的人！带好你的人！带好你的人……

我又把他们两两分组。带好你的人。我派武田刑警和木村刑警回大井町去找富永典子的房东，带好你的人。我派他们回去了解房东所知道的关于她这个租客的所有细节。带好你的人。我派他们安排她明天去庆应大学医院辨认尸体穿着的衣物——

带好你的人！带好你的人……

我派下田刑警和真田刑警回涩谷去找正冈久惠。带好你的人。我派他们回去了解正冈所知道的关于她朋友的所有细节——

带好你的人……

我让服部留在这间二楼的临时办公室里等石田。带好你的人。然后让西刑警跟着我。

"抱歉，长官，"服部刑警说，"那石原美智子和大关宏美怎么办？田边呈子和本间文子怎么办？小沼安代和菅井圣子怎么办？"

带好你的人！带好你的人！带好你的人……

"问得很好，"我说，"你之前查到什么了？"

带好你的人！带好你的人……

"什么都没查到。"服部啐道——

带好你的人……

"谢谢你，刑警，"我说，"非常感谢你。"

*   *   *

正冈久惠把小平情妇的名字和地址告诉了西刑警：一个叫冈山久代的女人，住在目黑附近，就在小平被拘留的警察局附近。西刑警很快就查到一个叫冈山久代的人的现居地址，在目黑和五反田之间的一幢公寓大楼。所以我们走到浜松町车站，乘坐山手环线，到五反田车站下车——

又一个残破的街区，又一栋残破的大楼……

小平的情妇居住的公寓大楼位于目黑河边的悬崖上。附近有一些洋房，但都被美军征用了，如今有严兵把守。冈山久代的公寓大楼在悬崖的最边缘处，和国家铁路的高架线路在同一个水平面上，窗外就是火车行驶的噪音。在我们沿着楼梯走向她的公寓时，我终于想起来，这栋楼就在小平义雄的地址记录上，他和他妻子曾经在这栋楼里住过——

又一间残破的公寓……

我和西敲了敲冈山久代家的门，开门，为冒昧上门打扰她道歉，然后自我介绍——

又一个残破的房间……

冈山久代四十多岁，面色苍白，其貌不扬。她跪坐在公寓的入口处，她鞠躬，她欢迎我们。她为公寓糟糕的环境道歉，她邀请我们进门。她一直在期待我们，等着我们——

她没有问我们为什么会来这儿。

我和西坐在她闷热、阴暗房间里的那张沾满污渍的茶几前。我们请她不必倒茶。我们再次为冒昧上门打扰道歉——

但她坚持要给我们上茶，为没有茶点道歉，然后钻到一副帘子后面沏茶，留我们在她房里等候——

我转身望向窗外，窗外的景色被悬崖边缘的一棵参天大树遮挡住了一部分，不过我仍然可以看见户越和江原的高楼矗立在目黑河的对岸，仍然可以看见醒目的兵营营房和复兴的轻工业，但除此以外，一切都是焦黑的废墟：旧的贵族庄园，他们的庭院如今杂草丛生，他们的池塘如今病菌滋生——

"这里原本是专门住情妇的地方。"冈山久代边说边将两杯凉茶放在茶几上。"芝浦公司的创始人最早买下这块地，为了给他的情妇造一栋公寓。这里曾经是上流地段，但这栋楼几经易手，最终变成了现在这个破旧的样子……"

"这里肯定还是有点儿运气的，"我说，"躲过了所有的轰炸和炮火。"

"因为这栋楼建在一个山坡上，"她说，"因为旁边有铁路和河……"

"你经常见到楼里的其他租户吗？"我问，"你认识你的邻居们吗？"

"不怎么认识，"她说，"以前他们选择租客的时候很挑剔，但战争开始之后，一切就都变了，像是时光倒流了。现在这栋楼里住的又都是舞女和情妇了，还有那些把房子当钟点房转租出去的歌手和流氓……"

"那就是说，这栋楼也算是个旅馆咯？"西问她。"妓女和她们的客人会入住？"

"每晚都有，"她说，"不同的女人，不同的男人。"

"那你知不知道她们是在哪里拉客的？"

"她们在五反田车站附近的廉价咖啡厅里拉客。"

"每天晚上吗？"西问，"来的都是不同的男人？"

"先是嬉笑的声音，"她说，"之后是哭泣的声音。"

我问她："那么你是做什么工作的呢，冈山太太？"

"我在五反田车站附近的廉价咖啡厅里工作。"

又一个其貌不扬的女人，又一个残破的房间，又一间残破的公寓，又一栋残破的大楼，又一个残破的街区。

"你就是这样认识小平义雄的吗？"

冈山太太摇头说："我现在是个寡妇，我丈夫在世的时候是个公交车司机。我是当公交车售票员的时候认识他的。小平先生的妻子也是个售票员。我先认识了她，我们两个成了朋友。后来楼下的公寓空出来了，我就建议小平太太和她丈夫搬过来。之后，她因为怀孕，回富山的娘家生孩子去了。因为战乱，小平太太和刚出生的孩子就一直待在富山……"

"所以，他妻子在富山避难的时候，你第一次和小平发生了关系？"西问。

"小平先生必须留在东京，"寡妇说道，"所以他妻子拜托我和我女儿照顾他。但实际上是小平先生在照顾我们，因为他总是给我们一些多余的食物，给我们糖和烟……"

"那么作为交换，他提了什么要求呢？"西问，"来换他提供的食物、糖和烟……？"

"他妻子怀着孩子，"她说，"之后又去避难了。他孤身一人，我……"

"小平有没有提起过富永典子这个名字？"我问冈山，"他有没有提起过一个叫阿部美子的女孩？"

"我知道我不是他在外面唯一的女人，"她说，"我知道就在这栋楼里都有他的女人。有些人不是寡妇，她们的丈夫去参军了……"

"但你有没有听小平说起过，或者看见过他和一个十七八岁左右的女孩在一起？那个女孩穿着黄蓝条纹的无袖连衣裙，搭配一件白色的中袖衬裙。"

我一直在想她……

"我女儿和子就有一件那样的连衣裙。"她说。

"你女儿在哪儿？"我问，"她住在这里吗？"

冈山太太摇头："我把她送走了。"

"你把她送去哪儿了？什么时候送走的？"

"去年五月，"她说，"送去栃木了。"

302

小平的老家……

"你女儿认识小平吗？"西刑警问，"你女儿见过小平吗？"

冈山太太点头："你以为我是为什么要送走她？"

"你是因为小平才送走她的？"西问，"为什么？"

"因为我知道他喜欢的是我女儿，不是我。但她不愿意和他上床，而我愿意。他会在我女儿睡在我们旁边的时候干我，他会在干我的时候看着她……"

"他多久来一次？"西刑警问，"你多久和小平上一次床？"

"小平先生胃口很大，"寡妇冈山说，"小平先生总是很饥渴……"

"小平有暴力倾向吗？"我问面前的寡妇，"当他饥渴的时候？"

她占据了我的心头……

冈山太太摇摇头："只要你躺着别动就没事。"

"他从来没有强迫过你吗？"我问她。

"我们必须动作很轻，因为不能吵醒我女儿。"

"小平有没有把手放在你脖子上过？"

"我说了，我会假装死了一样……"

"他有没有想过要勒死你？"

"他说过，我们已经是了。"

我们已经是死人了……

接着，她突然打破了沉默，说："我觉得死亡始终跟着他，不论他走到哪里，死亡都在他身后……"

死亡跟随着我们，如同我们跟随着死亡……

"什么意思？"我问她——

"我把女儿送去栃木县和我母亲、她姥姥一起住之后，小平先生一直问起她，说我们应该去看她，说我们应该去看看她怎么样了，我们可以去那里采购，买一些补给品。虽然我不了解小平先生，但他是个很固执的人，而且很能说服别人。所以去年六月，在我女儿走了差不多一个月之后，我和小平先生去了栃木看望我母亲和我女儿……"

死亡无处不在。死亡无处不在……

但西等不下去了，西打断了她。西问："你说死亡跟着小平，这话是什么意思？"

"我只陪小平先生到栃木去了那一次，"她说，"但我母亲和我女儿告诉我，他后来又因为不同的缘由去了好几次……"

西等不下去了，打断了她。西再次问她："你母亲和女儿还活着吗？"

"当然，"冈山太太说，"但我女儿告诉我，有人被杀了……"

西问："在哪里被杀？"

"在鹿沼，"她说，"就在我母亲和女儿住的房子附近……"

*　　*　　*

我和西刑警把冈山太太带到目黑警察局，我们带她上楼，让她坐在一间审讯室里的一张桌前的一把椅子上。我们给了她一杯凉茶，给了她一支烟。我们让她把她之前告诉我们的所有事情再说一遍。我们问了关于她丈夫的事。我们问了关于她母亲的事。我们问了关于她女儿的事。我们问了她关于鹿沼的房子的事。我们问了她一些日期，我们问了她一些地点——

私人的事，私密的事……

我们问了有关她情人的事。我们问了他们的性生活——

肮脏的事……

我们鞠躬，致谢。我们把她送回家。我们没有告诉她，她以前的情人就坐在隔壁的审讯室里，吸着我们的香烟，跟我们说着笑话——

肮脏的笑话。

* * *

小平义雄坐在审讯桌前，享受地抽着烟，对金原管理官和甲斐系长说着笑话，肮脏的嘴里说出肮脏的笑话。但当我和安达在房间后面坐下的时候，小平还是注意到了，当速记员坐下的时候，他还是注意到了。抽着烟，说着笑话，小平洞察着一切——

"来吧，小平先生，"金原笑道，"告诉我们吧。"

小平耸耸肩。小平露出微笑。"告诉你们什么？"

"你操过的最嫩的逼是哪个？"

小平又耸了耸肩。小平笑得更开心了——

"像你这样的男人，肯定操过不少逼……"

305

小平大笑起来，摇摇头——

"别谦虚了，都是朋友嘛……"

小平收起笑容，叹气道——

"你说的不错，"他说，"我确实操过很多逼，各种各样的逼。日本的，中国的，韩国的，菲律宾的，俄罗斯的，法国的，澳大利亚的，美国的……"

"你还操过美国逼？"甲斐系长惊叹道，"什么时候？"

"我当海军的时候，"小平笑道，"每到一个港口，就能睡一个婊子。"

"继续，跟我们说说呗，"甲斐说，"白人的逼长什么样？"

"很大，毛很多，"小平大笑，"非常大。"

"所以你更喜欢紧的？"甲斐问，"非常紧的那种？"

"哪个真正的日本男人不喜欢？"小平笑道，"你喜欢把你那根又细又小的家伙放在一个大桶里搅和吗，甲斐系长？你喜欢……？"

我们都跟着他一起大笑。我们笑着，我们的口腔湿润，下体勃起……

"我比较喜欢把我的家伙放进新的罐子里，"他眨眨眼睛，"干净的罐子。"

"所以越紧越好？"金原问——

小平做出举杯的动作，点了点头。

"所以，越年轻越好咯？"

"我喜欢让我的家伙尝尝樱桃的滋味，"小平又笑了起来，"哪个真正的日本男人不愿意欣赏樱桃树上的第一朵花苞，再看着所有的花朵凋谢……？"

"很诗意的表达啊，"金原说，"非常诗意。"

小平问："那在场有人不同意我的说法吗？"

我们都跟着他一起点头。我们都一起点头……

"所以你欣赏过的最早的一朵花苞是哪个？"

小平抬头看着金原，对着他眨眼——

"说嘛，"金原说，"你在吊人胃口……"

"我不喜欢太年轻的，"小平说，"我喜欢胸部稍微丰满一点的，我喜欢吸她们的乳头，你们能明白我的意思吗？"

我们又一次跟着他一起点头……

"所以，一般来说，十六岁左右就是我的下限了……"

"而且也不犯法。"甲斐说——

但小平没有回应他。小平盯着甲斐，接着又环视了一圈这间审讯室。小平已经收起了笑容。小平低声道："但在中国，你想要什么年纪的都可以搞到，随便什么年纪……"

"你想要的年纪，你都搞到了吗？"我问他——

小平转头看着我。小平认出了我。小平边笑边对我说："你在这儿啊，刑警。我见过的你肯定也见过，我做过的你肯定也做过……"

没人跟着他一起笑了，没人跟着他一起点头了……

安达站了起来。安达说："废话说够了——"

小平把视线从我身上移开。小平看着安达——

"你认识一个叫阿部美子的十五岁女孩。阿部美子经常出现在你工作的营房附近。阿部美子和她的三个朋友向进驻军卖淫，换一些残羹冷饭吃。你睡过阿部美子，给过她剩饭。今年六月九日前后，你强奸了她，之后勒死了她，把她的尸体藏在芝浦运输公司废车弃置厂里的一辆烧焦的卡车下面，是不是……？"

小平摇头，他轻声地自言自语起来——

"我们有证人，"安达说，"我们已经取得了证词。"

小平点头，嘴里咕哝着什么——

"给我老实交代，"安达吼道，"全招了！"

小平一动不动。小平说："那就是我干的。"

"干了什么？"安达问，"把所有细节都告诉我们。"

"我杀了阿部，"他说，"但我没有强奸她。"

"真的吗？"安达问，"为什么？"

小平大笑："因为她太年轻了。"

*　　*　　*

"干得漂亮，南系长，"安达说，"干得漂亮。"

"您如果有什么需要的，"我对他说，"尽管吩咐。"

"你知道我想要什么，"他低声说，"我昨天晚上告诉过你，我想和藤田谈谈，和他谈谈关于林丈被杀案的事。"

"我告诉您了，"我说，"藤田走了，我也不知道他去哪儿了。"

"真的吗？"他说，"我以为睡个好觉能让你头脑清醒点儿，能让你搞清楚谁才是你真正的朋友，能让你把事情看得更透彻点儿，用我的方法，明智的、正确的、唯一的方法去看待问题……"

"我昨天晚上完全没睡着，我也不知道他在哪儿。"

"那太遗憾了，"他说，"太遗憾了。"

"可能是很遗憾，但这也是事实。"

"太遗憾了，因为这意味着你得去新桥市集，问你的新朋友千住明知不知道他的老朋友藤田去了哪儿……"

我诅咒他，我诅咒他，我诅咒他……

"如果你想知道的话，你可以自己去问千住。"

"但千住明又不是我朋友，他是你的朋友。"

我诅咒他，我诅咒自己……

"但为什么千住会知道呢？"

"你说的不错，"安达微笑，"千住可能什么都不知道，但他要是读了这封信，就会知道更多事情了……"

我诅咒，我诅咒，我诅咒，我诅咒……

"什么信？"我问，"你在说什么？"

"关于藤田的信，"他微笑道，"关于你。"

我诅咒，我诅咒，我诅咒……

我盯着他。我又问了一遍："什么信？"

"你猜不到吗，南系长？"安达大笑起来。"林丈留在他办公桌抽屉里的信，信里写着藤田刑警和野寺富治的事，关于他们谋杀松田义一的计划；信里还写着，林告诉过你这件事……"

"那我就和死人无异了，"我说，"这就是判我死刑了。"

"谁说人不可能总是得到想要的东西？"

"千住会杀了我的，"我说，"我不能去找他。"

"你可以的，"他说，"你会没事的。"

"他会杀了我的，你很清楚。"

安达从他的外套口袋里掏出一个信封。安达拿着信封笑道："除非他读了这封信……"

我想杀了他，就在此刻，就在此地，在目黑警察局二楼的走廊上，拿刀捅他，把他千刀万剐……

刀上的血……

安达拍了拍我的脸。"记住谁是你真正的朋友，下士。记住，我要藤田！"

* * *

我就不该回这里。我需要喝杯酒。我就不该坐在这张桌子前。我需要抽支烟。我应该直接去找千住。我需要一些药。我应该直接回爱宕。我需要见石田。我应该去看我的家人。我需要那份档案。我应该回小雪身边。我需要睡一觉。除了这里，除了坐在这张桌子前面，坐在小平义雄面前，去哪里都可以——

小平义雄把身子探到桌前，再次微笑着对我说："我说了，从来没听过什么富永典子，士兵。"

"但你认识阿部和她的朋友正冈？"

"对，我认识正冈，我也认识阿部美子。"

"富永典子和她们是一个团体的……"

他大笑："哪有什么团体啊，士兵。"

"但她们是一起卖淫的……"

小平义雄叹了口气，伸了个懒腰，然后说："她们只有两个人，士兵……"

"她们一共四个人，"我说，"她们是一个小团体。"

"我只在中国见过卖淫团体，"他说，"但你肯定和我知道的一样多吧，士兵……"

我就不该来，我就不该坐在这张桌子前——

我不想记起。我不想记起……

"在济南的时候，"他笑道，"有一次我看到一个和你长得很像的男人。但他是宪兵，而且他也不姓南。"

*　　*　　*

我痒，我痒。小平国度。我挠啊挠。小平国度。我走啊走。小平国度。我的汗流啊流。从目黑走去新桥。小平国度。这条路经过高轮警察局附近。邻近品川。小平国度。阿部美子的案件最初就是在这里展开调查的。小平国度。在到爱宕之前的下一个警察局，是三田警察局——

小平国度。小平国度。小平国度……

我换了个方向，我换了条路线——

小平国度。小平国度……

我走上台阶，穿过三田警察局的门。我向前台出示了我的东京警视厅证件。我要求找值班的巡查长，一个多疑的老头，怀疑警视厅，也怀疑我——

我的国度，不是他的……

我告诉他我是谁，我为什么来这儿，以及我想要什么——

"你是警视厅的人，"他说，"所以我没有选择，只能告诉你他的名字。但这么说吧，虽然我现在不知道他的地址了，但就算知道，我也不会告诉你的，因为你们这些人已经毁掉过他的生活一次了，你们肯定还会再次这么做的……"

"那就告诉我他的名字，"我说，"说完我就走。"

巡查长移开了视线，啐道："室田……"

我转身离开，浑身发痒，挠了又挠，咯吱，咯吱。我往回走，穿过警察局大门，回到台阶上，回到室外——

我浑身发痒，挠了又挠，咯吱，咯吱。我浑身发痒，挠了又挠——

天色暗了。很晚了。但我已经在附近了。

*　　*　　*

我痒，我挠，咯吱，咯吱。我的胳膊，我的小腿。我把他们的鞋摆好，让鞋头朝向门口。我痒，我挠，咯吱，咯吱。我的后背和前胸。我把他们的鞋摆好，让鞋头朝向门口。我痒，我挠，咯吱，咯吱。我的头皮和腹股沟。我把他们的鞋摆好，让鞋头朝向门口。我痒，我挠，咯吱，咯吱。我的指甲里有血，我的手上有血——

死亡无处不在。死亡无处不在……

我从她的抽屉里拿出剪刀。我看见黑色的虱子。我拿掉了盖在她镜子上的布。我看见褐色的虱子。我开始剪。我看见黄色的虱子。我剪去头上的长发。我看见灰色的虱子。我剪去身上的长毛。我看见白色的虱子。我从她的抽屉里拿出剃刀。我看见黑色的虱子。我翻开剃刀。我看见褐色的虱子。我把剃刀浸在她床边的一碗水里。我看见黄色的虱子。我没有肥皂，但我还是刮了胡子。我看见灰色的虱子。我剃光了头上的头发。我看见白色的虱子。我头上的头发。我看见黑色的虱子。我身上的汗毛。我看见褐色的虱子。每一根发丝。我看见黄色的虱子。每一缕头发。我看见灰色的虱子。在我的头皮上。我看见白色的虱子。在我的腹股沟上。我看见黑色的虱子。毛发下的皮肤发红。我看见褐色的虱子。毛发下的皮肤刺痛——

我看见黄色的虱子，我看见灰色的虱子，我看见白色的虱子……

我手里的剃刀，刀刃已经钝了——

死亡无处不在。死亡无处不在……

黑色的虱子，黑色的虱子，黑色的虱子——

死亡跟随着我们，如同我们跟随着死亡……

小雪醒了。她的眼睛睁着——

但我们已经死了……

9

1946年8月23日

东京，30.5℃，薄云

我把他们的鞋摆好，让鞋头朝向门口。没有卡莫丁。没有酒。没有睡眠。没有梦。没有空气。没有风。我的运气用完了。一切都在分崩离析。我把他们的鞋摆好，让鞋头朝向门口。没有卡莫丁。没有酒。没有睡眠。没有梦。没有空气。没有风。我的运气用完了。一切都在分崩离析。我把他们的鞋摆好，让鞋头朝向门口。没有卡莫丁。没有酒。没有睡眠。没有梦。没有空气。没有风。我的运气用完了。一切都在分崩离析，一遍又一遍，一次又一次——

她现在就在我身边，现在就在我身边，现在就在我身边……

我睁不开眼睛，但当我闭上眼睛，我无法入睡。我无法入睡。我无法入睡。我无法入睡，因为我无法停止想她。我一直在想她——

她现在就在我身边，现在就在我身边……

我一直在想她——

她现在就躺在我身边……

她的头微微偏向右边。穿着黄蓝条纹的无袖连衣裙。她的右臂张开。穿着白色的中袖衬裙。她的左臂贴近身侧。穿着粉色的短袜。她的双腿分开，屈膝。穿着红胶底的白帆布鞋。我的精液在她的腹部和肋处渐渐干了。穿着红胶底的白帆布鞋。她把左手放到腹部。穿着粉色的短袜。她用手指蘸了蘸我的精液。穿着白色的中袖衬裙。她把手指放在唇边。穿着黄蓝条纹的无袖连衣裙。她舔掉了指尖的精液。穿着那件黄蓝条纹的无袖连衣裙……

她现在就在我身边，现在就在我身边，现在就在我身边——

我不想记起。我不想记起……

我挥拳砸进她那面三叠化妆镜里——

但在这里，在半明半暗的光线里，我忘不了……

我对着她的镜子嘶吼，一遍又一遍——

没有人是他们自己所说的那个人……

"你是谁？你是谁？"

* * *

穿过借来的警察局的大门。石田。我的头刚刚剃过。石田。走上借来的警察局的台阶。石田。我的手刚刚包扎过。石田。走到二楼那间借来的办公室，服部、武田、下田、真田、西和木村和他在一起：石田，一只眼眶淤青，嘴角有血，双手被拷住。石田。石田看着地板，盯着他的靴子——

315

"怎么了？你们对他做了什么？"

"是您让我们把他扣在这儿的。"服部说。

"我没叫你们打他，也没叫你们把他拷住啊。"

"我们也没办法啊。"服部说。

"什么叫你们也没办法？"

"他想逃跑。"武田说。

"就和藤田一样。"服部说——

藤田。藤田。藤田……

我擦了擦脸，我擦了擦脖子。我走到石田面前。我抬起他的脸，问他："你去哪儿了，刑警？"

石田倒吸一口气，但没有作答——

"我们觉得他想去见藤田刑警。"武田说——

"我们觉得他知道藤田在哪儿。"下田附和道——

"也知道藤田为什么走。"服部咬牙切齿地说——

"但他什么都不肯说。"真田说——

"所以我说，我们应该把他交给安达管理官，"服部说，"安达管理官马上就能让他开口……"

"为什么要把他交给安达管理官？"我问他，"安达管理官要石田干什么？"

"安达管理官在找他，"服部说，"找石田，问藤田刑警的事。"

我诅咒他，我诅咒他，我诅咒他……

"安达管理官什么时候来过？"

"昨天晚上，"服部说，"您不在。"

我诅咒他，我诅咒自己……

他们开始嘟嘟囔囔，他们开始窃窃私语——

我是这个系的领导！我是老大……

"够了！"我吼道，"我要你们今天的工作汇报！"

他们停止了嘀咕，他们停止了低语——

充满了异议的眼神，充满了恨意的眼神……

他们汇报了从富永典子的房东处得到的信息。然后他们汇报了从正冈久惠那里得到的信息——

"但还有一件事，"下田刑警说，"正冈告诉我们，小平义雄总会带着礼物……"

"你是说食物，"我问他，"配给品之类的？"

"也有食物，"下田刑警说，"还有送给女性的贵重礼物，比如珠宝、手表、雨伞，这类的……"

"谢谢你，刑警，"我说，"现在我要你们回到街上，去芝区和芝公园周围，询问是否有人见过富永典子和小平义雄……"

调查工作就是跑腿。调查工作就是跑腿……

"那石田呢？"服部刑警问。

"交给我吧，"我说，"你们去工作。"

但服部没有动。"那藤田呢？"

"去工作，刑警！"我吼道——

然而，有那么一瞬间，服部还是没有动。他们一个都没有动：服部、武田、下田、真田、西、木村。他们的眼中充满困惑和怀疑，充满异议和恨意——

带好你的人！带好你的人！带好你的人！

接着，服部挪动了脚步，他们都挪动了脚步——

我是老大！我是老大！我是老大！

"西刑警，你等在这儿。"我说——

西刑警点点头。西刑警等着——

"武田刑警！木村刑警！"我在他们背后喊，"富永的房东什么时候去庆应医院？"

"我说我会带她去，"武田说，"一个小时之前。"

我是老大！我是老大！我是老大！

"那你还站在这儿干什么？"我对他吼道，"你们两个去接她，带她到庆应医院和我汇合……"

他们离开的时候嘴里嘟嘟囔囔的，又在窃窃私语。

带好你的人！带好你的人！带好你的人！

我转向西刑警，我把西刑警拉到一边，我问他："你收到鹿沼警察局的回复了吗？"

西刑警点头。西刑警从口袋里掏出一张纸，西刑警把纸递给我——

"干得不错，刑警。"我对他说。

西鞠躬，西向我道谢——

我是老大！我是老大！

西说这不算什么——

我是老大！老大！

我摇摇头，向他道谢。我在纸上写下一个名字，交给他，然后对他说："帮我查到这个人的地址，然后尽快在庆应医院和我汇合……"

西再次点头。西鞠躬，然后离开——

留下我和石田两个人在这间办公室。

* * *

我的皮肤发红。石田跪着。我的皮肤刺痛。档案在哪儿？我的手很疼。什么档案？我的身体在出汗。宫崎光子的档案。这座城市散发着屎臭味。我不知道你在说什么。屎和污泥和尘土的臭味。宫崎光子的档案。污泥和尘土覆盖了我的衣服和皮肤。我从来没听说过。我无法呼吸，喉咙仿佛在灼烧。骗子！骗子！骗子！每当有吉普车或卡车路过，都会扬起的这些秽物。不是，不是，不是。我拿出手帕。藤田让你调走的档案。我脱下帽子。没有，没有，没有。我擦了擦脸。你冒用西的名字调走的档案。我擦了擦脖子。我没有。我抬头盯着惨白的天空。你打算交给藤田的档案。斑疹病毒集成的云。没有，没有，没有。污泥集成的云。宫崎光子的档案。灰尘集成的云。我不知道你说的档案是什么。屎集成的云。宫崎光子的档案！我的皮肤发红。我不知道你在说什么。我的皮肤刺痛。告诉我东西在哪儿！我的手很疼。我不知道，我不知道，我不知道。我的身体在出汗。我很抱歉。这座城市散发着屎的臭味。但我真的不知道。这座城市散发着战败的臭味。因为现在你只能靠自己了。这座城市跪着——

319

我诅咒他。我诅咒藤田。我诅咒安达。我诅咒服部。我诅咒武田。我诅咒下田。我诅咒真田。我诅咒西。我诅咒木村。我诅咒甲斐。我诅咒金原。我诅咒北。我诅咒他们所有人，但最重要的是，我诅咒自己，我诅咒自己，我诅咒自己——

"站起来！"我吼道，"给我站起来！"

*　　*　　*

空气中仍然充斥着尖叫和抽泣声。我恨医院。我努力屏住呼吸。我不想记起。轮床仍然靠墙放着。我恨医院。我努力不去看。我不想记起。穿过候诊室，沿着长长的走廊，来到电梯前。我恨医院。我看着电梯门关上。我不想记起。我乘着漆黑一片的电梯向下。我恨医院。我看着电梯门打开。我不想记起。我看着灯光再次出现。在半明半暗的光线里。我看到了中馆医生，他的褂子上有血，他的口罩上有血，他的手套上有血。我忘不了。中馆医生在等我。"你还没有和北课长谈过，是不是？关于宫崎光子的事？"

"抱歉，"我对他说，"但那份档案不见了……"

"那又怎样？你还是可以去找北课长。"

"请再给我几天时间……"

"再给你几天？为什么？"

只要再给我几天……

"拜托了，医生，我需要找到那份档案。我必须读一下……"

"为什么？"中馆问，"我们都知道上面写了什么。"

"但当时我甚至还不是高阶警官，"我说，"我必须找到档案，阅读一下，然后再去找他谈……"

"你觉得他会为你做同样的事？"

"我真的不知道。"

"再给你几天，"中馆说，"但如果几天之后你还不去，我就自己去找北课长了，警官……"

"谢谢您。"

"你真的得把那只手包扎一下……"

"谢谢您，"我又说了一遍，"我知道。"

"那你还在等什么？"

不是你。不是你。不是你……

我向医生鞠躬，我谢过医生。我转身离开，沿着地下室的走廊，经过水槽和排水渠，经过警告牌和标语，经过和富永典子的房东一起坐在走廊上等待的武田刑警和木村刑警，走向玻璃门，走进解剖室——

受害者的衣物摆放在一张验尸台上，两只红胶底的白帆布鞋放在脚部的位置，在现场附近发现的女式内衣放在旁边一个较小的解剖台上——

我擦了擦脸，我擦了擦脖子。我回到走廊上，我请富永典子的房东走进解剖室。富永典子的房东跟着我回到里面，富永典子的房东瞥了一眼验尸台——

她就在这里。她就在这里。她就在这里……

房东泣不成声——

她就在这里。她就在这里……

房东点头——

她就在这里……

"是的。"富永典子的房东轻声说。我转身离开，我跑回走廊上，经过水槽和排水渠，经过警告牌和标语，跑进黑暗的电梯中，跑进黑暗中接着又回到光亮下，回到光亮下——

西在等我。西带来了一个地址。

* * *

我的皮肤不再发红。西等不及要问。我的皮肤不再刺痛。发生什么了？我的手不疼了。她认出了那些衣服。我的身体不出汗了。那件黄蓝条纹的无袖连衣裙？这座城市散发着花朵的味道。是的。散发着花朵的芬芳。那件白色的中袖衬裙？花朵的芬芳覆盖了我的衣服和皮肤。是的。飘进我的鼻腔，轻抚着我的喉咙。那双粉色的短袜？每当有吉普车或卡车路过，都会扬起花的气味。是的。我拿出手帕。那双红胶底的白帆布鞋？我脱下帽子。是的，是的，是的。我擦了擦脸。她确认了所有的衣服都是富永典子的？我擦了擦脖子。是的。我抬头凝视着微蓝的天空。真的吗？空气中的微风。是的。微风中的芬芳。那我们的尸体身份就确认了？微风中的花香。是的。微风中的花朵。我们的尸体就是富永典子？我的皮肤不再发红。是的。我的皮肤不再刺痛。杀她的人是小平义雄？我的手不疼了。是的。我的身体不出汗了。您觉得他会招供？这座城市散发着花朵的味道。是的。这座城市散发着花冠的味道。那我们结案了？这座城市散发着胜利的味道。是的。我的胜利！我的胜利！我的胜利！

不是他的胜利。不是藤田的胜利。不是安达的胜利。不是甲斐的胜利。不是金原的胜利。不是北的胜利——

"这是我的胜利！"我高喊着，"我的！我的！我的！"

*   *   *

室田秀树是山梨县人。但在室田秀树因为行为不检点被警局革职后，在他失业离开后，他没有回山梨老家。室田秀树留在了东京，所以室田秀树仍然住在位于北泽的一幢老式木质排屋里，就在下北泽车站附近。西刑警在他的个人记录里找到的地址就是这幢老式木质排屋，而我们现在就站在这幢老式木质排屋前——

敲门，鞠躬，介绍……

室田秀树穿着内衣裤来应门。室田秀树满脸通红。室田秀树看着我的证件。室田秀树汗流浃背。室田秀树用一条灰色的毛巾擦了擦他粗壮的脖子。室田秀树抬头看着我的眼睛——

一双他曾经在别处见过的眼睛……

室田秀树浑身散发着酒味。室田秀树知道他别无选择。室田秀树听完我的话。接着室田秀树看了看西，又看了看我，然后他说："我知道我没有选择，但你们只有一个人可以进来。"

接着是牢骚和咒骂……

室田秀树转身进屋。室田秀树步伐沉重地跨过他又破又旧的榻榻米地垫。室田秀树坐回他那张木质茶几前，等着我——

在另一个残破的房间里……

等我把西留在外面，把门关上。等我跟着他进屋，等我跨过他的榻榻米，等我坐在他的茶几前，等我看着他从桌上的一个玻璃大壶里给自己再倒一杯酒——

室田秀树用一根筷子搅动杯子里的灰白色混合物。室田秀树举杯，室田秀树喝了一大口酒。接着室田秀树问："说吧，这次你们要什么？"

"我想和你聊聊阿部美子。"我对他说——

"又来了，"他哼哼着，"还有什么可说的？"

"只有你自己知道，"我说，"还有没说的吗？"

"我只和她上了一次床，但我没有杀她，"他说，"这就是全部了。我和她睡了，但我没杀她……"

"我知道，"我对他说，"我们抓到凶手了。"

室田秀树抬起头来："真的？"

"你有没有听说上周我们在芝公园发现了两具尸体？嗯，其中一具已经确认是一个十七岁的女孩，名叫绿川柳子。她的家人告诉我们，她失踪当天是打算去见一个叫小平义雄的男人——

"我们逮捕了这个小平，他也招了……

"这个姓绿川的女孩是在被强奸后被勒死的，所以我们现在在找类似的未侦破的案件……"

"阿部美子。"室田秀树说——

"我和她睡了，但我没杀她……"

"这是我们重新调查的第一个案件，"我对他说，"我们重新收集证词，重新盘问证人。阿部的一个朋友，正冈久惠，她认出了这个小平，告诉我们阿部认识他……"

"她和他是怎么认识的？"

在又一个残破的房间里……

"嫌疑犯小平在进驻军位于品川的营房的洗衣房工作。你应该知道，阿部属于一个卖淫团体，她们就在这片军营向美军卖淫。但她们的客人不只是美国人，小平也会带她们到自己的房间，她们会为了换取食物和他上床。"

"你应该知道……"

"这个小平承认自己杀了阿部？"室田问。

"是的，"我点头，"在正冈的证词面前，小平承认自己杀了阿部美子……"

"他具体说了些什么？"室田问，"我想知道他说的每一句话。我想听听小平的供词。"

"他说的每一句话……他说的每一句话……"

"为什么？"我问他，"对你来说有什么意义？"

"对我来说有什么意义？"他笑了，"我因为她，因为他，因为他杀了她，丢了工作。"

"因为他……因为她……"

我抬手，示意他不用说下去了。我点头。我拿出我的笔记本。我翻阅着粗糙的纸页，铅笔的痕迹。接着我说："我这里没有逐字记录小平的供词，但大致内容是这样的：在今年七月九日，小平认识了阿部美子，后者常常到营房讨剩饭。那天，小平觉得自己性欲高涨，所以他对阿部说，如果她跟他来，他可以帮她弄到一些面包。小平说，之后他带她到了芝浦运输公司的废车弃置厂，距离营房大约两百米。小平给了她一些面包，然后要求与她发生关系。阿部拒绝了，想要逃跑。小平抓住她，掐住她。然后小平用她的围巾勒死了她，随即逃走了。他否认强奸过阿部，也否认把她的尸体藏在一辆烧焦的卡车下面，但我们是在那里发现她的……"

"我和她睡了，但我没杀她……我和她睡了……"

室田秀树点点头。室田秀树向我道谢。室田秀树喝干了他的杯中酒。室田秀树又给自己倒了一杯酒。室田秀树开始搅那杯酒，他搅啊搅啊搅啊搅啊——

"我和她睡了……我和她睡了……我和她睡了……"

"那个卖淫团体里还有别的女孩。"我对他说。

室田秀树继续搅动他那杯灰白色的酒——

"其中有一个叫富永典子……"

室田秀树停下了搅动酒杯的手——

"我们有理由认为她很可能就是我们发现绿川柳子当日在芝公园发现的第二具身份不明的尸体……"

室田秀树继续搅动他的酒。"那理由是什么呢，刑警？"

"我们在芝区发现的第二具尸体与富永的年纪和身高相仿。

对第二具尸体的解剖结果显示，受害者的死亡时间在七月二十日到二十七日之间。富永是在七月九日到十五日之间失踪的。第二具尸体身上的衣物是一件黄蓝条纹的无袖连衣裙，一件白色的中袖衬裙，一双粉色的短袜和一双红胶底的白帆布鞋。今天早上，富永典子的房东确认了这些衣物属于富永——

我一直在想她，我一直在想她……

"富永典子认识阿部美子；阿部美子是被小平义雄杀害的；小平义雄还杀害了绿川柳子；绿川柳子和芝公园发现的第二具尸体的验尸报告显示，两个受害者是被同一人杀害的；那个人就是小平义雄——

"从来没听过什么富永典子，士兵……"

"我认为第二具尸体就是富永典子，杀害他的人就是小平义雄……"

室田秀树喝干了他的杯中酒。室田秀树拍了拍手。"所以你需要我做什么呢？"

"你认识阿部美子，"我对他说，"所以你可能也认识富永典子，或许你可以协助我们……"

室田秀树摇摇头。室田秀树说："不。"

"你是说你不认识她，还是说你不愿意协助我们？"

室田秀树又给自己倒了一杯酒。"都不。"

"你认识阿部的另一个朋友正冈吗？"

室田秀树再次摇头："不。"

"你已经承认和阿部睡过了，"我对他说，"我只想知道你认不认识这个团体里的其他女孩……"

"他睡的不是阿部美子，"一个女人的声音从阴影中传来，从残破的帘子后面的阴影中传来，从那副分隔了这个残破房间的残破帘子后面传来——

又一个残破房间里的残破帘子……

室田秀树站了起来。"闭嘴！白痴！闭嘴！白痴！"

"他睡的是我。"那个女人说着，从阴影中走出来，穿过残破的帘子，从阴影中走出来，身着一件黄蓝条纹的无袖连衣裙——

穿着又一件黄蓝条纹的无袖连衣裙……

室田秀树紧紧地抓住她裸露出来的纤细雪白的胳膊。室田秀树把她推回帘子后面。室田秀树吼道："别说！别说！闭嘴！你不知道自己在干什么！"

回到帘子后面，回到阴影中——

他恳求她。他在乞求她——

"求你闭嘴吧！求你了，求你闭嘴……"

在帘子后面，在阴影中……

"但我不想装死，"她说，"我不是鬼。"

室田秀树低声说："但他们又会来抓你的……"

我站起来，我走到帘子前。"听我说……"

我能听见室田的抱怨、咒骂和抽泣——

"我一个字都不会跟别人提的。"我对他们说——

室田秀树把那个女人拉出阴影，拉到帘子前，说："给你，刑警，给你——"

他抬起她的下巴，她的脸扬了起来，光线照在她脸上——

她的下巴和脸被他的手指捏到变形——

"这是富永典子，"室田秀树咬牙切齿地说，"你现在满意了吗，刑警？你现在高兴了吗？你……？"

我摇头。我什么都没说。我等着他——

等他放下她的脸和下巴——

等他坐下。等他拉她坐下——

等他再给自己倒一杯酒——

等她抬头看着我——

富永典子……

"从来都不是阿部美子，"室田秀树开始低语，"一直都是她，一直都是典子，但这一直是个秘密，要不是我运气不好，这个秘密永远也不会被发现。但事实上，在我遇到典子之前，我的运气就已经快耗尽了……"

"这一直是个秘密……这一直是个秘密……"

"我觉得这很可笑，真的，怎么说呢，我从这么大一场战争里活下来了，在宣布投降的那天早上，在战争的最后一天，我的运气却终于用完了……"

"我的运气终于用完了……终于用完了……"

"战争接近尾声的时候，就在投降的那个月，我被调到了品川警察局。去年八月十五号的早上，有个锅炉工跑来说他在一个防空洞里发现了一具女人的裸尸……"

宫崎光子。宫崎光子……

"那个男人来报案的时候我正好在品川警察局，这就是我的第一个坏运气，因为接着我和一个叫内田的警官就被派去现场调查细节，等你们这些人从警视厅过来……"

我见过这个男人……

"但我们发现那个防空洞属于海军资产，所以这个案子归宪兵队负责。不归你们管，也不归我们管。这是宪兵队的案子……"

我见过这双眼睛……

"我和内田警官被派回品川警察局去叫救护车，事情到此就结束了。之后我再也没有听到过任何关于这起案件的消息，也没期待获得什么消息。结案了，至少我是这么认为的……"

接着，室田秀树指着富永典子说："后来，去年冬天，我在我的巡逻辖区遇到了她。她举目无亲，身无分文。我很同情她，而且，没错，我也很喜欢她。我在大井町给她找了个地方住。我给她钱，给她吃的——

"我照顾她，没错，我也和她睡觉……"

室田秀树望向富永典子，说："那时候我们俩都一无所有，但现在我们有了彼此。"

她占据了我的心头，此地，此刻……

室田秀树摇了摇头。室田秀树叹气道："但两个月前，她的朋友，那个阿部美子被杀了，杀人手法和案发地点都和去年在品川发现的尸体很相似。那时候，我犯下了第一个错误，我的运气终于彻底用完了……"

"我的运气终于彻底用完了……终于……"

"我想当个好警察，我想协助侦破案件。那时候我在三田警察局任职，但我特地去了高轮警察局，也就是阿部案的专案组所在的警察局，我要求见见负责的警官……"

"很遗憾，他不再和我们一起工作了……"

"我见到了那位警官，森管理官，我跟他说了品川防空洞发现的尸体的事。森管理官向我道谢，然后，我再一次以为事情就到此为止了。我已经做了该做的，我提供了帮助。事情到此就结束了。我从来没指望再获得关于这起案件的什么消息。还是那样，对我来说已经结案了……"

结案……结案……结案……

"但是，就在第二天，森管理官到三田警察局来了，来盘问我……"

"问我记不记得更多细节？记不记得那天在品川警察局我的搭档是谁？记不记得警视厅派来的两位刑警是谁？记不记得宪兵队派来的军官的名字？证人的名字？等等，等等……"

但在半明半暗的光线里……

"我能告诉他的就只有前一天我告诉过他的那些，就和我刚刚告诉你的内容一样，但那时候我就应该知道，那时候我就应该猜到……"

我忘不了……

"因为森一走，有个警视厅的刑警就来三田找我，他把我押到警视厅。他告诉我，我是一个坏警察，他知道我所有的事，知道我在自己的辖区和妓女乱搞。说得好像我是这个城市里唯一一

331

个在辖区里睡妓女的警察一样。而且他好像成天没有别的事做，就是要和我死磕到底。这个刑警，一点儿也不留情面，孜孜不倦地逼我招这个招那个，叫我说出我女朋友的名字，他要典子的名字，直到这时候我终于明白过来了——

"他是在惩罚我，他是在警告我——

"我也不知道当时自己是怎么想的，但我不可能告诉他典子的名字，所以我跟他说我女朋友是阿部，我和她睡了，但没有杀她。你猜怎么着……？

"他居然买账了。他信了——

"所以他们解雇了我——

"理由是作为警官行为不端正，不过我不在乎，因为他们不知道典子的事，这就意味着她是安全的。安全。十天之后，我在报纸上看到这个森管理官被盟军最高司令部革职，然后精神错乱了，疯了。这时候我知道我的决定是对的，我做的选择是对的……"

松泽精神病院……

"直到今天。直到你出现……"

"我的运气终于用完了……"

"我知道我们应该逃走的，逃得越远越好……"室田秀树的声音越来越轻，逐渐消失，消失在阴影中，消失在那残破的帘子后的阴影中，消失在分隔了这个残破房间的残破帘子后，阴影来自光线，而光线来自阴影——

声音来自回响，真相来自谎言……

这副残破的帘子，这个残破的国家——

"你现在满意了吗，刑警？"室田秀树问，"你现在高兴了吗？听够了，看够了吗？听够了我的事，看够了她的脸了吗，警官？"

"没有，"我对他说，"我想知道那个刑警的名字。"

"你为什么想知道？"他笑道，"为了什么？"

"告诉我他的名字，"我说，"然后我就走了。"

室田啐道："听说他叫安达……"

"你现在满意了吗，刑警？"

"知道了又能怎么样呢？"室田笑道，"根本没有人是他们自称的那个人……"

在半明半暗的光线里……

"现在不是这样了……"

我没有什么别的要问他们了。我的皮肤发红。没有别的要对他们说了。我的皮肤刺痛。我拿起帽子。我的手很疼。我从他们这间残破房间里的这张茶几前起身。我的身体在出汗。在这栋残破的房子里，在这座残破的城市里，在这个残破的国家里——

在这个战败之地，在这个投降之地……

"你要小心点，刑警，"室田秀树对我说，"你要记住我的脸，记住我的遭遇。也要记住森管理官，记住他的遭遇。你要牢记我们两个的教训，刑警……"

在这个陷落之地，在这个占领之地……

"我会记住你的。"我说。我转向富永——

在这个鬼魂之地，这个鬼魂之地……

我转向富永，对她说："谢谢你，小姐。"

她也向我道谢，然后低下了头——

穿着她那件黄蓝条纹的无袖连衣裙……

"你也要记住，"室田秀树说，"如果你把她的事告诉任何人，把她和我在一起的事告诉任何人，我就会找到你，杀了你……"

在这个死亡之地，在这个寂静之地……

我转向室田，我向他鞠躬——

在这个毫无反抗之地。

* * *

我的皮肤发红。西等不及了。我的皮肤刺痛。西想知道发生了什么。我的手很疼。我什么都没说。我的身体在出汗。室田说了什么？这座城市散发着屎臭味。我什么都没说。屎和污泥和尘土的臭味。他认识富永典子吗？污泥和尘土覆盖了我的衣服和皮肤。我什么都没说。我无法呼吸，喉咙仿佛在灼烧。他记得她吗？每当有吉普车或卡车路过，都会扬起的这些秽物。什么都没说，什么都没说，什么都没说。我拿出手帕。不是她，是不是？我脱下帽子。不是。我擦了擦脸。公园里的尸体？我擦了擦脖子。抱歉。我抬头盯着惨白的天空。不是富永典子，是不是？斑疹病毒集成的云。抱歉。污泥集成的云。还没结案，是不是？灰尘集成的云。抱歉。屎集成的云。还不是胜利，是不是？我的皮肤发红。抱歉，抱歉，抱歉。我的皮肤刺痛。又失败了。我的手很疼。对。

334

我的身体在出汗。我们没有赢。这座城市散发着屎臭味。没有。这座城市散发着战败的臭味。我们又输了。这座城市跪着。对。西跪下了。我们总是输，总是，总是输……

"不！不！不！"我吼道，"给我站起来！"

*　　*　　*

我走到楼上的警视厅门廊。走进恶臭和污渍中。安达管理官站在走廊上。逃不掉了。安达管理官在找我。我们应该把他交给安达管理官。安达管理官在等我。安达管理官在找他。安达管理官和我一起走到走廊的尽头。他在找石田，询问藤田刑警的事。安达管理官把我拉进厕所。听说他叫安达。安达把我推进一个隔间。逃不掉了，只能面对那恶臭和污渍……

安达管理官把我推到墙上——

氨气的恶臭，粪便的污渍……

安达管理官盯着我的脸，他说："你还没有去找千住，是不是，刑警？"

遗忘的恶臭，鲜血的污渍……

"您一直在跟踪我吗，长官？"

他手上的污渍……

"我不是唯一一个。"

我手上的污渍……

"那您应该知道我一直很忙，"我对他说，"忙着找宫崎光子

335

的档案，管理官，长官。"

他放开我，他退后了几步。他问："什么宫崎光子的档案？"

"宫崎光子谋杀案的东京警视厅档案。就在四天前，这份档案被人调出了——"

"谁调的？"安达问——

"西刑警，"我说，"但他否认调过这份资料，我相信他。"

"那么你认为是谁调走了档案呢，刑警？"

"我觉得是藤田让石田冒用西的名字调走了档案。"

"为什么？"安达问，但安达已经明白了——

"一份保障，"我说，"勒索，威胁……"

"威胁？"他问，但他已经明白了——

"你。"

"那你呢，下士？档案上不止有我一个人的名字，是不是？"

"我不知道，"我对他说，"我又没读过，不是吗？"

"但当时我甚至还不是高阶警官，"我说，"我必须找到档案，阅读一下，然后再去找他谈……"

"那就赶紧去找千住，"安达咬牙切齿地说，"问他藤田在哪儿。如果千住说他不知道，你就告诉他藤田和野寺富治的事，把他们的勾搭告诉他。"

"你觉得他会为你做同样的事？"

"但这样一来，千住就算拆了东京城也要找到藤田，"我说，"他会找到他，然后杀了他，我们都来不及……"

"我真的不知道更多了。"

"没错。"安达微笑。

*　　*　　*

安达和金原坐在他右侧，甲斐和我坐在他左侧。课长对我们说："诸位都知道，昨天我们成功地让小平供认了他谋杀阿部美子的罪行。我认为我们都应该感谢金原管理官的调查工作和安达管理官的审讯工作……"

我和甲斐系长点头——

"正如我们先前说的，还有一些其他相似的案子，所以，在重新调查阿部案取得初步成功后，我认为，在人力允许的情况下，我们应该继续重审其他案件。甲斐系长，你那里应该还有一个案件要报告……"

甲斐系长站起来。甲斐点头："筱川达江，十七岁，遭到强奸和绞杀……

"今年一月十六日，她的尸体被发现于涩谷区并木町20号东京百货商厦旧址的附楼地下室中，靠近涩谷车站。这个地下室原本是东京百货商厦的员工餐厅，但自从在空袭中被严重损毁后，现在就只作仓库用……

"今年一月十六日，一名保安在检查地下室的储藏区域时，移开了一些货架，发现了筱川的尸体……

"尸体已经部分腐烂了，庆应大学医院的中馆医生进行了验尸，得出的结论是，筱川的死亡时间大致在去年十月的最后一周到十一月的第一周之间。然而，验尸结果也显示，筱川达江在被绞杀前，很可能遭到了强奸……"

"很可能？"安达管理官问，"为什么是很可能？"

甲斐说："应该是由于尸体已经腐烂了。"

"专案组设立在哪里？"

甲斐说："涩谷分区的警察局。"

"谁是负责人？"

甲斐说："森。"

"森管理官，"北课长说，"前管理官森负责此案。"

甲斐红了脸。甲斐鞠躬。"前管理官森。"

"但这很奇怪，你们不觉得吗？"安达问，"我读了阿部美子案的全部材料，每一份文件，前管理官森的笔记里一次都没有提到过筱川案，一次都没有……"

甲斐系长摇头。甲斐说："没有。"

"但两个受害者年纪相仿，"安达继续说，"二人都遭到了强奸和绞杀。两个案子都是他负责的……"

"我们先不提这次发现的特殊情况，安达管理官，"北课长打断他，"前管理官森是一位非常资深且非常勤勉的警官，但是，诸位应该很清楚，过去一年来，东京的犯罪率显著上升，与此同时，警官数量以及我们可用的资源和装备却明显在下降——

"我和森管理官曾经就这起案件长谈过，我们都认为，介于尸体高度腐烂的状态，介于人手和资源的紧缺，我们应该把精力放到其他案件上去……

"所以，最终，是我做出了结案的决定。"

安达管理官低下了头。安达管理官没有抬头。安达说："我很抱歉，请原谅我的鲁莽和臆测。我很抱歉。我无意中伤森管理官或质疑他的能力。我们都和他一起工作过，我们都从他身上学到过许多。我们都很尊重他，也很想念他……"

"谢谢你，管理官，"北课长说，"甲斐系长，关于这起案件，你还有什么别的信息要补充吗？"

甲斐系长合上嘴。甲斐点头，他说："报告说，她的雨伞和随身携带的二十円现金不见了。"

"小平义雄总会带着礼物……送给女性的贵重礼物，比如珠宝、手表、雨伞，这类的……"

"谢谢你，系长，"课长说，"好了，诸位都知道，在筱川案发生的那段时间里，小平就住在涩谷区的若木町。还有，就如安达管理官陈述的，此案受害者的年龄和死因都和绿川柳子及阿部美子相同。所以我想让甲斐系长和他们系重新调查此案，重新盘问初次调查中的那些证人，还有小平的妻子以及他住在东京的直系亲属……

"不巧的是，我们又要使用涩谷警察局了，甲斐系长需要调用涩谷的警员，向当地居民询问有关小平和筱川的事。希望我们很快就能再次找到线索或证人，迫使小平义雄再次招供……"

更多调查，更多询问，更多报告……

"最后，"课长说，"南系长……"

有些事要说，不能说的事……

339

我擦了擦脖子。我站起来。我对他们说了有关小平的情妇冈山久代的事。我对他们说了有关栃木县的鹿沼市发生的一起谋杀案的传闻——

有些事要说……

"马场宽子，十九岁，今年一月三日她的尸体被发现，遭到强奸和绞杀，凶器是她自己的围巾，尸体发现的地点是栃木县的西方村。此案的调查由栃木县的鹿沼警察局负责。诸位都知道，小平的老家是栃木县日光市。他的情妇冈山久代告诉我们，小平陪她去拜访过她的母亲，后者就住在鹿沼车站边的一座山上。冈山还告诉我们，小平以购买补给品和其他名义，又回过该地区多次……

"考虑到受害者的年龄，死因，与小平义雄常去地点的相近性和时间范围，我认为我们应该就这起案件审问小平……"

这里也没有掌声……

我没有告诉他们富永典子的房东和衣物的事。我没有告诉他们拜访室田秀树的事。我没有告诉他们看到富永典子本人的事——

不能说的事……

但安达在等我。安达总是在等——

"那芝公园第二具尸体的身份你们调查得怎么样了？阿部美子那个失踪的朋友呢？她房东的证词呢？你说过那具尸体很可能是这个失踪的女孩？阿部的朋友？

但我什么都没告诉你。我什么都没告诉你……

"我很抱歉,"我对他说,"但我们要推翻之前的结论了,安达管理官,长官。"

"真的吗?"安达问,"昨天你看起来还非常、非常胸有成竹⋯⋯"

"我非常、非常抱歉,"我再次对他说,"我们都很失望,长官。"

"所以你现在的意思是阿部的这个朋友还活着?"他问,"你找到她了?排除了这个可能性?"

什么都别告诉他⋯⋯

"不是,长官,"我说谎道,"我的意思只是,她的房东说那些衣物不是她的⋯⋯"

什么都别说⋯⋯

"所以她还是失踪人口咯?阿部美子的这个朋友?"

我点头。我说:"她可能确实失踪了,但她不是我们的尸体。"

但安达没有放弃。安达从不放弃⋯⋯

"那其他的女孩呢?"他问我——

我摇头。我问:"什么其他的女孩?"

"过去两个月被报失踪的所有十五到二十岁的女孩。你让你的手下在东京的街道上挨家挨户查问的女孩⋯⋯"

我诅咒他,我诅咒他,我诅咒他⋯⋯

"调查还在进行中,长官。"

我诅咒他,我诅咒自己⋯⋯

"所以关于那具尸体的身份确认,你们有任何进展吗?"

我触到了他的目光,我看了回去。我说:"没有。"

没有，没有，没有，没有，没有，没有，没有，没有，没有，
没有，没有……

"够了。"北课长说——

没有，没有，没有，没有，没有，没有，没有，没有……

北课长站了起来——

结束了。完了……

我们都站起来，鞠躬，开始离席——

"安达管理官，"课长说，"请留一下。"

安达管理官鞠躬，坐回位置上。

"南系长，请在外面等一下。"

我点头示意。我走向门外。

＊　　＊　　＊

三十分钟后，安达管理官走出了北课长的办公室，来到走廊
上。安达管理官站在我面前，说："课长现在要见你，南系长。"

我点头，谢过他。但我坐着没动，直到他走远——

然后我打开门。我走进课长的办公室——

他桌后墙上挂着的那幅沾血的卷轴……

"是时候展示这个国家的本质了……"

"请坐，"他说，"你看起来很累……"

我鞠躬，道歉，道谢。我坐下——

接着他问："在庆应医院发生了什么？"

"那个房东认为芝公园尸体身上穿的衣物不是富永典子的。"

"这个你说过了，"课长说，"还有呢？"

我摇摇头："就这样。"

"但你先前很确信那个失踪的女孩就是芝公园的尸体，"课长说，"你知道那个房东可能会认错衣服。你肯定还发现了什么别的事吧？"

我再次摇头。我说："抱歉，没有。"

"那么你没有别的要说了？"

我再次说："我很抱歉，没有。"

不能说的事……

"那你昨晚为什么去三田警察局？"

我没有作答。我什么都没说。没有什么可说的。

"你去那里，想要查到那个因为阿部案被革职的警官的名字，是不是，刑警？是不是？"

我低下头，我说："我很抱歉，长官。"

"我跟你说了现在不是时候，但你还是去了，是不是，刑警？你还是去了那里，直接违背我的命令。"

我仍然低着头，我再次说："我很抱歉，长官。"

"他们告诉你他是谁了吗？"课长问。

"是的，"我说，"他们告诉我了。"

"他们告诉你他的地址了吗？"

"没有，他们没说。"

"但你还是找到了，是不是？"课长问，"你还是去见室田了，是不是？"

"没有。"

"为什么没去？"

"我……"

"你有没有想过，我为什么说现在不是提起室田的时候？你想过没有，刑警？"课长问我——

我的头仍然低着，我道歉。我不断地道歉——

"你有没有想过我这么说是有理由的？"

我一遍又一遍，一遍又一遍地道歉——

"你只想着自己，你有没有想过别人？"

我一遍又一遍，一次又一次地道歉——

"你只想着自己，你有没有想过别人……？"

我说："我很抱歉。我很抱歉。我很抱歉……"

课长探过身来，课长轻声道："你被监视了，你被跟踪了，不管你去哪里——

"你知不知道？你有没有，哪怕只是怀疑过？"

我的头仍然低着，我说："我不知道……"

"公共安全部的人又在四处打探了，他们要整理出一份新的失职警官名单。有传言说，马上会颁布第二次肃清指示，这一次是针对低阶警官的……

"他们想把个人经历和名字对上号……"

"你也是他们的调查对象之一……"

我诅咒他，我诅咒自己……

我想知道他知道什么。我诅咒他！我想知道他听说的事情。我诅咒自己！我想知道他是怎么知道的。我诅咒他！我想知道是谁告诉他的。我诅咒自己！但我什么都没问，什么都没说——

我只是诅咒他，诅咒自己……

因为没有什么可说的——

没有意义。没有意义。没有意义——

滴答。滴答……

没有意义。没有意义——

滴答……

我没有时间了——

"我不知道他们只是在暗地里调查，"课长说，"还是已经掌握了什么切实的情报，不知道他们是找到了证人还是获得了证词。但是，不论如何，你最好消失……"

"我最好消失？"我重复道，"什么意思？"

"我要你去栃木。"他说。

"栃木县？什么时候？"

"明天。"他说——

接着，课长拿起一份资料，递过来。"实际上，昨天我们接到一通来自宇都宫市检察院的电话，说他们辖区内有两起未侦破的谋杀案，希望移交给小平专案组调查。其中一名受害者就是你说的马场宽子，另一名受害者叫沼尾静枝，十六岁，尸体于去年十二月三十日在日光警察局的辖区内被发现，死因是锐器捅伤。马场宽子，你已经知道了，尸体于一月三日在西方村被发现，属于方村警察局的辖区，受害者死于绞杀，凶器是她自己的围巾……

"但马场宽子实际上住在东京的京桥区。你明天去枥木之前，我觉得你可以先去和她住在东京的家人谈谈……"

我说："我想带西一起去……"

"不行。"课长说。

"那我一个人去？"

"安达管理官推荐石田家的小子……"

"不好意思，"我说，"我觉得他不太合适——"

"我不是在跟你讨论，"课长说，"这是命令。"

我再次低下头。我再次道歉，一遍又一遍——

然后我问："我要离开多久？"

"就几天。"课长说——

我接着问："那之后呢？"

课长清了清喉咙。课长在桌后起身。然后课长说："南系长，昨天半夜，我已经解除了你作为二系系长的身份……"

我跪下了。我跪下了……

"有很多人投诉你……"

我在他办公室里跪下了……

"来自你自己手下的投诉……"

在他的地板上，跪下……

"投诉说你缺乏领导能力，"课长说，"你缺乏组织能力。投诉说你没有能力指挥团队，没有能力代表团队。投诉说藤田刑警一直缺席，你也经常缺席……"

在他的地板上，在他的办公室里，跪下……

"您让我带好我的人，但现在又派我出去，又降我的职。那之后谁来带我的手下……？谁来负责这个案子……？请您再给我一次机会吧……"

乞求他，恳求他……

"介于藤田刑警一直缺席，我会提拔服部刑警为二系系长，直系上司为安达管理官。"

"那等我回来之后呢……？"

恳求他再给我一次机会……

"等到形势缓解了，你从枥木回来之后，我会把你派遣到一个地方警察局……"

"那我的调任呢……？"

乞求他再给我一次机会……

"没有调任了……"

没有再一次机会了。

*　*　*

今天没有回爱宕的路了。在半明半暗的光线里。我走下楼，进入酒吧。他们在跟踪我。吧台前只有两个客人。还是那个中年妇女，今天穿着棕色的衣服，喷了当地产的香水，抽着金蝙蝠牌香烟；还是那个穿着深色西装的老人，他掏出怀表，上好发条，再放回去，接着又掏出来，上发条，再放回去，接着——

滴答。滴答。滴答……

女人打开她的手袋，她拿出几块巧克力放在吧台上。女人说："随便吃……"

但巧克力尝起来很苦，像是灰烬的味道——

"炸弹"清酒在我腹中爆破——

老人给我看他的表——

仍然是十二点整——

但在半明半暗的光线里——

他的表没有指针，我们两个都没有腿。

*　　　*　　　*

穿过借来的警察局的门。我的头刚刚剃过。走上借来的警察局的台阶。我的手刚包扎过。走到二楼那间借来的办公室。我的膝盖在流血。服部、武田、下田、真田、西、木村和石田。我的心碎了。他们都在，他们已经知道了——

我不是这个系的领导了。我不是他们的老大了……

他们都移开了视线，他们都避开了目光——

他们的眼中充满了困惑，充满了怀疑……

眼中充满了私语、谣言和抱怨……

对他们任何人我都无话可说——

我恨他们。我恨他们。我恨他们所有人……

我走到武田的临时办公桌前，我鞠躬，谢谢他过往的努力和帮助。我走到下田的临时办公桌前，我鞠躬，谢谢他过往的努力和帮助。我走到真田的临时办公桌前，我鞠躬，谢谢他过往的努力和帮助——

　　我恨他们所有人。我恨他们所有人……

　　我站在西的桌前，我鞠躬，谢谢他过往的努力和帮助，祝他一切顺利。我转向木村，我鞠躬，谢谢他过往的努力和帮助，祝他一切顺利。接着，我对石田鞠躬，谢谢他过往的努力和帮助，祝他一切顺利——

　　我还会再见到他的……

　　我走到服部刑警的桌前，我深深地鞠躬，恭喜他升迁，祝他之后的工作和调查一切顺利，并且谢谢他过往的努力和帮助——

　　我恨他……

　　最后，我站在他们所有人面前，深深地鞠躬，我为我缺乏领导能力，缺乏组织能力，没有能力指挥团队，没有能力代表团队，以及时常缺席向他们道歉——

　　"我很抱歉，"我说，"希望你们能原谅我。"

＊　　＊　　＊

　　入夜了。他们在跟踪我。闷热依旧。他们在跟踪我。在我们明天中午启程前往栃木之前，我还有一些地方要去，有一些人要见。他们在跟踪我。我走出涩谷车站，走上山坡，一个歌手的歌声和他的吉他声始终在我身后飘荡。他们在跟踪我。我不知道他在唱什么词，我听不清他在唱什么曲。他们在跟踪我。我在黑暗的巷口停下脚步。他们在跟踪我。我回头瞥了一眼山脚。他们在跟踪我。我坐在一堵断墙下。他们在跟踪我。我摘下帽子，拿帽子扇风——

他们在跟踪我。他们还在跟踪我……

我戴上帽子，站起来。我走到巷子深处，敲门。我拉开门，道歉——

"但我有些好消息。"我对她说——

富永典子的房东坐在又一个残破的街区里的又一栋残破的小房子里的又一个残破的小房间中的又一张残破的茶几前，她抬起头——

"典子没死。"

她眼里有困惑和怀疑，被泪水包裹的困惑和怀疑，自她在验尸台上看见那些衣物后，就不断流淌的泪水——

"那些衣服不是她的。"我告诉她——

现在，困惑中生出希望，怀疑中生出希望，那希望在哭号："真的吗？典子还活着？"

"是的，"我说，"我今天见到她了。"

那希望在发问："那她会回来吗？回这里？"

"我不知道，"我对她说，"但我觉得可能不会了……"

再也没有困惑，没有怀疑，也没有希望了，只有愤怒，只有悲痛在高喊，在尖叫——

"那对我来说她还是死了，刑警！"

* * *

新桥新生市集又恢复营业了。但在锅碗瓢盆、刀勺餐具中，在衣帽鞋袜、油盐酱醋中，在水果蔬菜、沙丁鱼和二手西服、咖啡和丝绸中，千住的手下穿着花衬衫，戴着美式墨镜，还在舔舐他们的伤口，还在清算他们的伤亡——

磨着旧的刀刃，念着新的誓言——

和老兵推杯换盏——

"我们一起来唱苹果歌吧……"

这是绝望的时代……

但也是无畏的时代——

"管他们来的是几百人，"千住明对我说，"还是几千人。我要召集这个国家所有的爱国者，我要把他们组成战后日本最大的组织。那些中国人和韩国人想抢走我们仅有的东西，让他们试试看啊！那么多人在我们面前牺牲，就是为了给我们留下这些东西——

"我告诉你吧，只有我们现在守住了，日本的世世代代才能在之后几百年里好好活下去，我们的子孙后代会听说我们保护同胞、拯救日本民族的故事，他们会在樱花树下为我们流泪，在满月之夜为我们举杯，在靖国神社参拜我们，将我们奉为日本魂的真正守卫者……"

我没时间听这些了——

滴答……

我跪坐在榻榻米地垫上深深鞠躬。我说："我非常抱歉在这样一个时刻麻烦您……"

"见老朋友我总是很开心的，"千住说，"我之前还有些担心，刑警。我觉得你可能在有意避着我，我甚至觉得我们可能不是真朋友，你来见我只是因为有求于我，因为你想要钱，或者想要药……"

"我确实需要钱，"我对他说，"我也需要卡莫丁。"

"你倒是很坦诚啊，刑警，"千住说，"在这个尔虞我诈的世道，你也算是一股清流了——

"我很欣赏你的坦诚，南系长……"

我鞠躬。我向他道谢。我刚想开口——

"但你只是来取货的吗，刑警？"

我再次鞠躬。再次道歉。我对他说："我这边也很为难。林的谋杀案已经开始调查了……"

"怎么说的好像是意料之外似的？"千住笑道，"你的工作就是调查案件，不是吗？"

"但这不是我的案子，"我对他说，"而且有个问题……"

"谁的问题？"千住问，"你的还是我的？"

"我们俩的，"我对他说，"藤田失踪了……"

"这为什么是我们的问题？"

"您知道他在哪儿吗？"我问他。

"不知道，"千住说，"但我再问你一遍，为什么失踪的藤田刑警对我来说会是个问题？"

"负责林丈案件的警官想要审问他，"我说，然后我顿了一下，咽了一口口水，接着说："负责林丈案件的警官想要审问他，因为林丈留下了一封信，他最后的证词，他在信里声称他获得了情报，在松田遇害那天晚上，藤田和野寺富治一起在新绿洲酒吧……"

千住听不下去了，千住站了起来——

千住把钱和药片丢给我——

"这可不是什么问题啊，"千住喊着——

"这应该是让人高兴的事！"

* * *

还要好几个小时，我才能再一次躺在她那间只有一盏台灯的昏暗房间里，再一次躺在她破旧的榻榻米地垫上。还要好几个小时，我才能再一次注视她那几扇有着常春藤叶纹样的破旧屏风。还要好几个小时，我才能再一次看她在这些屏风上画下那些狐面人物——

今夜我不能留下，我不能吃卡莫丁——

今夜我不想闭上眼睛——

因为我还有一个地方要去。

"真希望会下雨啊。"她说——

"今晚我不能留下，"我对她说，"明天我也不会来。但等我

353

一回东京，我就过来……"

　　小雪放下铅笔，拿起一张纸巾。她用纸巾遮住眉毛，在梳妆
镜里盯着我——

　　"我这样好看吗？"

　　我把钱留给了她——

　　我把药留给了她。

10

1946年8月24日

东京，32℃，晴

松泽精神病院在世田谷区和杉并区的交界处，在我位于三鹰市的家和室田秀树位于北泽的住处的中点。我觉得那地方你应该已经看够了吧。我很了解松泽精神病院，但我不太确定自己今天为什么要来这里。

我觉得那地方你应该已经看够了吧……

松泽精神病院修建于明治天皇统治年间，经历了战火和过去两年的饥荒，在麦克阿瑟天皇统治的时代，它仍然屹立不倒——

我恨医院。我恨所有的医院……

但病院的建筑都已失修，庭院杂乱不堪，大门因战时融资早已捐了出去，树木作为冬季的燃料也被砍伐殆尽。走进接待处，墙面的涂料已褪色多时，地上的油毡也陈旧破损，职工浑浑噩噩——

但我最恨这家医院……

"前管理官，森。"我又说了一遍——

但接待员还是摇头——

"麻烦您帮我查一下，"我拜托她，"我有重要的事找他，他上个月刚入院，森一郎……"

形容憔悴的接待员穿着沾污的制服，她没有说话，只是转身离开，走进满是污垢的前台后面那间肮脏不堪的办公室。我等了又等——

滴答。滴答。滴答……

和庆应医院一样的尖叫声和抽泣声，一样的滴滴涕和杀虫剂气味——

我恨医院。我恨……

"有了，"接待员拿着一份档案出现了，"森一郎，今年六月三十日入院。"

"森先生现在还在这里吗？"我问她——

接待员点头："是的，还在。"

"我想见他，麻烦了。"

接待员摇头。接待员说："但你知道，我不能让你——"

"那麻烦告诉我森先生的主治医师是哪位，"我说，"告诉我到哪里找他。"

接待员低头看了看档案，说："野村医生。他的办公室在第二个……"

"我知道了。"我告诉她，然后转身离开，先是走着，然后跑了起来，沿着走廊跑了起来，沿着走廊跑上楼梯，然后沿着另一条走廊，跑到野村医生的办公室前，用力地捶门，然后打开门，鞠躬说："打扰一下……"

野村医生的目光从桌上的材料上抬起——

"系长？"他说，"好久不见……"

"冒昧来访很抱歉，"我说，"但这次我是有公事……"

"请坐，"医生说，"我给您倒一杯凉茶吧，刑警……？"

我擦了擦脸，擦了擦脖子，我瞥了一眼表，摇摇头。我说："谢谢您，但我赶时间，医生。"

医生点点头："我能为您做什么呢，刑警？"

"我想见您的一个病人，"我对医生说，"一位前管理官，姓森，叫森一郎。"

医生又点点头，医生说："我知道。"

"嗯，我非常想见见他，"我再次对医生说，"我有很重要的事情要和他谈，关于一起案件的调查。"

医生摇头。医生说："我觉得这不太可能，系长……"

"为什么？"我问他，"真的很要紧。"

"我理解，"医生说，"但是，遗憾的是，至今为止森先生没有对我们的任何药物治疗或饮食治疗做出反应——

"我的意思是，目前，森先生不能说话……"

"我还是想见见他。"我对医生说。

医生摇头。医生说："你应该比别人更清楚，刑警。森管理官得知自己被革职之后遭受了突发性精神崩溃，要从这种精神崩溃中恢复过来，需要很长很长时间。就算恢复过来，如果大脑再经受任何其他刺激，还是可能对病人造成永久性的损伤……"

我鞠躬。我点头。我说："我明白。"

沾着血渍的卷轴……

"以您父亲为例，"医生继续说，"一瞬间的清醒就是致命的。"

我不想记起。我不想记起……

我再次点头。我再次问他："我可以见见他吗？不说话。"

墙上挂着沾血的卷轴……

"可以，"医生说，"虽然我不清楚为什么……"

在半明半暗的光线里，我忘不掉……

"他曾经也是一名警察，"我对他说，"就和我父亲一样。"

他桌后墙上挂着的那幅沾血的卷轴……

"就和我父亲一样，"我又说了一遍，"也和我一样……"

我忘不掉，我忘不掉……

野村医生点头。野村医生说："跟我来吧——"

我跟着野村医生走出他的办公室，沿着另一条长长的走廊，穿过上锁的铁门，进入加固病区，继续沿着走廊，走到加固病房，来到上更多锁的铁门前——

野村医生在一道上锁的铁门前停下——

一道上锁的铁门，中间是一扇上闩的铁窗——

"我们到了，"野村说，"但只能看看……"

野村拉开闩，打开铁窗。野村往后退了几步，说："请吧……"

我走到门前，透过铁窗望进去——

我透过铁窗注视着里面的那个男人——

里面的男人，盘腿坐在他的小床上——

我见过这个男人……

这个男人穿着一件黄蓝条纹的宽松丝绸袍子，剃着平头，眼睛眨也不眨地直直盯着前方——

我见过这双眼睛……

"差不多了吗？"野村问——

我退后几步，点头——

"差不多了，"我说，"谢谢您，医生。"

野村关上铁窗，闩好——

没有人是他们自己所说的那个人……

但我以前见过这个男人——

没有人和他们看上去的一样……

这个男人不是前管理官森一郎。

*　　*　　*

我讨价还价，我和人交易。只是为了吃饭。我威胁他人，欺凌他人，只是为了工作。但我又开始痒了，又开始挠了。咯吱，咯吱。我的手很痛，我的身上很臭。战败的臭味。我擦了擦脸，擦了擦脖子。我诅咒。我走到了我的街道的尽头。嗵嗵。我沿着街走到我的家门口。嗵嗵。我推开我家的大门。嗵嗵。我走上通向我家的小道——

嗵嗵。嗵嗵。嗵嗵。嗵嗵。嗵嗵……

我的院子里有一个火堆，正在烧床单——

火正旺，烟雾弥漫。

我打开我家的房门——

我是回来道别的——

他们的鞋头朝向门口……

这一次我没法转头离开了。这一次我没法逃避了——

腐烂的地垫，支离破碎的房门，摇摇欲坠的墙壁……

孩子的气味，痛苦的气味。

我站在玄关里。我喊道："我回来了……"

妻子从厨房走出来，她的脸上沾了煤烟，用手拍掸着她那条破旧的农活裤上的灰尘——

"欢迎回家。"她说——

家。家。家……

我脱下靴子。我问她："孩子们呢？"

"正树！园子！"我妻子喊，"你们的父亲回家了！"

父亲。父亲……

我的孩子们没有跑着来迎接我。我的孩子们看到我的时候没有笑。他们站在我面前，一语不发——

他们的头发被剃光了。他们的眉毛也被剃掉了——

"你们好吗？"我问他们——

点头，他们都点头——

我抬起他们的脸，抬起他们的小脸，对着光线。正树抬眼看着我，笑了。但园子仍然无法抬眼，她仍然无法微笑。她的眼皮肿着，表情扭曲——

我用手拨开她的眼睑——

她的眼睛发炎化脓——

像一条死鱼的眼睛——

红眼病。

我转向妻子。"你上一次带她去看医生是什么时候？"

"我觉得她的眼睛好一点儿了，"妻子说，"两天前，她的眼睛又红又肿，她什么都看不见，我就带她去了医生那儿，然后……"

"有没有可能是细菌感染，不是红眼病？"

"我也是这么问医生的。"

"他怎么说？"

"就是红眼病。"

"就是红眼病！"我吼道，"你看看她，她还是看不见。她可能会瞎掉！她可能以后再也看不见了！"

"我知道，"妻子说，"但医生让我们耐心一些。"

"医生会误诊，"我说，"他们经常这样。"

"那我该怎么办？"妻子问，"告诉……"

我问："你带她看的哪个医生？"

"就是我们平时看的那个。"妻子答。

我看了一眼表。"我带她去……"

"带她去哪儿？"妻子问——

"去找我认识的另一个医生。"

"钱怎么办……"

"别管钱了！"

穿过爱宕警察局的大门，走上爱宕警察局的台阶。我的衬衣黏在背上，我的裤子被汗水浸透。我沿着走廊走，经过那张两米高，半米宽的条幅，上面用鲜红的线绣着：

特别调查总部。

我昨天就该收拾好个人物品，安排好这些事的，那今天就不用来面对这些了——

瞬间的沉默。瞬间的忽视——

有很多人投诉你……

但至少服部今天上午不在这儿。可能正在警视厅和甲斐、金原、安达和课长一起开晨会。但我不打算问武田、下田、真田、西、木村或石田，我不打算问他们——

我恨他们。我恨他们所有人……

石田抬起头。石田问："您是来找我的吗？"

石田已经接到命令了……

"时间还早，"我对他说，"我们去栃木之前我还有点事要办，下午三点我们在浅草东武站的检票口碰头吧……"

滴答。滴答。滴答……

石田点头。石田说："他们叫我买票……"

"喔，那我希望他们给你钱了。"

石田再次点头。"他们给了我足够三天开销的钱。"

"我应该不用买返程票了。"我大笑道——

但除了我，没有人大笑。甚至没有人微笑……

石田只是问："我该带多少米？"

"米？"我问他，"我们应该带米回来才对吧？"

"我听说如果不带着米，我们找不到旅馆可以住。"

"你有米吗，刑警？"我问他——

石田轻声说："家里有一点儿……"

"那就带上我们两人的量吧。"我说着，转身打算离开——

"他为什么要帮你带米？"木村问——

我回转过来，我问他："你刚刚说什么？"

"我说，他为什么要帮你带米？"木村刑警重复道，"你已经不是他的上司了，不是吗？"

"现在可能不是，"我对他说，"在这个系里可能不是。但在火车上，在栃木县，我还是高级警官……"

"高级警官？真的吗？"木村刑警轻蔑地说，"哼，我要是你的话，就不会帮这种人带米，石田刑警……"

我走到木村刑警面前，我拿起桌上的一个电话，一个不会响的电话，我把电话狠狠砸向木村的脸，他大叫起来，用手捂住脸，我又一拳打在他肚子上，然后把他的左手扳到背后，他痛得哀号起来，求我住手，而我只是一掌又一掌，一下又一下地扇他耳光，接着，我把他推向桌子，看着他跟跄地翻滚在地上，最后，我探身凑近他，对他说："我要是你的话，我会好好学学怎么礼貌待人，好好学学怎么尊重别人，木村刑警。"

我走到下田面前，说："你昨天说了些很有趣的事，下田刑警。

你说，正冈久惠告诉你，小平身上总是带着礼物……"

下田刑警在流汗。下田刑警点头——

"你说他带着一些给女士的礼物：珠宝、手表和……"

下田刑警点头说："雨伞。"

"很好，"我对他说，"因为你说了这条信息之后，我在警视厅听说我们要重新调查另一起未侦破的案件，也可能是小平义雄干的——"

我不是他们的领导了。我不是他们的老大了……

"筱川达江，十七岁，遭到强奸和绞杀。今年一月十六日，她的尸体被发现于涩谷区并木町20号东京百货商厦旧址的附楼地下室。但是，验尸报告显示，她的死亡时间大致在去年十月底、十一月初——

"猜猜怎么着？"我问，"她的雨伞被偷了。"

还是没有掌声。但我也不想要……

"所以，如果你们谁想在你们新上司面前表现一下，"我对他们说，"我建议你们再回去找正冈，找寡妇冈山和所有认识小平的人，他的家人，他的同事，去追查他送出去的所有礼物的来路——

"因为在涩谷或品川，富山或栃木某个人的手里，可能有我们芝公园尸体的个人物品——"

"抱歉，"我对他们说，"你们的芝公园尸体……"

没有掌声，只有沉默，只有忽视……

接着，我走到我自己的桌前，曾经属于我的临时办公桌，我拉开抽屉，打算把所有的东西装进我的旧军用背包里。但我的抽屉是空的——

我的办公桌已经被清理过了——

我诅咒，我诅咒，我诅咒……

"服部系长已经把您的东西都带去警视厅了，"石田说，"他以为您不会再回这儿了。"

我恨他。我恨他。我恨他们……

我什么都没说。没有什么可说的。我离开了——

我恨他们，我恨他们……

沿着走廊，走下楼梯——

我恨他们所有人……

西刑警站在爱宕警察局外的台阶上。我在照镜子。西刑警肯定是在我揍木村刑警，在我拿他警告其他人的时候溜出来的。我在照镜子。西刑警在等我。我在照镜子。西刑警还想跟我说句话，最后的话。我在照镜子。但西刑警看起来还是灰头土脸。我在照镜子。西刑警看起来还是彻夜未眠。我在照镜子。西刑警告诉我："这件事跟我一点儿关系也没有……"

我笑了。"什么事跟你一点儿关系也没有，刑警？"

"您被降职这件事，"他说，"都是他们去投诉的。"

我问："什么样的投诉，西？"

"服部去跟安达投诉了。"他说。

我摇摇头。"我鄙视你们所有人。"

"但我是站在您这边的。"西在恳求——

365

站在我这边。站在我这边。我这边……

我又一次摇头。"不，你不是，你从来都没有站在我这边过。"

＊　　＊　　＊

在又一片废墟中，在又一堆碎石中，抽着最后一支烟。两条流浪狗在我身边打转，看着我抽烟，等着我去死。两条肮脏不堪、骨瘦如柴的流浪狗，苍白的舌头耷拉在他们黑色的嘴边。鸟雀鸣啭，夜莺起舞。这片废墟，这堆碎石，曾经是一座富丽堂皇的府邸和庄园，属于一个萨摩藩武士家族，这个家族曾经为这个国家培养过大臣和将军，实业家和金融家，这座府邸曾经举办过无数晚宴和舞会，这座庄园曾经响彻着胜利的歌谣——

春天，绿茵地也那么明媚宜人……

又有三条流浪狗从碎石堆里钻出来，朝着另外两条吠叫。又是三条肮脏不堪、骨瘦如柴的流浪狗，苍白的舌头耷拉在黑色的嘴边。五条狗组成一个狗群，绕着我打转。绯红的石榴花绽放，翠绿的杨柳叶摇曳。我看着这些狗离我越来越近。我看着它们嗅嗅地上，嗅嗅空气。我看着它们离我越来越近。早来的那两条狗最大胆，在我身边走来走去，越靠越近。后来的三条稍显犹豫。我掐灭了我最后的那支烟，接着我捡起一块石头——

新的局面开启了。

＊　　＊　　＊

穿过东京警视厅的大门，走上东京警视厅的楼梯。瞬间的沉默。我的衬衣仍然黏在背上，我的裤子仍然被汗浸透。瞬间的忽视。我沿着走廊，沿着警视厅门廊一直走。我经过了课长的办公室。我就不该来这儿。我经过了会议室。我经过了一系办公室。我就该远远躲开。我来到了二系办公室，我曾经隶属的部门——

没人会看我，没人会和我说话……

但二系办公室里没有人。警视厅门廊——

没人在这儿。没人在这儿……

我走到我的办公桌前，我曾经作为系长的办公桌。我拉开抽屉，打算把里面所有的东西都装进背包。但这个抽屉也是空的——

这个桌子也被清理过了——

我诅咒，我再一次诅咒……

我回到走廊上，想找什么人，随便什么人——

楼梯上有个熟面孔，一系的人，甲斐系长的手下。但这个熟面孔，他先看到了我，他先看到我，然后移开了视线，他移开视线，随即转身，他转身，打算离开，朝着另一个方向离开——

但他知道，他知道，他知道……

所以我叫住了这个熟面孔。我鞠躬，道歉，他也鞠躬，我再次鞠躬，再次道歉，然后我问他："其他人呢？发生什么了？"

"您没听说吗？"他问，"他们找到藤田刑警了。"

我鞠躬，谢过他。我借故先走，我转身——

我离开。走回楼下——

穿过大门。我跑了起来——

我跑，跑，跑，离开这里。

*　*　*

我手里拿着女儿的红色木屐，妻子把女儿放在我的背上，我背着女儿走过院子的小道，我背着女儿沿着马路走，我背着女儿穿过一片桑园，抄近路去另一家医院，见另一个医生——

医院刚开门。我对他们说情况很紧急——

我大吼，我威胁，我欺凌，我插队——

眼科医生是个女人——

"我女儿的眼睛睁不开，"我对医生说，"已经两周了，一直这样。我觉得可能不止是红眼病这么简单，有可能是严重的细菌感染，我担心会影响她的视力。我要出差一段时间，我很担心在这段时间里她的病情会继续加重。我妻子和我真的不知道怎么办好了……"

"别担心，"女医生说，"过一段时间就会好的……"

"多长时间？"我问她，"已经两周了……"

"她身上有烟味，"医生说，"你们给她喷过滴滴涕。烟尘和滴滴涕会让她眼睛的症状恶化……"

"我们没办法，"我对她说，"我们有虱子……"

"请不要担心，"医生说，"眼睛本身没有被感染。等你出差回来的时候，我保证你女儿的眼睛就会完全好了……"

"你能给她开点儿药，好让她好得快一点儿吗？"

"可以打针，"医生说，"但很贵。"

"我有钱，"我一边鞠躬，一边说，"拜托了，医生……"

* * *

是千住还是安达？他们找到了藤田刑警。安达还是千住？他们有没有为他流泪？或者他们有没有对他微笑？千住还是安达？白天就是黑夜吗？或者黑夜就是白天？安达还是千住？黑就是白吗？或者白就是黑？千住还是安达？男人就是女人吗？或者女人就是男人？安达还是千住？勇者就是懦夫吗？或者懦夫就是勇者？千住还是安达？强者就是弱者吗？或者弱者就是强者？安达还是千住？好人就是坏人吗？或者坏人就是好人？千住还是安达？罢工是合法的吗？或者罢工是非法的？安达还是千住？民主是好的吗？还是民主是坏的？千住还是安达？侵略者就是受害者吗？或者受害者就是侵略者？安达还是千住？胜者就是败者吗？或者败者就是胜者？千住还是安达？日本输掉了战争吗？或者日本赢下了战争？安达还是千住？活着的就是死去的吗？或者死去的就是活着的？千住还是安达？我还活着吗？或者我已死了……？

是安达还是千住？千住还是安达？

他们找到了藤田刑警——

安达还是千住？千住还是安达？

他们也会找到我——

安达还是千住？

但我必须赌一把，我赌他们不会在石田离开爱宕之前抓到他，赌石田已经离开爱宕回家拿米了，我赌石田会直接去浅草，赌他们不知道我们几点离开东京前往栃木，或者赌他们不会想到派人拦下我们——

千住还是安达？安达还是千住？千住还是安达⋯⋯

我要赌一把，赌这一把——

或者说是我？是我？是我？

我赌这一把，我在东京慌乱地奔逃——

是我？是我？

这座死亡之城——

死去的昭和之城⋯⋯

* * *

今年一月三日，马场宽子的尸体在栃木县鹿沼警察局的辖区内被发现。但马场宽子不是栃木县人，马场宽子是东京人。马场宽子和她的母亲及舅舅小林庄吉住在京桥区新佃西街1-9号。

我在京桥区奔跑，在未被炸毁的老旧办公楼的影子里奔跑，找寻着那条街。我找到了那条街，我沿街而行，在轰炸后的废墟下避开阳光，寻找着那个门牌号——

阴影和阳光，黑色之后是白色⋯⋯

370

我走到一道破破烂烂的木栅栏前，眼前是一大堆生锈的废铁，还有一个小屋，小屋有一扇玻璃门，透过木板的缝隙可以看见其肮脏的铁皮屋顶。这里一定就是京桥区新佃西街1-9号了——

在栅栏后面，一个穿着工作服的老人站在小屋前，头上扎着一块手绢。我隔着栅栏向他打招呼，我告诉他我是谁：东京警视厅的南刑警。他也告诉我他是谁：小林庄吉。他告诉我他是宽子的舅舅——

我告诉他我为什么来这儿，以及我要去哪里——

我问他我能不能和他聊两句。他点头——

我一直在想她……

我穿过栅栏的开口，走进这个废品场。他摘下头上的手绢，擦了擦脖子。他带我走进小屋。他指了指一个小凳子，这间小屋里唯一的一样家具，他则坐在一个空的包装箱上。墙上钉着一张色泽陈旧的严岛神社明信片——

"就剩我和这间小棚子了。"小林先生说——

我抬头望向小屋的板吊顶，屋顶被冬天的烟煤熏黑了，窗边的板也是黑的。这时我看见了对面的佛坛，上面摆着一棵盆栽的红淡比树和三个相框，两张照片上是两个年长的女子，第三张是一个非常年轻的女子——

"去年十二月三十号，宽子一早就走了。她母亲先前去日光市古川电气炼铜厂的员工宿舍避难了……"

小平两度工作的公司……

"但因为东京这里的局势不好，因为在日光的生活条件更好，

371

她母亲还留在那儿。宽子想和母亲一起过跨年夜和新年，她给她准备了礼物……"

"您还记得是什么礼物吗？"

"有一条她亲手织的红围巾，我记得很清楚。我觉得可能还有一些吃的之类的吧。我的意思是，她母亲可能吃得比我们好，但宽子把她一整个月的大米配给都省下来了……

"但宽子一直没到那里。四天之后，她的尸体在西方村那座皆神山附近的田里被发现了……在那片孤寂的田野……"

她占据了我的心头……

"宽子被拖进田里，那个人打她的脸，掐她，强奸她，最后还用她自己的围巾勒死了她。那个杀人犯偷走了她所有的东西，她带着的两百円，还有她的外套、她的围巾，她打算送给母亲的所有礼物……

"宽子的母亲不断地自责。她觉得自己不该留在栃木，她觉得如果她回到东京来，宽子那天就不会去栃木了，那她就不会遇到那个禽兽，不会遭遇这些事情……"

"她母亲现在在哪儿？"我问，"还在栃木吗……？"

"宽子的母亲因为自责和悲痛过度，已经去世了……"

"我很抱歉，"我对他说，"我真的很抱歉……"

"那个杀死宽子的人，也杀死了她的母亲。"

我点头，告诉他他说的没错。我问他能否允许我向逝者表达敬意。于是，我跪在佛坛前，在今天这是第二次了——

但这一次我没有寻求原谅——

这一次我只寻求指引——

指引我找到正义——

复仇的正义……

我站起来，他感谢我费时聆听，感谢我费事前来，他带我走出小屋——

回到阳光中，回到废品场——

"我的儿子还在中国东北，"他说，"至少他们是这样告诉我的。我没有他的任何消息。但在我得到确切消息之前，在他在黑龙江边砍树的时候，我会把这个地方经营下去，这样等他回来了，还能有点儿事做……"

但接着，宽子的舅舅凝视着街对面那些重新拔地而起的高楼，说："哎，他可能也已经是个游魂了……"

*　　*　　*

银座线的终点站是浅草站，在松屋百货的地下。东武线的起始站和终点站都在松屋百货的二层，石田会在三点到达那里。我看了看表。滴答。我来早了。我需要和车站保持距离。我走出车站，想呼吸新鲜空气——

嗵嗵。嗵嗵。嗵嗵。嗵嗵。嗵嗵。嗵嗵……

但浅草没有空气。左边是市集，朝向北面，右边是废墟，在墨田河另一侧的岸边绵延。没有空气。还是烧焦的田野，暗淡贫瘠，只有一片焦土和新植的香槐。没有空气。这个地方只有死亡，永远的死亡，从前是死亡，如今还是死亡——

嗵嗵。嗵嗵。嗵嗵。嗵嗵。嗵嗵……

关东大地震发生之后的那天，我来过这里。那一天，整个城市都散发着臭味，腐烂的杏子的臭味。我离浅草越近，越能感受到从河东岸吹来的风，杏子的臭味也越强烈——

嗵嗵。嗵嗵。嗵嗵。嗵嗵……

腐杏的气味实际上是尸臭，火烧的天空下，墨田河的两岸有不计其数的尸体混杂在烧焦的废墟中——

嗵嗵。嗵嗵。嗵嗵……

我站在河边那些堆积如山的死尸中间，突然我看见了一个小男孩的尸体，破衣烂衫和污垢像黑痂一样板结在他的身上，他的脸上和手上长满了水疱和疖子。我想知道他父亲在哪儿，我想知道他母亲在哪儿，他的兄弟姐妹在哪儿，我希望他们都死了，所有人都死了更好——

嗵嗵。嗵嗵……

所有人都死了——

嗵嗵……

那时在敲击，现在也在敲击。所有人都死了更好。那时在敲击，现在也在敲击。所有人都死了更好。那时在敲击，现在也在敲击——

所有人都死了更好……

那时是死亡，现在也是死亡——

所有人都死了……

后来，在大地上那第一场火的二十二年后，我又目睹了从天而降，发生在浅草和东京的第二场火，呼啸的狂风让火势席卷了地势较低的半个城市，卷走了城市里一半居民的生命——

一夜的大火让时间倒退了一个世纪……

火像扇面一样层叠展开，大厦燃烧，河川沸腾，生命在烟雾中窒息，在烈焰中焦黑——

那时我可以闻到他们。现在我也可以闻到他们——

那种腐杏的臭味……

我离开松屋百货，朝着二天门的方向，走到一个空旷漆黑的广场上，雄伟的浅草寺曾经坐落于此，寺庙前摆着成百上千个小摊，扩音器中传来小号和萨克斯风的动人乐声——

嗵嗵。嗵嗵。嗵嗵。嗵嗵。嗵嗵……

我穿过旧衣市场，挤过人群，来到浅草池畔的一排固定小吃摊位前，这里的空气充斥着燃油的味道。我停下脚步，在一群老兵中坐下，点酒喝——

嗵嗵。嗵嗵。嗵嗵。嗵嗵……

我盯着远处的广告招牌——

嗵嗵。嗵嗵。嗵嗵……

餐厅和歌舞剧的广告——

嗵嗵。嗵嗵……

电影和音乐剧——

嗵嗵……

阳光透过竹排屋顶洒落下来，形成黑色白色的线条。我凝视着远处一个小男孩的脸，破衣烂衫和污垢像黑痂一样板结在他的身上，他的脸上和手上长满了水疱和疖子，脓水和眼泪从他眼中流出，他举起一只手，伸出一根手指——

嗵嗵。嗵嗵。嗵嗵。嗵嗵……

那时在敲击，现在也在敲击——

正树，万岁！爸爸，万岁！

敲击的声音永远不会停止——

嗵嗵。嗵嗵。嗵嗵……

* * *

我又背起女儿，穿过桑园，往家的方向走。但当我们经过一口老井时，我把她放了下来。我掏出手帕，在井水里浸洗，然后拧干。接着，我把手帕敷在我女儿的眼睛上——

"等烟尘过去了。"我对她说。

我再次背起女儿，带她回家。我们穿过家里的大门，走上小道，进入玄关——

"到家啦。"女儿和我一起高呼。

我取了水，回到院子里。我用水浇灭了院子里的火，熄灭了燃烧床单的篝火——

"烟会刺激她的眼睛。"我对妻子说。

妻子鞠躬，妻子道歉——

"别这样，"我对她说，"你也是没办法。"

妻子再次鞠躬，妻子再次向我道谢。妻子说："让你带她去医院，我真的很抱歉。你现在肯定累坏了，我给你做早餐……"

　　"先别忙，"我说，"有些事我得告诉你……"

　　"爸爸又要出差啦。"是女儿明亮的声音。

　　妻子开始责备女儿——

　　"园子没说错，"我对妻子说，"但我这次出差是因为我被降职了。我丢了系长的位置，被降了警衔。他们派我去栃木县查一个案子，只去几天，周二或周三应该就能回来。但是，等我回来之后，我就会被调到一个地方警局去，我不知道会被调去哪儿，也不知道要去多长时间——

　　"他们告诉我，盟军最高司令部的公共安全部最近在调查我以前的个人和职业记录，考评我是否称职。很有可能下一次的肃清名单上就会有我的名字，如果是那样的话，毫无疑问我会被革职，而且还有可能面临审判和监禁，甚至死刑……"

　　我深深地鞠躬。"必须告诉你这些，我真的很抱歉……"

　　妻子也深深地鞠躬，她的肩膀在颤抖，她的眼泪落在榻榻米上，她抽泣着说："对不起，这都是我的错。"

　　"错都在我，"我对她说，"不要自责……"

　　"对不起，"她仍在抽泣，"我是一个糟糕的妻子……"

　　"别哭了，"我请求她，"不要再自责了。在这么艰难的环境下，你还把孩子照顾得那么好，把我们的家维持得那么好。我们接下去还要面对更多的困难和不确定，所以为了孩子，我们都要坚强。我们都要尽全力……"

妻子点头。妻子低下头。

"你从邮局里把钱取出来了吗？"

"我们每天都去排队，但还是没办法……"

我从上衣口袋里掏出一个信封。我对她说："我的背包里有一些吃的，一些大米和蔬菜，这些钱应该足够撑到我回来了。"

妻子鞠躬。妻子向我道谢——

我们都跪下——

给我站起来！

我站了起来。我走到另一个房间，那里放着我们家的佛坛。我在我们家的佛坛前跪下，在她父母和我父母、她姐姐和我哥哥的照片前跪下。我跪着前倾身子，点了三炷香。我敲击铜钵三次。我收回身子，跪坐回祭坛前——

我向我的父亲、母亲和哥哥许愿——

为我的行为和失败道歉——

恳请他们的原谅和指引——

请求他们的帮助和庇佑——

我再次前倾身子，将装有钱的信封放在佛龛上，将装着食物的包放在祭坛前——

空气中弥漫着香的味道——

燃烧被单的味道——

我的眼睛刺痛不已，我的眼睛宛如针扎……

滴滴涕的味道——

我自己的眼泪。

我迟到了，浅草站人满为患，阴暗闷热。每个车站。成百上千的乘客在排队买票，他们可能要花上几小时甚至几天时间才能买到车票，而火车又要行驶几小时甚至几天时间，才能到达目的地。每个车站，每列火车。整个日本，幸存者们，幸运者们，不断前进，不断前进——

我左右环顾，前后张望——

没有警视厅的人，没有巡警……

我挤回人潮中，我推搡着人群走上二楼，朝着站台和列车的方向——

我左右环顾，然后回头张望——

我看见石田在前面，石田在检票口——

他知道他们找到藤田刑警了吗？

石田鞠躬。石田把票递给我——

他知道吗？他关心吗……？

我们匆匆向前。我们在检票口出示了车票和警察手册。快！我们沿着站台快速地行走。我们经过几节又长又旧的三等车厢，那是没有特权的战败者专用的车厢。快！我们来到二等硬座车厢，里面的座位专为像我们这样有特权的战败者预留——

快！快！快！快！快！

我回望了一眼站台——

没有人在追我们……

我和石田登上火车——

没有人在车上等我们……

售票员给了我们两个背靠背的位置。石田面向三等车厢，那里的乘客挤作一团，有的坐着，有的站着，还有的扒在车外的门阶上。而我对面是战胜者的车厢，两节战胜者专用的车厢，今天坐满了美国大兵，他们刚在东京过完假期，要返回栃木的驻地——

汽笛响了……

一个穿着破旧的棕色东武铁路公司制服的售票员站在第一节战胜者专用车厢和我们车厢的连接处，把守着，因为总有一些日本人仍然想要穿过连接处，偷偷坐进一等车厢——

但每一次，穿着破旧制服的售票员都会制止他们——

列车启动了，车轮开始转了……

"美国人专用。"售票员告诉他们——

我们正在驶出浅草东武车站……

我等着有人去与他争辩——

我们正在跨越墨田河……

但日本人都默默地退缩了——

我正在离开，离开……

胜利和战败的规则——

我逃开了。暂时……

车轮转啊，转啊。

　　　　　＊　　　＊　　　＊

　　我浑身发痒，我挠了又挠。咯吱，咯吱。此次行程的第一站
是杉户，距离不远，但火车行驶缓慢，车厢闷热。我浑身发痒，
挠了又挠。咯吱，咯吱。我和石田都不说话，我们闭上了眼睛——
　　请您让我女儿的眼睛现在就睁开吧……

　　但我没有睡。我浑身发痒，挠了又挠。咯吱，咯吱。我听着
火车报站的声音和到站时乘客匆忙的脚步声，接着是列车短暂、
刺耳的汽笛声。我浑身发痒，挠了又挠。咯吱，咯吱。从一站到
另一站，从一声汽笛到另一声汽笛——
　　北千住站、草加站、春日部站……

　　最终，火车终于停靠在了东武杉户车站，我们挤下车厢，来
到站台上。我浑身发痒，我挠了又挠。咯吱，咯吱。接着，我们
穿过天桥，走到另一个站台上，等待东武日光线列车——
　　去往小平国度……

　　在挤满了男男女女、小孩行李的车站上，我们还要等两小时。
我浑身发痒，我挠了又挠。咯吱，咯吱。许多人将哭闹着的婴儿
绑在背上，还有一些人脖子上挂着骨灰盒，逝者安静不语，他们
从"满洲"回来，成为故乡的难民。我浑身发痒，我挠了又挠——
　　咯吱，咯吱……

　　我和石田在站台的尽头找到了一小块空地，我们背着行李蹲
下等待，等待着，等待着，浑身发痒，挠了又挠，咯吱，咯吱。
石田还是不言，我也依旧不语。我们再次闭上眼睛，我们就这样

闭着眼睛，直到我感觉站台上的人流开始骚动，列车驶近了，他们起身抱起孩子，拿起行李，背起婴儿或捧起骨灰，汽笛的声音和蒸汽的烟雾越来越近了——

　　每个车站，每列火车，每个车站，每列火车……

站台上的人们在火车停稳前，在乘客下车前就想上车，他们推搡、挤撞，喊叫、争吵，他们踏上门阶，跳进车窗——

　　每个车站，每列火车，每个车站……

这列火车没有预留座位，每个男人、女人和孩子都拼命争抢。我和石田爬上一节车厢底部的蹬板，努力地往里挤——

　　在这片土地上的每列火车……

在列车颠簸着向前行进的过程中，我和石田挤进了过道，站在厕所门外。厕所里站着一家人和他们的行李。这列火车曾经只搭载游客和一日游旅客去神桥、东照宫、中禅寺湖和华严瀑布这些景点[1]，如今，这列火车只搭载饥饿和流离失所的人——

　　幸运者。

我挤在石田和一个小女孩中间。我浑身发痒，挠了又挠，咯吱，咯吱。我转过头，想看看窗外，想呼吸点新鲜空气，顺便注意一下到什么站了，但我只能看见我前面那个小女孩头皮上的虱子，它们在她的头发上爬来爬去，钻进钻出，消失又出现。我浑身发痒，挠了又挠，咯吱，咯吱。

大约三十分钟后，火车摇摇晃晃地通过变道节点，又开始减

---

1 神桥、东照宫、中禅寺湖和华严瀑布均为日本栃木县日光市著名旅游景点。

速了。但没有报站的广播——

我转向石田，我问他："我们到哪儿了？"

石田拼命张望。他说："藤冈。"

在石田的腰部……

火车震动着靠站停下。人们再次推搡挤撞，喊叫争吵，挣扎着上下车——

在他的后腰处，有什么冰凉的、金属的东西……

我向边上移动，远离石田。我浑身发痒。远离那个小女孩和她头上的虱子。我站到一扇窗边，终于可以呼吸了，终于可以挠痒了，咯吱，咯吱，咯吱，咯吱，咯吱，咯吱……

火车开始离站。石田向我身边挪动，石田又站到了我身边——

太阳西沉，天色渐晚……

石田刑警告诉我，我们应该在新鹿沼站下车，大概一小时左右就能到；他说他知道怎么去鹿沼警察局，他已经在地图上查过了；他说鹿沼的人在等我们，他们已经为我们预定了今晚的旅馆房间——

他们在等我们……

但我也看过地图了，我看了我自己的地图。我告诉他，我们不该在新鹿沼站下车，我们不去鹿沼警察局——

不去他们预订的旅馆，今晚不去——

不去他们等着的地方……

"家中站，"我告诉他，"我们在那一站下。"

＊　　＊　　＊

家中是鹿沼的前一站，距离鹿沼十五公里左右。家中是离寡妇冈山的母亲和女儿的居所最近的车站。一月三日，马场宽子尸体被发现的那片田地也在家中站附近——

但已经入夜了，天已经黑了……

我和石田穿过检票口，走出车站，进入这座荒凉的小镇。这里没有市集——

这里没有人在等我们……

这里什么都没有，只有群山的剪影和隐约可见的树林，笼罩着城镇，俯视着我们。我蹲下打开背包，拿出我的笔记本。石田喃喃地说着现在已经太晚了，不适合去拜访寡妇冈山的母亲和女儿，不适合去查看马场宽子尸体的发现地，太晚了，也很难找到歇脚的旅馆——

一切都太晚了……

"这个。"我边说边给他看我笔记本上记着的一家旅馆的地址，以及它在地图上的位置。我按照地址，带石田走上出城的山坡。我们很快就找到了——

美丽山间旅馆……

这家独栋的旅馆面朝道路而建，门廊上还亮着灯，飞蛾在玻璃灯罩外扑棱着翅膀，蚊子叮咬着我们的额头和脖子。我们推开旅馆的大门，为深夜冒昧到访向女服务员道歉，又给了她一些石田刑警从家里带来的大米——

屋外是黑暗，屋内也是黑暗……

女服务员拿着大米和我们的证件匆忙离开，然后带着一个年长的妇女回来，后者谢过我们的大米，记录了我们的信息。她告诉我们，我们来的太晚了，错过了晚餐，如果要吃晚餐，需要白天就提前告知，他们才好购买食材，准备餐点。她还说，我们今晚也没法洗澡了，因为要洗澡也得白天告知，他们才能提前加热洗澡水，而且一天只有一个固定时间能洗——

不能洗澡。没有夜宵。没有清酒。没有啤酒……

"但明天会有早饭。"她告诉我们。

接着，年长的妇女让年轻的服务员带我们去房间，她向我们保证，我们的房间是这家旅馆最好的房间。我们跟着年轻的服务员沿着一条阴暗潮湿的走廊往前走，走廊上有许多壁橱和百叶窗——

服务员打开了一扇门——

服务员打开灯——

我真希望她没有这么做……

屏风已经破烂不堪，榻榻米上爬满了臭虫，蚊子肆无忌惮地吸着我们的血。我和石田坐在一个电灯泡下方的茶几前，数着地上的蟑螂。服务员为我们铺好被褥和寝具，为房内的气味和高温道歉，但提醒我们，这个时节最好不要开窗——

"谢谢你。"我们说。她鞠躬，向我们道晚安。

*　　*　　*

385

在虫鸣的间歇，他们聚集在我们家的玄关，看着我离开。这就是战败。他们看着我穿上靴子。这就是战败。他们跟着我走出家门。这就是战败。他们跟着我沿着院子的小道往外走。这就是战败。他们站在我们家的大门前。这就是战败。他们看我离开家，向我挥手。这就是战败。他们看我沿着街道往前走，向我挥手。这就是战败。每一次，当我转身。这就是战败。每一次，当我转身。这就是战败……

"请记得我们啊。请不要忘记我们啊，爸爸……"

对我的妻子而言，对我的儿女而言——

战败。战败。战败。战败……

对我的父亲和母亲而言——

战败。战败。战败……

对我的兄长而言——

战败。战败……

这场战败将持续下去，每年每月每周每天每时每分都在进行……

我是一个幸存者……

这就是投降。这就是占领——

一个幸运者……

这就是战败。

* * *

我们洗了脸，我们尿了尿。我们脱去裤子，脱去衬衣。我们互道晚安，关掉电灯。我躺着，没有入睡，等着石田睡着。终于，我听到他的呼吸声开始变缓——

终于，我听到他的呼吸声变得深沉——

闷热，漆黑……

我慢慢地、轻轻地转身俯卧。我爬出被褥，爬到榻榻米地垫上。我和臭虫、蟑螂一起爬过地板，穿过房间，爬向他的背包。我打开背包，在里面翻找——

冰冷、金属质感的东西……

我拿出那把枪，是一把1939年产的军队制式手枪，里面填了弹。我在黑暗中举起手枪，我瞄准了石田——

我可以在这里杀了他。我可以现在就杀了他……

但我放下了手枪。我把枪放回他的背包里，合上包。我重新在地上爬。我爬回榻榻米地垫上，然后爬回我自己的铺盖上，找到我自己的背包。我打开包——

我必须睡觉。我必须睡觉……

我拿出千住给我的药。今晚不吃卡莫丁。千住没有卡莫丁了，但千住有别的存货——

威洛纳、穆洛纳、努马尔[1]……

千住总有存货——

我对他却毫无价值。

---

1 威洛纳（Veronal）、穆洛纳（Muronal）、努马尔（Numal），均为镇定剂药品品牌。

第三章

尸骨之山

万岁！九十颗卡莫丁，九十一颗。凌晨四时，东方渐白。道路被露水打湿，我们朝着医院行进。街上空寂无人，青天白日旗上的白日已经陨落。繁藤中尉带领重逢部队进入医院。中国佬打劫了日本人。身着白衣的护士在我们面前瑟瑟发抖，病人仍然躺在病床上。中国佬强奸了日本人。沾满泥污的靴子跨上病床，踏上白褂。中国人谋杀了日本人。一个孩子在墙边被捅死，鲜血从他的胸腔喷涌而出，身体在地上蜷作一团。正树，万岁！一个面色苍白的女人睡在床上，嘴大张着，再也没有醒来。爸爸，万岁！我们踢着中国人的尸体，就像他们踢日本人的尸体一样。万岁！主要部队明天就会撤离，但我们还要留下。槐树叶沿街飘扬。留下来维持和平。在泥尘中。留下来维持法律和秩序。迎着风沙。在尸体中。**一百颗卡莫丁，一百零一颗。**我和笠原沿着台马路[1]用黄包车押送三名匪徒。年迈的母亲日益疲乏。第一个匪徒在呻吟。烟！给我一支烟！他们的胳膊被拧绑在身后，他们的双腿戴着巨大的镣铐。乞丐和苦力，德国人和日本人在黄包车周围涌动。等待着她心爱的孩子归来。第二个匪徒在哭号。给我一根三炮台牌的香烟！不要便宜的垃圾货！人们把红酒灌进这些匪徒的嘴里。黄包车进入了站前的广场。年轻的妻子穿着红色的衣服。第三个匪徒在尖叫。黄包车车夫放下车把。士兵把黑压压的人群向后推。我和笠原下令把那三个人拽下车。守着空房。年纪最大的匪徒唱起了一首战歌。狗娘养的！我杀过什么人了，你们这群狗娘养的？这些中国佬打劫了日本住民。跪下！我吼道。来啊，下手啊！我才不怕！这些中国佬强奸了日本住民。面向西方！我吼道。给我拿猪肉水饺来！我要吃猪肉水饺！这些中国佬谋杀了日本住民。人群又开始向前涌动。那头肥猪像个小孩一样在哭。大蒜的气味，金属的碰撞声。下手啊！下手啊！我发令。两名士兵浑身都被鲜热的血雾覆盖，无头的尸体向前栽倒。噢耶！噢耶！我的嘴里充满了胆汁。人群在鼓掌。我把胆汁吞了下去。噢耶！噢耶！三个身穿黑衣的妇女摇摇晃晃地走出人群。噢耶！噢耶！那三个女人每人手里都拿着一根筷子，筷子上插着一个馒头。别让她看见！我的嘴里又充满了胆汁。那三个女人把馒头按在那三个囚徒的伤口上。别让她看见！我吞下了胆汁。白色的馒头浸满了鲜血，渐渐变成红色。别让她看见！我的嘴里又充满了胆汁。三个女人吃下了那三个被血液浸透的馒头。别让她看见！我在一辆黄包车后面吐了。冤哪！一个女人拼命拨开人群向前走。冤哪！一个年老一些的男人抱住她，不让她去。冤哪！他是冤枉的啊，她哭道。是日本人干的！是日本人干的！**一百一十颗卡莫丁，一百一十一颗。**铺天盖地的蒲苇，群山峻岭的松树。打倒日本帝国主义！我们经过的每个省市的每个城镇

11

1946年8月25日

栃木县，32℃，非常晴朗

嗵嗵。嗵嗵。嗵嗵。嗵嗵。嗵嗵。嗵嗵……

捶打的声音，捶门的声音——

嗵嗵。嗵嗵。嗵嗵。嗵嗵。嗵嗵……

我睁开眼睛。我没想起来这是哪里的天花板——

嗵嗵。嗵嗵。嗵嗵。嗵嗵……

现在我认出这个房间了，这扇门——

嗵嗵。嗵嗵。嗵嗵……

我起身。石田不在。我走到门前——

嗵嗵。嗵嗵……

我没有开门。"哪位？"

"鹿沼警察局……"

我诅咒，我再一次诅咒……

我拉开门——

关上了另一扇……

"我姓立花，是鹿沼警察局的局长，"这个颇为年轻的矮胖男人向我鞠躬，"很高兴见到您——"

他的制服太紧了，他的纽扣太亮了……

"我是南刑警，"我对他说，"很高兴见到您。"

他和东京方面通过话了吗？他听说藤田的事了吗？

立花说："很抱歉吵醒您……"

"没事，"我对他说，"天这么热，虫又多，也睡不着。我几小时前就醒了……"

立花说："我们在鹿沼等您，但……"

"我的错，抱歉。我应该给您打个电话的……"

"别在意，"立花笑道，"电话一般都接不通，您可能联系不上我们。"

他还没有和东京方面通过话，没有听说藤田的事……

"您见过石田刑警了吗？"我问他——

立花摇头。"您的同事吗？"

他还没见过石田，没和石田说过话……

"对，"我对他说，"他应该就在附近……"

"他可能去吃早餐了……"

我问立花："您怎么知道我们在这儿？"

"旅馆必须向警方报告所有入驻客人的信息，"立花又笑了，"哪怕是东京警视厅来的客人。"

欢迎来到乡下！欢迎来到枥木！

我微笑着点头，我说："原来如此……"

"我去门口等您，系长。"

我再次鞠躬，离开。我回到房间——

黑暗的房间。窗户和屏风仍紧闭着——

我关上门。石田不在。我看着他叠好的被褥——

他的背包不见了。我走到我自己的背包前，打开它——

我翻找着，终于找到了那些药盒和药瓶——

我把所有的药数了一遍。够了。它们还在——

我又躺了回去。我再次闭上眼睛——

我仍然浑身发痒，所以我不停地抓挠。咯吱，咯吱……

我想忘掉这些梦……

我又坐了起来，再次打开我的包。在半明半暗的光线里。我
再次翻找，找到了我的笔记本，找到了我的笔。我忘不掉这些梦。
我必须把它们写下来。在半明半暗的光线里。这些梦，这些若有
若无的东西。我忘不掉。我梦见的这些事，我记住的这些梦；我
记住的所有这些若有若无的东西——

这些没有意义的事情，这些……

接着，我把笔记本收好，我把笔收好——

我走进狭小的厕所，尿尿，洗脸——

我穿戴整齐。我痒，我又挠——

咯吱。我痒。我挠。咯吱……

我拿起包，我离开房间——

我沿着走廊往前走——

走廊仍然漆黑——

石田在这儿——

他的背包……

石田坐在旅馆门口的茶几前，和立花局长在聊天，一边聊，一边点头微笑。他们俩看到了我，站起来向我鞠躬。石田刑警说："对不起，长官，我一个人去吃早餐了……"

我已经不知道这个石田刑警是谁了。这个男人……

"没关系，"我对他说，"我可能太缺觉了。"

他和东京方面通过话了吗？关于藤田的事？关于他的指令？

"我叫过您，"石田点头，"但您睡得很死。"

我不认识这个男人。我不知道这个男人是谁……

立花问我："您要去用早餐吗？"

"他们有味噌汤，"石田说，"您应该去吃点儿。"

我摇头道："我不饿，谢谢。"

这个称自己为石田的人是谁？

立花点头。但立花说："您的住宿费里就包含了早餐，您应该吃点儿东西，您边吃我们边聊……"

"我不吃了，谢谢。"我对他说，但立花局长已经起身走到前台，按铃叫人，大声地为我点早餐——

我没有看石田。石田没有看我——

没有人是他们自己所说的那个人……

立花走回来坐下。立花拿起他的公文包。立花打开包，拿出两份薄薄的档案资料。立花将这两份档案放在茶几上——

一份上面写着马场宽子，另一份写着沼尾静枝——

"抱歉，打扰一下。"昨晚接待过我们的那个年轻女服务员说。她将一碗粥放在我面前的茶几上，粥上放着一片薄薄的酱菜，接着她又端上一碗漂着几片菜叶、有味噌味的水，最后，她将一双破损的筷子放在两个碗边——

我突然感到非常饥饿。我向立花和石田道歉，然后开始吃那碗冷粥和酱菜，连着那碗温吞的棕色汤水和菜叶，一扫而尽——

我是一条流浪狗，丧家之犬，无主之犬……

我吞下最后一口食物。我说："跟我们说说沼尾……"

"她是日光市本地人，"他一边说，一边翻开茶几上的那份档案，"去年十二月二日晚上，她对家人说她要去朋友家里。她一直没有到朋友家，也再没有回家。一个多月后，也就是今年一月三日，她的尸体被发现了——

"沼尾静枝是被利器捅死的。"

我放下那双破损的筷子。我擦了擦嘴，说："我记得沼尾是在十二月三十日被发现的？"

"对不起，对不起，"立花说，"对，您是对的。"

我问："她有被强奸过的迹象吗？"

"没有，"立花说，"她被发现的时候穿戴完整。"

我前倾身子，推开那份档案。"不是小平干的。"

立花低头。立花点头——

我对他说："小平义雄杀人都是为了性。"

"还有一些别的案子。"他告诉我——

我问："档案你都带在身边吗？"

"没有，都在鹿沼。"

在警察局里⋯⋯

"好吧，"我对他说，"谢谢您，我们之后会审阅的。不过现在，我们有两个要求⋯⋯"

"请说，"他说，"我们会尽力帮助您⋯⋯"

"我们想要拜访一个叫冈山的女孩，她母亲和小平义雄比较熟。我们想和她谈谈，还有任何可能在这里见过小平的人，我们都想见见。之后，我们想去查看一下马场宽子的尸体被发现的现场⋯⋯"

"没问题，"立花局长边说边站起身，"这几个地方都不远，我有一辆小卡车，我们可以用。二位先结账，我去把车开到门口。"

我点头，我说："感谢您对我们的帮助。"

立花把茶几上的文件收好，放回他的公文包里。立花鞠躬，离开。

我又擦了擦嘴。我擦了擦脖子。

"他看起来能帮上不少忙。"石田说。

"因为他害怕。"我对他说——

"害怕什么⋯⋯"

"害怕需要理由吗？"我问他，"这里是日本。现在是昭和二十一年，是狗年——

"每个人都很害怕，系长⋯⋯"

石田突然问我："您的头发怎么了？"

我搓了搓头皮。我说："几天前剃了⋯⋯"

396

"但新长出来的都是白发。"石田说。

我又摸了摸头。我耸耸肩——

"我差点儿认不出您了。"

*　*　*

卡车很小，看起来是辆老古董了，开车的是个老警察，戴着一顶又脏又破的帽子。立花招呼我坐在前面副驾驶的小座位上，他和石田则爬上后车厢，后车厢里还有一些瓦楞铁板和一些看起来像是木匠工具的东西。司机启动了卡车——

车开始行驶了，我紧紧抓住把手。这车没有挡风玻璃，也没有引擎盖，阳光刺眼，我只能眯着眼睛看着被阳光普照的栃木乡间，这片生命之地。这片丰饶之地。

这里有群山，这里有森林，这里有田野——

这里有草叶，这里有花朵——

有河川，有溪水——

这里有绿色和蓝色——

在这生命之地——

缤纷绚烂。

*　*　*

卡车艰难地从一侧爬上一座小山，从另一侧下山，接着又翻过一座山，最终在一座面朝道路的独栋房屋外停下，我们纷纷爬出卡车。一条狗被拴在一根柱子上，睡在墙头的阴影里——

它不是流浪狗，家未丧，主尚在……

狗又黑又大，看起来比大多数东京人营养都好。我看到它的肚子起起伏伏，它闭着双眼，舌头耷拉在外面——

"那条懒狗是看门的。"立花局长笑道。

"你们这里入室盗窃案多吗？"石田问。

"总有很多拾荒者，"立花点头，"在此之前还有中国佬，他们总是从工厂逃出来……"

"他应该是条猎犬吧。"司机说。

立花看了看那条狗，又笑了起来。接着，局长向我们道歉，先我们进入那栋房子——

老司机点了一支烟，告诉我们："很多这种老猎犬现在都变成野狗啦，成群结队地……"

立花带着寡妇冈山的母亲回来了，后者鞠躬，欢迎我们。立花向老妇介绍我们，解释我们的来意。我和石田为我们这么早冒昧拜访道歉。

寡妇冈山的母亲再次鞠躬，邀请我们进屋。她年纪很大，她的外孙女今天不在家。但这位老母亲不是一个人在家，有个老人坐在壁炉旁。冈山的母亲从这个男人那里租了这栋房子。老人姓小糸，他不太喜欢警察，也不太喜欢城里人。冈山的母亲似乎不记得任何叫小平义雄的人，但小糸记得他——

"我喜欢小平先生，因为他就出生在附近，他是日光人。他经常来这里收购物资——

"小平是个很友好的人，非常亲切。他总是有钱买东西，要不就是带别的东西来交换。我把他介绍给了附近的很多人，我认为可能愿意和像他这样的当地人做买卖的人……"

我向他询问这些人的名字和住址——

"我知道这样做不是完全合法的，"他边说边看向立花，"但所有人都这么做。如果不这样，他们就得挨饿……"

我再次向他询问那些人的名字和住址——

"不是所有人都和你们这些人一样幸运的……"

我恨乡下。我恨……

我扳着指关节，再一次问小糸要那些人的名字和住址。我最后问了他一次，他叹了口气，开始列出那些名字，当地的农民和他们家人的名字，他能想到的，他能记得的每个当地农民，每个家庭——

柏木、清原、藤崎、吉村……

"小平来过这里几次？"我问小糸，但他耸耸肩，说他不确定，他也不会都记下来，是不是？接着我转向那位年迈的外祖母——

她问："小平是谁？"

中馆医生估计，芝公园的第二具尸体的死亡时间在七月二十日到二十七日之间，受害者连衣裙口袋里的广告剪报是七月十九日登载的，所以我想知道小平义雄上个月十九日之后有没有来过这里，如果他来了，他带了什么东西来，带了什么东西，又换了什么东西……

我回转身面对小糸，我问："他最后一次来这里是什么时候？"

但小糸只是再次耸耸肩，说他不确定，他又不会做记录，不是吗？但我再次扳动指关节，我凑近他，咬牙切齿地说："那就好好想想！"

"她外孙女比我记得清楚，"他说，"有好几次他来的时候我不在，反正我也知道，他就是来看她的……"

那位外祖母又问："这个男人是谁？"

我需要和那个外孙女聊聊，但他们不知道她在哪儿，也不知道她去干什么了，不过他们都说她今晚一定会回来，如果我们明天再来，肯定能在家里见到她……

"我们会再来的。"我向他们保证。

*　　*　　*

柏木家就在这座山的更高处。他走在我后面。卡车只能开到这里，所以之后的路程我们要步行，立花给我领路，石田走在后面——

他走在我后面。他走在我后面……

爬上山坡，穿过热浪——

没有人是他们自己所说的那个人……

穿过虫蝇和它们的攻击——

没有人和他们看上去的一样……

柏木家专门制造冬天用的暖手炉里的燃料。去年冬天是史上最难熬的冬天。去年冬天柏木家制造了很多燃料。去年冬天柏木家也赚了很多钱。去年冬天柏木家有很多拜访者——

去年冬天，小平拜访了柏木家——

去年冬天，马场宽子被谋杀了。

今年一月三日，马场宽子的尸体被发现。马场宽子生前最后一次被见到，是在十二月三十日——

去年冬天小平在这儿。小平在这儿……

柏木家的气氛紧张、阴郁。柏木家的人只是坐着，盯着我们，没有给我们上茶水——

"你们还记得小平具体是什么时候来的吗……？"

但柏木家记不清了——

"你们记得是新年前还是新年后吗……？"

柏木家不想记起——

"那你们还记得他拿什么东西做交换的吗……？"

柏木家声称他们不记得小平义雄用什么东西换了他们的暖手炉燃料。但柏木家在说谎，因为乡下人从来都不会忘记任何事——

我恨乡下。这些乡下人……

因为乡下人什么都记得，每一块木炭和每一粒谷子，他们收到的每一枚硬币，每一张纸币，在交易里换来的每一样东西——

我恨他们，我恨他们所有人……

这就是为什么他们未出阁的女儿在摆弄自己的手表。这就是为什么自从我们坐下之后她就一直在摆弄那块表。这就是为什么

401

我跨过他们的炉子，一把抓住她的手腕——

为什么我抓住她手腕上的那块表，举到她面前——

"这是那位亲切的小平先生给你的吧？"

滴答，滴答……

我从她手上摘下那块表。我把表翻过来，对着光线查看。这块表的背面刻着字——

刻着：宫崎光子……

这块表不是小平的——

它在尖叫：宫崎光子……

这块表，这块表……

这块表不是他们的——

这块表……

我把它塞进我的背包，起身打算离开——

立花在问："但这个宫崎光子是谁啊？"

*　　*　　*

阳光刺眼，我眯着眼睛，在这片生命之地，在这片丰饶之地，在他们的群山前，在他们的森林前，在他们的田野前，在他们的草叶和花朵前，在他们的河川和溪水前，在他们的绿地和他们的蓝天前，在这片生命之地——

在他的群山，他的森林，他的田野前——

我说："宫崎光子是一个来自长崎的十九岁女孩，去年八月十五日有人发现了她的裸尸，地点是东京品川附近的海军第一衣粮厂的女职工宿舍楼的一个防空洞。

"验尸报告显示她在去年五月底左右被奸杀。那段时间，小平义雄就在这个女职工宿舍楼里工作。

"对宫崎的验尸工作是庆应大学医院的中馆医生完成的。中馆医生还对绿川柳子以及芝公园发现的另一具身份不明的尸体进行了验尸。中馆医生认为这三名女性是被同一个凶手杀害的，也就是小平义雄。你也知道，小平义雄已经供认自己杀害了绿川柳子……"

立花点头。"但他不承认杀了芝公园的另一具身份不明的受害者？"

"对。"

"也不承认杀了宫崎光子……？"

"我们还没审问他。"

"为什么？"

"因为我还没有向负责此案的北课长和金原管理官提起宫崎的案子。"

"但为什么呢？"

我一边说，一边看向石田："有两个原因：第一，宫崎的案子已经正式结案了，第二，案件档案不见了。"

立花摇头，看看我，又看看石田，最后又看着我。"有人被定罪吗？"

"有。"我对他说。

403

立花问：“谁？”

“一个韩国劳工……”

一个朝鲜老头……

“那后来那个韩国劳工怎么样了？”

“因为拘捕被人开枪打死了……”

“谁开的枪？”立花问。

“宪兵队的一个军官。”

“之后就结案了？”

“对。”我告诉他，眼光仍然落在石田身上。石田什么都没说，石田什么都没问。“直至今日……”

滴答，滴答……

她的手表在我手上——

滴答。

*　　*　　*

隔着另一片松树林，隔着更多的矮竹，下一栋房子，下一个家庭，和前一栋房子一样，前一个家庭一模一样。在此之后的那片松树林，在此之后的那栋房子，在此之后的那个家庭，和前一片松树林，前一栋房子，前一个家庭别无二致——

我从山腰往下望，看见一片的茅草屋顶，其中有一栋与众不同的二层小楼，屋顶也与众不同。我看见麦浪起伏，看见树叶摇曳。我不知自己身在何处，不知此地是哪里，这片丰饶之地，这

404

片生命之地——

没有无名的死者，没有无编号的死者……

这片群山之地，这片河川之地——

沿着河岸，堆积如山……

在这片绿地和蓝天之地——

没有腐杏的恶臭……

小平带着他从死者身上偷来的东西，带着他的战利品和赃物，来到这个绚烂之地，他用他的战利品和赃物在这里做交易——

属于死者的……

小平拜访过的每一栋房子，和他说过话的每一个家庭，他交易过的每一样物品，每栋房子，每个家庭，每样物品——

他的战利品……

但在下一栋房子，下一个家庭，在此之后的那栋房子，在此之后的那个家庭，他们羞愧地坐着，沉默地坐着，他们不愿记起，他们不愿尝试——

他的赃物……

"因为来过的人太多，"他们告诉我们，"那么多人，那么多东西，每天都有不同的人来，每天都有不同的东西……"

太多人了……

在下一栋房子，下一个家庭，在此之后的那栋房子，在此之后的那个家庭，当我说出他的名字时，他们摇头，当我描述他的长相时，他们摇头，当我问及一些日期时，他们摇头，并告诉我们——

"来过的人太多了，东西太多了……"

*　　*　　*

我们站在卡车旁，擦着我们的脸和我们的脖子，蝉鸣振聋发聩，蚊虫穷凶极恶，日头高挂在天空中，但如今这里有了一块暗处，在群山的影子里，在树荫下，在田野上，暗黑和阴影——

山坡是紫色的，树叶是黑色的，草地是灰色的……

在不会流淌的河川中，在滞积不动的溪水中——

没有水流，没有鱼，只有蚊虫……

立花问："您现在想做什么？"

蚊虫在滞积而污浊的水塘中享受着……

我抬头看了看太阳，接着低头看着影子。我说："带我去你们找到马场宽子的地方。"

*　　*　　*

翻过另一座小山，然后再翻一座，直到卡车停在山脚下的狭窄马路上，路边的树林俯瞰着一条水渠，水渠连接着更多的田野和水渠，更多的田野，更多的水渠。立花说："就是这片树林，就是这里了。"

西方村，皆神山，枥木……

立花、石田和我爬下卡车，擦了擦我们的脸和脖子。我们转过身，抬头望着山坡上的树林，望着黑色的树干投下的阴影——

它们的枝条和它们的叶片……

立花指着山坡说："是那条路……"

"我怎么记得马场是在一片田地里被发现的？"我问他——

"她似乎是在这里遭到袭击的，"他说，"但之后她的尸体是从这条路被拖到了田里……"

我跟着立花从马路爬进树林里，他用手里的文件挥赶着蚊虫，石田刑警跟在后面——

他走在我身后，他走在我身后……

立花带我们穿过树林，来到山一侧的一处浅坑，浅坑四周都是倒下的树干，坑里尽是断枝和枯叶——

他走在我身后，穿过树林……

"就是这里了。"立花说着，把档案文件递给我——

蝉鸣振聋发聩，蚊虫穷凶极恶……

在这个地方，在这个坑里，我接过她的档案——

在树木之间，在黑色的树干之间……

我翻开档案文件，我取出照片——

它们的枝条以及它们的叶片……

我看到了她在这里的样子——

她苍白、裸露的身体……

她在这里的脸——

被殴打的脸——

她的脸——

黑色……

在这个地方，在这个坑里，在这些树下，我闭上眼睛，我看见了她的脸。我看见她拿着要带给母亲的礼物，向舅舅告别；我看见她乘着银座线到浅草；我看见她在人潮中爬上楼梯，到三楼的松屋百货；我看见她排队买票——

你在队伍里站了多久？你等了多久？

那个冰冷而绝望的队伍，站满了冰冷而绝望的陌生人，他们互相推搡、挤撞，那些绝望、战败的陌生人，露出绝望、饥渴的眼神，不断地推搡、挤撞——

这就是你遇到他的地方吗？他现在在你身后吗？

他穿着老旧的冬装，衣服太大了，在他那间破旧的军大衣里面显得松松垮垮，他戴着进驻军臂章，他的头发紧贴着头皮，他的头皮紧贴着头骨——

他是给了你一片面包吗？还是一个饭团？糖果？

在那个满是冰冷而绝望的陌生人的冰冷而绝望的队伍里，人人都在推搡、挤撞，只有这个亲切和蔼的男人笑脸盈盈，一个小小的友善的恩惠——

你当下就在那里吃了吗？那个小礼物？

接着他问你要去哪里，这个笑脸盈盈的、亲切的男人，在你感激地狼吞虎咽的同时，你告诉他你要去日光市看你母亲。他问你你母亲住在日光市哪里，你告诉这个笑脸盈盈的、亲切的男人，在古川电气公司的宿舍公寓。于是他告诉你，他也在古川公司工作过，他说他就是日光人，他说他认识一个农民，你可以向他买到非常便宜的大米，给你母亲一个惊喜，还能带回京桥给你舅舅。他微笑着，微笑着，微笑着，这个给了你一些小恩小惠的和蔼的男人，他逗得你大笑，在冰冷而绝望的队伍里，这个笑脸盈盈的亲切的男人，在那些冰冷而绝望的陌生人中间，这个笑脸盈盈的亲切的男人，他搂着你，引你穿过人流，在推搡和挤撞中护送你登上火车，在那些冰冷而绝望的陌生人中间，这个笑脸盈盈的亲切的男人，他在那些绝望、饥渴的眼神中，在皮藓和虱子中，为你在火车上找到了一个可以站稳的位置，风雪透过开裂的三合板和几片锡皮组成的车窗吹进车厢，火车跨越了墨田河，穿过北千住，沿着东武线的铁道不断前进，不断爬升——

在那列冰冷、冰冷的火车上，他是不是紧贴着你？

在火车沿着东武线的铁道不断前进的过程中，他一直微笑着，微笑着，微笑着，他说啊，说啊，说啊，你大笑着，大笑着，大笑着，好像认识了他一辈子似的，这个笑脸盈盈的亲切的男人，他像你的舅舅，这个笑脸盈盈的亲切的男人，甚至像在你幼时就去世的父亲，在他的笑容中，你觉得那么有安全感，这张笑脸盈盈的亲切的脸，在这列冰冷、冰冷的火车上，在这些陌生人中间，这些绝望的、战败的陌生人，他们露出饥渴的眼神，舔着干燥的双唇，盯着你，他们凹陷的双颊，他们破损的领口，在这列冰冷、冰冷的火车上，这列仿佛永远不会到站的火车——

他的微笑是不是离你太近了？他的双手是不是太随意了……？

但火车在金崎站停了，他告诉你你们俩应该在这里下车，这个车站离他认识的那个农民家最近，那个会卖给你很便宜的大米的农民，你可以带给你母亲的大米，你可以带给你舅舅的大米，你犹豫了，因为你不认识这个地方，这片土地，天色越来越暗，越来越暗，越来越暗，但你已经嚼了他的面包，收了他的饭团，吃了他的糖果，他拉住你的胳膊，带你穿过这些冰冷而绝望的陌生人，避过推搡和挤撞，走下那列冰冷、冰冷的火车，走上冰冷、冰冷的站台，接着火车开走了，站台在身后消失了，你们穿过检票口，然后车站在身后消失了，很快城镇也消失了，因为你们一直在往前走啊，走啊，走啊，时间一分一分地过去，一小时一小时地过去，白日已尽，道路很窄，走啊，走啊，走啊，山中很黑，田野空无一人，他还在微笑着，微笑着，微笑着，这个笑脸盈盈的亲切的男人，但如今他露出了尖锐的獠牙，露出饥渴的眼神——

这时候他的手是不是越抓越紧了？他的语气是不是越来越强硬了……？

他的嘴唇湿润，他的舌头伸长，这个男人现在不笑了，这个男人现在不亲切了，这个男人露出尖锐的獠牙、饥渴的眼神、湿润的嘴唇和长长的舌头，他低声告诉你他想要什么，在那片树林里或在那条水渠里，告诉你现在他到底想要什么，你转身想要逃跑，从他身边逃开，逃到这条小路上，逃到空无一人的旷野旁，逃到暗色的大山下，逃到漆黑的树林边，但他把你拉了回来，他扇你耳光，拳脚落在你的脸上和身上，你请他住手，你乞求他住手，你恳求他住手，但他把你拉了回去，你又一次远离了那条小路，那片空无一人的旷野，他拉你爬上这座暗色的大山，把你拽

410

进漆黑的树林里，他一只手掐着你的脖子，另一只手伸进你的两腿之间，你知道他想要什么，你知道他想要什么，你知道他想要什么，你想告诉他要什么尽管拿去，你乞求他拿去，你恳求他拿去，拿去然后放了你，你请他放了你，请他放了你但他掐着你的喉咙，他掐着你的喉咙，他掐着你的喉咙，鼻涕从你的鼻子里喷出，屎尿从你的两腿间流出，他越掐越紧，大山越来越暗，树林越来越黑——

和你那永远不会变白的头发一样黑……

你睁开眼睛，你知道自己还活着，躺在这片森林的一个坑里，躺在断枝和枯叶上，你活下来了，你是一个幸运者，在断枝和枯叶上冻僵了，还流着血，但你活下来了，你是幸运的，你撑起身子，但这时你才明白你没有活下来，你不是一个幸运者，你看见他坐在一段倒下的树干上，抽着一支烟，正盯着你，这个曾经笑脸盈盈的、亲切的男人现在抽完了他的烟，他站起来，跨过断枝和枯叶走向你，再一次解开了他的裤子——

你想说话，但你不能说，你不能尖叫——

因为这个曾经笑脸盈盈的、亲切的男人手里拿着你的围巾，围巾越拉越紧，大山再一次越来越暗，树林再一次越来越黑——

在这里冻僵，失血，窒息……

在这里，在断枝和枯叶上，在这个坑里，在这片树林中，在这座大山上——

他一遍又一遍地强奸你……

在那片空无一人的旷野旁——

一遍又一遍……

小平强奸着死人。

＊　　＊　　＊

我恨乡下。他走在我身后。我恨乡下。走下山坡。我恨乡下。走回卡车。我恨乡下。石田走在我身后。我恨乡下。石田一言不发。我恨乡下。我一言不发。我恨乡下。立花一言不发。我恨乡下……

我恨乡下。我恨乡下人——

在这些沟渠旁，在这个可怕的地方……

已经没有什么可说的了。

＊　　＊　　＊

我们循着鹿沼的路标，沿着另一座山，进入一个村庄。我们的右边是一条河，左边是一条铁路——

人们朝着车站的方向排着好几条长队……

"当地人把这条铁路叫作'拾荒线'，"立花局长在卡车后车厢大声说，"因为只有从东京来的城里人才会坐这条铁路上的火车，他们来这儿都是为了捡我们吃剩的大米和红薯……"

排队的人们背着他们收来的物资……

"他们把火车变成了货车，"司机附和道，"车窗没有玻璃，车门没有门板……"

排队的人们腰被压得很弯……

"都分不出哪个是人，哪个是行李了……"

人们在落日下排着长队……

"早班车是最恐怖的，太挤了……"

那么多人，沦落至此……

"虫子也很多，都是跳蚤和虱子……"

那么多人，落魄至此……

他们絮絮叨叨地说个不停，抱怨着城里人：都是城里人给日本带来了这么多麻烦，都是城里人的错，明明是城里人把日本搞得一团糟，但现在城里人却要求乡下人帮助他们，期待乡下人照顾他们，都是城里人害我们掉进这个烂摊子，他们絮絮叨叨地说个不停，抱怨着城里人——

我恨乡下，我恨乡下人……

但我没仔细听他们说话。我盼着何时能到鹿沼警察局，他们也在盼着我们。鹿沼警方——

他们在等我们。他们在等我……

他们在守望我们。他们在仔细听立花那辆破旧的山地卡车从镇上驶向他们这个古朴偏僻的警局的声音——

我们到了。我到了……

司机把车停在朴素的警局外，八名朴素的警官站在夕阳下迎接我们，他们向我们鞠躬、敬礼，欢迎我们来到鹿沼警察局。我和石田刑警也向他们鞠躬、敬礼、道谢，随后我们跟着立花局长

413

走上干净、窄小的台阶，走进他的警察局。前台后面的两名警官也向我们鞠躬、敬礼，欢迎我们来到他们警局——

"这里有一份东京来的电报，收件人是一位叫石田的刑警。"其中一名警官说。石田迅速走上前——

我诅咒！我诅咒！我诅咒！我诅咒！我诅咒！我诅咒！

石田从前台的警官那里取过电报。石田走到一边，打开电报阅读——

我的心怦怦直跳。我的心怦怦直跳……

但立花带我走到前台的另一侧，远离了石田和他的电报，我们沿着走廊走到他的办公室，他向我讲解着鹿沼的地方历史——

我诅咒他！我诅咒他！我诅咒他！

立花警察局长请我就坐，说要给我倒茶，又开始找其他的档案，其他他认为可能被小平义雄杀害的女受害者——

其他女人，其他命案……

随着一阵轻轻的敲门声，石田刑警走进房间，为迟到道歉——

空洞的眼神，麻木的眼神……

"找到了，"立花局长说着递给我两份薄薄的档案文件，"虽然这两起命案的初步证据都指向他杀，但由于尸体高度腐烂，两起案件最终都被记录为意外死亡，死因是受伤或疾病。但是，老实说，我总觉得，她们的死应该不仅仅是单纯的事故或疾病，现在你们在东京又抓到了这个叫小平的嫌疑犯……"

在他说话的时候，我打开了放在最上面的那份档案，石川依……

　　"石川三十岁，是一个裁缝的妻子，住在上都贺郡今市町避难。她最后一次被人看见是在去年六月二十二日，当时她正在新栃木站等火车，之后又在栃木站乘公车到真名子站，她的尸体也是在那附近被发现的。我们推断石川的死亡时间在去年六月底左右，但尸体一直没被人发现，直到……"

　　"去年九月十日。"我读道——

　　"对，九月十日，"立花局长继续说，"谢谢您。一个老农民到真名子村的森林里，想捡点儿代替烟叶的枯叶，就在那里发现了尸体，或者说是尸骨吧……"

　　"这起案子一直没有被当成谋杀案来处理吗？"石田问。

　　"很难，"立花说，"因为尸体的腐烂程度太高了，这也没办法，这些森林里有很多动物。"

　　我拿起第二份档案。这份档案上没有受害者姓名。我举起文件，问立花："那这个呢？"

　　"这个更难了，"立花说，"也是在上都贺郡，清洲村一座小山的所有者上山修剪他种的柏树的树枝时，发现了一具骸骨。这就是上个月的事，我们推断受害者死亡已经超过一年了。"

　　我问："对这具尸体，你们还有什么别的发现吗？"

　　"有，"立花说，"验尸在宇都宫进行，虽然我们无法确定受害者的死因，但我们认为尸体是一名年轻女性，年龄大概在二十岁到二十五岁之间……"

　　"但你们还是把案件定性为意外死亡？"

415

"是的，"他说，"意外死亡。"

"为什么？"我问他，"你们发现了很多这样的尸体，不是吗？"

立花点头。立花说："是的，在过去的三四年里，尤其是年纪大一点儿的人，他们从东京来这里捡东西，然后就在森林里迷路了。他们以前没有来过这里。夏天的时候，有些人是单纯地因为体力透支倒下了。到了冬天呢，有些人就因为晚上迷路，冻死了……"

"但这两个死者年纪不大，"石田说，"难道经常有年轻女性在你们的森林里闲逛，然后倒地死亡吗？"

"她们是比较年轻，"立花说，"但我们也经常发现年轻的尸体，只不过死因不同。比如说，就在两天前，在其他的森林里，我们发现了一具尸体，死者是一名二十三或二十五岁的女性。死了大约有一个月了，动物啃食过尸体，但我们知道那不是他杀。是自杀。"

"你们怎么知道？"石田问，"如果有动物的话……"

"嗯，这位至少给我们留了张遗书。"

"写了什么？"我问，"这张遗书？"

"说她在战争中失去了所有的亲人，她如今完完全全是孤身一人，她觉得自己活着已经没有意义了——

"她也来自东京，"他说，"三鹰市。"

请您让我女儿的眼睛现在就睁开。

*　　*　　*

416

今晚我们要住的旅馆在另一座暗色的大山下，外悬的屋檐和壁炉的影子使其看起来比我们昨晚入住的那栋旅馆要气派得多。这个地方在阴影中。旅馆坐落于山脚下，后院的池塘和小桥使其看起来比昨晚的旅馆古老得多，但也维护得更好。这个地方来自过去。这家旅馆还是收下了石田的米，但他们的澡堂能为我们提供热汤，我们的房间也比昨晚的更大、更洁净，房内有新换上的地垫、花梨木桌子、雅致的壁橱，还有插在青花瓷瓶中的红山茶。这个地方属于另一个世纪，这个地方属于另一个国度……

都是因为鹿沼警察局的关系，因为立花的关系。他告诉我们，他会陪我们一起吃晚餐。他向我们保证会有新鲜的食物，甚至还会有一些清酒——

在另一个国度，在另一个世纪……

立花请我们好好享受温泉，这时候水应该热了。接着他离开了，留下我和石田两个人——

在这个地方，离家很远的地方……

我和石田在这个美丽的房间，再无别人，寂静无声——

没人提起东京发来的消息，没人提起任何事……

直到石田刑警说："请您先洗吧。"

*　　*　　*

旅馆是围着庭院建造的，我们入住的房间恰好与连接了澡堂和主楼的长木栈道呈直角。哗啦，哗啦。也可以穿过小庭院，走

417

过池塘上的小桥去澡堂，但我选择走栈道，感受橡树和榉树在我右侧，庭院里种的玉兰和山茶在我左侧，倾听流水的声音。哗啦，哗啦。澡堂大门外有一个盥洗室，里面有很多马桶和洗脸池。哗啦，哗啦。洗脸池上的水龙头都开着，我能闻到热洗澡水的味道。哗啦，哗啦。我推开澡堂的大门，走进更衣室。哗啦，哗啦。更衣室没有窗户，十分昏暗，唯一的光线来自角落里的一盏小台灯。哗啦，哗啦。浴池一定是在第二道门内。哗啦，哗啦。我解开衬衣纽扣。哗啦，哗啦。我脱下衣服。哗啦，哗啦。我解开裤子纽扣。哗啦，哗啦。我脱下裤子。哗啦，哗啦。我为这件衬衣和这条裤子感到羞耻。哗啦，哗啦。妻子缝了又缝，补了又补的衬衣和裤子。哗啦，哗啦。我脱下汗衫。哗啦，哗啦。我脱下短裤。哗啦，哗啦。我把这些衣服折好，叠放在一起。哗啦，哗啦。我把他们放进更衣室的一个篮子里。哗啦，哗啦。我再也不想穿这些衣服了。哗啦，哗啦。我拿起一条干净的白色浴巾。哗啦，哗啦。我穿过第二道门，关上门。哗啦，哗啦。这个房间充满了水汽。哗啦，哗啦。为数不多的几扇窗户都很窄，开在墙壁的高处，透进有限的光线。哗啦，哗啦。浴池很大，高于地面。哗啦，哗啦。我拿起一个小木桶。哗啦，哗啦。我走上浴池前的三级台阶。哗啦，哗啦。我用桶在浴池里舀满水。哗啦，哗啦。我蹲下身子，把桶里的热水从头顶浇在身上。哗啦，哗啦。我找到了肥皂和刷子，我开始刷洗自己。哗啦，哗啦。接着，我又舀了一桶水，冲洗自己。哗啦，哗啦。然后，我第三次爬上浴池前的台阶。哗啦，哗啦。我泡进了浴池里。哗啦，哗啦。我把浴巾搭在木质浴池的边缘，舒展着身体。哗啦，哗啦。水很热。哗啦，哗啦。水很干净。哗啦，哗啦。我不痒了。哗啦，哗啦。我不挠了。哗啦，哗啦。我把浴巾折成一个小枕头的形状。哗啦，哗啦。我把脖子靠在浴池的边缘。哗啦，哗啦。我闭上眼睛。哗啦，哗啦。我听着流水的声音。哗啦，哗啦……

我睡着了，没有醒，我醒着，没有睡……

哗啦，哗啦。哗啦，哗啦。哗啦，哗啦。哗啦，哗啦。哗啦——

流水的声音停下了——

我听见门打开了，我感觉到空气改变了……

我睁开眼睛，但只能看见一片水汽——

我觉得我看见了一个女人的身影……

我站不起来，我呼吸不了——

一个女人的身影背对着我，照着一面不存在的镜子，她穿着一件黄色的和服，衣服上有一道深蓝条纹，和服的裙裾拖在瓷砖地上，她的头发用丝线绾起，露出了她苍白的脖颈……

水是冰冷的，水是黑色的——

女人拿着一把梳子，她前倾身子，注视着镜中的自己，突然，她转头看向我，梳子从手中掉落在地上，**嗵**，她把手放在脸上，遮住她的两条眉毛——

"我这样好看吗？"

* * *

419

我从澡堂回去的时候，石田吓了一跳，显得很尴尬。他盘腿坐在地上，桌子旁边。他已经换上了旅馆提供的浴衣，和我身上穿的这件一模一样。他迅速将什么东西塞进他的背包，把背包胡乱地推到桌子底下。然后他从铺垫上拿起一条毛巾——

"抱歉。"他喃喃地告诉我他要去洗澡了。

我听着他的脚步声在走廊上渐渐消失。我又等了一会儿，然后看了看门外，以确保他走远了。接着，我从桌下拖出他的包，看看他到底急着把什么东西藏起来——

找到了，就在他背包的顶部：他的汗衫和一根针。石田刑警刚刚在用针戳杀他汗衫上的跳蚤，用针尖戳死一个又一个的跳蚤。但那把老式的军队制式手枪也还在那儿——

那把老式的军队制式手枪还在他背包底部——

我努力不去想象，我强忍着眼泪……

在这里等待什么东西，在那里等待什么人。

* * *

立花来和我们一起吃晚饭的时候，外面天色已暗，寂静无声。立花换下了制服，穿着一件晚浴衣。立花叫来两个女服务员，她们将食物摆在我们房间的三张蝶纹漆面小桌上，食物就如他之前保证的一样，非常丰盛：鲣鱼、熏蛋、荞麦面和一碗冷竹芋羹配鱼饼。我和石田就像两只饿犬一样把食物一扫而空。清酒也很不错，我们一饮而尽。突然，石田开始担心起这些食物和酒水的花费，但立花警察局长只是拍了拍他的大手——

"这是我的旅馆，"他大笑道，"二位是我的贵客……"

晚餐过后，两个服务员把桌子收拾干净，留了三瓶新鲜的清酒给我们，立花突然起身跳起舞来，这个又矮又胖的年轻男人露出了老朽、冷酷的眼神，开始表演狂放、笨拙的战舞，他拿着一把看不见的刀，绕着石田打转——

这支舞来自阴影，这支舞来自过去……

接着，倏忽之间，立花狂放、笨拙的舞蹈结束了，他坐回位子上，他的脸仍然通红，带着怒气——

在微弱的光线下，没有人和他们看上去的一样……

斟满酒杯，干杯——

来自过去，来自阴影……

"敬日本，敬天皇……"

*　　*　　*

我们尿了尿，我们洗了脸。我关掉电灯，在黑暗的房间里，在我说晚安之前，我问他："在警局他们给你的消息是什么？"

石田沉默了一会儿，然后他说："什么消息……？"

"我们刚到鹿沼警察局的时候你收到的电报。"

石田说："只是服部系长发来的，没什么。"

"那服部系长跟你说了什么呢？"我问——

"没什么，"他说，"他只想要我们汇报找到的线索……"

"什么意思，他想要我们汇报找到的线索？"

"他要我打电话或者发电报给他……"

"打电话跟他说什么？"我再一次问——

"就是我们有没有找到什么新线索，只是这样。"

"没有别的要求或者消息了吗？"

"电报就说了这么多。"

"那晚安了。"我对他说——

然而，在这个黑暗又寂静的房间里，石田刑警问我："您觉得我们是这家旅馆唯一的客人吗？"

"我不知道，"我对他说，"为什么这么问？"

"没什么，"他说，"我就是累了……"

"跟我说说，"我说，"有什么不对吗？"

"我不太喜欢这里，"他说，"真希望我们没来过。"

12

1946年8月26日

栃木，30.5℃，晴

在夜里，他尖叫。在夜里，他哀号。在夜里，他恸哭。在夜里，有磨牙声。在夜里，有抽泣声——

没有睡着，没有醒来。我可以听见他哭泣。在他的睡眠中。没有醒来，没有睡着。我可以听见他呜咽。在我的梦中。没有睡着，没有醒来。我可以听见他哭泣。在他的睡眠中。没有醒来，没有睡着。我可以听见他呜咽。在我的梦中。没有睡着，没有醒来。我可以听见他哭泣。在他的睡眠中。没有醒来，没有睡着。我可以听见他呜咽。在我的梦中。没有睡着，没有醒来。我可以听见他哭泣。在他的睡眠中。没有醒来，没有睡着。我可以听见他呜咽。在我的梦中。没有睡着，没有醒来——

嗵。

在破晓之前，在晨光之前，落在铺垫上的沉闷声响——

嗵。

什么东西掉在地上才会发出的声音，就在我的枕头后面——

落在铺垫上的沉闷声响，在此之前没有声音，在此之后没有
动静——

嗵。

我躺在铺盖上，我不敢动——

那是什么声音？那是什么动静？

嗵。

石田也醒来了，我可以感觉到他——

他问："刚刚那是什么声音？"

嗵。

我在铺盖上翻了个身。我抬起头，我看了看枕头后面。我可
以看见它，在壁橱前面——

它落在铺垫上，脖子朝上——

像一颗被割断的、颠倒的头颅——

红色的山茶花——

嗵。

*   *   *

破晓，晨光洒下。我从铺盖上起身，但我没有叫醒石田。我
脱下浴衣，穿上内裤，穿上汗衫，穿上裤子，穿上衬衣。我拿上
我的外套、背包和帽子。我离开房间。我沿着走廊走到前台大厅，
没有人在。在这个阴影之地。壁炉已经废弃了。这个来自过去的
地方。我在玄关找到我的靴子，我在旅馆的屋檐下蹲下。在这另

一个国度。我穿上我的旧军靴，离开了这家旅馆——

这另一个国度，离家太远……

我朝着镇子的方向往回走，朝着车站的方向往回走。第一班火车已经到站了，从镇上出来的拾荒者们经过我的身边，他们喃喃着，抱怨着，呻吟着——

他们穿着破衣烂衫，只有一半的人脚上有鞋……

"这地方真不适合买东西啊，太气人了……"

他们身负重担，他们汗流浃背……

"这些农民对我们呼之即来，挥之即去的……"

背上背着沉重的包袱……

"他们不要钱，只要货……"

脖子上围着肮脏的毛巾……

"他们一次比一次挑剔……"

或者戴着黄色的旧帽子……

"以前还收织物和布料……"

虚弱的人慢了下来……

"现在居然只收首饰了……"

落在别人后头……

"还有和服或者鞋子……"

气喘吁吁地休息……

"到了秋天，情况就会好转了。"他们安慰着自己——

但现在还不是秋天，枝芽仍然翠绿欲滴——

树上的柿子尚未饱满鲜亮——

尚未熟落……

一个仍穿着自卫队制服的老人坐在道路的拐弯处。他用一根绳子扎紧裤子，他的外套早已被汗水湿透。他坐在一棵荨麻树下，顶着背包，用旧烟头卷烟，目光空洞地望着前方一簇盛放的雏菊——

我的影子落在他脸上，他抬起头——

我问他能不能借个火——

他点头，把火柴递给我，告诉我："这些火柴越是粗制滥造，价格就越是贵……"

我点头，表示同意。然后我打算离开——

但老人问："几点了？"

我停下脚步，转过头——

我问："您的表坏了吗，先生？"

滴答。滴答……

老人掏出他的怀表，给它上发条。老人摇摇头。老人给我看他的表——

老人说："它不走了……"

这块表。这块表。这块表……

表上的时间是十二点整——

我也给他看我的表——

我说："现在是八点钟。"

"那我已经迟了，"他叹气道，"错过所有的好货了。"

我点头赞同。我再次打算离开，但他再次叫住我，我再次停下、转身，他问我——

"你认识这附近的路吗？认识吗？"

我摇头，道歉："我以前没来过这里。"

"我记得我以前来过这儿一次，"他说，"但是和住在附近的什么人一起来的，应该是很久以前的事了。我记得是这里。那时候战争已经开始了，我知道的。但空袭还没开始，我确定是在空袭之前……"

我再次点头，但我不知该说什么——

"我记不清时间了，"他叹气，"因为一切都没个尽头，是不是？他们告诉我们战争结束了，和平了，但这哪像和平啊，我觉得根本没有结束。你觉得呢？"

我摇头。我说了句"您说得对"之类的话。

"我已经六十九岁了，"他告诉我，"我这种人对别人还有什么用？我这种人还不如死了，就万事大吉了。可是想当年，我一个人就能背六七十磅的东西啊，毫不费力……"

"但我觉得您看上去还是很硬朗。"我说——

他谢过我，问我从哪里来——

"三鹰市，"我告诉他，"您呢？"

"锦系町人，"他说，"但现在已经不是了。我告诉你，就算一无所有，我还是挺走运的，我现在和我的儿媳妇一起住在箱崎。但这年头啊，你不能指望别人，是不是？他们说我儿子死了，她很快就会改嫁，真要到了那时候，我怎么办……？"

我点点头，看着他拿起绕在脖子上的毛巾擦去额头上和脖子上的汗水——

接着，老人站起来看着我——

"我多嘴一句，"老人说，"你是不是病了？"

我摇头，说："为什么这么问？"

"抱歉，"他说，"你脸色非常不好啊。"

"没事的，"我对他说，"我没事……"

我帮他拿起包袱——

帮他把包袱放在背上——

很重的行李……

"谢谢你，"他边说边走远，"祝你好运……"

我举起烟挥手，看着他离开——

"别放弃啊！"他回头大喊，"永远别放弃！"

* * *

我走上鹿沼警察局门前干净窄小的台阶，两名警官站在前台后面，向我鞠躬、敬礼，欢迎我回来。

"有一份东京来的电报，收件人是一位姓石田的刑警。"其中一名警官说——

"谢谢你。"我边说，边接过他递来的纸，我把纸放进口袋里，然后再次感谢他——

"立花局长来了吗？"

"没有，"他说，"他可能去旅馆了……"

"没事，"我对他说，"我去走走……"

"您去哪儿呢？"他问我。

"去河边，"我说，"那个……"

"黑河？"他问。

"黑河。"我点头。

我走出警察局。我没有跑。我的口袋着火了。我沿着干净窄小的台阶往下走。我没有跑。我的口袋着火了。我穿过马路。我没有跑。我的口袋着火了。我转进另一条路。我没有跑。我的口袋着火了。我看见了黑河——

然后我开始跑。我的口袋着火了。我奔跑着。我的口袋着火了。我奔跑着。我的口袋着火了。沿着河岸——

我的口袋着火了。我停了下来——

我拿出那张纸：

"把南留在栃木，回警视厅。安达管理官。"

接着，突然之间，有人呼喊："您在这儿啊，南系长！"

我抬起头。立花和石田正沿着河岸走过来——

石田，我已经不知道这位石田刑警是谁了……

"还以为您逃回东京去了。"立花喊着——

"抱歉，"我说，"我就是需要散散步……"

"不用道歉，"立花说，"我猜您还没习惯这几天的好酒好菜吧。现在习惯了没，系长？"

"您太慷慨了，"我对他说，"谢谢您。"

"没什么，"他说，"我们都是警察嘛……"

我看着石田，点点头，"都是警察……"

"那接下来先去哪儿？"立花拍手问道。

* * *

还是同一辆又老又小的卡车，驾驶席上还是同一个老警察。立花挥手示意我坐在前面，他和石田再次爬进后车厢。瓦楞铁板和木匠工具今天不见了。司机点燃他的烟，正了正头上的帽子，然后发动卡车。我再一次抓紧把手——

我恨乡下，我恨住在这里的人——

这片掠夺之地，这片贪婪之地……

刺眼的阳光照射在脸上，我的眼睛因疼痛眯缝着——

今天的一切都是黑色的，这里的一切都是黑色的……

群山是黑色的，森林是黑色的——

没有灰色，没有绿色，没有紫色……

这里没有草叶和鲜花——

这里没有色彩……

这里，这里，这里，这里——

在小平的国度……

这里是日光市大字路，我们的小卡车停在小平义雄老家房子的门外。那是一栋摇摇欲坠、破烂不堪的房子，小平义雄的叔叔、叔母和堂弟还住在这儿，还在古川公司上班——

小平义雄的叔叔、叔母和堂弟知道我们为什么来这儿，知道我们为什么一直敲门——

最终，小平的堂弟打开门邀请我们进屋，穿过他们家腐朽的大门和污秽的玄关，穿过他们家臭气熏天的厨房，走进他们阴暗、潮湿的家——

家。家。家。家。家。家。家……

小平的叔母迅速手脚并用地爬进另一条昏暗的走廊。小平的叔叔盘腿坐在壁炉前，抽着烟斗。叔叔是个老人。叔叔一言不发——

"他恨警察，"他的儿子，小平的堂弟说，"他觉得是警察陷害他，陷害我们家族……"

"闭嘴，蠢货！"叔叔吼道。他拿起烟斗起身，走到房间的另一侧，拉上身后的纱门，然后又吼了一句："蠢货！"

"你们想要什么？"堂弟问——

"我想知道你堂哥小平多久回来一次，"我对他说，"我尤其想知道在过去两年里，他多久回来一次，他回来的具体日期，还有每次回来都会带着什么东西。这些信息很重要，希望你能回想一下……"

"嗯，回想这个很容易啊，"堂弟大笑，"因为我们从来没见过他。他从来没回来过……"

"我不相信你，"我对他说，"我不相信你，因为我已经拜访过附近的六七户人家了，他们都记得他回来过，也记得他回来的日期和他带回来的东西。所以，我再请你回想一下……"

"那我再告诉你一次，"堂弟说，"他从来没回来过。我们听说他会来枥木，但我们从没见过他。"

"你们从没见过他？"我问，"他从没来过这里？"

"他为什么要来这里？"堂弟问，"我们又没有东西可以卖给他，也不会问他买什么。为什么要来？"

"因为你们是他的家人，"我说，"这就是原因。"

"他从来没有回来过。"堂弟重复道——

在这个昏暗又潮湿的家——

"我知道的就这么多了，我该说的也就是这些了，"堂弟说，"如果你想了解更多，可以去村子上的其他人家，随便哪家。"

*　　*　　*

他父亲是家里的长子，邻居告诉我们。他酗酒、赌博、玩女人。他以前有个农场，有家旅馆，叫桥本屋，是村子里最好的旅馆。但他赌博、酗酒、玩女人，把所有东西都耗光了，连他的马也没了。他最后和其他人一样，给古川电气公司打工——

小平父亲的大弟一辈子都在工作，邻居告诉我们。他手脚不太利索，反应迟钝，但上班时从来没有缺席过。他只上夜班，把所有的工资都交给他母亲。他是个结巴，是个白痴，但是几个兄弟里最好的一个——

二弟就是你们见过的那位了，邻居告诉我们。他曾经是村子里最危险的男人，酒喝得很凶，还随身带刀子。他坐过牢。他现在脾气还是很急，喜欢惹是生非，但不怎么开口说话了。

小平义雄的哥哥不久前死了，邻居告诉我们。他和家里的其他人一样，在古川电气公司上班，但因为偷别的工人的东西，上班时间睡觉，被炒了。他去过东京，但很快又回来了，工作换了一个又一个，靠一些奇奇怪怪的工作和救济品活着。他也不怎么说话。他甚至让自己的妻儿到屋外吃饭，好让自己安静一点。去年四月他因为偷土豆被警察抓了，但案子还没开庭，他就死了——

他的姐姐情况也差不多，邻居告诉我们。她也在古川电气公司上班，和他们家的其他人一样。她嫁了一个同事，但一年不到就离了。之后她又嫁了一个韩国人，也没撑过一年。她经常歇斯底里，总是谎话连篇，今年一月死了——

他也是个坏孩子，邻居迫不及待地告诉我们。但他还不是他们家最坏的。上学的时候，他成绩很差，又懒又粗心，但他从来不喝酒，也不赌博。他遗传了他们小平家的脾气，但从来不和陌生人打架——

他把自己岳父杀了的时候，大家都惊呆了——

他有个私生子，邻居悄悄告诉我们。那孩子差不多有十六岁了，不是什么好孩子，讨好比他大的，欺负比他小的。这个儿子是他和他那个外遇生的。就是因为这个外遇，他第一任妻子的娘家想让他们离婚。也就是因为这个，他跑到她家去杀了她父亲——

然后去蹲了监狱——

这件事让他母亲非常伤心，邻居告诉我们。因为他母亲善良、诚实，充满慈爱，又饱经苦难——

"她流了一辈子的眼泪，"他们告诉我们，"一辈子……"

＊　＊　＊

这些山岳和村庄，这些森林和田野，在我眼里都几无二致。我们的卡车爬上一座小山的一侧，再从另一侧向下，穿过这里一条短隧道，又穿过那里的一条长隧道，然后上坡、下坡，沿着另一条小路向前行驶，最后停在又一座小农场的外面。这座小农场坐落在又一座小山脚下的又一条小沟渠旁的道路上。接着，立花再一次爬出卡车的后车厢，走进房子，而石田、司机和我则汗津津地坐在卡车里，直到立花又带着一个老农回到车旁。他向我们介绍佐村先生——

"这位是尸体的发现人，"他说，"石川的尸体。"

接着，司机再次发动卡车，这辆古老的卡车开始以非常、非常缓慢的速度在农场后面的小山坡上爬行，直到佐村先生点头嘀咕了一句什么，立花立刻让司机在山腰上停车——

"这里就是他发现她的地方，"立花说，"这个地方。"

上都贺郡，真名子村，大字水木町……

大家都爬出卡车。大家都擦着脸，擦着脖子，低头回望着山脚下的田块和沟渠，农场和房屋，接着大家都转过头，抬头望向另一座山上的森林，望向更深的阴影，更多的树木——

更多的黑色树干，它们的枝，它们的叶……

434

佐村指着树林："在那边……"

他走在我身后，他走在我身后……

我和立花跟着这个老农，他沿着小路向上攀爬，走进树林，为我们指认方向。他一边走，嘴里一边嘟囔着一些我们听不清的话，树的枝干离我们越来越近，树林越来越密，石田跟在后面——

他走在我身后，穿过树木……

佐村在远处停下脚步，环视四周，然后大喊道："就是这里，就是这里，就是这里……"

又一次，蝉鸣振聋发聩，蚊虫穷凶极恶……

"去年九月，"他说，"我在捡叶子……"

在树木之间，在黑色的树干之间……

"捡回去晒干，可以混在烟叶里……"

它们的枝和它们的叶……

"我踩到了她的骨头。"他说——

她苍白、裸露的身体……

"那味道我也闻到了，"他说，"我在捡叶子。但我以为是什么动物。我踩到她骨头的时候也是这么想的，但我脚下一滑，摔倒了。在我看到那些骨头的时候，我知道那不是动物……"

"我看起来像一堆骨头……我看起来像一堆骨头……"

"我知道那是人的骨头……"

我在这些树和这些枝干之间转了一圈又一圈，我问佐村："您确定这就是您发现尸骨的地方吗？"

佐村点头。"您难道感觉不到吗，她还在……"

我在这些黑色的树和它们的枝干之间转了一圈又一圈，我问立花："你们把这个地方当作犯罪现场检查过吗？"

　　立花低垂着眼睛，立花低垂着脑袋——

　　"妈的。"我咒骂，一遍又一遍地咒骂，一圈又一圈地在这里兜转，在这些黑色的树干和它们的枝丫之间，一圈又一圈——

　　蝉鸣振聋发聩，蚊虫穷凶极恶……

　　我跪在地上，开始搜寻——

　　挖啊，挖啊，挖啊……

　　再一次地，搜寻。

＊　　＊　　＊

　　"这里，"石田喊道，"我找到什么东西了，看……"

　　南无阿弥陀佛。南无阿弥陀佛。南无阿弥……

　　我和立花局长爬过倒下的树干，钻过枯枝断叶，爬到石田刑警跪着的地方，他在另一段倒下的朽木前弯着腰——

　　南无阿弥陀佛。南无阿弥陀佛……

　　"瞧瞧这些。"他边说边站起来，举起骨头，那些白色的骨头很明显是人骨，包裹在腐烂的破布里——

　　南无阿弥陀佛……

　　"这里肯定就是他藏尸的地方。"石田说着，跪坐到脚跟上，后倾着身子，仔细看着木头下面的东西。"那位老先生去年找到的骨头可能是被动物从这里拖出去的……"

我透过树干和枝叶回望，望向路边，老农佐村已经等在那里了，正和司机一起抽着烟。我回头问立花局长："你们档案里有石川依哪些骨头的记录？"

立花打开石川依的档案，他翻阅着文件，找到验尸报告。他开始大声地报出去年在这里发现的骨头，与此同时，我和石田抬起那段朽木，我们抬起木头，凝视着木头下面那一块潮湿的黑色土壤，凝视着冰冷的白骨，失而复得的白骨——

我和石田跪在地上，开始用手挖——

挖掘，清理。清理，收集——

她失而复得的尸骨……

然后把它们放进我的军用背包里——

放在我的包里，由我背在背上……

"我们会把这些骨头带回东京，"我对立花说，"我会把它们交给庆应大学医院的中馆医生检查。但还是要麻烦您查一下在这里发现的石川依的其他尸骨目前存放在哪里……"

"应该在宇都宫。"立花说——

"有可能，"我告诉他，"但自尸骨发现后已经将近一年了，她又被定性为意外死亡，所以宇都宫可能会把她的遗骸交还给她的家属火化……"

立花深深地鞠躬。"我真的非常，非常抱歉……"

"不必如此，"我对他说，"我们已经尽力了。"

*　　*　　*

卡车驶下山，佐村老人在他的农场门口下车。接着，卡车吃力地翻过另一座小山，穿过一条又一条隧道，又爬上另一个山坡，最终再一次停在寡妇冈山的母亲家门口。那条黑狗仍然在墙头的阴影里打盹，仍然被拴在它的柱子上——

不是流浪狗，家未丧，主尚在……

立花局长又一次看着那条狗，但今天他没有笑。他再次向我们道歉，并先我们进入那栋房子。司机脱下帽子，又点了一支烟——

"这年头，这里倒是不缺烟啊。"石田说。

但老司机没有搭腔，司机只是默默地抽着烟。

立花带着寡妇冈山的母亲回到车旁，后者再一次鞠躬，欢迎我们，并邀请我们进门。立花告诉我们，这位老妇人的外孙女，也就是寡妇冈山的女儿，正在里面等我们——

我们进屋的时候，冈山和子向我们鞠躬——

穿着一条黄蓝条纹的无袖连衣裙……

和子请我们坐在空壁炉前，为我们端上凉茶，又为不能提供茶点道歉。我们都为她的好客向她道谢，我们坐下，喝茶，我们忍不住要盯着她的脸和眼睛看——

她忧心忡忡的脸和她通红、通红的双眼……

"我真的很抱歉，"她说，"我外婆，我母亲和我，我们都不知道小平先生到底是个什么样的人……"

她不是乡下人。她出生在城市里——

她听过炮弹的声音，她见过战争的火光——

438

她将一个盒子递给石田，说："这是小平先生带来的所有东西。这是他给我的所有东西……"

她眼中有泪水——

泪水顺着她的脸颊流下——

"我不知道……"

石田打开盒子。石田取出里面的东西：一块花纹精致的大包袱布，一个便当盒，另一块手表和一枚椭圆形的菊石胸针——

中村光子……

我站起来，走上前，我从石田手里一把夺过那枚胸针——

"另一具尸体？"我问立花，"你昨天提到的那具身份不明的尸体？肯定是中村光子——

"我们离尸体的发现地点多远……？"

但在立花回答我之前，石田已经拿起了那块手表，他把表翻过来读背面的刻字。然后他举着表，递给我——

又一块表，又一块偷来的表……

我从他手中接过表，举高——

这块表。这块表……

在灯光下，我看到了表背面的文字——

富永典子……

"我不知道……"

表在我手中旋转。我不知道。房间和壁炉在旋转。我不知道。房子和大门在旋转。我不知道。转啊，转啊，转啊。我不知道……

我的双手在他们房子外的污泥中。白天就是黑夜。我的双手，我的双膝，都在污泥中。黑夜就是白天。转了一圈又一圈。黑就是白。在污泥里和阳光下，一圈又一圈。白就是黑。转了一圈又一圈，咒骂了一遍又一遍。没有真相，只有谎言。浑身发痒，挠了又挠。咯吱，咯吱。浑身发痒，挠了又挠。咯吱，咯吱。浑身发痒，挠了又挠——

咯吱，咯吱。咯吱，咯吱。咯吱，咯吱。咯吱，咯吱。咯吱，咯吱……

谎言叠着谎言叠着谎言叠着谎言叠着谎言叠着——

咯吱，咯吱。咯吱，咯吱。咯吱，咯吱。咯吱，咯吱……

堆积如山的谎言——

咯吱，咯吱。咯吱，咯吱。咯吱，咯吱……

没有意义的谎言——

没有人是他们自己所说的那个人……

没有意义，完全没有意义——

没有人和他们看上去的一样。

* * *

石田刑警留下来，帮寡妇冈山的女儿和母亲理清小平来访的日期，把他到访的每一天，他带来的每一样物件都记下来，把每一个日期都写下来，把每一个物品都分好类——

我的双手仍然沾满泥污，我的双膝仍然留着鲜血——

我痒，我挠。咯吱，咯吱。我挠，我痒——

我又坐进了卡车里，卡车翻过又一座小山，穿过又一条隧道，爬上又一个山坡，停在又一个农场前。立花将又一个老人带回车旁，说："这位就是那具骸骨的发现人。"

接着，这个老人带我们走上另一座小山，走进他农场后面的柏树林。他的家族世世代代看守、维护着这座小山和这片柏树林，世世代代都在为这片林子砍除枯死的枝干，好让他们的柏树更茁壮地生长。我和立花跟着他穿过他们的柏树林，我们在树干和树干之间穿梭，直到老农在前面停下脚步，转过身来——

"我就是在这里发现它的，"老人说，"就在这儿……"

上都贺郡，清洲村，大字深保田……

"一个月前，"他说，"一具完整的骸骨……"

"没有在这里发现任何衣物吗？"我问他——

"我没见到。"他告诉我——

我又一次在周围打转，转了一圈又一圈，在树干和枝叶之间，我转了一圈又一圈，在这些树和它们的树干之间，我转啊转啊——

蝉鸣振聋发聩，蚊虫依旧穷凶极恶……

我跪在地上，开始搜寻——

一遍又一遍，一遍又一遍……

趴在地上搜寻——

一遍又一遍……

跪在地上——

又一遍……

我四肢着地，在树干与枝叶之间，搜寻木村吉藏唯一的女儿——

"您在找什么？"立花局长问，"她是一具完整的骸骨，没有什么骨头不见了啊……"

你在涩谷车站排队买票的时候他是不是站在你身后？

"骨头确实都在，"我说，"但她的衣服在哪儿？"

他是不是用那套农民和便宜大米的谎话接近你？

她的棕色农活裤，她的浅黄色女式衬衫——

你们是不是去了浅草？然后乘火车去金崎……？

她的木屐、袜子、内衣，都在附近——

往这里走，他说，就在这儿，他说……

在这片森林深处，这些枝叶深处——

他走在你身后。他走在你身后……

走到那堆切割整齐的圆木旁——

他的头发紧紧贴着头皮……

穿过这些树干和枝条——

但不是这里，不是……

我四肢着地寻找——

他的头皮紧贴着头颅——

我搬起一段段圆木——

他邪笑着逼近你……

寻找她的衣服——

小平，小平……

在一段段圆木下——

邪笑着逼近……

最后一段了——

这里，这里……

这里，在这个整齐的圆木堆的深处，埋藏着一条腐烂、潮湿的棕色农活裤，一件浅黄色女式衬衫，从去年秋冬保存至今年春夏，被这堆切割整齐的圆木保存、保护着，未曾经受四季的风霜雪雨。这些圆木一段段地堆放着，在这些精心养护的柏树中间，在这座小山山坡上的这片小森林里，在另一个世界，另一个国度，离家很远、很远的地方，他唯一的女儿在这里——

这就是一九四五年七月十二日光子死去的地方……

我还趴在这些圆木中间——

这就是光子被殴打到失去意识的地方……

我趴在地上，开始挖——

这就是她被扒光衣服，被强奸的地方……

挖掘，清理。清理，收集——

这就是她被扼死的地方……

收集她衣服的碎片——

这就是她被杀的地方……

将那些碎片放进我的背包里——

就是在这里，中村光子在死去后被强奸了一遍又一遍，然后被夺去身上的钱财，被夺去她的手表、她的圆框银丝边眼镜和她的胸针……

她的椭圆形菊石胸针……

把它们带回东京——

一个父亲送给他唯一的女儿……

把它带回——

的礼物……

回家。

*　　*　　*

石田刑警爬进卡车的后车厢，我们向寡妇冈山的女儿和母亲鞠躬，感谢她们的协助和招待。接着，我们的卡车驶下这座山，翻过另一座山，回到村上。我们的右边又是黑河，我们的左边仍是拾荒线的铁轨——

往车站方向移动的队伍更庞大了……

但今天，我们没有聊城里人，没有聊"拾荒者"——

一队队的人背着他们收购的物资……

没有聊土豆和大米，没有聊跳蚤和虱子——

一个死去女孩的尸骨和另一个死去女孩的衣服……

今天，前后车厢里唯有沉默——

在我腿上放着的那个旧军用背包里……

他们又在守望我们了，仔细地分辨立花这辆破旧的山地卡车驶向他们这个古朴的警局的声音。巡警们跑出警局，鞠躬、敬礼，欢迎我们回来。我和石田刑警也再一次向他们鞠躬、敬礼、道谢。

随后我们跟着立花局长走上干净、窄小的台阶，走进他的警察局。前台后面的两名警官再次向我们鞠躬、敬礼、表示欢迎——

"又有一份给石田刑警的电报。"其中一名警官说。石田走上前去，接过电报——

又一份电报。最后一份电报……

石田向他们借用电话——

"把南留在栃木……"

立花警察局长带我离开，我们绕过前台，沿着走廊来到他的办公室。他说着列车时刻表和回东京、回家的事——

家。家。家。家。家。家……

又是一阵轻轻的敲门声，石田刑警走进立花警察局长的办公室——

石田刑警，我不认识这个男人……

立花问："没什么问题吧？"

"没什么问题，"石田刑警说，"谢谢您。"

* * *

整个鹿沼警察局的警员都陪同我们来到火车站，他们祝我们一路平安，向我们辞行。立花甚至为我们延后了火车的出发时间——

他的手下们鞠躬，然后他鞠躬——

立花为他和手下的过失道歉。接着，他再一次鞠躬，感谢我们付出的努力和帮助——

"希望能再与二位共事。"他说——

我和石田刑警向立花敬礼、鞠躬，感谢他付出的努力，也感谢他的手下们付出的所有的努力，感谢他的协助和他的慷慨招待——

立花警察局长最后一次向我们敬礼、鞠躬——

最后，我和石田终于登上了东武线列车——

鹿沼警察局的警员为我们开出一条路——

列车的车门关闭，列车的汽笛鸣起——

没有座位，所以我和石田站着——

列车启动，车厢震动起来——

在石田的后腰处……

我和石田再一次紧贴着站在车厢里，我们俩都透过没有玻璃的车窗望向外面，看着鹿沼在视线中渐渐消失——

在他的后腰处，冰凉的、金属的东西……

我想背对窗户，背对鹿沼——

这另一个世界，另一个国度……

车厢里挤满了乘客和他们的行李，人们不敢看我们，担心他们的行李被检查——

我们是警察，我们是法律……

车窗的玻璃全都不见了，但这节车厢里的空气仍然那么浑浊，只有便溺的婴儿散发出的臭味——

人屎的臭味……

"本班东武线列车下一站停靠枞山站，"售票员开始报站，"之后将停靠榆木、金崎、家中、合战场、新栃木、栃木……"

突然，石田说："我想在家中站下车。"

"把南留在栃木。回警视厅……"

我问他："为什么？"

冰冷的金属……

"我想再去查看一遍马场案的犯罪现场，"他说，"我们在石川案和木村案的现场发现了那么多他们遗漏的线索，所以我觉得我们应该去再检查一遍……"

他走在我身后……

我的膝头放着一包尸骨和衣服碎片——

我诅咒他……

我点头。"如果你确定要这么做的话……"

＊　　＊　　＊

太阳西沉，家中很快就会被夜色笼罩——

群山的影子慢慢拉长……

我和石田三天内第二次穿过这道检票口，然后走出车站，进入镇子——

这里没有人，一个人也没有……

小镇依然荒凉，我带着石田爬上镇外的山坡，经过我们住过的那家"美丽山间旅馆"——

他走在我身后，他走在我身后……

"您确定是这条路吗？"

我没有回答他，因为他知道是不是这条路都无所谓，因为他知道随便哪座山上的随便哪片林子都可以，所以我们就这样在山里上上下下，最终来到又一条小路上，可能和去年十二月三十号小平义雄带马场宽子走的是同一条路——

"您确定是这里吗？"他又问了一遍——

上都贺郡，西方村……

我没有回答他，因为是不是这里都无所谓。我放下我的旧军用背包，我擦了擦脸，擦了擦脖子——

我转过身，背对田野和沟渠——

我抬头盯着山坡上的森林，盯着黑色的树干投下的影子——

它们的枝叶……

我指着山坡上面。"在那边……"

石田刑警跟着我。我从小路爬上山坡，走进森林，挥手驱赶着蚊虫。石田走在我身后——

他走在我身后……

在树干和枝叶间穿梭，我带他走向半山腰的一个浅坑——

在树干和枝叶间穿梭，他跟着我走向这个周围倒着许多木头的浅坑——

在树干和枝叶间穿梭，他走在我身后，来到这个半山腰的浅坑旁，这个浅坑里尽是断枝和枯叶——

他走在我身后，穿过森林，来到这里——

他走在我身后，穿过森林……

"就是这里了。"我告诉他，但我没有转身——

蝉鸣静止，蚊虫蹑足……

在这个地方，在这个坑里，我可以听见他——

在树木之间，在树木的黑色枝干之间……

我可以听见他在我身后。我可以感觉到他——

在树木的枝叶下……

我可以听见他举起他的手枪——

我可以听见他将枪口对准我的背后——

我可以听见他给枪上膛——

冰冷的金属……

我可以听见他在吼："跪下，刑警！"

我没有说话，我没有转身，我跪了下去——

我跪下了，在这片森林中，在这个坑里，在这个地方——

我感觉到枪口抵住了我的后脑勺——

在这个地方，在这个坑里，在这片森林中——

我闭上眼睛，我看见了她的脸——

我看见了她的脸，他们所有人的脸——

正树，万岁！爸爸，万岁！

然后我听见了他扣动扳机的声音。咔哒。我听见他又扣了一次。咔哒。我听见他又扣了一次——

咔哒。咔哒。

又一次——

咔哒。

然后我站了起来。咔哒。我转过身去。咔哒。我握住他的枪膛。咔哒。咔哒……

我夺过他的枪——

砰！砰！向他脸上砸去——

砰！砰！再一击——

屎的臭味。

* * *

在这个地方，在这个坑里，在这些树木间，在这些枝叶下，石田想要睁开眼睛。我弯下身子帮他擦去脸上的血渍。他想说话，想感谢我。我露出微笑，一个亲切的男人，施以小小的恩惠，一个笑脸盈盈的亲切的男人，双手环抱在胸前，大笑着说个不停，从东说到西，从北扯到南，仿佛我们已经认识了一辈子似的，这个哭号着的满脸是血的男人和这个笑脸盈盈的亲切的男人，我仿佛像是他的舅舅，这个笑脸盈盈的、亲切的男人，甚至像是他幼年时就已过世的父亲，但我知道我脸上的笑容让他没有安全感，这张微笑的、亲切的脸庞，在这些树木间，在这些枝叶下，这个绝望的、落败的男人抬头望着我，他乌黑、充血的眼睛里写满了恳求，恳求我的仁慈，恳求我的宽恕，在这个地方，这个坑里，他不知道，这片土地，这个国度越来越暗了，时间一小时一小时地过去，白日已尽，群山隐没，只能看见这些树木间，这些枝叶

450

下的这个地方，这个坑，但如今我露出了尖锐的獠牙、饥渴的眼神、湿润的嘴唇和长长的舌头——

这时候我的手是不是越抓越紧了？我的语气是不是越来越强硬了……？

我的嘴唇湿润，我的舌头伸长，我不再微笑，不再亲切，这个男人露出尖锐的獠牙和饥渴的眼神，湿润的嘴唇和长长的舌头，我低声告诉他我想要什么，在这个地方，在这个坑里，在这些树木间，在这些枝叶下，告诉他我想从他那里得到什么，他在这个地方，在这个坑里，在这些树木间，在这些枝叶下转过身去，但我把他拉回来，我扇他耳光，揍他的脸，踢他的腿，他趴在那些断枝枯叶中，他请求我住手，他乞求我住手，他恳求我住手，求我让他活下去，求我放他走，但我听不见他的请求，我听不见他的乞求，我听不见他的恳求，因为我要把他拖进这个地方的更深处，拖进这个坑的更深处，这片土地和这个国度的更深处，我一只手放在他的脖子上，另一只手放在他的胸膛上，他知道我想要什么，他知道我想要什么，他知道我想要什么，他告诉我拿去，他乞求我拿去，他恳求我拿去，拿去，放他走，他求我放他走，放他走，但我掐着他的喉咙，我掐着他的喉咙，我掐着他的喉咙，鼻涕从他鼻子里喷出，屎尿从他的两腿间流出，我越掐越紧，这个地方越来越黑——

和他那永远不会变白的头发一样黑……

然后，你睁开眼睛，你知道你还活着，躺在这个地方，这个坑里的断枝和枯叶上，你活下来了，你是一个幸运者，你在断枝和枯叶上被打得浑身是血，但你活下来了，你是幸运的，你在这些枝叶上撑起身子，但这时你才明白你没有活下来，你不是一个幸运者，你看见我坐在一段倒下的树干上，抽着一支烟，正盯着你，一个曾经笑脸盈盈的、亲切的男人，我抽完了烟，站起身来，跨过断枝和枯叶走向你，在树影下，我把子弹装回你的枪里——

你想说话，但你说不出来……

因为一个曾经笑脸盈盈的、亲切的男人手里拿着你的枪，我把枪口放进你的嘴里——

在这里被打得浑身是血……

在这里，在这个坑里的断枝枯叶上，在这里，在这个地方，我扣动了你的枪的扳机——

砰！

*   *   *

在夜里，他尖叫。我走下山。把南留在枥木。这座谎言之山。告诉我你是谁的人！我听见石田坦白的只言片语。没有睡着，也不是醒着。我没有跑。回警视厅。一个人可以靠这座山活下去。告诉我！姓名、地点和日期。在夜里，他哀号。我步行穿过那些沟渠和田野。安达管理官。一个人可以在这座山里藏起来。告诉我是谁想要我的命！石田的坦白，石田的谎言。我可以听见他的哭声。我没有跑。把南留在枥木。一个人可以抛弃这个世界。告诉我！石田嘟哝着藤田的名字。在夜里，他恸哭。火车的汽笛声

452

沿着铁轨传来。回警视厅。一个人可以忘记这个世界。告诉我是谁命令你杀我！石田呻吟着千住的名字。在他睡着的时候。然后我开始跑。安达管理官。但我无法忘记这个世界。告诉我！石田在说谎，他说着关于安达的谎言——

满是鲜血的嘴里含着撕碎的塞口布……

谎言叠着谎言叠着谎言叠着谎言叠着谎言叠着谎言——

在夜里，磨牙的声音，呜咽的声音……

是时候走下这座谎言之山了——

我可以听见石田在哭泣，我可以听见他在呜咽……

走下这座尸骨之山——

在昏暗的灯光下，我可以听见他们所有人的声音……

是时候回家了。

* * *

我走得跌跌撞撞，但还是登上了车厢之间的连接处。我走得跌跌撞撞，但还是从车厢连接处走到了货车车厢。人们像牲口一样挤在货车车厢里——

人牲。人牲。人牲……

一个女人在捏饭团，另一个在嚼酱瓜，小孩哭哭啼啼，老人喊声如雷，痒啊，挠啊，咯吱，咯吱，人尿的骚味，人屎的臭味——

人屎。人屎。人屎……

"运气太差了，"有人在说，"太差了……"

"他们都那么有钱，没必要卖东西了……"

"他们把好东西都藏起来了……"

"要么就是只肯换他们想要的东西……"

"钱已经满足不了他们了……"

"有些老家伙就想来一发，如果你卖力点儿，而且答应下次再去，你就能花一百五十円从他们那里买到一夸脱的米，反正就十分钟的事儿，还不赖哦……"

"到东京可以卖到两百円……"

"你的米，你的肉。"她们大笑起来，哈哈哈……

我透过车厢木板的缝隙，望着外面——

没有后见之明，也没有先见之明……

只有盲目，只有黑暗——

哈哈哈哈！嘻嘻嘻嘻！嘶嘶嘶嘶！

13

1946年8月27日

东京，29.5℃，晴

我浑身发痒，挠了又挠。咯吱，咯吱。人们的身体随着列车
晃动，破晓时分的晨光钻过车板上的孔洞和车门的缝隙，渐渐照
亮他们的脸。我浑身发痒，挠了又挠。咯吱，咯吱。一个白发苍
苍的老妇坐在我对面，一对年轻一些的男女坐在她两侧。我浑身
发痒，挠了又挠。咯吱，咯吱。那对男女都想叫醒她，他们轻声道：
"醒醒，我们马上就到浅草了，醒醒……"

但老妇没有动弹，没有应答——

"醒醒！"那个女人咬牙切齿地说，"你压到我的胳膊了。"

坐在她左边的男人感觉到事情有些异样，他把她的脸抬起来，
对着光线。老妇的眼睛仍然紧闭——

口水顺着她的嘴和下巴流了下来——

"你怎么了？"男人问，"醒醒！"

火车转进另一条轨道，老妇向前倾翻——

"她死了，"女人对男人说，"她死了……"

接着，他们想把老妇的尸体推开，推远一些，但就是无法移动她的身体，因为她背后背着的包袱太重了——

包裹的重量，她背上的物资……

"把它拿下来。"在他们对这具尸体无可奈何的时候，男人悄悄对年轻女人说。但这个年轻女人有更好的主意，他们把老妇身后的包袱取下，女人打开包袱，无须多说，男人就开始帮她一起解里面的绳结，他们俩左右环顾，确认没有别人醒着。绳子解开了，他们左右环顾，确认没有人在看。他们把死去老妇背后包袱里的精米和红薯拿出来，藏进他们自己背后的包袱里——

左看右看，右看左看……

我低下头，闭上眼——

我把他们的鞋摆好，让鞋头朝向门口……

但没过多久——

货车车厢里的其他人也开始骚动。我浑身发痒，挠了又挠。咯吱，咯吱。他们窃窃私语。我浑身发痒，挠了又挠。咯吱，咯吱。传言说有警察在浅草站等着搜查乘客身上和行囊里的黑市商品——

人们想在北千住站下车——

人们说北千住站的情况也一样糟——

人们说要跳车——

我听够了——

我把我那装满尸骨和衣服碎片的背包背好，在北千住站下了车——

但我没有出北千住站的检票口。我上楼又下楼，走到另一个站台，接着我站在这个露天的站台上，等待开往上野的列车——

今天是八月二十七号。我觉得。现在刚过早上七点。空气闷热潮湿，天空像一块灰蒙蒙的污渍——

我浑身发痒，挠了又挠。咯吱，咯吱。

咯吱，咯吱。咯吱，咯吱……

咯吱，咯吱……

这个上野和东京列车专用的站台人不多，但对面的埼玉站台和芝站台都人满为患——

我浑身发痒，挠了又挠。咯吱，咯吱。我浑身发痒，挠了又挠——

咯吱，咯吱。咯吱，咯吱。咯吱，咯吱。咯吱，咯吱……

我听见我的火车驶近了，我向前走到站台的边缘。我浑身发痒，挠了又挠。咯吱，咯吱。火车停靠，数以百计的乘客一涌而下，互相推搡、挤撞。我登上列车，车厢里还有数以百计的乘客，仍在互相推搡、挤撞。我浑身发痒，挠了又挠。咯吱，咯吱。我站在门口，火车开始离站。我浑身发痒，挠了又挠。咯吱，咯吱。车厢里一片寂静。人们都神经紧张，人们都忧心忡忡，人们都惶恐不安——

我神经紧张，我忧心忡忡，我惶恐不安，我畏怯不已……

上野站总有警察，他们总会搜查乘客的衣物和行李。但我不会走这里的检票口。我会走到另一个站台，我会换上另一班列车——

457

他们不会看到我，他们不会拦下我……

我会乘山手线到神田——

他们不会找到我，不会抓住我……

乘中央本线到信浓町——

这样我就安全了……

但信浓町站也有警察。我诅咒。我现在在站台上。我诅咒。我正在走向检票口。我诅咒。他们在拦人。我诅咒。他们在搜身。我诅咒。我不能出示我的警察手册。我诅咒。我不能告诉他们我的名字。我诅咒。我站在检票口前的人群里。我诅咒。我站在队伍里。我诅咒。我把我的车票递给检票员。我继续向前走——

"你，"一名警察命令道，"站住！"

我诅咒，我诅咒。我停下脚步。我再次诅咒。我转身——

有两个巡警。"过来！"

我诅咒。我诅咒。我诅咒。我诅咒。我诅咒……

我向他们鞠躬，我问："怎么了？"

"你背包里装的是什么？"

我诅咒。我诅咒。我诅咒。我诅咒……

"只有我的衣服和一些个人物品……"

"拿出来给我们看看。"他们对我说。

我诅咒。我诅咒。我诅咒……

"就只有衣服而已。"

"那你就打开。"

我诅咒。我诅咒……

"真的，只有……"

"打开！"

我在心里不断咒骂着，但我点了头。我拿下我的背包，准备打开它，但其中一个警察一把从我手中夺过了包。他把包放在地上，开始细细查看——

我可以感觉到我后腰处插着的那把枪……

"这些都是什么？"他将包里的衣服和骨头碎片倒在地上，退后了几步——

石田的枪插在我的皮带上……

另一个警察弯下腰，看了看地上的破布和骨头，接着用惊恐的眼神抬头盯着我——

现在我别无选择了……

我掏出我的警察手册，递给他们。我告诉他们："我要把这些证据送到庆应医院的解剖科……"

别无选择……

但是两个警察都对我笑了，他们脱下帽子，擦了擦脸，擦了擦脖子——

"您为什么不直接说您是警察呢？"

"我不想引人注意。"

"下次直接出示您的警察手册就好……"

"抱歉，"我说，"是我不好。"

"我们要找的可不是警察啊。"他们笑道。我背上装着衣服和尸骨的背包，走出了车站。

时间还早，但庆应医院仍然人满为患，大门外，科室前，走廊上，尽是排队的人。我穿过大门，沿着走廊，经过排队的人，经过病患，经过轮床，走到电梯前。我按下按钮——

我恨医院。我恨所有医院。所有医院……

我跨进电梯，我按下另一个按钮，电梯门关上了——

我在医院里度过了太长时间……

我随着电梯向下，进入黑暗——

在这里度过了太长时间……

电梯门打开，灯光复现——

在半明半暗的光线里……

我经过贴着瓷砖的水槽和排水渠，经过关于小心割伤和刺伤的手写告示，沿着走廊，来到停尸房和解剖室。我敲了敲办公室的门——

"请进。"中馆医生在里面喊道——

我打开门，我走进他的办公室——

死亡的气味，消毒剂的气味……

中馆医生坐在他的办公桌前，他没有刮胡子，眼睛通红——

"你的头发怎么了？"他问，"都白了。"

"我差点儿认不出您了……"

我说："我从枥木给你带了点儿纪念品……"

中馆医生放下手中的笔，他摇摇头——

我把背包放在他的桌上，打开它——

我拿出那些衣服，我拿出那些尸骨——

中馆看了看这些东西，接着抬头看着我："小平？"

"对，"我对他说，"但我觉得很难证明，除非他在我们找到的这些证据前自己招供……"

中馆医生问："怎么回事？剩下的部分呢？"

"在宇都宫，"我告诉他，"有三起命案，但只有一起是被当作他杀案件处理的。我已经叫宇都宫那边把剩下的骸骨和他们能找到的任何报告文件寄来这里给你了。"

"受害者叫什么？"他问。

"去年九月，一个叫石川依的女人的尸体被发现，这些骨头就来自尸体的发现现场。鹿沼警方认为石川死于六月。之后，在另一个现场，我找到了这些衣物的碎片，我认为属于一个叫中村光子的女孩，去年七月警方接到过这个女孩的失踪报案。就在上个月，鹿沼警方发现了一具骸骨，我认为就是她，虽然我还没看验尸报告。然而，我打算让她的家人辨认这些衣物碎片，看能不能确认尸体身份。第三起案件的受害者是一个年轻女子，叫马场宽子，她于今年一月被谋杀……"

中馆停下了手中的笔，中馆点了点头。

"你知道这起案子？"我问，"那我继续说了，我们找不到任何证据可以把小平义雄和第四起案子联系在一起。第四起案件的受害者叫沼尾静枝，是日光警局转给我们的。"

"你近来很忙啊，刑警，"中馆医生说，"别告诉我你是想升职……？"

"你听说我的事了？"

"是的。"中馆说。

"谁告诉你的？"

"北课长自己说的。"他说。

"你什么时候见到他的？"

"在我给他送宫崎光子的验尸报告的时候。"

"你告诉我你会等几天的……"

"我很抱歉，"他说，"但我别无选择。"

我别无选择。我别无选择……

"总有选择的。"我牙咬切齿——

"这一次没有，"中馆说，"公共安全部到这里来，要求查看所有涉及宪兵队的报告……"

"所以你就把宫崎光子的验尸报告给他们了？"

"没有，"他说，"我给了北课长。"

"北课长说什么了？"

"他已经知道了。"

"但他没有把这个案子和小平联系起来？"

"我不知道。"中馆说。

"北课长有没有说他打算怎么处理这个案子？"

"他说他们会就这起案件审问小平的。"

"那安达管理官呢？"

"他怎么了？"

462

"北课长有没有说起安达管理官和宫崎案？"

"没有。"

"公共安全部有没有向你询问安达的事？"

"没有。"

"那他们问了你什么？"

"宪兵队的案子。"他又说了一遍。

"我的事？"我问他——

中馆点头——

"什么……？"

"我很抱歉，"他再次说，"但他们有报告书。他们有证人，刑警。我无能为力……"

我别无选择。我别无选择。我别无选择……

在贴着瓷砖和手写告示的走廊上，我按下按钮，等待电梯。中馆向我鞠躬，中馆再次道歉。他祝我一切顺利，然后他问——

他终于问了："你接下去打算做什么？"

"我有债要还。"我对他说——

"你什么都不欠他们的……"

"不是活人，"我说，"是死人的债。"

＊　　＊　　＊

最后一班有轨电车撞上了一个少年，一个女人在火车前卧轨，所以电车晚点了，火车停运了，所以我现在还站在等车的队伍里，我旁边是一个大约五十岁的女人，她穿着一条棕色的农活裤，和我包里那条腐烂的裤子很像。我浑身发痒，挠了又挠。咯吱，咯吱。我左边是一个约莫十五六岁的少年。他穿着做工粗糙的工厂制服，肩膀有一处绽线了，他戴着一顶军帽，闭着眼，张着嘴，在清晨的暑热中，他的身体前前后后地慢慢摇晃着，前前后后。我浑身发痒，挠了又挠。咯吱，咯吱。他就这么前前后后，前前后后地晃着，有那么一瞬，这个少年似乎就要俯面朝下倒在地上了，但他又挺起了身子——

"他是喝醉了还是病了？"我旁边的女人问——

"可能只是又累又饿吧。"我说。

女人探过身子，把一只手放在少年的肩上，她问他："你还好吗？你要去哪儿？"

少年没有回答，女人又问了他一遍——

这一次少年说："我要去上野。"

"那你的方向错了，"女人说，"你得到马路对面去等到上野的车。那边……"

少年直愣愣地盯着马路对面的电车站，但他没有挪动脚步。他又闭上了帽檐下的眼睛——

"在那边，"女人又说了一遍，"你看到了吗？"

少年又张开了嘴。

"你的方向错了。"女人孜孜不倦——

但少年仍然没有睁开眼睛。

"搭这边的车是到不了上野的……"

少年又开始前后摇晃起来。

于是她转向我。"他的方向错了。"

我点头。我说："但也没什么区别。"

*　　*　　*

我沿着马路走到中村家，但在经过的时候没有停下脚步，我继续向前，直到走到街角。然后我就站在那儿，回头凝视着那栋房子，我要带去的坏消息就静静地躺在我背后的包里。接着，我转身，朝着房子的方向走去。我在大门口的格栅前停下脚步，我想推开栅栏，但它锁着，推不动。我敲了敲门框，但无人应门。我又敲了一次，这一次敲得更响，还大声喊着抱歉——

"哪位？"中村光子的父亲问。

"南刑警，"我说，"警视厅来的。"

我听见他穿着拖鞋走到玄关的声音。然后门开了——

"很抱歉打扰您，"我说，"但我有一些消息……"

中村光子的父亲并没有问我带来了什么消息。中村光子的父亲没有问我任何问题。他点了点头，邀请我进屋——

我带来了这些东西。我将留下这些东西……

在我脱下靴子的时候，我感到一阵恶心。在我跟着光子的父亲进入客厅的时候，在我放下我的军用背包，在我坐在榻榻米上，隔着茶几坐在光子父亲对面的时候，在我打开背包的时候，我觉得胃里在翻滚——

我带来了痛苦。我将留下痛苦……

我拿出那条已经腐烂了的棕色农活裤。我拿出那件浅黄色女式衬衫。最后，我拿出那枚椭圆形的菊石胸针。我将这些东西放在他面前的茶几上——

中村光子的父亲伸出手——

我向他描述了在树林中发现的骸骨……

光子的父亲拿起胸针——

我向他描述了那些柏树……

他将胸针捧在胸前——

我告诉他她现在在何处……

他就这样捧着那枚胸针——

告诉他她很快就会回家……

他低下头——

"她是我唯一的女儿，"他说，"谢谢您。"

*　　*　　*

我坐在一堆碎石混凝土上，我掏出一支烟点上。路边有一排兵营营房，我看着一个年轻女人从一扇二楼的窗户往外晒被褥。我看着她拍打被褥，灰尘从织物中飞扬出来。她时不时地转身对屋内的什么人说着什么，面带笑容，嗓音动听。但忽然，女人看到了我在看她，于是迅速把被褥收回屋内，关上了窗户。我看见她又从屋内偷偷看了我一眼，她怀抱着一个幼童，眼中满是恨意和恐惧。我想问她，她以为自己是什么人，为什么用这种轻蔑的、恐惧的眼神看我，我想问她，是谁抬举了她，让她有资格瞧不起我。但我移开了视线，不再看着那扇窗户。我低头看着我的靴子，我的军靴。在我右脚边仅仅一米左右的地方，有一条死掉的怀孕的牧羊犬，仰面躺在地上。它的肚子被其他的什么动物撕开了。半腐烂但已经完全成型的幼崽被拽出了它的肚子，它们遍体鳞伤，沾满了尘土和石子，呈现出深深的血红色。我站了起来。在这狗年，我用军靴的鞋边为那几只发黑干瘪的胚胎拂去表面的尘土——

正树，万岁！爸爸，万岁！

* * *

嘟嘟。嘟嘟。嘟嘟。嘟嘟。嘟嘟。嘟嘟。嘟嘟……

我步行穿过京桥区。我走到那片破破烂烂的木栅栏前，来到那一大堆生锈的废铁，还有那个有着玻璃门和铁皮屋顶的小屋前。在栅栏后面，有两个穿着工装的男人，一高一矮，两人正拿着小板凳和空货箱走出小屋。我从栅栏的开口进入废品场。我做了自我介绍，然后询问小林庄吉在不在——

在日光和阴影中，在白与黑中……

"你不知道吗？"高个子的男人说，"他昨天死了。"

"小林先生死了？"我重复道，"他怎么死的？"

"昨天晚上八点死的，"男人说，"他开卡车到大宫市去收什么废品，回来的路上，卡车在一个窄桥上翻车了，小林和另一个跟他一起去的人都死了……"

"我听说是一辆美军的卡车把他们逼下去的，"矮个子的男人说，"不然他们不可能翻车……"

"不知道就别瞎说，"高个子说，"那只是传言。"

"不是的，"矮个子说，"有个老头住在桥边上，他亲眼看见了事情的全部经过，还到警察局去录了口供。他说有一支四五辆美军卡车组成的车队朝着那座桥开去，桥是座老木桥，非常窄，没法让两辆车同时通行。美军的卡车又是按喇叭，又是闪灯，但小林的卡车已经在桥上了，他没法掉头，但美军的卡车开得太快，所以在那个老头看来，小林当时应该是想在桥上靠边停车，但第一辆美军的卡车在过桥的时候擦撞了小林的卡车，他的车就滚下河堤了……"

"他把这些都告诉大宫的警察了？"我问——

"对，"矮个子男人说，"但警察说，碰到进驻军，他们无能为力……"

我摇摇头。我感谢他们告诉我发生了什么。我问他们我能不能进小屋待一会儿——

他们点头。"我们只是来这儿整理东西的。"

于是我跨入小屋。色泽陈旧的严岛神社明信片仍钉在墙上。佛坛上面摆着一棵盆栽的红淡比树，后面是三个相框，三个相框和一支燃烧的蜡烛——

"他可能也已经是个游魂了……"

我跪在佛坛前，我开始汇报——

向三张照片和那支燃烧的蜡烛——

我告诉他们我为宽子找到了公义——

我向他们保证我会为她报仇。

我站起来，我从墙上摘下那张色泽陈旧的严岛神社明信片，把它翻过来。是宽子寄来的。

学校旅行的快乐时光……

我把明信片放进外套口袋里。我走出小屋，走进日光照射下的废品场中。那两个男人还在聊天。高个子说："他经历的你都经历了，他克服的你也都克服了，什么战争，什么炸弹，什么炮火，你不都活下来了吗？到头来却死在一场愚蠢的交通事故里……"

"没道理啊，是不是？"矮个子说——

"除非你是真的大限将至了，大限将至啊……"

我再次谢过他们，然后跨出栅栏，走到街上。我看着拔地而起的大厦，看着那些办公楼和商号，我想着小林的儿子，他还在黑龙江边砍树，丝毫不知他父亲昨晚八点死于一场交通事故，丝毫不知他的姑姑死于心碎，他的堂妹遭到奸杀，不知道他还不如死了更好，死了更好，死了更好——

嘟嘟。嘟嘟。嘟嘟。嘟嘟。嘟嘟。嘟嘟……

* * *

我浑身发痒，挠了又挠。咯吱，咯吱。我饥肠辘辘，我需要一杯酒和一支烟。我浑身发痒，挠了又挠。咯吱，咯吱。我步行穿过又一个临时市集，穿过市集里的店铺摊位。我浑身发痒，挠了又挠。咯吱，咯吱。我在一个小摊前驻足，一个年轻女人在卖红薯。我盯着红薯，然后又望向女人——

她被晒黑的皮肤和她的短裙……

女人坐在一个木箱上，翘着二郎腿，她磨破的裙裾随风飘起——

"你是不是就打算这样盯着我的裙子看，老头？"她问，"还是说你要买红薯……？"

我的脸红了，急忙移开了目光。

女人放下二郎腿，站起来。她擦了擦脸，擦了擦脖子。她看着我大笑起来——

"买一个呗，"她说，"只要两円。"

我拿出钱递给她——

"自己挑吧。"她笑道。

我挑了一个红薯，转身准备离开。我浑身发痒，挠了又挠。咯吱，咯吱。我回头看了一眼那个女人，但她已经坐回木箱上，又翘起了二郎腿——

她被晒黑的皮肤和她的短裙……

然后我看见了他，我看见他在人群中，在摊铺间，那个男孩的破衣烂衫和污垢像黑痂一样板结在一起，他的脸上和手上长满了水疱和疖子，他正在擦抹着脓水和眼泪。我继续前行，穿过人群，穿过摊铺。我又回头瞥了一眼。我又看见了他，在人群中，

470

在摊铺间，破衣烂衫和污垢像黑痂一样板结在一起，脸上和手上长满了水疱和疖子——

他走在我身后……

我继续向前。我饥肠辘辘，我需要一杯酒和一支烟。我浑身发痒，挠了又挠。咯吱，咯吱。我转进一个又一个街角，我越过肩头朝后看，但我没看到他。于是我停下了脚步，我又坐在一片废墟上，坐在又一堆碎石块中。我咬了一口红薯——

生冷，干老……

但对我来说，它尝起还是热乎的，还是新鲜的。接着，一个影子投在我的脸和手上，我抬起头。那个男孩站在我面前，破衣烂衫和污垢像黑痂一样板结在一起，脸上和手上长满了水疱和疖子，就在我面前几公分的地方——

他指了指……

他的肚子鼓胀，他的骨节突出，他散发着腐烂的杏子的气味。他抬起手，用手指着我——

他黄色的双眼沾上了一种深深的血红色……

我打算把红薯掰成两半，给他一半，但男孩一把从我手中夺过了整个红薯，另一只手抓起地上的尘土丢在我脸上——

灰尘迷了我的眼睛，他转身跑走——

一边流泪，一边大笑着跑走——

眼泪和脓水，哈哈哈哈……

爸爸，万岁！

*　　*　　*

　　我敲响了下北泽车站附近那幢老式木质排屋的门，无人应门。我又敲了一次，仍然无人应门。我推了推门，门没锁。我打开门，屋内一片寂静。我走进玄关，厨房空无一人——

　　我喊道："你好，室田先生？有人在吗……？"

　　但仍然无人应答，仍然只有寂静——

　　我脱掉靴子，走进里屋。我踩着旧榻榻米地垫，穿过分隔上下楼的残破的帘子。什么都没有，只有陈腐的空气和阴影——

　　这里除了阴影，什么都没有……

　　我走上又陡又窄的木质楼梯，楼上有两间房，一间在前，一间在后。前面的房间比较大，角落里肮脏的垫子上有一个五斗柜。我拉开抽屉，柜子是空的。后面的房间的窗户开着，有蚊子。这个房间里也有一个柜子，但也是空的——

　　这里除了阴影，什么都没有……

　　我走下木质楼梯，穿过残破的帘子，回到一楼。我站在厨房里，这里也有蚊子，散发着剩菜的气味。室田秀树和那个自称是富永典子的女人已经离开多时了——

　　没有人和他们看上去的一样……

　　我坐在破旧榻榻米上的木茶几前。我拿出口袋里两块手表中的一块，将它在手中翻过来。我对着光线举起它，我读着上面的刻文——

　　富永典子……

我将表放在木茶几上——

我拿出我那本粗糙的笔记本——

我舔了舔我铅笔的笔尖——

在半明半暗的光线里……

我一遍又一遍地写着——

写着我的名字——

一遍又一遍——

我的名字。

*　*　*

天空变成一种更深的灰色了。不是你。空气因恐慌的气氛和高温而沉重。不是你。枝叶压得低低的。不是你。街边的摊位都盖上了草席。不是你。男男女女蹲在碎石块中，挥着扇子，看着天空。不是你。吉普车和卡车驶过，车的顶篷，车门上都印着大大的白色五角星。不是你。吉普车和卡车的后车厢里坐着白种男人和黑种男人。不是你。他们不是手里拿着枪，就是膝头放着枪。不是你。他们在微笑，他们在大笑。不是你……

我们等的人不是你……

*　*　*

他们在找我，在火车上和车站里，但我先找到了他们，在他们最意想不到的地方，在爱宕警察局。我站在马路对面，看着，等着，我看着，等着。我看着他们来，看着他们去，我就这么等着。终于，我看见了西刑警，我挪动了脚步——

西一个人沿着马路走着——

我快速走了十步，就追到了他身后——

手枪顶住他的肋骨——

对四周的情况了如指掌——

"走这边。"说着我强迫他转身，掉头穿过马路，把他推进树林里，这里满是杂草和废料，还有装满了灰烬的黑色铁桶。我用那把军队制式的手枪抵住他的肚子——

他面如死灰，像是一直没有睡过觉——

好像在照镜子，照镜子……

"其他人都在哪儿？"我问他——

西盯着抵在他腹部的手枪。西说："他们都去庆祝了，不是吗？"

"庆祝什么？"

"结案。"

"哪个案子？"

"小平。"

"所以他们甚至等不到我从枥木回来，等不及看一看我找到的证据，读一读我的报告。他们根本不在乎别人，是不是？"

可是还有其他人，还有其他人……

"但他们一直在找您，您知道的吧？"他对我说，眼睛仍然没有离开抵在他腹部的手枪。"您应该去大门，您应该去参加庆祝会。和北课长谈谈，您现在就该过去，不然就太迟了……"

"闭嘴！"我对他说，"已经太迟了。"

西摇着头："不，不迟。"

骗子！骗子！骗子！骗子！骗子！骗子！……

"闭嘴！"我再一次咬牙切齿地说，"现在回答我的问题……"

西刑警低下头，点了点头——

"藤田刑警怎么样了？"我问他。

西抬起头："您不知道？"

我用枪更用力地顶住他的肚子。"快说！"

"他们在芝运河里发现了他的尸体，"西说，"双手双脚被钉在一扇门的背面，面朝下溺死了，就……"

"就像林丈一样。"我接上他的话——

西又点了点头，说："是的。"

"谁负责这个案子？"我问——

"安达管理官。"

我诅咒他。我诅咒他……

"那么你们伟大的管理官认为是谁杀了藤田呢？"

"管理官认为藤田可能卷入了野寺富治谋杀松田义一的案子里。林丈想勒索藤田，所以藤田把他杀了封口，然后千住老大发现了这件事，所以派人杀了藤田。"

"这可不是什么问题啊……这应该是让人高兴的事……"

"那我呢？"我问他，"他怎么说我的……？"

西摇摇头，西说："什么都没说……"

我把枪举到他眼睛的高度，对准他的眉心，我说："我不相信你，你在骗我……"

"但事实就是如此啊，"西恳求道，"求您了……"

我问："那石田呢？"

"石田怎么了？"

"安达说起石田了吗？"我问，"石田刑警在这件事里扮演什么角色？"

西再次摇头，西说："我不知道……"

"安达派他一路监视我。"我告诉他——

但西还在摇头："我不知道……"

"安达派他监视我，监视你，监视我们所有人。"

"我不知道您在说什么……"

"可能现在他没了，就轮到你了吧……"

"谁没了？什么轮到我？"

"石田不会回来了。"

"他去哪儿了？"

"下地狱了。"我告诉他——

西垂眼看着枪膛。西在流汗。西告诉我："那是你和石田刑警之间的事——

"跟我没关系啊，"他哀求道，"求您了……"

"是安达让你这样跟我说的吗……？"

"他没让我做任何事。"西大喊起来——

我把枪膛对准他的额头——

"什么都没有！"西再一次大喊——

我用枪口顶住他——

"安达想帮您，"西哭号着，"他想救您！"

"骗子！骗子！"我低声说着，扣动了扳机。咔哒——

"不要！不要！"他尖叫起来，"我说的是真的……"

"安达派石田来杀我！"我告诉他，再一次扣动了扳机，一遍又一遍，我扣动扳机。咔哒，咔哒——

西跪倒在地上——

咔哒，咔哒——

西跪在地上——

"求您了，不要……"

我放下手枪，从外套口袋里拿出我那本粗糙的笔记本。我在他面前蹲下，我抬起他的脸，对着光线。我把笔记本贴在他脸上，我掰开他的嘴——

我将笔记本塞进了西的嘴里——

"这里面写的才是真相，"我说，"我找到的真相……"

在半明半暗的光线里，这些若有若无的东西……

"读！读完了给我记住！"

* * *

铁路边的夜游神们今晚出动的有点早。来玩吧？来玩吧？穿着她们的黄蓝条纹无袖连衣裙。来玩吧？来玩吧？她们听着收音机，看着报纸，她们都知道有台风正在靠近。来玩吧？来玩吧？穿着她们的白色中袖衬裙。来玩吧？来玩吧？她们知道后半夜只有风雨，没有生意。来玩吧？来玩吧？穿着她们的粉色短袜。来玩吧？来玩吧？她们知道她们得早点出来挣钱。来玩吧？来玩吧？穿着她们红胶底的白帆布鞋。来玩吧？来玩吧？但她们不想抓住我的手——

穿着她们的黄蓝条纹无袖连衣裙……：

今晚她们不想引诱我进入阴影中——

"滚开！"她们尖叫道，"滚远点！"

她们看着我的眼睛，接着又避开了视线——

"我们不和死人上床！我们不和鬼魂上床！"

*   *   *

滴滴答答，雨开始落了，温热、硕大的雨滴落在锅碗瓢盆上；滴滴答答，雨水以一种糟糕的节奏，落在刀勺餐具上；滴滴答答，摊贩们还在新桥新生市集的外面拼命地遮盖他们售卖的衣服鞋子；滴滴答答，雨水落在油盐酱醋上；滴滴答答，帆布和草席都被拖了出来——

滴滴答答，雨水的声音甚至压过了"苹果歌"——

"如果两个人一起唱，这就是一首美好的歌……"

滴滴答答，雨水落在站在千住明办公室楼下那几个打手的印花衬衫和美式墨镜上——

滴滴答答，雨水落在印花衬衫和美式墨镜上，他们搜遍我全身检查是否有刀枪——

滴滴答答，雨水落在印花衬衫和美式墨镜上，他们只是瞥了一眼我的旧军用背包里面——

滴滴答答，雨水落在通往千住明办公室的楼梯上方的波状金属屋顶上——

滴滴答答，雨水落在正走下楼的蓝眼睛美军士兵身上；滴滴答答，他朝我挤了挤眼睛——

"晚上好……"

滴滴答答，我从他身边侧身而过，朝办公室走去；滴滴答答……

千住明盘腿坐在他那张亮锃锃的长茶几前，依然赤裸着上身，敞着裤腰。他面前的茶几上摆着几把左轮手枪和几把短刀——

千住明在备战，他在准备另一场战争——

我放下我的背包，跪坐在榻榻米地垫上，深深鞠躬——

"总有什么地方在打仗。"他告诉我——

我把脸贴在地上，没有回应——

"不是国内，就是国外，"他说，"永远有战争，我们之中最勇敢、最无畏的人永远能获得利益！"

我抬起头。"永远有战争……"

"伟大的松田义一教会了我这个道理，"千住继续说，"他就是最早在这片大陆上看到机会的人。他先去了上海，然后到大连。

他挣到了钱，做了投资，运输业，工业。他资助了在"满洲国"北部的关东军，关东军也很感激他，给了他丰厚的回报。但是，昭和十六年他回到祖国，他为日本军队，为大日本帝国做了那么多，他得到回报了吗？"

我摇头，我说："没有……"

"他没有！"千住高声吼道，"这个男人为日本军队修建铁路，这个男人为日本军队提供补给，好让日本军队壮大起来，代表天皇保护大日本帝国。但回到祖国之后，他得到了什么……？"

我再次摇头。"什么都没有……"

"比什么都没有还惨！"千住大喊，"没有阅兵式，没有勋章，没有荣誉。他们以寻衅滋事为由把他关进了监狱！"

我再一次深深低头，不发一语——

"但这个伟大的男人被打败了吗？"千住疾呼道，"这个伟大的男人就此一文不名了吗？"

"不是……"

"当然不是！"千住大笑起来，"松田义一把狱友组织起来，他保护他们，帮助他们，不论他们犯了什么罪行，不论他们家世背景如何——

"松田义一成了他们的领袖——

"所以，在他刑满释放之后，这些在里面受过他保护，受过他帮助的人，每一个都前来向他道谢，并且发誓永远忠诚于他——

"我就是其中之一！"

我点头。"我知道……"

"失败的人……"

"我知道……"

"松田组就是这么诞生的，"千住说，"松田从他自己的失败中崛起，浴火重生。因为你无法打败一个像松田义一一样的男人，你无法击倒他，你无法压制他。因为松田义一是一个无畏的男人，松田义一是一个勇敢的男人。最重要的是，松田义一是一个有远见的男人——

"一个有远见的男人！"千住明大喊，"一个有远见的男人！"

我一语不发，我的头仍然贴在地垫上——

低垂着，直到千住说："但你是一个盲目的男人——

"所以你是一个失败的男人！失败！"

我仍然一语不发，我仍然在等他——

滴答，滴答，滴答……

接着，千住明把一捆钱放在茶几上，千住把一袋药放在茶几上。我向前倾身——

我诅咒自己，我诅咒自己……

我鞠躬，我感谢他——

我也诅咒他……

但接着，千住把钱和药挪到了我够不到的地方。"你去杀了安达，这些就都给你……"

石田嘟哝着藤田的名字。石田呻吟着千住的名字……

千住一手拿起一份档案，一手拿起一份文件：宫崎光子的档案和一份复员文件——

"一段人生的结束，一段新生活的开始……"

我诅咒他，我诅咒他，我诅咒自己……

我问他："你是怎么拿到那份档案的？"

"我告诉过你，"他朝我眨了眨眼，"消息灵通的人什么都知道，不灵通的就不知道。是不是，下士……？"

我低头看着榻榻米——

我诅咒他……

"你为我做这最后一件事，然后你就能走了，"千住微笑着说，"你烧掉这份档案，填好这份文件，你就能重活一次——

"新的名字，新的城市，新的生活——

"在活人中间，过新的人生，刑警——

"第三次，也是最后一次机会！"

我深深鞠躬。我感谢他——

我诅咒自己……

千住把一些钱丢在我脸旁的地垫上。千住说："你做完这件事就能休息了。但要尽快动手，在你被公共安全部抓起来之前……"

石田在说谎，他说着关于安达的谎言……

我点了点头，我拿上背包，趴在地上向门口退去——

哈哈哈哈！嘻嘻嘻嘻……

千住突然对着我大笑起来，他问："你都没从枥木给我带点儿什么纪念品吗？太不周到了吧……"

"我很抱歉。"我再次向他鞠躬——

但千住已经说了太多了……

我四肢着地，趴在地上——

他说得太多了……

然后我站了起来。

*　　*　　*

每个车站，每个站台，每列火车，每节车厢。哗啦，哗啦。白色的雨水轰然落下，从铁轨和雨伞上弹到新桥站的站台上。哗啦，哗啦。开往新宿的火车的前车灯照进站台，推搡开始了，挤撞开始了，雨伞让背着包袱和行李的人们愈发混乱窘迫。哗啦，哗啦。我跻身人流，推挤着登上列车。哗啦，哗啦。我的背包里现在有食物了。哗啦，哗啦。我的口袋里现在有钱了——

但千住说得太多了……

火车还没启动，车门还没关上，所以人们还在互相推搡、挤撞，一个男人问另一个："抱歉，我可以把这个放在您的包旁边吗？"

他说得太多了……

"已经没地方了，不是吗？"另一个男人抬头看了看他放在行李架上的背包，厉声说道——

接着车门关闭，火车启动。哗啦，哗啦。我浑身发痒，挠了又挠。咯吱，咯吱。我们的列车沿着轨道在大雨中行驶，车厢里的人们不断地推搡、挤撞。哗啦，哗啦。我浑身发痒，挠了又挠。

咯吱，咯吱。许多乘客在浜松町和品川下车，但又有许多乘客在这两站推挤着上车。哗啦，哗啦。我浑身发痒，挠了又挠。咯吱，咯吱。但我已经看不见乘客了。哗啦，哗啦。我浑身发痒，挠了又挠。咯吱，咯吱。我看不见他们的包袱和行李。哗啦，哗啦。我浑身发痒，挠了又挠。咯吱，咯吱。我甚至看不见这列火车了。哗啦，哗啦。我不痒了，我不挠了。哗啦，哗啦。我闭上了双眼——

哗啦，哗啦。哗啦，哗啦……

我已经不在这里了——

我盘腿坐在一张小床上，床上方的墙上挂着一幅沾着血渍的卷轴。我的头发被剃光了，我的肚子上扎着绷带。

* * *

我没有伞，也没有雨衣，所以我压低帽子，拉高外套，奔跑着，沿着街上一根根东倒西歪的电线杆，来到我经常光顾的那家餐馆，在三鹰车站和家中间的位置——

一盏灯笼在风雨中摇曳——

哈哈哈哈！嘻嘻嘻嘻！嘁嘁嘁嘁！

我在这样的一个夜晚拉开餐馆的那扇纸板门，屋内嬉笑玩闹的声音瞬间静止了。静止。没有嬉笑，没有玩闹。所有人都盯着我的脸，然后再偷偷看看吧台后面的老板——

我无视他们。我抖掉外套和帽子上的雨水，然后坐到吧台前的一个空位上——

　　我点了烤鸡肉串和清酒——

　　"又有人来这儿了,"老板说,"来打听你的事。"

　　"什么人?"我问他,"好人还是坏人?"

　　"什么意思,什么叫好人还是坏人?"老板问,"我怎么会知道?你来教我。我只知道他们看上去不太面善,一直询问你的情况……"

　　"抱歉,"我对他说,"害你担惊受怕了……"

　　"我没有担惊受怕,"老板说,"但我不想惹美国人,我不想惹黑帮,我也不想惹那些臭条子……"

　　我掏出一些钱,放在吧台上。我对他说:"我知道我赊了不少账……"

　　欠死人的债……

　　老板从吧台上拿起钱,老板把钱放回我手里。他把我的手合上——

　　"我不要你的钱,你也不要再来了。以前的账就一笔勾销了,但记住,这里不再欢迎你了。"

　　"蠢货!"我吼着冲出了他那间恶心的小酒吧——

　　我走在我自己的街道上,一遍又一遍地咒骂他——

　　"蠢货!蠢货!蠢货!蠢货!蠢货!蠢货!蠢货!"

　　在狂风骤雨中,一遍又一遍——

　　"蠢货!蠢货!蠢货!蠢货!蠢货!蠢货!蠢货!"

　　压低帽子,外套裹在头上——

"蠢货！蠢货！蠢货！蠢货！蠢货！蠢货！"

我挠啊，挠啊，挠啊——

咯吱，咯吱。咯吱，咯吱。咯吱，咯吱……

"蠢货！蠢货！蠢货！蠢货！蠢货！"

在狂风骤雨中。蠢货……

我趴在地上——

蠢货。在大门前——

那个蠢货……

＊　　＊　　＊

我家的大门关着，我推开它。房门锁着，我打开它。屋内昏暗，寂静。我站在玄关里——

腐烂的地垫，支离破碎的房门，摇摇欲坠的墙壁……

这栋房子还在沉睡，永远在沉睡——

我擦了擦脸，擦了擦脖子——

屋里充满了孩子的味道——

他们的鞋头朝向门口——

充满了痛苦的味道——

"我回来了……"

妻子从厨房走出来，她的脸上沾了煤烟，用手拍掸着她那条破旧的农活裤上的灰尘——

她微笑着说："欢迎回家……"

家。家。家。家。家……

我带了樱桃回家，给孩子们吃。绳子穿过樱桃柄，把它们连成一串，像项链一样挂在我脖子上——

家。家。家。家……

我再也不想离开了——

家。家。家……

我闭上双眼——

家。家……

现在，我在——

家。

14

1946年8月28日

东京，26℃，雨

黑夜又是白天了。我睁开双眼。没有睡眠。黑夜就是白天。我可以听见雨落的声音。没有药。黑夜就是白天。我可以看见闪耀的阳光——

我不想记起。我不想记起……

我走出阳光，走进阴影。调查工作就是跑腿。我走回山上，去犯罪现场。好刑警会把犯罪现场调查一百遍……

犯罪现场。从视线中消失。芝区黑色的树林后面透出白色的晨光。死者的尸体。黑色的树林见证了太多。在高高的草丛里。黑色的树枝承受了太多。枯死的草叶。黑色的树叶又出现了。另一个国家还年轻。生长，枯萎，再生长。另一个国家已死去……

我离开了犯罪现场。另一个国度。走到黑门下。另一个世纪……

在半明半暗的光线里，我忘不掉……

这一天终于来了。噢，勇士们，迈向胜利吧。明天我就要上前线了。我们发誓离开故土。我的妻子和家人早早地就醒了，出发前往芝公园。功不立，死不回。增上寺的内院里挤满了前来道别的人。每当听到进军的号角。他们走出寺院，钻过修学旅行的学生队伍，站在黑门前。闭上眼，看到一波又一波的旗帜欢呼着我们奋战。我儿子手里拿着一面小旗子，女儿手里也拿着一面小旗子。战火中大地草木焦枯。我的父母也在这儿。战场上我们日夜厮杀。还有我学校里的好友，高中棒球队的队友，和我一起结业的同事。每个人都高举着一面大条幅，站在黑门前，每一面条幅上都印着我的名字。戴上饰有日之丸的头盔。我的卡车驶近黑门时，正午十二点的钟声恰好响起，哭声也同时响起。战马驱策在身边。卡车在大门前停下，我从尼桑汽车上跳下来。谁知道明天会如何——是幸存？我望向人群，望着高举的条幅和旗帜，敬礼。还是战死？出发的信号响了——

没有人是他们自己所说的那个人。没有人……

在黑门下。另一个国家。白天又是黑夜了。另一个国家。焦枯的大树，树根朝天。一个不同的世界。什么都没了，只剩下老旧的黑门的废墟。一个不同的时代。枝干成炭，叶片尽落。另一个国家。在这个地方，我站在黑门黯淡的门槛下。一个不同的世界。我们都已见过地狱。另一个世纪。我们也知晓天堂的模样。一个不同的时代。我们听过了最后的审判。在半明半暗的光线里。我们目睹了诸神的堕落。我忘不掉。黑夜就是白天，白天就是黑夜。在半明半暗的光线里。黑就是白，白就是黑——

但好刑警知道，这世上没有偶然……

在黑门下，那条流浪狗在等待——

刑警知道，混乱之中必有秩序……

那条丧家之犬，无主之犬——

他知道混乱之中必有答案……

那条流浪狗没有脚——

答案，答案……

那条狗死了。

*   *   *

我背上女儿，牵起儿子。在半明半暗的光线里，我带他们沿着院子的小道，沿着马路，走到邮局门口排队。我希望政府的保险金下发了，希望我能兑现我们家最后一笔债券。

队伍缓慢地向前移动，邮局外的长椅空了出来。我让女儿和儿子坐在长椅上，挨着一个满身酒气的老头。老头朝我的女儿挤挤眼，朝我的儿子笑笑。接着，他转向我，拿出一张提款单，问我："你能不能帮我填一下这个……？"

我点头。"填多少？"

老头翻开他的邮局存折，说："今天四十円就好。"

我在提款单上填了四十円，然后我照着他的存折簿抄下账号和地址——

最后我填上取款人姓名——

一个女人的名字。

我把取款单和存折簿递还给老头，他向我道谢。

队伍又向前移动了一点儿。我从长椅上拉起儿女，我们跟在老头后面进入邮局。老头把他的提款单递给一个邮局办事员，我也在旁边的窗口递出我的提款单——

接着，我们都坐到一旁等待。

老头再次朝我的女儿挤挤眼，朝我的儿子笑笑。

付款服务台的办事员开始叫名字——

"您是山田华子？"办事员问。

没有人是他们自己所说的那个人……

"不是，"老头说，"她是我最小的女儿。"

办事员耸耸肩，他数了四十円钱。他把钱递出，说："下次最好让她本人来……"

老头点头，谢过办事员，然后走到我们身边——

老头朝我的女儿挤挤眼，朝我的儿子笑笑——

"她本人来不了，"他轻声说，"因为她死了。"

付款服务台的办事员叫了我的名字——

办事员把我们的钱递给我，我谢过他。

没有人和他们看上去的一样……

我背起女儿，牵上儿子。在半明半暗的光线里，我带他们沿着马路，沿着院子的小道，走回我们家的玄关。他们看着我向他们道别——

我说再见，把他们的鞋摆好，让鞋头朝向门口——

"求你别走，爸爸。"女儿说——

"爸爸得回去工作呀。"我对她说——

"但今天能不能别去。"儿子说——

妻子从厨房走出来，她的脸因为在灶前而滚烫，用手擦着裤子上的水——

"让你们的父亲去工作。"她说——

我拍拍他们的头。我说："再见了……"

"一定要记得我们啊，"我的女儿和儿子在我身后叫着，"别忘了我们啊，爸爸……"

爸爸，万岁！

于是我沿着小道，穿过大门，走上马路——

我不想记起，我不想记起……

我没有转身，我无法转身——

但在半明半暗的光线里，我忘不掉……

我不是回去工作的——

没有人和他们看上去的一样……

今晚我要去她身边。

* * *

黑夜又是白天了。还有其他人。在废墟中，在大雨中。还有其他人。那些孩子看着我，那群狗看着我。还有其他人。我抽了一支烟，我读着报纸——

色情狂承认杀害四名年轻女性

小平义雄，四十一岁，一个暴力色情狂，因在八月六日奸杀来自东京目黑区的绿川异三郎十六岁的女儿柳子，而被东京警视厅调查。目前，他已承认在过去一年中还奸杀了另外三名年轻女性。

这个色情狂洗衣工供认于去年七月十五日在埼玉县杀害了二十二岁的绀藤和子，当时这名年轻女子正在前往埼玉采购食物的路上。小平谎称要带该女子去一个购买食物的好地方，将其引诱至一片森林中，之后对这个毫无戒心的女子进行侵犯并将其杀害。

同年九月二十八日，小平使用同样的手法杀害了二十岁的松下芳江。松下的裸尸于北多摩郡的清濑村被发现，与小平前一次作案的地点相同。

这个色情狂还供认以类似手法于今年六月九日在东京品川区杀害了十六岁的阿部美子。这个女孩也遭到了强奸。

在所有的案件中，受害者都被强奸和杀害，且尸体都被或藏或埋于距离案发地点三十至五十米左右的枯叶下。每名受害者都是被勒杀的，凶器都是受害者自己的围腰带。

唯一一名凶手与其本人及家人熟识的受害者是绿川柳子，即最后一名受害者。也正是这起案件的线索让警方追查到凶手小平的身份，逮捕了他。其余的受害者均与凶手素不相识。

东京警视厅计划继续就另外四起凶杀案审问这个疯狂的杀人犯：十七岁的筱川达江，在位于涩谷东京百货商厦的地下室被奸杀，其雨伞被发现于小平妻子在富山的家中。另外还有马场宽子、石川依、中村光子被害的命案，这三名受害者的尸体都在位于枥木县的小平家附近被发现。

我看完了报纸。还有其他人。我抽完了烟。没有提到宫崎光子。那群狗在等我。还有其他人。那些孩子在等我。没有提到在芝公园发现的第二具尸体。在大雨中。还有其他人。在废墟中。

*　　　*　　　*

在半明半暗的光线里，我可以听见风吹打门板的声音，她房子的整个屋顶和门檐都在风中震动。但今晚没有下雨，没有雷鸣，只有从屋外的街上传来的木屐声和孩子们的喊叫声。我不该来这儿的，至少不是今晚。今晚我应该留在家里，陪我的妻子和孩子。妻子此时应该正在给孩子们盛菜粥，孩子们则高举着他们的碗，求母亲给他们再添一点儿——

"再来一碗……再来一碗……再来一碗……"

小雪双手叉腰，赤脚站在门廊的泥地上，透过丝带朝外望去——

我不该来这里的，至少不是今晚……

"你要再待一会儿吗？"

我点头，感谢她。

小雪打开一个碗橱，她拿出一碟腌萝卜和一个小铝锅。她闻了闻锅里的东西，耸耸肩。她把锅放在炭块的余火上——

"和我一起吃吧？"

我再次点头，再次感谢她。

她掀开铝锅的盖子——

"你结婚了吗？"她问。

* * *

在这里，黑夜依然是白天。大门外，科室前，走廊上，尽是排队的人。我在这里花了太多时间。我奔跑着穿过大门，沿着走廊，经过排队的人，经过病患，经过轮床，走到电梯前。时复一时，日复一日，周复一周。我按下按钮，我跨进电梯，我按下另一个按钮。电梯门关上了，我随着电梯向下，进入黑暗。周复一周，月复一月，年复一年。电梯门打开——

在半明半暗的光线里，这些若有若无的东西……

我经过贴着瓷砖的水槽和排水渠，经过关于小心割伤和刺伤的手写告示，来到停尸房——

她就在这里。她就在这里。她就在这里……

我看了一眼死者的姓名——

她就在这里。她就在这里……

我拉开棺材——

她就在这里……

没有姓名——

这里……

我取出她的衣物，然后取出她的尸骨——

有些若有若无的东西在半明半暗的光线里，有些若有若无的东西……

我将她的衣物放进我的军用背包里——

在这里，在这里的昏暗光线下……

我把她的尸骨放进包里——

欠死人的债……

沿着墙上贴着瓷砖和手写告示的走廊走，我按下按钮，等待电梯。我瞥了一眼水槽上方的镜子，移开了目光。然后我又望回镜子——

"我差点儿认不出您了。"

她的尸骨在我背后，我凝视着镜子——

没有人和他们看上去的一样……

我朝水槽里吐了。黑色的胆汁。我又吐了一次。褐色的胆汁。我吐了四次。黑色的胆汁，褐色的胆汁，黄色的胆汁，灰色的胆汁……

我凝视着水槽上方的镜子——

我尖叫道："我知道我是谁！"

我打碎了镜子，把镜子打成一千片，一千片玻璃碎落，碎落在地上——

支离破碎……

"我知道我是谁！"

＊　　＊　　＊

我不应该还待在这里，至少不是今晚。我应该回家，回到我的妻儿身边。但在半明半暗的光线里，我看着正在吃晚饭的小雪。今晚还是没有下雨，没有雷声，只有狂风，比收音机的声音还响。她吃完了第二碗饭，她洗好碗筷，把餐具放回碗橱。她用手掩着打了个嗝，然后笑了起来——

"我猜你太太应该比我有礼数多了吧？"

我的心隐隐作痛，我的身体散发着臭味——

我浑身发痒，挠了又挠。咯吱，咯吱……

在六叠屏风后面，两个枕头并排放着。她穿着一件印有深蓝色条纹的黄色和服，和服的领口滑落到她的肩膀处，她的手放在我的膝盖上——

我一直在想她……

我的手放在她背上，一点一点向上摸索——

她占据了我的心头……

她拿着梳子，向前倾身，看着那面三叠化妆镜中的自己——

她转过头看着我微笑——

她把牙齿染成了黑色——[1]

她丢开梳子，嗵，问："我这样好看吗？"

* * *

课长又在大门附近那家最近重新开张的饭店订了包房，也就
是美军食堂附近的那家饭店。课长请搜查一课的全体成员参加庆
功宴。搜查一课的全体成员在新的榻榻米地垫上袖子挨着袖子，
膝靠着膝地坐着。

石田不在，藤田不在，安达不在，我也不在……

有啤酒，有食物，是剩饭，从战胜者的垃圾桶里捡来的残羹
冷炙，刑警们再次庆幸不用吃菜粥了——

他们推杯换盏，解开领带，把领带绑在额头上，唱着他们的
歌。他们的努力之歌，他们的勇气之歌，他们的战斗之歌——

他们的胜利之歌——

结案了！

但审讯报告上只有三名警官的名字：安达、金原和甲斐——

三个名字和一个签名——

小平义雄。

一系和二系的其他刑警，爱宕、目黑和三田警察局的巡警，

---

1 黑齿是一种东南亚地区的习俗，见于日本、泰国及中国云南边疆的傣族，以齿黑为美，
代表干净及有净化作用，染黑齿在日本亦是一种贵族身份与地位的象征。

埼玉县和枥木县的其他刑警和巡警——

狗在它们的主人脚边挨饿……

他们的名字都不见了——

在他们的餐桌下……

但没人关心。所有人还在聊着小平义雄，聊他招供杀害了来自东京北区十条，二十二岁的绀藤和子。去年七月十五日，小平在池袋车站排队买票时遇到了绀藤，他把她带到埼玉县北多摩村清濑村的树林中，勒死并强奸了她，其后偷走了她身上的六十円钱和她的泡桐木木屐——

死亡就在这里……

所有人还在聊着小平义雄，聊着他招供杀害了同样来自东京北区的二十岁的松下芳江。去年九月二十八日，他在东京车站排队时遇到了松下，他把她带到清濑村的同一片树林中，勒死并强奸了她，其后偷走了她身上的一百八十円钱，她的手提包，她最好的黑色西装外套和她母亲的雨伞——

死亡……

所有人低声讨论着有关肃清的传闻，讨论着隐藏的宪兵，讨论着逃跑的宪兵。所有人都在低声讨论着审判和绞刑，讨论着改名换姓重新生活的宪兵，讨论着疯癫者的名字和死者的名字。所有人低声讨论着死亡和死者，死者和鬼魂——

所有人开始低声讨论着我——

我和石田，我和藤田……

我和安达……

在这家大门附近重新开张的饭店的包房里，搜查一课的全体成员在新的榻榻米地垫上袖子挨着袖子，膝靠着膝地坐着——

在连绵不绝的谎言之山上……

北课长和金原管理官——

这些谎言叠着谎言叠着谎言……

甲斐系长和服部系长——

谎言叠着谎言叠着谎言……

他们推杯换盏，解开领带，把领带绑在额头上，唱着他们的歌。这时，他们抬头看到了我——

我背着他们所有的谎言……

他们抬头看着我，仿佛不认识我一样，仿佛他们看不见我站在这里，看不见我站在他们面前——

我背着她的尸骨……

我不应该在这里——

欠死人的债……

现在我要走了。

*　　*　　*

风还没有停，警笛突然响了，她收音机里的声音称数架敌机出现在伊豆半岛的南端，警笛更响了，收音机里的声音更急切了，小雪跑向衣橱，打开橱门，躲在被褥里面，心咚咚直跳，眼睛瞪得大大的，仔细听有没有燃烧弹发出的咯咯声或是爆破弹发出的嗖嗖声——

雨先落了下来，接着响起了雷声……

"我很快回来。"我对她说——

我不应该在这里，至少不是今晚……

我走下楼，走到街上——

人们奔跑着，挖着坑——

我应该回家……

把东西藏进地下——

藏进他们的防空洞里——

轰！轰！

防空炮开始发射了，探照灯的灯光在天空中纵横交错，配合着炮弹捕捉飞机——

人们提着行李箱，人们骑着自行车——

"空袭！空袭！有空袭！"

我闻到了硝烟味，我戴上了我的空袭面罩——

"红色警告！红色警告！燃烧弹！"

马路上是杂乱的脚步——

跑！跑！拿上砂子和垫子！

头顶上是振聋发聩的响声——

"空袭！空袭！有空袭！"

我摔倒在地上，在泥土上——

"黑色警告！黑色警告！有炸弹！"

但现在周围只剩一片寂静——

"捂住耳朵……"

我爬起来，跑进屋里——

"闭上眼睛！"

跑上楼，打开衣橱，找到小雪，把她抱出来，带她逃到街上，一栋栋的房子都起火了，街角的商店也是，起风了，火花飞溅，我抱着她走过桥，运河上都是人，一条巷子起火了，旁边一条，再旁边一条，也被大火淹没，十字路口的四个方向都堵死了，路上尽是宠物和婴儿，狗和孩子，男人和女人，老人和青年，士兵和平民，他们互相推搡，彼此挤撞，步履蹒跚，跌跌撞撞，每次炸弹的咯咯声和嗖嗖声响起时，都有许多人摔倒在地，老人和幼童被挤压、踩踏，爱人走散了，孩子不见了，大声呼喊，转身寻找，惊叫不止，折回找寻，互相推搡，彼此挤撞，步履蹒跚，跌跌撞撞，挤压着，踩踏着——

我不应该在这里……

我必须选择走哪条路，从哪条路逃跑。现在三个方向的房子都着火了，人们都朝着一个方向向前推挤，这条路上没有田野，这条路上只有楼房——

"空袭！空袭！有空袭！"

我抱着小雪跳下路边的沟渠，我把黑色的淤泥和污水涂抹在我们的面罩和被单上。接着我拉起小雪，把她抱出沟渠，跑回大火中，跑回烈焰中，但她拼命想挣脱我的怀抱，想要逃走——

"黑色警告！黑色警告！有炸弹！"

"别管火，"我低声说，"别管炸弹，相信我。穿过这片火海就是河了，穿过这片火海就能活下来……"

"闭上眼睛！闭上眼睛！"

于是小雪抱紧我，她点点头，我们用尽全力跑回大火中，跑回烈焰中——

回到战场上，我的战争……

*　*　*

搜查一课的管理官、系长和他们手下的所有刑警都会在大门的饭店里，他们的酒已饮尽，歌也唱完；他们会在外面狂欢整夜，喝到不省人事；今晚的目黑警察局只有巡警在——

巡警和嫌疑犯——

小平义雄……

在他们的审讯室里，在他们的审讯桌前，他坐在他的椅子上——

小平露出微笑，小平咧开嘴，小平大笑起来……

"我听说你已经不是我们的人了，士兵……"

"闭嘴，"我说，"现在这里只有我和你……"

但小平义雄隔着桌子探过身来，看着我再次露出微笑，说："但有点儿像军团重聚呢。"

"还有人等着跟你重聚呢，"我边说边拿起我的军用背包，把里面的东西全都倒在桌上——

她所有的衣服和所有的骨头……

"认识这些吗？"我吼道——

小平还在微笑……

"还有这些，这些？"我再次吼道。我拿起那件黄蓝条纹的无袖连衣裙和那件白色的中袖衬裙，然后又拿起那双粉色的短袜和那双红胶底的白帆布鞋，最后拿起她的骨头——

小平咧开嘴……

"嗯，那些骨头可能是任何人的啊，士兵……"

于是我从口袋里掏出那块手表，放在他面前——

"这个……"

小平从桌上拿起手表，在手中把表翻过来，小平读着表背面的刻文——

表的背后刻着：宫崎光子……

它尖叫着：宫崎光子……

"那这块表也可能是任何人的吗？"我问他——

小平大笑起来……

"被你逮到了啊，士兵，"他说，"我确实认识一个叫宫崎光子的，那时候我还在品川旁边的海军衣粮厂上班。她也是个尤物，皮肤吹弹可破，身体紧致水灵……"

他舔了舔嘴唇……

"我从衣粮厂辞职之后，还和那里的老管理员保持着联系，他告诉我，那个可怜的光子死了，尸体在一个防空洞里被发现，一丝不挂的……"

"就是你干的，你这个恶心的禽兽！"

"冷静点儿，士兵，"他说，"我的老朋友告诉我杀她的人是一个在那里工作过的朝鲜老头，是这个朝鲜老头玷污了她的皮肤，侵犯了她的身体。一想到这么一个肮脏、下流的三等人强奸了一个她这样纯洁的日本女孩，我就恶心……"

"是你干的，你这个畜生！"

"你怎么不听我说话呢，士兵，"小平说，"宪兵队已经抓到了这个朝鲜老头。他们抓到了他，审问了他，然后当场处决了他，那个老管理员就是这么告诉我的。作为日本人，我很骄傲……"

"是你干的，是不是？"

"你是聋了吗，士兵？"小平大笑起来，"你得了炮弹休克吧？是一个朝鲜老头……"

"是你……"

小平摇头，他把手表放回桌上，接着他把手臂举过头顶，一边拉伸一边说："你知道吗，对我来说，这些都没什么意义……"

我不再问他任何问题，我一语不发——

"比如，拿宪兵队来说，或者拿我来说吧，他们因为我们的功绩发给我们一个大勋章，但等我们回来之后，等着我们的却只有一根绞索……"

我仍然一语不发——

"拜托，"他笑道，"你也上过战场，我见过的你都见过，我做过的你都做过……"

"闭嘴！"

"你知道吗，士兵，你真的长得很像我在济南见过的一个男人……"

"闭嘴！"

"为什么？"小平再次大笑起来，"那不可能是你啊，是不是，士兵？那个人是宪兵，是个下士。"

"闭嘴！闭嘴！闭嘴！"

"他也不姓南……"

"闭嘴！闭嘴！"

"我记得他姓片山……"

"我知道我是谁，"我吼道，"我知道！我知道自己是谁！"

接着小平隔着桌子探过身来，凑近我，他把他的手放在我的手上，他说："算了吧，下士……"

没有人是他们自称的那个人……

"但我知道我是谁，"我咬牙切齿地说，"我知道……"

没有人和他们看上去的一样……

"世界不同了，"小平说，"时代不同了。"

* * *

一夜的大火让时间倒退了一个世纪。社区被炸弹夷为平地，居民在火海中丧生。曾经的工厂和民宅，曾经有工人和儿童的地方，如今都只剩灰烬，没有人会记得那些楼房，没有人会记得那些人——

没有人会记得任何事……

上周发生的事，仿佛已经是数年前甚至数十年前发生的了。昨天刚刚发生的事，甚至已经无人记得——

这就是战争……

到处都是断肢和头颅，一个女人的躯干开肠破肚，一个孩子的眼镜熔化在脸上，成堆的死人，宠物和婴儿，狗和儿童，男人和女人，老人和青年，士兵和平民，都被烧得面目模糊，无法辨认——

杏子的气味……

都烧焦了，都死了——

现在是我的战争……

温热的空气，粉色的朝霞。杏子的气味。道路两侧散落着人们遗落的床单和物品，一堆堆，都已成了黑色的焦炭。腐烂的杏子的臭味。他们焦黑的自行车倒在路边，他们焦黑的身体蜷作一团。杏子的气味。焦黑的工厂，焦黑的浴场，还在冒烟——

腐杏的臭味……

解除警报的信号响起了——

我不应该在这里……

指令要求人们在一些小学集合，指令要求人们不要去某些小学。杏子的气味。我跌跌撞撞地向前走，小雪还在我怀里。我不应该在这里。我想把她留在这里，我想回家，但我不能这么做。腐杏的臭味。我跌跌撞撞地向前走，穿过幸存者的黑色纵队，他们披着焦黑的床单，推着自行车。我不应该在这里。我跌跌撞撞地向前走，一直走到墨田河，河面上密密麻麻地漂浮着焦黑的尸

507

体。杏子的气味。我抱着小雪穿过焦黑的桥。我不应该在这里。我跌跌撞撞地向前，穿过正在清理焦黑街道的士兵，他们用钩子把焦黑的尸体转移到他们卡车的后车厢里。腐杏的臭味。我跌跌撞撞地向前走，看着那些焦黑的肉体支离破碎，看着那些焦黑的尸体分崩离析。我不应该在这里。直到空气不再温热，直到粉色的朝霞褪去。只有杏子的气味……

我跌跌撞撞地向前走，直到无处可去——

我不应该在这里。我不应该在这里……

直到几个小时之后，或许是几天之后，我抱着她走进品川一栋废弃的公寓楼——

我不应该在这里……

我把她放在二楼一个房间的榻榻米地垫上，地垫已经褪色，破旧不堪，菊纹的墙纸湿软、剥落。在这半明半暗的光线里。我从口袋里拿出药瓶，拧开瓶盖，我将瓶颈处的棉花取出，我开始数还剩几颗药——

我不应该在这里……

一颗卡莫丁，两颗。我数啊数。我拿出第二个药瓶，数里面的药片。三十一颗卡莫丁，三十二颗。我数啊数。我拿出第三个药瓶。六十一颗卡莫丁，六十二颗。我数啊数。第四瓶，然后第五瓶——

一百二十一颗卡莫丁……

我不应该在这里，跪在这里——

这就是投降……

我不应该在这里——

这就是战败……

＊　　＊　　＊

滴滴答答，雨还在下，温热、硕大的雨滴落在锅碗瓢盆上；滴滴答答，雨水以一种糟糕的节奏，落在刀勺餐具上；滴滴答答，落在衣服鞋子上；滴滴答答，落在油盐酱醋上——

今晚这里没有《苹果歌》——

滴滴答答，雨水落在通往千住明办公室的楼梯上方的波状金属屋顶上——

滴滴答答，滴滴答答……

越下越大——

哗啦哗啦，哗啦哗啦……

我攥紧我的背包，我开始趴在地上向门口退去——

哈哈哈哈！

千住朝我大笑起来，他问："你都没从枥木给我带点儿什么纪念品吗？太不周到了吧……"

"我很抱歉。"我再次向他鞠躬——

但千住已经说了太多了……

我四肢着地，趴在地上——

他说得太多了……

我站了起来。他说得太多了。我打开我的旧军用背包。站起来！我拿出那把1939年出厂的军队制式手枪。他说得太多了。我举起枪。站起来！我用枪瞄准千住明。他说得太多了。千住盘腿坐在锃亮的长茶几前。站起来！赤裸着上身，敞着裤腰。他说得太多了。左轮手枪和短刀摆在他面前的茶几上——

站起来！站起来！

"是你，"我对他说，"是你命令石田杀了我。是你命令石田偷了那份档案，因为藤田告诉你那份档案能封住安达的嘴。因为你知道安达会发现的，你知道他会发现是你，是你把藤田介绍给野寺，是你派他们去杀松田，去杀你的老大，你的导师，你的兄弟。是你……

"下令暗杀松田的人是你……"

千住抬头看着我，露出微笑——

千住再次朝我大笑起来——

嘻嘻嘻嘻！嗬嗬嗬嗬！

"突然变成勇士了啊，是不是？顶着你那一头白发，散发着死亡的恶臭，突然就又成了英雄了，是不是？突然就复活了。继续说啊，下士……"

那把1939年出厂的军队制式手枪指着他——

"什么下士来着……？你叫什么名字……？"

那把1939年出厂的军队制式手枪瞄准他——

"你这周的名字是什么，下士……？"

那把军队制式手枪在我手里——

"你今天是谁，下——"

我扣动了扳机。砰！

他的额骨碎了——

我站了起来……

我听到了脚步声。我拿起档案和文件，拿起钱和药。脚步声上楼，穿过房门——

穿过房门，我再次开枪——

砰！砰！砰！

第一个倒下了，另一个转身要逃——

我跑到门口，开枪——

砰！砰！

男人倒地，滚下楼梯，我跟在他后面——

我跨过被血染红的印花衬衫。哗啦，哗啦。我踩在美式墨镜上。哗啦，哗啦……

接着我开始奔跑。我再一次逃走了——

哗啦，哗啦。哗啦，哗啦……

奔向车站——

哗啦，哗啦……

白色的雨水轰然落下，从铁轨和雨伞上弹到新桥站的站台上。哗啦，哗啦。开往新宿的火车的前车灯照进站台，推搡开始了，挤撞开始了。哗啦，哗啦。我跻身人流，推挤着登上列车。哗啦，哗啦……

他说得太多了，他今后再也不会说话了……

车门关闭，火车启动。哗啦，哗啦。我浑身发痒，挠了又挠。

咯吱，咯吱。我们的列车沿着轨道在大雨中行驶，车厢里的人们不断地推搡、挤撞。哗啦，哗啦。我浑身发痒，挠了又挠。咯吱，咯吱。但我完全看不见这列火车了。哗啦，哗啦。我不痒了，我不挠了。哗啦，哗啦。我闭上眼睛——

哗啦，哗啦。哗啦，哗啦……

我不在这里。

* * *

我压低帽子，拉高外套，我沿路跑向车站和家中间的那家餐馆——

一盏灯笼在风雨中摇曳——

哈哈哈哈！嘻嘻嘻嘻！嗬嗬嗬嗬！

我拉开餐馆的那扇纸板门，屋内嬉笑玩闹的声音瞬间静止了。静止。没有嬉笑，没有玩闹。所有人都不见了，这里一个人都没有——

一个人都没有，除了吧台后面的那个男人——

没有人是他们自己所说的那个人……

"欢迎回家，下士。"安达管理官说——

"这里不是我家，"我对他说，"这里不是我家！"

但安达点了点头，安达说："你只剩这里了。"

"住嘴！"我尖叫道，"你在骗我！"

"他们把你裹在一件约束服里，从中国运回来，"他说，"要不是我和北课长，他们本来是要把你和你父亲一起关在松泽的。"

"我不想听这些！"我喊道。

"我收留了你，算是帮北一个忙。所以投降之后，作为回报，他给了我们这两份工作——"

"别说了！"我再次高喊——

"给了我们这两个名字——"

我忘不了……

但我不再听安达说话了，我撕开这间小屋的墙壁，我掀翻这间小屋的屋顶——

在阳光中，在明亮的阳光中，安达不见了。这个男人又变成武藤上尉了——

"你只剩我可以依靠了。"他说——

"他们要抓你。"

我可以听见他们的声音。他们要抓我。挨家挨户地搜索。他们要抓我。我可以听见他们的声音。他们要抓我。北要来了，美军要来了。他们要抓我……

武藤上尉将一把剃刀放在吧台上——

我不应该在这里，至少不是今晚。我应该在家……

剃刀旁边，是几瓶卡莫丁——

"做个好梦，片山下士。"

*　*　*

她浑身赤裸地躺在被褥上。她剃掉了眉毛，染黑了牙齿。她的头微微偏向右边。她剃掉了眉毛，染黑了牙齿。她的右臂张开。她剃掉了眉毛，染黑了牙齿。她的左臂贴近身侧。她剃掉了眉毛，染黑了牙齿。她的双腿分开，屈膝。她剃掉了眉毛，染黑了牙齿。我的精液在她的腹部和肋处干了。她剃掉了眉毛，染黑了牙齿。她说——

"娶我吧，求求你娶我……"

接着她举起左手，放在腹部。她用手指蘸了蘸我的精液。她把手指放在唇边。她舔掉了指尖的精液，问——

"我这样好看吗？"

穿着她那件黄蓝条纹的和服，我微笑着："不止是好看……"

药不见了……

"娶我吧……"

我拿起剃刀。没有人知道我的名字，所有人都知道我的名字。我打开剃刀。没有人在乎，所有人都在乎。我解开和服。白天就是黑夜，黑夜就是白天。黄蓝条纹的和服。黑就是白，白就是黑。衣服被脱去。男人就是女人，女人就是男人。我右手拿着剃刀。勇者就是懦夫，懦夫就是勇者。我放低右手。强者就是弱者，弱者就是强者。我放低剃刀。好人就是坏人，坏人就是好人。刀刃碰到了我皮肤。该把共产主义者放了，该把共产主义者关起来。我用左手拿起我的鸡巴。罢工是合法的，罢工是非法的。刀刃冰冷。民主是好的，民主是坏的。我口干舌燥。侵略者就是受害者，受害者就是侵略者。我的胃在痛。胜者就是败者，败者就是胜者。

我的心在痛。日本输掉了战争，日本赢得了战争。我开始割。生者已死去——

我割，我割，我割，我割，我割……

直到死者又复生。我割……

我是一个幸存者！

直到她的房间溅满血渍，榻榻米地垫被血染成黑色。接着，她的墙壁不见了，她的地垫不见了，我冲上街道，在路上奔跑——

一个幸运者！

沿着这些不是街道的街道，经过不是商店的商店。在这座死亡之城——

死去的昭和之城……

他们的声音在呼唤我，他们伸出手触碰我。死去的昭和之城。我常去的那家餐馆的老板。死去的昭和之城。小学同学时代的朋友。死去的昭和之城。酒吧里的老人。死去的昭和之城。高中棒球队的队友。死去的昭和之城。电车站的女人。死去的昭和之城。和我一起结业的同事。死去的昭和之城。孩子，孩子——

在这座死亡之城——

死去的昭和之城……

他们在叫我——

回家。

* * *

我沿着我的街道，跑向我的家。在半明半暗的光线里，我忘不了。我的膝盖沾满泥土，我的双手沾满血污——

夕阳西沉，乌云密布——

道路的两边满是被草席包裹着的尸体，男人和女人，青年和老人，士兵和平民，他们的双眼或空洞，或紧闭，他们的肉体腐烂发臭，他们的尸骨盖满尘土——

腐杏的臭味……

但我的街道上没有车，桥梁垮塌，落入河水，所有的饭店都被炸毁，所有的农场都已废弃——

无边无际的焦黑田野，田野上只有灰烬和杂草——

我无法辨别哪栋房子是我家——

我看不清，因为泪水模糊了我的眼睛——

现在我记起了，我记起了……

我离开太久了——

我记起了，我记起了……

我辜负了我的妻子——

我记起了……

我的孩子。

但认出了我们家的大门，我认出了我家院子的小道。我推开大门，沿着小道向前走——

我打开家门——

他们的鞋头朝着门口……

我站在玄关里——

“我回家了……”

家……

我的妻子和孩子走进半明半暗的光线里，他们的空袭面罩烧焦了，他们披着焦黑的床单，他们的脸上起疱，他们的双眼凹陷，但他们还活着——

我奔向他们，我搂住他们——

我跪在地上，抱紧他们——

“我以为你们死了，”我哭喊着——

“我以为我失去你们了……”

但他们推开我，他们退回阴影中，他们举起手，指着我——

雨落在了我身上……

“我们已经死了……”

原来没有屋顶，没有墙壁，只有灰烬，没有铺垫和屏风，只有灰烬，没有家什和衣物，只有灰烬，没有玄关和房门，只有灰烬——

他们的鞋也只剩余烬……

我的右手颤抖，我的右臂颤抖，接着我的腿也颤抖起来——

因为我没有妻子了，我没有孩子了，只有灰烬——

正树，万岁！园子，万岁！……

我没有儿子，也没有女儿了——

爸爸，万岁！万岁！……

我没有家了。我没有家人了——

爸爸，万岁！

我没有心了——

万岁！……

在这栋遗忘之屋，我就是死亡。

* * *

穿过失修的楼房和杂乱的庭院，消失的大门和砍去的树木，他们来了；经过褪色的墙面和陈旧的油布，沾污的制服和肮脏的办公室，他们来了；穿过尖叫声和抽泣声，滴滴涕和杀虫剂的气味，他们来了——

松泽精神病院——

他们来了，他们来了……

沿着走廊，走上楼梯，走上楼梯，沿着另一条长长的走廊，经过一扇扇上锁的铁门，他们来了；穿过上锁的铁门，进入加固病区，继续沿着走廊向前，他们来了；沿着更多的走廊，来到更多的加固病房门前，他们来了——

他们在这里！他们在这里！他们在这里！

野村医生站在上锁的铁门前——

站在上闩的铁窗前——

"我们到了。"他说。

野村打开铁窗上的闩锁，拉下铁窗。野村退后几步，说："你们看吧……"

我向门口走去。我透过铁窗望去——

我透过铁窗，盯着他们的眼睛——

几对棕色的眼眸，几对蓝色的……

这些男人曾经看过我的眼睛——

我一眨不眨的眼睛和我被剃光头发的脑袋——

接着我后退了几步——

我盘腿坐回我的小床上——

我穿着黄蓝条纹的宽松丝绸袍子，剃着平头，眼睛眨也不眨地直直盯着前方——

小床上方的墙上挂着一幅沾血的卷轴——

"是时候展示这个国家的本质了。"

一张色泽陈旧的严岛神社明信片——

我双手交叠在包扎过的大腿上——

我是一个幸存者……

"差不多了吗？"野村问——

这些男人退后几步——

"差不多了。"北课长说，"谢谢您，医生。"

野村医生关上铁窗。野村医生把铁窗闩好——

墙壁是白色的，但牢房已经陷入黑暗——

在半明半暗的光线里，有些若有若无的东西在移动——

我闭上眼睛，又开始数了起来：一百二十颗卡莫丁，一百二十——

一个幸运者。

的每栋房屋的每堵墙壁。打倒日本帝国主义！每六米就有一条挖出来的战壕，里面乱扔着帽子、皮带和鸟笼。这不是征服，这是解放！死去的中国人尸骨未埋，像枯枝一般插在土中。东方之光。褐色的大腿骨和脊椎骨在阳光下闪闪发亮。光明的和平。苍蝇成群，空气恶臭。我躺在尸堆中。**一百二十颗卡莫丁，一百二十一颗**。中国夫妇身上沾满污泥，他们面无表情。翻译官吐掉嘴里的火柴，冲着男人喊叫。大蒜的臭味，刺耳的语句。女人回答了问题。翻译官打了她。女人摇晃了一下。翻译官点头。我和笠原把这对夫妇赶到村外的郊野。小溪边种满了柳树，溪水中倒映着红色的天空。今晚，树木静止不动，农舍都已废弃。中国夫妇看着溪水，一簇簇的野菊花，一匹马的尸体，杂草的藤蔓已缠上马鞍。笠原拔出他的刀，我也拔出我的刀。男人和女人跪在地上。他紧紧攥着双手，她用刺耳的声音疯狂地求饶。手起刀落，又恢复了安静。鲜血从他们的肩膀流了下来，但两人的头颅都没有掉落。男人的尸体歪向右边，倒在野菊花丛中。正树，万岁！我把女人的尸体拖进小溪中，她沾满泥污的脚底朝向天空。爸爸，万岁！溪边种满了柳树，在岸边的村子里，一群年轻力壮的男人站在一栋半损毁的房子前。我们的上尉站在中间，他把双手放在两个幼童的头上。没有人为他们土地上的河流山岳流泪，没有人为他们已逝的父亲母亲悲哀。我还记得你小小的身影，你小小的拳头里攥着小小的旗子，挥舞着的样子。他的尸体在菊花丛中，她的脚心朝向天空。爸爸会永远珍惜这个画面。在种满柳树的溪边。在一栋半损毁的房子里，我躺在尸堆中。几千人，几万人，几百万人。**一百三十颗卡莫丁，一百三十一颗**。阳光透过车窗的玻璃铺洒进来，绑腿布从挂在头顶上的网袋里垂下。一个孩子拔出一把玩具刀。万岁！**一百四十颗卡莫丁，一百四十一颗**。在这栋遗忘之屋里，没有旗帜。咚咚。死亡是一个来自栃木的男人。咚咚。没有歌声。死亡是一个来自东京的男人。咚咚。死亡是一个来自日本的男人。咚咚。只有鼓。死亡是一个来自韩国的男人。咚咚。死亡是一个来自中国的男人。咚咚。人皮做的鼓，头发做的鼓。死亡是一个来自俄国的男人。咚咚。死亡是一个来自德国的男人。咚咚。用大腿骨击鼓。死亡是一个来自法国的男人。咚咚。死亡是一个来自意大利的男人。咚咚。由孩子们敲击。死亡是一个来自西班牙的男人。咚咚。死亡是一个来自英国的男人。咚咚。在我们走后，敲着鼓。死亡是一个来自美国的男人。咚咚。这栋遗忘之屋没有出口。咚咚。死亡是一个男人。咚咚。割掉你的鸡巴！正树，万岁！死亡是一个男人。咚咚。挖出你的心脏！爸爸，万岁！死亡是一个男人。万岁！**一百五十颗卡莫丁……**

在我罪行中死去之人的亡魂

令我惊慌，

在绝望中，我用数日

等待死亡

回想我曾接受过的善意

哪怕是在生命的最后时刻，

泪流不止。

小平义雄，1949

作者后记

小平义雄于一九四九年十月十五日在日本仙台县的宫城监狱被处决。

时年四十四岁。

小平义雄供认奸杀了十名女性，包括宫崎光子和于一九四六年八月在东京芝公园发现的第二名女性死者。

然而，这名受害者的身份始终未被确认。

她大约十七八岁，死亡时间大约在一九四六年七月二十二日前后——

南无阿弥陀佛……

戴维·皮斯，东京，2006

狗年

致 谢

这是我在东京生活的第十三个幸运的年头，有很多很多人帮助了我，他们以很多很多不同的形式促成了这本书的完成。首先要感谢我的家人：Izumi、George、Emi、Shigeko 和 Daisuke。

但是，在这本书实际写作的准备和研究工作方面，我要特别感谢以下诸位，感谢他们的帮助、他们提供的知识和付出的时间：

首先，我亲爱的代理人 William Miller，以及 Sawa Junzo、Hamish Macaskill、Peter Thompson，以及英格兰代理社日本分社的全体员工。还要感谢 Koyama Michio、Hayakawa Hiroshi、Chida Hiroyuki、Yoshida Tomohiro、Hamaguchi Tamako、Nagayoshi Yuki、Edward Seidensticker、Donald Richie、David Mitchell、Mark Schreiber、Michael Gardiner、Justin McCurry、Koizumi Atsuko 和 Matsumura Sayuri。

在伦敦，我想感谢 Stephen Page、Lee Brackstone、Angus Cargill、Anna Pallai、Anne Owen、Trevor Horwood 和 Faber and Faber 出版社的全体员工；在约克郡，感谢我的父母；在纽约，感谢 Sonny Mehta、Diana Coglianese 和 Leyla Aker；在巴黎，感谢 François Guérif、Agnès Guery、Jeanne Guyon、Daniel Lemoin、

524

Payot & Rivages出版社的全体员工，以及Jean-Pierre Deloux；在米兰，感谢Luca Formenton、Marco Tropea、Cristina Ricotti、Marco Pensante、Seba Pezzani、il Saggiatore出版社的全体员工，以及Elio De Capitani；在慕尼黑，感谢Liebeskind出版社的Juergen Kill和Susanne Fink，Heyne出版社的Markus Naegele，以及Peter Torberg。

我还要感谢我的日本出版方文艺春秋的Shimoyama Susumu，感谢他的建议和支持。最后，也是最重要的，感谢我的编辑Nagashima Shunichiro，是他给了我信心，帮助我下定决心开始写这本书。Shunichiro为我提供和翻译材料，否则凭我一己之力无法完成，他还认真、细致地编辑了英文和日文两版稿件。简而言之，这本书的华彩部分都属于他，所有缺陷瑕疵由我负责。

资料来源

虚构类

An Artist of the Floating World, 作者 Kazuo Ishiguro (Faber, 1986)

Childhood Years, 作者 Tanizaki Jun'ichiro, 译者 Paul McCarthy (Kodansha International, 1988)

The Camelia, 选自 *Modern Japanese Stories,* 作者 Satomi Ton, 译者 Edward Seidensticker (Charles E. Tuttle, 1962)

The Essential Akutagawa Ryūnosuke, 编者 Seiji M. Lippit (Marsilio Publishers, 1999)

The Girl I Left Behind, 作者 Endo Shusaku, 译者 Mark Williams (New Directions, 1994)

A Gray Moon, 作者 Shiga Naoya, 译者 Lane Dunlop (Charles E. Tuttle, 1992)

The Hole, 选自 *A Flock of Swirling Crows & Other Proletarian Writings,* 作者 Kuroshima Denji, 编译者 Zeljko Cipris (University of Hawaii Press, 2005)

The Idiot, 选自 *Modern Japanese Stories,* 作者 Sakaguchi Ango, 译者 George Saitō (Charles E. Tuttle, 1962)

The Journey, 作者 Osaragi Jiro, 译者 Ivan Morris (Knopf, 1960)

The Legend of Gold and Other Stories, 作者 Ishikawa Jun, 编译者 William J. Tyler (University of Hawaii Press, 1998)

Militarized Streets, 选自 *A Flock of Swirling Crows & Other Proletarian Writings,* 作者 Kuroshima Denji, 编译者 Zeljko Cipris (University of Hawaii Press, 2005)

Musashi, 作者 Yoshikawa Eiji, 译者 Charles S. Terry (Kodansha International, 1981)

Nonresistance City, 选自 *Ultra-Gash Inferno,* 作者 Maruo Suehiro, 译者 James Havoc 和 Shinkado Takako (Creation Books, 2001)

Occupation, 作者 John Toland (Doubleday, 1987)

One Man's Justice, 作者 Yoshimura Akira, 译者 Mark Ealey (Canongate, 2003)

Palm-of-the Hand Stories, 作者 Kawabata Yasunari, 译者 Lane Dunlop 和 J. Martin Holman (North Point Press, 1988)

A Quiet Obsession, 选自 *In Light of Shadows,* 作者 Kyōka Izumi, 编译者 Charles Shirō Inouye (University of Hawaii Press, 2005)

The Saga of Dazai Osamu, 作者 Phyllis I. Lyons (Stanford University Press, 1985)

Sakurajima, 选自 *The Catch and Other War Stories*, 作者 Umezaki Haruo, 译者 D. E. Mills, 编者 Saeki Shōichi (Kodansha International, 1981)

The Scavengers, 作者 Kafū Nagai, 译者 Edward Seidensticker (Stanford University Press, 1965)

Self Portraits, 作者 Dazai Osamu, 译介者 Ralph F. McCarthy (Kodansha International, 1991)

Shitamachi, 选自 *Modern Japanese Stories,* 作者 Hayashi Fumiko, 译者 Ivan Morris (Charles E. Tuttle, 1962)

Soldiers Alive, 作者 Ishikawa Tatsuzō, 译者 Zeljko Cipris (University of Hawaii Press, 2003)

The Sound of Hammering, 选自 *Crackling Mountain and Other Stories,* 作者 DazaiOsamu, 译者 James O'Brien (Charles E. Tuttle, 1989)

A Strange Tale from East of the River, 作者 Kafū Nagai, 译者 Edward Seidensticker (Stanford University Press, 1965)

Tales of Moonlight and Rain, 作者 Ueda Akinari, 译者 Hamada Kengi (Columbia University Press, 1972)

This Outcast Generation, 作者 Takeda Taijun, 译者 Shibuya Yusaburo 和 Sanford Goldstein (Charles E. Tuttle, 1967)

Wheat and Soldiers, 作者 Hino Ashihei, 译者 Ishimoto Shidzue (Farrar & Rinehart, 1939)

Where are the Victors? 作者 Donald Richie (Charles E. Tuttle, 1956; 以 *This Scorching Earth* 再版 1986)

A Wife in Musashino, 作者 Ōoka Shōhei, 译者 Dennis Washburn (University of Michigan, 2004)

非虚构类

Embracing Defeat, 作者 John Dower (W. W. Norton, 1999)

Geisha, Harlot, Strangler, Star, 作者 William Johnston (Columbia University Press, 2005)

Japan at War: An Oral History, 作者 Haruko Taya Cook 和 Theodore F.

Cook (The New Press, 1992)

Japan Diary, 作者 Mark Gayn (Charles E. Tuttle, 1981)

Japan's Longest Day, 作者 The Pacific War Research Society (Kodansha, 1968)

Keiji Ichidai: Hiratsuka Hachibei no Shōwa Jiken-shi, 作者 Sasaki Yoshinobu (Sankei Shimbunsha; Nisshin-Hōdō Shuppanbu, 1980)

Nippon no Seishin Kantei, 编者 Fukushima Akira, Nakata Osamu, Ogi Sadataka, Uchimura Yushi 和 Yoshimasu Shufu (Misuzu Shobo, 1973)

The Other Nuremberg, 作者 Arnold C. Brackman (William Morrow, 1987)

Oyabun: Nippon Outlaw Retsudan, 编者 Jitsuwa Jidai Henshubu (Yosensha, 2005)

The Phoenix Cup: Some Notes on Japan in 1946, 作者 John Morris (The Crescent Press, 1947)

The Police in Occupation Japan, 作者 Christopher Aldous (Routledge, 1997)

Sensō to Kodomotachi (Nihon Toshokan Centre, 1994)

Shocking Crimes of Postwar Japan, 作者 Mark Schreiber (Yenbooks, 1996)

Showa, 作者 Tessa Morris-Suzuki (Methuen, 1984)

Tokyo Rising, 作者 Edward Seidensticker (Charles E. Tuttle, 1990)

Tokyo Underworld, 作者 Robert Whiting (Vintage, 1999)

Typhoon in Tokyo, 作者 Harry Emerson Wildes (Macmillan, 1954)

Valley of Darkness, 作者 Thomas R. H. Havens (University Press of America, 1986)

War, Occupation and Creativity, 编者 Marlene J. Mayo 和 J. Thomas Rimer 及 H. Eleanor Kerkham (University of Hawaii Press, 2001)

The Yakuza, 作者 David E. Kaplan 和 Alec Dubro (University of California Press, 2003)

电影

Drunken Angel (Kurosawa Akira, Toho, 1948)

Gate of Flesh (Suzuki Seijun, Nikkatsu, 1964)

Senso to Heiwa (Yamamoto Satsuo and Kamei Fumio, Toho, 1947)

Story of a Prostitute (Suzuki Seijun, Nikkatsu, 1965)

Stray Dog (Kurosawa Akira, Shintoho, 1949)

Ugetsu (Mizoguchi Kenji, Daiei, 1953)

Under the Flag of the Rising Sun (Fukasaku Kinji, Toho, 1972)

歌曲

Ringo no Uta (the Apple Song), 演唱 Namiki Michiko, 发行 Nippon Columbia, 1945—1946年日本的大热流行歌。

Roei no Uta (the Bivouac Song), 作词 Kozeki Yuji, 作曲 Yabuuchi Kiichirō, 发行 Victor Records, 1937年一个日本爱国歌曲创作比赛的获奖作品。

以及 Les Rallizes Dénudés、The Stalin、Ningen-isu、Sigh 和 Church of Misery。

译者词汇表

人名		地名	
Konya	绀谷	Keiō	庆应
Yamazaki	山崎	Kumagaya	熊谷
Shimizu	清水	Shinagawa	品川
Minami	南	Sakuramon	樱田门
Nishi	西	Shimbashi	新桥
Fujita Tsuneo	藤田恒夫	Nagano	长野
Kita	北	Maizuruyama	舞鹤山
Kusonoki	楠木	Minakamiyama	皆神山
Matsuda Giichi	松田义一	Zōzan	象山
Senju Akira	千住明	Shiba Park	芝公园
Uchida	内田	Hibiya Park	日比谷公园
Murota Hideki	室田秀树	Hibiya dori	日比谷大街
Miyazaki Mitsuko	宫崎光子	Onarimon	御成门
Muto	武藤	Zōjōji temple	增上寺
Katayama	片山	Tamachi	田町
Nakadate	中馆	Shinjuku	新宿
Masaki	正树	Yokosuka	横须贺
Ishida	石田	Hakodate	函馆
Kimura	木村	Meguro	目黑
Hattori	服部	Mitaka	三鹰
Takeda	武田	Mita	三田
Sanada	真田	Kamata	蒲田
Shimoda	下田	Ichigaya	市谷
Adachi	安达	Shinanomachi	信浓町
Tokugawa	德川	Yotsuya	四谷
Kita	北	Atami	热海
Kanehara	金原	Kameshima	龟岛

人名		地名	
Kai	甲斐	Hatchōbori	八丁崛
Nodera Tomiji	野寺富治	Eitaibashi	永代桥
Sonoko	园子	Monzen-nakachō	门前仲町
Nakamura Yoshizo	中村吉蔵	Fukagawa	深川
Nakamura Mistsuko	中村光子	Zōshigaya	杂司谷
Sato Shiro	佐藤白	Kanda	神田
Takeshita Toshio	竹下俊雄	Ōmori	大森
Tōjō	东条（英机）	Yodobashi	淀桥
Hayashi Jo	林丈	Ebara	江原
Takahashi	高桥	Jōtō	城东
Midorikawa	绿川	Shibaura	芝浦
Ryuko	龙子	Hanezawamachi	羽泽町
Kodaira Yoshio	小平义雄	Shibuya	涩谷
Tamba	丹波	Nikkō	日光
Nakahara	中原	Tochigi	栃木
Hidari	左	Uchisaiwai-chō	内幸町
Mitani	神谷	Hongō	本乡
Yamamoto	山本	Ōtemachi	大手町
Mitsubishi	三菱	Nihonbashi	日本桥
Meiji	明治	Sotobori	外濠
Suzuki	铃木	Yaesu	八重洲
Yoshida	吉田（茂）	Takanawa	高轮
Kato Kotaro	加藤光太郎	Yamate	山手
Suzuki Nobu	铃木信	Kami Tsuga-gun	上都贺郡
Kimi	希美	Ōaza-Hosō	大字细多
Haruko	春子	Ikebukuro	池袋
Mitsuko	光子	Kosuge	小菅

人名		地名	
Yori	依	Gotanda	五反田
Kazuko	和子	Toyama	富山
Yoshie	芳江	Wakagi-chō	若木町
Tatsue	立江	Higashi Toyama	东富士
Hiroko	宽子	Marunouchi	丸之内
Yoshiko	美子	Funabashi	船桥
Kato Akiko	加藤明子	Yuraku-chō	有乐町
Hasegawa Sumiko	长谷川澄子	Tōhoku	东北
Iijima Kimi	饭岛希美	Nogaya	名古屋
Ando Akira	安藤明	Hamamachi	浜町
Machii Hisayuki	町井久幸	Hirai	平井
Ishihara Michiko	石原美智子	Kobe	神户
Ozeki Hiromi	大关宏美	Yokohama	横浜
Konuma Yasuyo	小沼安代	Kokubunji	国分寺
Sugai Seiko	菅井圣子	Tachikawa	立川
Tanabe Shimeko	田边呈子	Musashino	武蔵野
Honma Fumiko	本间文子	Oimachi	大井町
Abe Yoshiko	阿部美子	Denenchōfu	田园调布
Mori Ichiro	森一郎	Komatsugawa	小松川
Masoka Hisae	正冈久恵	Sunamachi	砂町
Tominaga Noriko	富永典子	Kameido	龟户
Hashioka	桥冈	Chiba	千叶
Shishikura Michiko	宍仓美智子	Matsuzawa	松泽
Fijimoto Yoshio	藤本良雄	Hamamatsu-chō	浜松町
Okayama Hisayo	冈山久代	Togoshi	户越
Shinokawa Tatsue	筱川达江	Kanuma	鹿沼
Baba Hiroko	马场宽子	Yamanashi	山梨

人名		地名	
Numao Shizue	沼尾静枝	Kitazawa	北泽
Nomura	野村	Shimo-Kitazawa	下北泽
Kobayashi Sōkichi	小林庄吉	Namiki-chō	并木町
Matsuya	松屋	Nishi Katamura	西方村
Shigefuji	繁藤	Utsunomiya	宇都宫
Kasahara	笠原	Kyōbashi	京桥
Tachibana	立花	Yasukuni	靖国
Koito	小糸	Setagaya	世田谷
Kashiwagi	柏木	Suginami	杉并
Kiyohara	清原	Asakusa	浅草
Fujisaki	藤崎	Shin-Tsukuda Nishimachi	新佃西街
Yoshimura	吉村	Sumida River	墨田河
Furukawa	古川	Sugito	杉户
Ishikawa Yori	石川依	Kita-Senju	北千住
Samura	佐村	Soka	草加
Yamada Hanako	山田华子	Kasukabe	春日部
Isaburo	异三郎	Shinkyō Bridge	神桥
Kondo Kazuko	绀藤和子	Tōshōgu Shrine	东照宫
Matsushita Yoshie	松下芳江	Lake Chuzenji	中禅寺湖
		Kegon Falls	华严瀑布
		Fujioka	藤冈
		Ienaka	家中
		Ginza	银座
		Imaichimachi	今市町
		Manako-mura	真名子村
		Kiyosu-mura	清洲村

人名		地名	
		Kinshi-chō	锦系町
		Hakozaki	箱崎
		Ōaza Mizuki-chi	大字水木町
		Ōaza Fukahoda	大字深宝田
		Kanasaki	金崎
		Momiyama	枞山
		Niregi	榆木
		Kassemba	合战场
		Ueno	上野
		Saitama	埼玉
		Ōmiya	大宫
		Daimon	大门
		Kiyose-mura	清濑村
		Kita Tama-gun	北多摩郡
		Miyagi	宫城
		Sendai	仙台

译者说明

【关于日本人名的翻译】

小说中出现的受害者人名，大多数都按照小平义雄案受害者的真实姓名翻译，如"宫崎光子"，其中个别受害者的名为日文假名，就按假名对应的常用汉字译出，如"松下芳江"。

小说中出现的其他虚构角色姓名，如"千住明"（Senju Akira），均按罗马音对应的常用汉字译出。

【关于日本地名】

小说中出现的日本地名基本都按照现有地名译出，唯独"大字细多"（Ōaza-Hosō）、"大字水木町"（Ōaza Mizuki-chi）和"大字深宝田"（Ōaza Fukahoda）这三个路名（在日本的行政划分中，"大字"是路名的一种表示，属于"村"之下）是按照罗马音对应的常用汉字译出。

另外，文中出现的一个中文地名"Yung-hsien-li district"未能找到现实中对应的地名，音译为"永贤里"。

【关于日本警察级别和警视厅结构】

目前日本的警衔由高到低分为：警视总监、警视监、警视长，警视正、警视、警部、警部补、巡查部长、巡查长、巡查。

目前东京警视厅刑事部的常见职位由高到低分为：刑事部长（警视监）、参事官（警视正）、课长（搜查一课、二课课长为警视正，其余为警视）、理事官（警视）、管理官（警视）、系长（警部）、系长代理/主任（警部补）、系员（巡查部长、巡查长、巡查）。

在小说中的日常对话里出现的称呼，按职位名翻译，如"北课长""南系长""安达管理官"。而在正式文件中出现的称呼，按警衔翻译，如第一章第2节中"有五十四位警视、一百六十八位警部及警部补、一千位巡查部长，一千五百八十七位巡查长和两千一百二十七位巡查被免职"。但由于日本的警察体系、警衔名称和英国（作者是英国人）不同，因此目前的译法不是绝对的。

译文中如有任何谬误、不妥之处，欢迎指正批评。